人物介紹

伊莉莎白·貝斯特

週四謀殺俱樂的靈魂人物，閱歷豐富的退役英國特務，各方面的知識與能力令人目不暇給，還有軍情五處幹員的經驗和智謀。有個失智的丈夫叫史提芬。

喬伊絲·米德寇弗

與伊莉莎白個性互補，不如伊莉莎白鋒頭之健但亦不容小覷，有寫日記的習慣。曾是護理師，專長是烤蛋糕、讓人卸下心防。去世的丈夫叫傑瑞。有個白領菁英女兒喬安娜，跟一條從救援中心領養來的六歲公狗艾倫。有點愛追星。

伊博辛·阿里夫

前心理醫師，喜歡數學，屬於學究性格，敏感纖細，喜愛各種冷僻小知識跟鑽牛角尖。至今未娶。

朗恩·李奇

前英國工運領袖，曾與上世紀八〇年代的英國左翼工會大將亞瑟·史卡吉爾並肩作戰，英超足球的西漢姆聯隊球迷，身上有刺青，算是衝組，有離異二十年的前妻瑪莉、一個當過拳王跟電視名人的明星兒子傑森、話不投機半句多的女兒蘇西，以及一個早熟又貼心的外孫肯德瑞克。

潘妮．葛雷

週四謀殺俱樂部的已故前成員，原是刑警，喬伊絲的加入就是補潘妮的位子。獸醫丈夫約翰曾與朗恩一起救過一隻受傷的狐狸，並為其取名史卡吉爾。

唐娜．德．費雷塔斯

從倫敦大都會警局調任到鄉下的黑人女警員，是克里斯搭檔，嚮往戀愛。母親是派翠絲。

克里斯．哈德森

唐娜的搭檔兼上司。費爾黑文警局探長，年逾五十仍未婚，生活曾經相當頹廢。與唐娜的母親派翠絲交往中。

波格丹．楊科夫斯基

波蘭移民，目前在古柏切斯丘頂的工地上班，英文不太好，但體格壯碩，冷靜幹練，史提芬的西洋棋友，伊莉莎白的得力助手。

給英格麗。我等的就是妳。

柏特妮．維茨明白她已經沒有回頭路了。這一刻她只能勇敢，只能等著看這一切會有什麼發展。

她掂了掂手中沉甸甸的子彈。

人生在世就是要懂機會。懂得機會是如何的寥若晨星，並在它們現身時迎向前去。

「來見我。我只想要聊聊。」電郵上是這麼說的。她從收到信之後就不停在腦子裡翻來覆去地琢磨。她究竟該不該去？

在她下定決心前，只剩最後一件事情要做：發訊息給邁可。

邁可知道她在跑什麼新聞。細節他並不清楚——她身為記者自然要保守祕密——但他知道她在以身犯險。必要的時候，他可以讓她有個人陪，但人生總有些事妳得單刀赴會。

今晚不論是個什麼場面，不得不拋下邁可．瓦格宏恩都會讓她有些傷悲。他是個好朋友。是個溫暖風趣的男人。他就是這樣得來的觀眾緣。

但柏特妮的夢想不只是觀眾緣，而或許今晚就是她的機會。一次危險的機會，但機會就是機會。

她打好了她的訊息，按下了發送。今晚將不會有他的回覆；畢竟都這個時候了。但或許這樣也好。她耳邊傳來了他的聲音：「晚上十點還在傳訊息的都是些誰？還能有誰，不就千禧世代跟性騷擾的慣犯。」

那麼，就來吧。該讓柏特妮轉動命運之輪了。她是會活下來，還是會嗚呼哀哉？

她給自己倒了酒，最後再看了一眼子彈。真的，選擇於她完全不存在。

這一杯致機會。

第一部

每道轉角後，都有張熟悉的臉

第一章

「化妝我可以免了，」朗恩說。他坐著的椅子叫一個直挺挺，只因為伊博辛跟他說上電視駝背是大忌。

「不需要嗎？」回他的是他的化妝師，寶琳・簡金斯，她正把化妝刷跟彩妝盤一個個從包包裡拿出來。她在拼圖室的桌上架好了一面鏡子，鏡子的邊框是一顆顆燈泡，光芒映照在她櫻桃色的耳環上，隨之前後擺動。

朗恩感覺到腎上腺素的些許湧動。這就對了。他就需要上點電視。倒是其他人跑哪兒去了？他跟他們說的是想來可以來，「看他們有沒有興趣啦，也不是什麼天大的事情，」但他們要是真放他鴿子，他會撕心裂肺。

「我就這長樣，他們愛看不看，」朗恩說。「這張臉是我掙來的，這是一張有故事的臉。」

「鬼故事嗎？我這麼說會不會太過分。」寶琳說著把眼神從一只彩妝盤上，移到了朗恩的臉上。然後她給了他一個飛吻。

「不是誰都需要美美的，」朗恩說。他的朋友都知道訪問是四點開始。他們肯定就快到了吧？

「這點我們所見略同，」寶琳說。「我沒辦法化腐朽為神奇。但我對當年的你有印象。帥臉裡帶點江湖味，是不是？但前提是你要看得慣那些事啦。」

朗恩悶哼了一聲。

「但我看那些事還真的挺順眼的，老實跟你說，應該說那種事完全打中我。你永遠在替做工的人奮鬥，永遠靠著你的影響力在替他們出頭，是不？」寶琳打開了一個小化粧盒。「你依舊對那套東西深信不疑，是吧？勞工兄弟站起來？」

朗恩稍稍挺起了肩頭，活像一頭即將出場的鬥牛。「深信不疑？還對人沒有貴賤之分深信不疑？還對勞動的力量深信不疑？妳貴姓大名？」

「寶琳，」寶琳說。

「還深信不疑用一天的工作換取一份合理的報酬是件有尊嚴的事情，寶琳？我這輩子都沒有比現在更相信過。」

寶琳點了點頭。「說得好。那就請你閉上鳥嘴五分鐘，讓我做好我收了錢要來做的工作，那就是讓《東南今夜》的節目觀眾想起你的帥氣。」

聞言朗恩張開了嘴巴，但於他算是很不尋常的是，他發不出聲音。寶琳二話不說上起了粉底。「尊嚴我的尻川[1]啦。你沒看到自己眼睛長得多俊俏嗎？切．格瓦拉[2]如果在英國碼頭工作也不過如此。」

透過鏡子的反射，朗恩看到拼圖室的門開了。喬伊絲走了進來。他就知道她不會讓他失望。當然那多少是因為她知道邁可．瓦格宏恩會來到現場。這整件事就是她的發想，老實

---

1 屁股。

2 Che Guevara，1928-1967，前古巴工業部長，後來被神化為左派拉美革命與社會運動的代表性人物，其頭像已成文化迷因。

講。是她為這次例會挑了這個檔案。

朗恩注意到喬伊絲身穿新的羊毛衫。她還是沒有忍住。

「你不是跟我們說你不會化妝，朗恩，」喬伊絲說。

「我是被逼的，」朗恩說。「這位是寶琳。」

「哈囉，寶琳，」喬伊絲說。「難為妳了。」

「我見過更糟的，」寶琳說。「我在《急診室》[3]幹過。」

門又一次開啟。這次是攝影師走了進來，後頭跟著一名音效人員，緊接著則是一頭讓人眼睛一亮的白髮，一身沉穩中不失俐落的貴氣西裝，跟一股完美、鐵漢但又內斂，屬於邁可·瓦格宏恩的氣味。朗恩看著喬伊絲紅了雙頰。要不是遮瑕膏塗到一半，他的白眼早就已經在翻。

「好的，這下子人就都到齊了，是吧，」邁可說，他身上白亮耀眼的除了頭髮，就是他的微笑了。「在下邁可·瓦格宏恩。貨真價實，僅此一家，別無分號。」

「朗恩·李奇，」朗恩說。

「真是分毫不差，一模一樣，」邁可說著緊握住朗恩的手。「你一點都沒變，是不？這就像是你去參加非洲的獵遊，然後近距離看到獅子，李奇先生。他就是人中之獅，是不，寶琳？」

「他確實不是池中之物，」寶琳附議，同時往朗恩的雙頰上撲粉。

朗恩看著邁可緩緩把頭扭向喬伊絲，並用他的雙眼脫掉了她的新羊毛衫。「而這一位，可以賞個臉，透露一下芳名嗎？」

「我是喬伊絲．米德寇弗。」她簡直就邊說邊在拉裙子行大禮了。

「原來如此，」邁可說。「那妳跟我們偉大的李奇先生，我說喬伊絲啊，是一對囉？」

「喔，天啊，不是，我的老天，你這想法，喔不，天啊，不。不是。」喬伊絲說。「我們就是朋友。沒有不敬之意，朗恩。」

「朋友是吧，」邁可說。「朗恩真是走運。」

「你打情罵俏完了沒，邁可，」寶琳說。「肉麻當有趣。」

「嗯，喬伊絲覺得很有趣吧，」朗恩說。

「很有趣，」喬伊絲說。她這話是在自言自語，但也能讓人聽到。

門板再一次開啟，伊博辛探頭進來並東張西望。好傢伙！現在就差伊莉莎白了。「我錯過了嗎？」

「你正好趕上，」喬伊絲說。

音效師正在把麥克風別到朗恩的翻領上。朗恩裡面穿了他西漢姆足球聯隊的T恤，外面是西裝外套，後者是喬伊絲的堅持。按他的想法，那根本沒有必要。真要說，簡直是天理難容。伊博辛在喬伊絲身邊坐下，望向了邁可．瓦格宏恩。

「你很英俊說，瓦格宏恩先生。很經典的那種。」

「謝謝，」邁可說，並用點頭表示贊同。「我打壁球，我保濕，剩下就是天生的了。」

「還有大概一週一千鎊的化妝品預算，」寶琳說著開始對朗恩進行最後的修飾。

---

3 Casualty，BBC的醫療劇。

「我也很帥啊，經常有人這麼講，」伊博辛說。「我在想或許，要是我的生命轉了個不一樣的彎，說不定現在的我也是主播。」

「我不是主播，」邁可說。「我是個記者，只是剛好也負責念新聞。」

伊博辛點起頭。「腦袋聰慧。外加對新聞的靈敏嗅覺。」

「這個嘛，所以我才跑來這兒啊，」邁可說。「我一看完電郵，就嗅到了新聞的線索。一種新的生活，退休社區，還有朗恩・李奇這張家喻戶曉的臉孔坐鎮在中心。我心想，『是了，觀眾會想來點這個。』」

風平浪靜的日子已經過了幾個禮拜，但朗恩很開心夥伴們重新動了起來。這整場訪問就是一場陰謀。喬伊絲精心設計了這個誘餌，就是要把邁可・瓦格宏恩引來古柏切斯。打著有個案子請他來看看的幌子，喬伊絲寄出了一封電郵給他的一名製作人。不過就結果論而言，這仍意味著朗恩又可以上電視了，對此他非常滿意。

「你等等可以賞光一起用個晚餐嗎，瓦格宏恩先生？」喬伊絲問。「我們訂了五點半的一張桌子，等這裡忙完之後。」

「拜託，叫我邁可，」邁可說。「然後，不了，這約我恐怕赴不了。我的原則是盡量不跟人打成一遍。妳知道，隱私、細菌，有的沒的。妳懂的，以妳的聰明才智。」

「喔，」喬伊絲說。她的失落朗恩看在眼裡。如果說喬伊絲是邁可・瓦格宏恩在肯特或薩塞克斯第二名的粉絲，朗恩會很想見見第一名長什麼樣子。事實上，經過一番思考，他覺得還是不要見好了。

「會有很多酒可以喝喔，」伊博辛對邁可喊話。「而且我在想現場你的粉絲應該不會少。」

邁可在刻意的暫停中，陷入了長考。

「然後我們可以把週四謀殺俱樂部的事情，通通告訴你，」喬伊絲說。

「週四謀殺俱樂部？」邁可說。「聽來像是編的。」

「你認真想想，世上有什麼事情不是人編出來的，」伊博辛說。「酒是有打折的喔，跟你說一聲。他們想要砍了補貼，但我們開了個會，交換了一些意見，然後他們就想通了。我們保證七點半送你出去。」

邁可看了看他的手錶，再看了看寶琳。「我們多半可以很快吃個晚餐？」

寶琳看向朗恩。「你會去嗎？」

朗恩看著喬伊絲，點頭如搗蒜的喬伊絲。「這麼聽來我不去都不行了，我去。」

「那我們就留下來，」寶琳說。

「太好了，太好了，」伊博辛說。「有件事我們想跟你聊聊，邁可。」

「什麼事？」邁可說。

「時候到了再說。」伊博辛說。「現在的主角是朗恩。」

邁可往朗恩對面的單人沙發上一坐，開始從一數到十。伊博辛挨近了喬伊絲。

「他在測試麥克風的音量。」

「我看得出來，」喬伊絲說，伊博辛則點了點頭。「謝謝你把他留下來吃晚餐——有吃有機會，是吧？」

「確實，有吃有機會，喬伊絲。說不定你們兩個會在年底前完婚。但就算事與願違，畢竟人生不如意事十之八九，我也確信他會有很多柏特妮．維茨的情報可以告訴我們。」

門再一次打開，伊莉莎白走了進來。如此大夥兒就到齊了。朗恩感動不已但故作鎮靜。上回他跟一群朋友這樣同聚一堂，是因為他們被鎮暴警察的盾牌打到住院，場合是在沃平的印刷工人罷工。[4]美好的往日時光。

「你們別管我，繼續聊，」伊莉莎白說。「你看起來不太一樣，朗恩，怎麼回事？你看起來……氣色變好了。」

朗恩咕噥了一聲，但他看到了寶琳面露微笑。那是個很棒的微笑，該肯定人家的我們就要肯定。寶琳在他的守備範圍內嗎？六十幾還不到七十，對他而言是不是年輕了一點？那他這會兒是屬於哪一個範圍？他好些日子沒去確認了。不過不管怎麼說，那微笑真是光采無敵。

第二章

要從監獄牢房裡遙控一個交易規模高達數百萬鎊的販毒幫派，不是沒有其難度。但按康妮．強森目前的發現看來，還沒有難到做不來的地步。

大部分的監獄人員都處於非越位[5]的狀態，而這也很好理解，是不？她可是在獄中來了個大撒幣。當然目前還有一兩個頑固的獄卒不肯共襄盛舉，以至於康妮僅僅這週內被迫吞下的非法手機ＳＩＭ卡就已經累積到兩枚。

那些鑽石，那些條人命，那一袋子古柯鹼。她被精心設計了，而她的開庭日已經訂在兩個月後。她一心要在那之前讓業務保持怠轉。

或許她會被判有罪，或許她不會，但與其過度悲觀她寧可過度樂觀。以成功為前提去計劃一切，她母親常這麼說，只不過她說完沒多久就死了，撞她的廂型車還沒有保險。

姑且不管這些，保持忙碌總是好的。例行公事在獄中是很重要的。同時，有個盼頭也是很重要的，而康妮盼著要宰了波格丹。要不是波格丹，她也不會被關在這裡，所以不論他的

---

4 一九八六年一月，在產線被轉移到位於沃平（Wapping）的新工廠後，倫敦的印刷工人試圖阻礙魯柏．梅鐸（Rupert Murdoch）旗下各報，包括《週日版泰唔士報》的印行，但最終以失敗告終。沃平在倫敦城東的泰唔士河北岸，為倫敦主要的碼頭區之一。

5 在足球運動中，處於越位位置就不能接受隊友的傳球。

那雙眼睛是不是清澈如山中的湖水，他都死定了

還有那個老頭。幫著波格丹設計她的那個。她已經打聽過了，他叫做朗恩・李奇來著。他也得陪葬。她會留他們的小命到審判後——畢竟沒有陪審團會樂見證人在開庭期間遇害——但那之後她就會殺了他們。

低頭看著手機，康妮看到一個在監獄行政大樓工作的男人在Tinder上。他頭髮微禿，而且偏偏開的是一輛Volvo，但她還是將毅然決然將手指滑向了右邊，畢竟書到用時方恨少，人脈這種東西也是。她立刻就看到了雙方配對成功。還真是讓人驚訝！

康妮稍微調查了一下朗恩・李奇。他顯然是個名人，成名在七〇跟八〇年代。她看著手機上他的照片，他那張像個失意拳手的臉，正往一只大聲公裡喊。很顯然他在聚光燈下如魚得水。

算你走運，朗恩・李奇。康妮這麼想。等我收拾了你，你就又可以出名了。

有件事是確定的：康妮會用盡渾身解數只求盡早出獄。然後等她出去了，她就真的要大開殺戒了。

人生在世，你偶爾就是只能拿出點耐性。隔著窗戶上的鐵條，康妮望向了外頭的操場，還有更遠處起伏的山巒。她撥開了她的雀巢膠囊咖啡機開關。

第三章

邁可跟寶琳加入了他們的晚餐。

伊博辛喜歡這種全員到齊的氣氛。到齊，而且有任務在身，也在心。喬伊絲很堅持他們要調查柏特妮．維茨的案子。伊博辛也二話不說表示同意。這首先是因為這確實是個有趣的案子。一個有待解決的懸案。但更主要的是伊博辛愛上了喬伊絲新養的狗狗，艾倫，他擔心自己要是惹毛了她，喬伊絲會限制他跟艾倫見面。

「你要來點紅酒嗎，邁可？」朗恩舉著瓶子問道。

「這是什麼？」邁可說。

「什麼意思？」

「這是哪種酒？」

朗恩聳了聳肩。「反正是紅酒，品牌我沒研究。」

「OK，就來玩個命吧，下不為例，」邁可說，並由著朗恩倒起了酒。

關於柏特妮．維茨的命案，他們對邁可．瓦格宏恩充滿了期待。他們想當然耳地認為他知道不在警方正式檔案裡的情報。關於俱樂部的這點心思，邁可還被蒙在鼓裡，當然。他以為自己只是享用著免費的紅酒，而身邊只是四位人畜無害的退休老人。

伊博辛不急於開口問命案的問題，因為他知道喬伊絲見到邁可心情有多興奮、又有多少其它的問題想先問問。她把問題都寫在了筆記本裡，她包包裡的那本，有備無患是為了不掛一漏萬。

現如今邁可眼前擺著一杯雜牌的紅酒，喬伊絲顯然感覺蓄勢待發。「你報新聞的時候，邁可，稿子是都先寫好了，還是你可以稍微臨場發揮？」

「問得好，」邁可說。「很有見地，妳問到了問題的核心。稿子是寫好的，但我不會次次照著稿念。」

「你用多年的資歷掙得了這樣的權利，」喬伊絲說，邁可表示同意。

「時不時會讓我陷進麻煩就是了，」邁可說。「他們逼著我去賽尼特[6]，重修新聞的公正性。」

「恭喜你，」伊莉莎白說。

伊博辛看著喬伊絲在偷瞄她寫在筆記本裡，此刻放在包包裡的小抄。

「你報新聞的時候會特別講究服裝嗎？」喬伊絲問。「像是特別的襪子或什麼的？」

「那倒沒有，」邁可說。喬伊絲點點頭，神情中不無些許失望，然後又瞄了一眼她的筆記本。

「節目中你想上洗手間怎麼辦？」

「妳差不多一點，喬伊絲，」伊莉莎白說。

「我會在節目前先上好，」邁可說。

這些問題有趣歸有趣，伊博辛還是納悶起自己是不是該挺身而出，宣布今晚的例會正式開始了，「所以那個，邁可，我們有一個——」

喬伊絲把手放到了他的手臂上。「伊博辛，抱歉了，我就再兩個問題。安柏是個什麼樣的人？」

「誰是安柏來著？」朗恩說。

「邁可的主播搭檔，」喬伊絲說。「拜託，朗恩，你這樣很丟臉。」

「我不怕丟臉啊，」朗恩說。他這話是直接對著寶琳說的，而她照伊博辛看來，似乎很刻意在晚餐的一開始就坐在了朗恩的身邊。平常朗恩旁邊應該是伊博辛的位子。算了。

「她才當了三年主播，但我已經開始喜歡上她了，」喬伊絲說。

「她很棒，」邁可說。「很愛上健身房，但很棒。」

「她的頭髮也很好看，」喬伊絲說。

「喬伊絲，妳評斷主播應該要看他們的新聞專業，」邁可說。「不是他們的外表。女主播尤其得承受很多這樣的眼光。」

喬伊絲點了頭，乾掉半杯白酒，然後又點了個頭。「我同意你的看法，邁可。我只是覺得人可以既有才華又有美麗的頭髮。也許我很膚淺吧，但這兩樣東西對我都一樣重要。克勞蒂亞·溫克曼[7]就是個好例子。你的頭髮也很好看。」

「來份牛排，」邁可對來接受點菜的服務生說。「一到三分熟，偏一分沒關係，但要是你們偏到五分那邊我也死不了。」

「我讀到說你是佛教徒，邁可？」伊博辛花了一上午研究他們的來賓。

---

6 Thanet，在倫敦東邊，肯特郡的鄉間小鎮，靠海。

7 Claudia Winkleman，1972-，英國記者兼電視節目主持人，留著一頭濃厚的黑髮。

「我是啊，」邁可說。「三十幾年。」

「喔，」伊博辛說。「我向來的印象是佛教徒吃素？這點我應該有九成九的把握。」

「我也信英國國教，」邁可說。「我會兩邊吃自助餐。不然誰要當佛教徒。」

「受教了，」伊博辛說。

邁可開喝了他的第二杯紅酒，並一副要開起粉絲見面會的感覺。萬事都在計畫之中。

「那麼，跟我說說這個週四謀殺俱樂部吧，」他說。

「這其實是我們的一個小祕密，」伊博辛說。「但總之我們會集合起來，一個禮拜一回，成員有我們四個，開會內容就是檢視警方的檔案。看當中有沒有他們破不了但我們可以的案子。」

「聽來像是個有趣的消遣，」邁可說。「鑽研陳年的命案。很好打發時間吧我猜？讓老人家的灰色腦細胞動一動？朗恩，這紅酒我們是不是再來一瓶？」

「最近主要都是辦新的案子，」伊莉莎白說，把餌愈放愈深。

邁可笑了，他顯然沒有把伊莉莎白的話當真。但他暫且掉以輕心也不是壞事。這麼早就把他嚇跑可就不好了。

「聽來你們並不在意東一點西一點地招惹些麻煩，」邁可說。

「我一直都有把麻煩吸過來的磁鐵體質，」朗恩說。

寶琳倒滿了朗恩的酒杯。「那，你可要看好自己了，朗恩，我可是一路走來始終麻煩。」

伊博辛看著喬伊絲微妙地、偷偷地，笑看了這一幕。伊博辛下了一個決定，在他們試著不露聲色地、不疾不徐地把對話導向柏特妮．維茨之前，他也有一個私人的問題要問。他扭頭望向寶琳。

「妳結婚了嗎，寶琳？」他問。

「寡婦，」寶琳說。

「喔，我就說嘛！」喬伊絲說。伊博辛發現今晚這個紅酒與名人的組合，讓她樂得像隻脫韁的山羊。

「妳孤家寡人多長時間了？」伊莉莎白問。

「半年，」寶琳說。

「半年？那根本還沒開始嘛，」喬伊絲說著按上了寶琳的手。「我六個月的時候都還在吐司麵包永遠多烤一片的階段。」

時間差不多了吧？來吧，伊博辛心想。該開始一點點悄悄地調動話題，讓重點變成柏特妮．維茨了。一段精巧的舞碼，伊博辛擔綱編舞總監。該如何破題他早就胸有成竹。「所以，邁可。我在想你是不是——」

「算我送你們的，」邁可說，伊博辛開的口被他當成耳邊風，酒杯則被他轉在空中。「你們要是想找命案來破，我這兒有個名字再適合也沒有了。」

「是喔？」喬伊絲說。

「柏特妮．維茨，」邁可說。

邁可上鉤了。週四謀殺俱樂部沒有搞不定的人。伊博辛注意到，當然這也不是第一次了，大家似乎挺樂於在他們面前自投羅網。

邁可帶他們複習了他們早從警方檔案裡知道的故事。他們邊點頭邊聽，假裝之前對這一切都毫無所悉。優秀的新銳年輕記者，柏特妮・維茨。她在調查的一條大新聞，一樁涉及增值稅的驚天大案，再來就是她讓人始料未及的死亡。她的車子在夜深人靜時衝下了莎士比亞絕壁。但這都不是什麼新東西。邁可正在秀給他們看的是柏特妮傳給他的最後一封訊息，在她死前的晚上：我不常這麼說，但謝謝你。感人，毫無疑問。但總歸一句仍是毫無新意。該不會他們忙了一整晚，最大的發現就是邁可・瓦格宏恩會在播報前去上洗手間吧。伊博辛決定他必須要賭一把了。

「那比這最後一封要早幾個禮拜的訊息呢？有什麼看起來不對勁的內容嗎？還是有警方沒看過的東西嗎？」

邁可開始往回捲動他的舊訊息，並讀起了一些亮點。「我想不想出來喝個啤酒？《反腐先鋒》[8]我看了沒有？這裡有則訊息是關於她在追的一條新聞，但是是死前兩週的東西。有興趣嗎？」

「看了就知道，」伊莉莎白說著給邁可倒了一杯新酒。

邁可讀起了他的手機。

「老闆……她以前給我的外號。」

「其中一個啦，」寶琳說。

「有些新情報。是什麼不方便說，但那是絕對的炸藥。我正直逼這整件事的核心。」

伊莉莎白點點頭。「她後來有跟你說過新情報的內容嗎？」

「沒有，」邁可說。「但我得說，這紅酒真的不賴。」

第四章

唐娜・德・費雷塔斯警員感覺好像有人剛在雲層中打了個洞。

她被淹沒在激情與暖意的洪水中，一種既澈底熟悉但又完全陌生的歡愉令她生氣蓬勃。她想要喜極而泣，也想為了生命中最不複雜的喜悅而歡笑。她不敢說自己絕對沒有比這更快樂過，但一時想不出來就是了。天使要是想此時此刻帶走她——單看她的心跳速度那不是不可能——她也會任由他們把她撈起，並為了這一生沒有白活而心存感激。

「感覺如何？」波格丹問，手一邊還在撫摸著她的頭髮。

「還行，」唐娜說。「以第一次而言。」

波格丹點了頭。「我在想我也許可以更好一點。」

唐娜把頭埋進了波格丹的胸膛。

「妳在哭嗎？」波格丹說。唐娜搖著頭但沒把頭抬起來。她總感覺哪裡不對勁，但毛病出在哪兒？也許這只是一夜情？會不會波格丹就是這個調調？他是不是有點愛獨來獨往？他該不會是個愛無能吧？要是明天晚上這張床會換躺別的女孩，那該怎麼辦？白人、金髮、二十二歲的女孩？

他在想什麼？她知道拿這個問題去問男人是大忌。他們絕大多數時候都是什麼都沒在

8　Line of Duty，BBC的警匪劇。

想，所以一被問到這個問題就會腦袋一片空白，只覺得好像有壓力要去編些東西出來。但她還是想知道就是了。那雙藍色的眼眸是怎麼回事情？那雙可以把你釘在牆上的眼睛。那純粹的藍色……等等，他是在哭嗎？

唐娜坐了起來，一臉擔心的模樣。「你是在哭嗎？」

波格丹點起頭。

「你為什麼要哭？怎麼了嗎？」

波格丹淚眼婆娑，溫柔地看著她。「有妳在這我太高興了。」

唐娜吻掉了他臉頰上的一滴淚。「以前有人見過你哭嗎？」

「有個牙醫見過，」波格丹說。「還有我母親。我們下次還可以約會嗎？」

「喔，應該可以吧，你覺得呢？」唐娜說。

「我也覺得可以，」波格丹附議。

唐娜重新把頭擱上他的胸膛，舒服地靠在了刺青在他身上，被鐵絲網裹住的一把刀上。

「也許下次我們可以換換口味，不要去吃什麼南多士烤雞，[9]也不要去玩什麼雷射大冒險[10]就是了？」

「同意，」波格丹說。「下次也許我行程由我來選？」

「如此甚好，」唐娜說。「排活動真的不是我的強項。但你應該玩得很盡興吧？」

「當然，我喜歡雷射大冒險。」

「你真的很認真在玩，是吧？」唐娜說。「那群過生日的小朋友完全不知道自己是怎麼死的。」

「那是他們一次很好的教訓，」波格丹說。「戰鬥的精髓就在於躲藏。越早學會越好。」

唐娜看向波格丹的床頭桌。那兒有健身用的握力器，一罐Lilt汽水，還有一塊他在雷射大冒險中贏來的塑膠金牌。她在這裡扮演的，是什麼角色呢？一個旅伴嗎？

「你曾感覺自己在人群中格格不入嗎，波格丹？就像你在從外頭往裡瞧？」

「嗯，英文是我的第二語言，」波格丹說。「還有我真的看不懂板球。妳覺得自己跟別人不一樣嗎？」

「嗯，」唐娜說。「別人會讓我感覺自己不一樣，我想。」

「但有時候你會想要不一樣，也許？有時候不一樣是件好事？」

「有時候，當然。只是我希望可以選擇在哪些時候與眾不同。大部分的日子裡我只想融入人群，但在費爾黑文我沒這樣的機會。」

「大家都想感覺特別，沒人想當個異類。」波格丹說。

你看看那對肩膀。兩個問題當即浮現在她腦海：波蘭式的婚禮跟英式婚禮差不多嗎？我可不可以滾過去睡在那兒？

「我可以問妳一個問題嗎，唐娜？」波格丹突然口氣嚴肅起來。

噢喔。

「當然可以，」唐娜說。「你隨便問。」合理範圍內你隨便問。

---

9 Nando's，英國家喻戶曉的連鎖快餐店，主打葡式烤雞。

10 Laser Quest，英國的雷射射擊會館，玩的是室內生存遊戲。

「要是妳非得殺一個人不可，妳會怎麼進行？」

「假設嗎？」唐娜問。

「不，是真的，」波格丹說。「我們都不是小孩了。妳還是個警察。妳會怎麼做？才能不被抓到？」

嗯。這算是波格丹的缺點嗎？他是個連續殺人犯？這一點要視而不見著實有點難。但也不是完全做不到啦，畢竟你看看那對肩膀。

「發生什麼事了？」唐娜問。「你問我這個幹嘛？」

「這是伊莉莎白給我的功課。她想知道我的想法。」

OK，這說得通。真叫人鬆了口氣。波格丹不是個殺人狂；伊莉莎白才是。「下毒吧，我想，」唐娜說。「當然要是那種驗不出來的。」

「確實，要讓事情看起來很自然，」波格丹所見略同。「讓事情看不出來是凶殺。」

「也許可以開車用撞的，利用夜色的掩護，」唐娜說。「以不用觸碰到屍體為大前提，碰過屍體會讓鑑識技術逮到你。或是用槍，俐落簡單，一槍下去，砰，馬上閃人，從頭到尾別讓監視器拍到。規劃好逃亡路線不在話下，那是一定要的。不留跡證，沒有證人，無須埋屍，這會是我的做法。手機關機，或是擱在計程車上，這樣你在行凶時就可以跟手機所在地差個十萬八千里。買通護士，或許從陌生人那兒弄來幾管血液，將之留在屍體上。或者是……」

波格丹看著她。她是不是分享過頭了？也許讓對話往下走會好點。

「伊莉莎白葫蘆裡在賣什麼藥？」

「她說有人被殺了。」

「是她會說的話沒錯，」唐娜說。

「但死者是在車裡被殺，然後推下懸崖。不是我會殺人的辦法。」

「車子掉下懸崖？ＯＫ，這我明白，」唐娜說。「但伊莉莎白為什麼要調查這件事？」

波格丹聳了聳肩。「因為喬伊絲想要見一個電視上的人吧，我想。我不是真的很懂。」

唐娜點了頭——聽起來沒毛病。「屍體上有什麼記號或痕跡嗎？可以顯示死者在車掉下去前就已經被殺的證據？」

「根本沒有屍體，有的只是一些衣服與血跡。屍體被從車上拋飛出去了。」

「那對凶手來說也太方便了吧。」唐娜並不很習慣這樣的「事後天」。[11]通常妳得聽的內容是關於某人的摩托車，或是他們剛剛發現自己還忘情不了的前任。再不然就是妳得為自認表現不好的對方加油打氣。「但滿有一套的。如果凶手的意圖是傳遞某種訊息給某人，那這效果是完全達到了。」

「我覺得這太複雜了，」波格丹說，「殺一個人。又是車，又是懸崖，多了吧。」

「所以這下子你是殺人專家囉？」

「我讀了很多書，」波格丹說。

「你最喜歡的史上第一名是哪本？」

---

11 完事後的聊天。

「《絨毛兔》，」[12]波格丹說。「或是安德烈・阿格西[13]的自傳。」

也許波格丹可以宰了卡爾——也就是她的前男友？她幻想殺掉卡爾已經不只一次。波格丹可以把卡爾那台蠢斃了的馬自達推下懸崖嗎？惟就在這念頭一閃而過的同時，她像找到一方陽光的貓咪伸展著手腳，然後她意識到自己對卡爾如何已經無所謂了。那就大方一點，唐娜，留卡爾一條命吧。

「她大可以找我跟克里斯幫忙啊，」唐娜說。「我們應該有辦法幫她看看這個案子。你記得名字嗎？」

波格丹聳了聳肩。「柏特妮什麼的。不過這些事他們愛按自己的方式去行動。」

「可不是嗎，」唐娜一邊同意，一邊把手臂甩上了他那一望無際的胸膛。她鮮少這麼開心地感覺到自己如此微不足道。「我喜歡跟你聊殺人，波格丹。」

「我也喜歡跟妳聊殺人，唐娜。」

「只不過我不覺得這是謀殺就是了。是的話也太巧了。」

唐娜抬起頭，再一次望進了那雙眼睛。「波格丹，答應我這不是我們最後一次做，好嗎？因為我真的很想去睡了，然後我想跟你一起醒來，一起再做一次。」

「我答應妳，」波格丹說，他用手輕撫過她的頭髮。

如此這般睡去就是舒服，唐娜心想。她怎麼以前都不曉得這種事情？安心而幸福且滿足。還有謀殺跟伊莉莎白，以及刺青，還有與眾不同或與眾並無不同，還有車子跟懸崖跟衣服，還有明日、明日又明日。

第五章

喬伊絲

我老實說，柏特妮・維茨的命案是我的主意。

我們都在翻閱著檔案，替週四謀殺俱樂部物色新的案子。像萊伊有個老姑娘死在八〇年代初，現場留下身分不明的三具骷顱，外加地窖裡有個裝著五萬鎊鈔票的行李箱。伊莉莎白就愛這一味，而且我也同意，那個案子應該會相當歡樂，但一在另外一個檔案上看到「柏特妮・維茨」這個名字，我就打定主意了。我不常踩死某種立場，但，一旦我把腳放下去，它就不會起來了。伊莉莎白生著悶氣，但另外兩個人知道別跟我爭。我來這兒可不是只為了茶跟餅乾，你要知道。

我記得柏特妮，維茨，我怎麼可能不記得，我還在《肯特信使報》上讀過那篇邁可・瓦格宏恩的報導，講的就是她的命案，所以我心想，哈囉，喬伊絲，這看起來挺可疑的，而且妳還能順便認識邁可・瓦格宏恩。

---

12 Velveteen Rabbit，英國作家瑪潔莉・威廉斯（Margery Williams，1881-1944）的代表作，講述一隻絨毛兔如何渴望主人的愛，又是如何想要獲得真正的生命。又譯《天鵝絨兔子》。

13 Andre Agassi，二〇〇六年退役的美國職業網壇名將，曾有火爆浪子的稱號。

這有那麼十惡不赦嗎？

邁可．瓦格宏恩在《東南今夜》上播了多久新聞，我就看了多久。但凡英格蘭東南方的任何一隅有人被殺或有人開趴，邁可都不會缺席，他臉上大大的笑容也不會缺席。不過其實他報導命案不會帶著笑容。他會一臉嚴肅，而他非常善於板起臉孔。我其實更欣賞板起臉孔的他，所以萬一發生了命案，起碼我還能從中看到一絲絲慰藉。他看起來有點像老到接近我這把年紀的麥可．布雷[14]。

邁可這會兒已經做了三十五年的《東南今夜》，但大概每五年，他們就會替他找一個新的女搭檔。而柏特妮．維茨就是這麼來的。

金髮的柏特妮．維茨來自北英格蘭，而她殞命之處是在一輛開下了莎士比亞絕壁的車輛中，不遠處就是多佛。（就在A20公路[15]旁，我去查過了，因為直覺告訴我我們遲早得去那兒走一趟）。那應該是將近十年前的事了吧。看著懸崖、車子，還有一些有的沒有的，你會覺得那只是有人想不開尋短。但這個案子其實還有其他各式線索。目擊紀錄顯示就在事發前，她的車裡還有另外一個人，而她的手機上有各種曖昧不明的訊息，案情因此顯得撲朔迷離。所以警方才會稱之為命案，而在檢視過他們的檔案之後，我們對這種看法也傾向於認同。

這件事在當年是這一帶的大新聞。肯特平日能發生的事情就不多了，所以你不難想像命案有多震撼。他們做了一個紀念柏特妮的特別節目，我記得邁可在螢幕上落淚，費歐娜．克萊門斯還不得不用一隻手臂環抱住他。費歐娜當時已是邁可的新任搭檔。

費歐娜．克萊門斯如今赫赫有名，很多人都沒意識到她生涯的起點是《東南今夜》。我問邁可看不看她的益智猜謎節目《爭分奪秒》，結果他說他沒在看。這等於是在說是全英國唯一沒在看的人，就是他。寶琳——她是化粧師來著，我們等會兒再繞回來說她——表示他只是嫉妒而已，但邁可說他是根本不看電視。

我不騙你。我原本的希望是這晚我可以跟邁可曖昧一下，他會跟我說他很喜歡我的項鍊，然後我會臉紅加傻笑，而伊莉莎白則會白眼翻爆。

但最終什麼搞頭都沒有，我必須說。

「尾巴很會搖，但沒碰牛角」，[16]是朗恩下的註腳。邁可在我的臉頰上啄了一下，某個點上他的手有揮到我的，當時我有觸電的感覺，但我想那應該是餐廳外頭的地毯太厚，加上我穿了新的羊毛衫。

他這天下午訪問了朗恩：他們要做一則退休生活的報導放在《東南今日》上。這全都是伊莉莎白的建議；她讓我發電郵給其中一名製作人。想要把誰勾引過來，請找伊莉莎白。

我必須承認朗恩表現其實挺好的。他知道何時該把開關打開。他聊到了孤寂，與友誼，還有安全感，而我對他能如此開誠布公感到無比驕傲跟感動。正所謂近朱者赤，你可以在他身上看到伊博辛的影子。某個點上他稍微離題，聊起了西漢姆聯，但邁可將他拉回了正軌。

我們整個計畫真正的目標，話說回來，是要蒐集關於柏特妮・維茨的情報，而邁可也十分樂於開口。他酒醉加三級，然後他跟我們說了很多我們原本就知道的事情，但他也真的是

14 Michael Bublé，1975-，加拿大的影歌雙棲藝人。
15 從倫敦途經梅德史東與福克斯通前往多佛的公路，在A20公路的東邊。
16 All wag, no horn，尾巴搖得很厲害，牛角完全沒頂出去碰到，比喻雷聲大雨點小。

火力全開。

基本的事實如下。柏特妮在追查一件非同小可的增值稅弊案。跟手機的進出口有關。這樁勾當已獲利至少數百萬鎊。

一名叫做海瑟．加爾巴特的女人在幕後操盤。她的老闆是一個男人，叫傑克．梅森，是個地方混混，據信海瑟就是代表他在經手犯罪事宜。海瑟後來因詐欺入獄，但傑克．梅森沒有。算傑克．梅森走運。

時值三月的某晚，柏特妮發了一則訊息給邁可，而邁可原本想著隔天一早會看到陽光又俐落的她。但柏特妮的明天已經永遠不會再來。

那晚她被目擊到離開了自家的公寓大樓——這年頭大家都說 an apartment building，殊不知我們以前管那叫 a block of flats——時間在十點前後，然後她就擅離職守了好幾個小時，沒人知道她去了哪裡。她再次出現在閉路電視的監視錄影中，是在莎士比亞絕壁附近，時間接近凌晨三點。她車上有一名身分不詳的乘客。

再有人看見時，車子已經位於莎士比亞絕壁的底部，淪為一團廢鐵，車內有她的血跡跟衣物，但就是不見她的遺體。這讓我有點起疑，但顯然並不稀奇，畢竟你得考慮到那一帶的潮汐。一年之後，由於她的下落毫無線索，加上完全沒有人去動用她的銀行戶頭，一只推定死亡證明核發了下來。這依舊，是言之成理，但你還是不禁得在心中有此一問，屍體在哪兒？我沒有明著對邁可這麼說，因為你感覺得出來柏特妮．維茨對他意義不凡。

他給了我們一則新的資訊。一條柏特妮傳給他的訊息。她發現了一些新證據，重要的新證據。邁可始終沒能查出那是什麼證據。

海瑟．加爾巴特顯然有最大的嫌疑，畢竟柏特妮一路以來蒐集了那麼多關乎她的證據，但他們無論如何，就是無法將她連結到柏特妮的死。他們試了半天，也無法將傑克．梅森牽扯進來。沒多久，海瑟．加爾巴特就因為詐欺入獄，所有人也就把日子往下過了。

但邁可還留在原地。在麥可看來關鍵的問題是：

柏特妮用訊息跟他說的新證據是什麼？法庭文件中完全沒有其蹤影，還是她另外在別處留了紀錄？也許新證據可以把傑克．梅森跟犯罪行為聯繫起來？他至今都還是個逍遙度日的自由人，而且還是個逍遙度日的有錢人。

柏特妮為什麼要在那天的晚間十點離開公寓？她是要去見誰嗎？還是要去跟誰攤牌？還有，去莎士比亞絕壁為什麼要花她四個小時？途中她肯定是逗留在了某個地方，但那是什麼地方？她在那裡見了誰嗎？

還有最後，當然了，她車裡的神祕乘客是誰？

由此去，我們可以當成起點的材料所在多有。我看得出到了晚餐的最後，就連伊莉莎白都燃起了興致。

那之後我們都又多喝了幾杯。寶琳與朗恩共享了一份甜點，這你聽來可能覺得沒什麼，但我從來沒見過朗恩分享任何食物，尤其那還是一份香蕉太妃派。[17]所以這未來的發展應該值得期待。

不知不覺中，我們聊到了快八點！艾倫在我進門時，已經控制不住自己了。我說的是

---

17 Banoffee Pie，英國傳統甜點，主打香蕉跟太妃焦糖醬，還有金黃酥皮。

「控制不住自己」：牠蜷曲在沙發上望著我，挑起的眉頭像是在說，「這個時候讓我吃晚餐，是哪門子的時間？妳這個玩到不知道回家的八婆！」你知道狗狗有時候可以多難搞。但我這個八婆給牠帶了牛排回來，所以牠的這種口氣沒有維持太久。牠頭也不回地狼吞虎嚥。艾倫或許是很多東西，但佛教徒肯定不是其中之一。

此刻我正在用海瑟．加爾巴特的名字在估狗，並一邊聽著BBC World Service的廣播。搜尋她有點棘手，因為澳洲有一個曲棍球選手也叫海瑟．加爾巴特，而且跳出來大部分都是後者的搜尋結果。搞到最後我都對打曲棍球的海瑟產生了興趣，並追蹤起了她的ＩＧ。她有三個非常可愛的小朋友。

海瑟．加爾巴特人還在獄中（我是說不打曲棍球的那個，但你應該分得出來吧）。事實上，她現如今人在達威爾監獄，那不論從哪個方面來看都是上天的安排，理由是，當然啦，那裡面有我們認識的朋友。我已經發訊給伊博辛，上頭提出了一個他肯定會覺得很有搞頭的念頭。

這會兒World Service上聊起了加密貨幣，所以找時間我也要去查一下。比特幣是當中的大頭。這玩意兒聽起來很耐人尋味，而且按節目上所說正紅遍半邊天，不過當中也有很高的風險。主持人剛訪問了一名還不到十六歲，就靠加密貨幣賺到一百萬的玩家，他完全是加密貨幣的擁護者。

傑瑞跟我買過一些有獎儲蓄公債[18]，那已經是我拿錢做過最前衛的實驗。也許我應該稍微放膽去活？做點有所突破的事情？改變一下自己的作風？只是改變是以什麼為基準？要改變的這個我是誰？

我是誰？我是喬伊絲・米德寇弗，而那樣已經夠我好好活下去。夜晚適合的是無解的問題，而我沒有時間可以留給無解的問題。那些問題還是留給伊博辛吧。我喜歡那些有辦法回答的問題。

誰殺了柏特妮・維茨？這才是個像樣的問題。

18 Premium Bond，沒有利息可領，但每個月可以抽獎的公債。

第六章

新的一日已然破曉在古柏切斯。從伊莉莎白的公寓窗戶望出去，你可以看見遛狗的人，還有幾個遲到了，要衝去上八十歲以上尊巴舞課的學生。空氣中的嗡嗡聲是友善的寒暄聲，是鳥兒在唱歌的聲音，是亞馬遜廂型車來送貨的聲音。

「妳為什麼要一直看手機？」波格丹問。他坐在棋盤前，對面是史提芬，在旁邊讓他分心的是伊莉莎白。

「我有訊息可以收，親愛的，」伊莉莎白說。「我有朋友。」

「會傳訊給妳的不就是喬伊絲，」波格丹說。「或是我。而我們三個現在都在這兒。」

史提芬下了一步棋。「看這招，冠軍。」

「他說得挺有道理，」喬伊絲說著從馬克杯喝了一小口茶。「這茶是約克夏[19]的嗎？」

伊莉莎白聳了個像在說「最好我會知道」的肩膀，然後讓心思回到了攤開在她面前的文件。那些是來自海瑟．加爾巴特審判的證據。只要你肯平心靜氣等上三個來月，平民百姓誰都可以看到這些資料。又或者你需要等上兩個小時，如果你是伊莉莎白。她真的得停止看手機。最新的一封訊息寫道：

妳不可能永遠無視我，伊莉莎白。我們有很多東西可以好好聊聊。

她開始收到的這些威脅訊息，來自一個匿名的號碼。昨天寄來的第一封寫的是：

伊莉莎白，我知道妳都幹了什麼好事。

嗯，你說話可以不要範圍這麼大嗎，她心想。接續的訊息前仆後繼。誰在發這些訊息？還有，更重要的是，這人發這些訊息要幹嘛？不過她現在真的沒空擔心這些。真相終究會水落石出，毫無疑問，而在那之前，她有柏特妮・維茨的命案要破。

「我真覺得這是約克夏紅茶。」喬伊絲沒完了。「我九成九確定。妳肯定知道吧？」

伊莉莎白繼續檢視著文件。財務紀錄，字又多又硬。書面上的足跡顯示不存在的手機在多佛離開了碼頭，然後同一批不存在的手機在數週後跑了回來。一令又一令的增值稅退稅單。百萬來百萬去的銀行明細表。金錢消失在境外的帳戶中，然後就像一陣煙沒了。柏特妮・維茨揭穿了這群傢伙。你不得不佩服她。

「無妨，」喬伊絲說。「妳忙。我自己去碗櫃看看。」

伊莉莎白點頭。這些書面資料足以坐實海瑟・加爾巴特的背信罪嫌。但這當中也有關於柏特妮・維茨之死的線索嗎？就算有，那顯然也還沒被人發現。伊莉莎白也不太看好自己能發現什麼端倪的機率，畢竟這全部，都不太是她擅長的領域。所以怎麼辦好呢？她有了一個

---

19 Yorkshire，約克夏茶（Yorkshire Tea）創立自一九七七年，是貝蒂與泰勒集團（Bettys & Taylors Group）的產品，也是英國銷售量最高的傳統紅茶品牌。

想法。

「沒錯，是約克夏茶，」喬伊絲從廚房叫了一聲。「我就知道。」喬伊絲一直堅持要來串門子。是說不論你在軍情五處或六處幹到多大，也無所謂你被狙擊手開過多少槍，多少次覲見過女王，下定了決心的喬伊絲你都無法擋。伊莉莎白只得手腳加快做好準備。

史提芬的失智益發嚴重了，伊莉莎白心裡清楚。但他愈是從她手中溜走，她就愈想緊緊握住他。她要是能看著他，那他肯定就哪兒也跑不了，是吧？

史提芬狀況最好的時候，就是波格丹來下棋的時候，所以伊莉莎白把波格丹邀了來，然後在喬伊絲身上賭了一把。也許他會表現得非常正常。然後也許那就能讓這場猴戲苟延殘喘，讓她再當幾個禮拜的鴕鳥。她幫史提芬刮了鬍子，還洗了頭髮。習慣了的他已經不覺得這有什麼奇怪。伊莉莎白看向了棋盤。

波格丹用兩手托著下巴，為了下一步陷入長考。他感覺跟平日不太一樣。

「你是不是換了沐浴露？波格丹，」伊莉莎白問。

「別幫這小子拖時間，」史提芬說。「我已經把他趕進牛角尖了。」

「我用的是無香水的身體磨砂膏，」波格丹說。「新換的。」

「嗯嗯，」伊莉莎白說。「非也。」

「這很有女人味，」喬伊絲說。「而且也不是無香水。」

「我下棋，」波格丹說。「請讓我專心。」

「我感覺你有祕密瞞著我們，」伊莉莎白說。「史提芬，波格丹是不是有祕密沒說？」

「我什麼都不會說，」史提芬說。

伊莉莎白讓心思回到了文件上。這裡頭有什麼東西讓柏特妮・維茨丟掉了小命。殺她的是海瑟・加爾巴特嗎？伊莉莎白覺得這可能性不高。海瑟・加爾巴特的老闆，傑克・梅森，看上去是個買賣廢鐵的生意人，但其本體是英格蘭南岸一個八面玲瓏的罪犯。海瑟・加爾巴特像個小兵，不像是將領。那將領是傑克・梅森囉？這些文件中會藏有他的名字嗎？她的B計畫該出動了。

「喬安娜還好嗎，喬伊絲？」伊莉莎白問。喬安娜是喬伊絲的女兒。

「她要去高空跳傘為癌症募款，」喬伊絲說。

「我挺想跟她敘一敘，」伊莉莎白說。

喬伊絲一眼就看穿了這話。「妳是說，妳挺想讓她看一眼這些文件，因為妳看不懂嗎？」

「又沒誰會少一塊肉，是不？」喬安娜，還有她的同事們，三兩下就可以看完這些東西，伊莉莎白對此很有信心。說不定可以撈出一兩個名字。

「我會問她一下，」喬伊絲說。「我人在她的黑名單上，因為我說我看不懂壽司好吃的點在那兒。是說妳為什麼一直在看手機啊？」

「別那麼愛管閒事，喬伊絲，」伊莉莎白。「妳不是瑪波小姐。」[20]

說巧不巧，伊莉莎白的手機響了起來。她沒看。喬伊絲用細到不能再細的眉毛一挑，釘住了伊莉莎白，然後面向史提芬，慈眉善目得多地看著他。

20 阿嘉莎・克莉絲蒂筆下的女偵探。

「很高興能見到你，史提芬，」喬伊絲說。

「能認識伊莉莎白的朋友，都是好事，」史提芬說著抬起了頭。「你隨時來玩。這裡永遠歡迎新面孔。」

喬伊絲不動聲色，但伊莉莎白知道自己聽到了什麼。

波格丹總算讓棋子動了一下，史提芬輕輕鼓起了掌。

「他聞起來或許變得有點香，」史提芬說。「但他下棋還是跟以前一樣。」

「我沒有聞起來比較香，」波格丹說。

「你有，」喬伊絲說。

伊莉莎白趁機瞄了一眼她的手機。

我有個工作給妳。

伊莉莎白感覺熱血沸騰。生活最近太平靜了。一名退休的驗光師騎著機踏車去撞樹，牛奶瓶導致了一場不大不小的糾紛，但此外就沒有什麼讓人興奮的事了。簡簡單單的生活沒什麼不好，但在這個節骨眼上，有宗謀殺案要去查清，有各種威脅簡訊天天對她挑釁，伊莉莎白徹底意識到了她懷念麻煩的心情。

第七章

一陣呼嘯的強風吹來，克里斯．哈德遜探長[21]走在冷到要結冰的海灘上。他手握著一個微溫的杯子，裡面裝著勉強能算是茶的東西。他剛從海邊的一間咖啡買了這玩意兒，但他們既不找他零錢，也不借他員工的洗手間。

但什麼也打不壞他現在的心情。人生終於有那麼一回，一切都照著克里斯的意思在發展。犯罪現場主任從被燒焦的小型巴士裡探出頭來，那車如今陷在海帶與鵝卵石之間，活像是隻駭人的螃蟹。

「我很快。」

克里斯揮手表示「不礙事」，而他是認真的。

21　為求閱讀理解之便，本書中的英國警階由高至低排列如下：
郡級警察局長（Chief Constable）
總督察（Detective Chief Superintendent）
督察（Detective Superintendent）
探長（DCI = Detective Chief Inspector），如克里斯．哈德森
警探（DI = Detective Inspector）
警佐（DS = Detective Sergeant）
探員／警員（DC = Detective Constable／PC = Police Constable），如唐娜．費雷塔斯

「克里斯怎麼開心成這樣？」這個問題的答案很簡單，但也很複雜。克里斯在跟某人談戀愛，而那個某人也愛著他。

毫無疑問這一切會在某個點上內爆，遲早，但暫且還沒有爆。一個洋芋片的包裝在空中表演完各種高難度的動作，吹到了他的臉上。愛情，就是這麼無敵。

或許這一切也可以不要爆炸？那有可能嗎？也許這次一切都對了？克里斯與派翠絲，派翠絲與克里斯。克里斯驚險地閃過了散落在小型巴士旁邊，許多針頭中的其中一支，沒有真的踩上去。海洛英成癮者很鍾情這片海灘。也許他會跟派翠絲白頭偕老？一起追劇，一起去農夫市場？手牽著手，心連著心。她才剛逼著他看了《西城故事》，結果那並不如想像中的難看，你只需要熬過前面的歌唱跟跳舞就是了。天底下竟然有這麼神奇的事情？

他看向唐娜・德・費雷塔斯警員，她在冷風中把身體幾乎整個彎了起來，防水大衣帽蓋下的臉只剩一點點。她是他的搭檔——甚至嚴格一點說，還是跟在他的學習各種辦案知識的「影子」學員，但那怎麼看都不像是他們互動的方式——也是派翠絲的女兒。光這點，他就在她面前矮了一大截。

唐娜也同樣在這麼爛的天氣中有著挺好的心情。她轉身背著風，用牙齒脫下了手套，然後開始回覆一封她剛才收到的訊息。唐娜昨晚約了個會，然後對整件事情顯得非常害羞。克里斯不能確定昨晚的事情有照著唐娜的意思走，但他確實聽到了她一路在車上哼著電影《阿拉丁》的〈A Whole New World〉，所以他很難沒有各種猜想跟念頭。或許派翠絲可以查出是哪個神祕的男人躲在唐娜的歌聲之後。

小巴，或者該說是小巴如今已扭曲燒熔的骨架，在灰色的海天背景中是一團煤黑，其原本隸屬的單位是一家育幼院。駕駛座上的焦屍身分，暫且還無從得知。此前克里斯從沒有真正想過海有多美。他的腳把一只啤酒瓶斷掉的頸部踩了個碎。風勢還在繼續變強，吹在克里斯的臉上就像冰冷的針頭。美不勝收，只要你願意駐足觀看。只要你願意將之視如美酒，一飲而盡。

克里斯還減掉了一英石半[22]的體重。他最近買了一件T恤，尺寸是L，而不是他平日常買的XL，甚至是偶爾有點羞恥的XXL。他現在吃的是鮭魚跟綠花椰。事實上他綠花椰已經吃到他信手就能拚出broccoli，不用翻字典。他上一次吃瑞士三角巧克力是什麼時候？他連想都想不起來。

克里斯的手機震起。神祕訊息可不是唐娜的專利。確認過名字後，他發現傳訊者是伊博辛。如果是伊莉莎白找，那你就知道皮要繃緊了。至於伊博辛嘛，抓個一半一半吧。他讀起了訊息：

午安，克里斯，我伊博辛。我希望這封訊息沒有打擾到你辦正事？你永遠不會知道別人的行事曆，尤其是在執法部門服務的人員，他們的時間說是沒有一定，已經算很客氣了。

螢幕上在閃著點點點，顯然伊博辛的第二則訊息正打到一半。克里斯可以等。六個月前

22　一英石是十四磅，約六點三五公斤。一點五英石約九點五公斤。

這一切都不屬於他。派翠絲不存在，唐娜不存在，週四謀殺俱樂部也不存在。事實上，他意識到，俱樂部是一切的開端。他們是某種行走的魔力，那四個人。確實，他們最近才在費爾黑文的碼頭上弄死了兩個人，還偷走了金額大得誇張的錢，但他們身上的魔力真真切切。

「你在跟誰傳訊息？」他頂著風喊著唐娜。試試總可以吧。

「碧昂絲，」唐娜一邊叫了回來，一邊手還在打字。

克里斯的手機又在震動。還是伊博辛。

我在想——如果你覺得我們沒有熟到那種程度請原諒我——你有沒有可能幫我查查看兩個案子？我相信你也會覺得這是兩個很有趣的案子，並且我希望你能理解我之所以會冒大不韙開這個口，絕對是因為我們深感自己力有未逮。

點點點顯示這訊息還有第三部分。

克里斯與唐娜近期曾去面見過肯特郡的警察局長，一個叫安德魯．艾佛頓的男人。好長官來著，很挺自己的警察弟兄，但誰膽敢越界他也會鐵面無私。他閒來無事也寫小說，當然是用筆名。這些書是警察局長自行出版，只有在Kindle上買得到。另外一名警官跟克里斯說過這年頭，寫小說才真有賺頭，但安德魯．艾佛頓開的仍舊是一輛老佛賀Vectra[23]，所以也許那話也只是隨便說說。

安德魯．艾佛頓跟兩人說，他們都會在肯特郡的警光獎典禮上獲得表揚。須知逮到康妮．強森可立了大功。這項加分肯定是好事一樁，警察局長辦公室的牆上掛著一幅幅驕傲警官的肖像，像是英雄榜，克里斯近來都是透過唐娜跟派翠絲的角度去看這類事情，由此他注意到這些肖像上只有一名女性，還有一條警犬，剩下通通都是男人。警犬身上有一枚獎章。克里斯看到一只用過的保險套蜷曲在貝殼上。生命真是個奇蹟。

又一則訊息傳來自伊博辛。希望他這次能直接切入重點，拜託。

我在之前的訊息中所提及的兩個案件，一個是柏特妮・維茨的命案。另一個是海瑟・加爾巴特被判有罪的詐欺案。兩個案子都發生在二〇一三。其中柏特妮・維茨命案的重點在於她在死亡當晚的十點十五分到隔日凌晨兩點四十七分，究竟去了哪裡。以及究竟是誰在她的車裡。我們對所有的資訊都會充滿感激。有空聊，我的好友。問候一聲派翠絲，你真的給自己找了個好女人。往往，在交往關係中，最關鍵的就是……

克里斯沒再往下讀。他對兩個案子都還有記憶。柏特妮・維茨跟海瑟・加爾巴特。他會去看一眼嗎？他騙誰呢？他當然會去看一眼。週四謀殺俱樂部不曉得哪天會害他被開除，害他沒命，但這些風險都是值得的。他感覺這幾個人就是有個魔術師專門為他變出來，要來拯救他的。週四謀殺俱樂部為他帶來了唐娜，唐娜帶來了派翠絲，派翠絲帶來了炒豆腐。而這一切的一切，事實證明，都為他帶來了幸福。

---

23 Vauxhall，英國車廠，屬於通用汽車集團，與歐寶共用生產平台。佛賀 Vectra 跟台灣以前也有引進的歐寶 Vectra 是雙生車，只不過前者為英國的右駕版，後者為左駕版。

原本在看手機的唐娜抬起頭來。「你在笑什麼？」

克里斯聳了聳肩。「妳又在笑什麼？」

唐娜聳了聳肩。「你收到我媽的訊息嗎？」

「妳媽的訊息不能在大庭廣眾下打開，」克里斯說。「政風小組會把我給辦了。」唐娜吐了吐舌頭。

「伊博辛想讓我們查個案子。」

「別告訴我，」唐娜說。「有個叫柏特妮的人開車衝下了懸崖？」

「妳怎麼會——」

唐娜揮手打斷了他。

克里斯望向大海，唐娜加入了他。灰色的雲層正在變成怒氣沖沖的黑，如鞭的風勢打在他們的臉上，靠的是刺痛而帶著鹹味的水珠。金屬與塑膠的燒焦味自小巴傳來，混以腐爛的屍臭，卡進了他們的喉嚨。兩隻海鷗打了起來，還氣到叫囂聲不斷，為的不過是一只塑膠購物袋。

「真是美，」克里斯說。

「美呆了，」唐娜附議。

第八章

伊莉莎白滿腦子一直是閉路電視監視器。柏特妮開著車從費爾黑文穿過去，竟然沒有一支監視器拍到？在出門去散步前，她先給克里斯打了個電話，說的就是這件事，而他的反應是，「啊，我一直在等妳打來。」

她問他能不能去看一下，而他說他手邊也有具屍體要忙，於是伊莉莎白恭喜了他，虧他能得到警察局長的表揚，然後要他別忘了他能逮住康妮．強森，她幫了什麼樣的忙。

他於是同意了去看一下。

伊莉莎白跟史提芬開始了每天下午準時去散步的習慣。風雨無阻，絕不耽誤。

他們穿過林間，經過了墓園的西牆，牆內就是伊莉莎白沒那麼久之前曾去挖過東西的地方。接著他們越過慢慢在丘頂冒出來的新建築，來到一片開闊的原野。他們駐足在那兒，拿出了可以放在屁股口袋的酒壺，然後跟牛牛攀談起來。

史提芬給所有牛都取了名字，也對每頭牛的個性如數家珍，然後每天，他都會滔滔不絕對對伊莉莎白講解牛隻之間最新的發展。今天，史提芬跟她說黛西背叛了布萊恩，好上了愛德華這頭來自附近原野的年輕帥公牛，由此黛西與布萊恩現正嘗試去做牛心理諮詢。伊莉莎白喝了一小口威士忌，並說黛西對母牛來講是個很沒有創意的名字。

「我也這麼覺得，」史提芬沒有異議。「這完全要怪她媽媽。她媽媽也叫黛西。」

「是喔，」伊莉莎白說。「那她爸爸叫什麼？」

「沒人知道，問題就出在這兒，」史提芬說。「那在當時被傳得很難聽。八卦說是老黛西在去西班牙度假期間，發生了露水姻緣。」

「嗯嗯，」伊莉莎白說。

「其實仔細聽，黛西帶有一點很輕微很輕微的西班牙口音。」

黛西哞了一聲，就像在配合史提芬似的，惹得兩人都笑了。

但是時間差不多了。他們也該掉頭，重新穿過林間，沿著她自行開闢出來的那條路徑回去了。安靜私密且兩人專屬的這條山徑，可以讓史提芬避開窺探的眼睛，也避開關於他心智狀態種種討厭的問題。

他們一路上始終緊握著手，手臂微微擺動，兩顆心卻只有一道心跳。三兩下，這段時間已經成為伊莉莎白每天最鍾愛的日常。她帥氣又開心的丈夫。她可以多假裝一下什麼事都沒有。多假裝一下他的手將永遠握在她的手中。

「今天真適合散步，」史提芬說，一張臉被陽光照得明亮。「我們應該多這麼做。」

只要老天給機會，伊莉莎白心想，我會把這輩子能散的步都給你。

柏特妮的屍體一直沒辦找到。這讓伊莉莎白耿耿於懷。所有讀過的偵探小說都讓她知道一宗沒有屍體的謀殺案，肯定有問題存在。不雙標地說，這些年也有一些人在她的執導下假死過。

心思在別處的伊莉莎白只看到那個男人不到一秒。但她立刻意識到自己犯了個錯誤。

沒錯，她也會犯錯。次數不多，但不是沒有。

她這個快樂的例行公事，這些與史提芬一起走過的熟悉路徑，這種她早已不陌生的歡愉，自然就是伊莉莎白犯下的大錯。就像愛很常是一種錯誤。

例行公事是間諜的大敵。連著兩天走同一條路是大忌。每天同一個時間下班也極不聰明。每週五都去同一間餐廳吃晚餐是要絕對避免的事情。例行公事就是給人把柄，就是讓敵人有可乘之機。

去打你的主意，去藏匿好自己，去殺你一個措手不及。

她那不到一秒的時間稍縱即逝。她最後的一個念頭是「拜託，拜託不要打在史提芬身上」。她甚至沒感覺到她知道會朝她襲來的那一擊。

第九章

「然後，在七〇年代末期，我跟UB40[24]的一名成員約過會，但我想那種事我們當年都做過。」寶琳說。

「妳是跟哪一個？」朗恩邊問，邊試著在喝湯時表現得彬彬有禮。

寶琳聳了聳肩。「他們人太多了。我覺得我好像還睡過瘋子樂團[25]裡的其中一個，至少那人是這麼說的。」

朗恩先打了電話給兒子傑森，問了哪裡是吃午餐的好地方，最好是個有點格調，但即便他不知該用哪把刀也不會引發軒然大波的地方。一個餐點他都認得，但有正規的餐巾，洗手間也很有面子的地方。一個你不是非打領帶不可，但想打也未嘗不可——這個嘛，只是假設一下——的地方。同時也別忘了他是個靠退休金過活的人，不是什麼大財主，但就是你知道，他還有幾個錢存在某處，你沒什麼好擔心的。

傑森很有禮貌地聽完了整段話，然後才開了口，「所以她叫什麼名字？」朗恩說，「你說誰的名字？」傑森說，「你的約會對象啊，」然後朗恩說，「你怎麼會覺得……」然後傑森說，「黑橋，老爸，她會喜歡的，」接著朗恩說，「寶琳，」最終傑森祝了他好運。然後他們父子倆聊了會兒西漢姆聯，直到朗恩問起傑森能否替他在餐廳訂位，因為他實在搞不懂那些官網的操作，要伊博辛幫他弄，他又太害羞而不敢開口。

「你的朋友今天真的要去達威爾監獄嗎？」寶琳問道。

「我們有個習慣叫做多管閒事，」朗恩說。「所以你對柏特妮・維茨的這件事怎麼看？妳應該有經歷過那個時期吧？」

黑橋酒館是所謂的餐酒館。朗恩得把整份菜單掃瞄過兩遍，才在眼皮底下找到牛排在哪兒。惟即便如此，那上頭寫的也不是單純的steak，而是什麼bavette[26]，不過這種牛排有附薯條，所以他盼著這能是張安全牌。

「她是一隻㹴犬，[27]這點不在話下，」寶琳說。「我這是誇獎她的意思。邁可為了她的死肝腸寸斷。他們很照顧彼此，這在這一行裡算是很難得的事情。」

「長得也標緻，」朗恩說。「對喜歡金髮的人來說啦，我自己是不喜歡。不是我的類型，但那也不是說我有什麼類型。我這人並不挑。嗯，應該說我也挑，但——」

寶琳放了一根手指到朗恩的嘴唇上，算是幫助他從他給自己挖的洞中脫身。他用點頭表達了感激。

「她當時才剛交了一個新男朋友，」寶琳說。「一個攝影師，那很常見。在電視圈，女生交往的對象都是他們的攝影師，男生交往的對象都是他們的化妝師。」

---

24 英國雷鬼樂團，一九七八年底成立於伯明罕，至今尚未解散。
25 Madness，一九七六年成立於北倫敦，主打來自牙買加的「斯卡」曲風。
26 又稱flank steak，中文叫側腹牛排或後腰翼板牛排，bavette是法文。
27 Terrier，㹴犬是以打獵和對付毒蛇害蟲為出發點所培育的犬種，所以雖屬小型犬，但卻勇猛、堅強、精力充沛，個性非常活潑。

「喔，真的嗎，」朗恩挑起了眉頭。「那妳跟邁可・瓦格宏恩？妳們曾經——」

寶琳笑了。「你放心啦，達令。邁克交往的也是攝影師。」

「喬伊絲這下子沒戲了，」朗恩說，而他的「巴維特」牛排也送來了。他大大鬆了一口氣那就只是塊普通的牛排，而且還有人已經幫他切好了。賓果。「妳覺得是那條新聞害死了她嗎？」

寶琳假裝饒富興味地在看著眼前那碗剛就位的燴白花椰。

「也許吧，」她說。「我們聊點別的吧；這種話題我從邁可那兒聽到要吐了。」

朗恩一直在想寶琳有誰的明星臉。也許有點莉茲・泰勒[28]？《舞動奇蹟》[29]裡的新裁判長？他左思右想之後終於決定，她絕對高出他的層級。但她卻又活生生坐在這裡。「妳的白花椰如何？」

「你猜。」

朗恩微笑以對。

「所以你昨晚玩得開心嗎？」寶琳說。朗恩昨晚第一次在她家過夜。他不確定有沒有人能把燴白花椰吃得很挑逗，但她似乎正在嗑出這種效果。

朗恩感覺兩頰很紅。「我，是這樣，嗯，我已經空窗很久了，所以或許我跟你習慣的對象不太一樣。我真的生疏很久了。我覺得很棒，光是那樣醒著聊天。我希望妳覺得ＯＫ？」

「情聖，我也空窗很久了，」寶琳說。「我覺得很完美。你是個紳士。而且是個很帥的、很風趣的紳士。我們就按自己的節奏，慢慢來好嗎？」

朗恩點了頭，又嗑了一點牛排。他們沒有提供番茄醬，但此外他沒什麼毛病可以挑剔黑橋酒館。多謝了，小傑。

「吃完飯你想去岸邊走走嗎？」寶琳說。「趁著太陽還沒下山？在碼頭上來點冰淇淋？」

朗恩顧慮起他的雙膝。他一不用傑森買給他那天殺的手杖，膝蓋真的是會痛得不像樣。痛到讓他非常有感地知道自己是個老人家。本來就一步走一步痛了，要是還得在寶琳面前裝英雄，那個痛又會更上一層樓。明天他可能一整天都要在床上度過。

「我很樂意，」朗恩說。「很樂意。」或許他並不需要在寶琳面前硬撐什麼？

「我知道膝蓋會給你排頭吃，」寶琳說。「所以看在老天份上，我們先去給你找支手杖。我要的不是哪個硬漢把我拖慢。我要的只是碼頭上一碗冰淇淋，跟給我一個吻的朗恩．李奇。」

朗恩又笑了。他還是不會用手杖——他有他的原則在——但這話他聽著依然十分受用。

寶琳用身體指了一下包包。「我這兒有兩根大麻菸捲[30]，會管點用。」

---

28 伊莉莎白．泰勒（Elizabeth Taylor），1932-2011。

29 Strictly Come Dancing，英國舞蹈比賽實境秀。

30 Spliff，混有菸草跟大麻的捲菸。

第十章

伊莉莎白昏迷不醒了多久？不好說。

所以她究竟知道什麼？

她躺在一輛高速行駛的車輛中，冰涼的金屬地板上。她的雙手被銬在身後，兩腳也被綁著。眼罩蒙蔽了她的雙眼，兩側耳機中傳來的是震耳欲聾的白噪音。這種刑求技術她一點都不陌生。

但往好處看，她還沒死。沒死就還有選擇可以做。

她此刻能控制的就是自己的呼吸，所以她便這麼做了。她讓自己的呼吸放緩，並且求深、求穩。慌亂不會有任何好處。她在想等知道自己被帶往何處後，她應該會用得上全身的所有能量。

他們也打了史提芬嗎？還是他們覺得沒那個必要？他也跟她一起被抓了嗎？

伊莉莎白扭動著地板上的身體，往車後移動——她已經判斷出這是輛廂型車——直到她蹭到另外一副身體。他們的狀態是背靠背。她知道那是史提芬，她認得那種觸電的感覺。

靠著被銬在身後的手，她摸索起史提芬的手。他也在做著一樣的事情，然後兩雙手就抓住了彼此，就像一對睡眼惺忪剛起床的戀人。她捏了捏史提芬的手，然後擔心起這會不會有損他的男子氣概。是不是應該由他來捏捏她的手才比較對？但在這樣的處境中，由她來安定軍心感覺還是比較對。畢竟史提芬從來沒有過這樣的經驗。

她把手指放到他的手腕上，這任誰都會覺得是一種親暱的表現，但其實她是在確認他的脈搏。她想知道他有沒有在驚慌。

他的脈搏穩若泰山：每分鐘六十五下。當然啦。史提芬也會控制自己的呼吸，他肯定相信妻子可以帶他脫離險境。

但她做得到嗎？嗯，這很大程度上要看這是什麼樣的險境，伊莉莎白心想。下手的絕對是那個傳訊息給她的人。威脅了半天的他算是說到做到了。但他是什麼人呢？他有什麼工作是要她做的？

廂型車開始放慢了速度。就像是他們離開了大馬路，進入了小路當中。伊莉莎白暗暗記下了這點。

古柏切斯會有人注意到她不見了，這是好事一樁。喬伊絲會發現她今晚的燈沒有亮。她會吧？她不會光忙著調查海瑟．加爾巴特的案子吧？伊博辛會不會滿腦子算計著康妮．強森？朗恩會不會忙著……嗯，那不用我說了吧。他們會不會根本沒注意到身邊少了她？他們真的會發出警報嗎？

總之，伊莉莎白知道她已經離家很遠了。這次不會有騎士來救她了。是她讓自己陷入了這團亂，她也得自己掙脫出來。

廂型車停了下來。伊莉莎白邊等待邊調整呼吸。她感覺到有隻手伸到她肩上，粗魯地將她扯了起來。

問題是，那是誰的手？

第十一章

「所以你不是《週日泰晤士報》的人？」康妮・強森問，這在伊博辛看來問得不是沒有道理。她嚼著口香糖。又一次，伊博辛對此沒有意見，只要是無糖，口香糖也可以有益於牙齒健康。

「不是，我說了謊，」伊博辛說著翹起了腳，然後拉下了他褲腳的摺邊。「我想說讓妳以為我是個記者，妳會比較願意對我開口。」

他們坐在達威爾監獄的一間訪客室中。桌子一張張分了開來，但距離近到誰都可以聽到誰的心碎，就看你選擇要或不要。伊博辛聽著每一段對話，但也進行著他自身與康妮的交談。這是他的習慣。

「那你是誰？」康妮問。她身穿監獄的連身衣，但很令人意外地畫著全妝，照講她的立場應該拿不到高檔的化妝品才是。

「我名叫伊博辛・阿里夫。精神科醫師。」

「是喔，那還挺有趣的，」康妮說，而且她聽起來是認真的。「誰派你來的？檢方的律師？來看我是不是個瘋子？」

「我已經知道妳不是瘋子了，康妮。妳是個很穩重、很聰明、很知道自己要什麼的女人。」

康妮點起頭。「嗯嗯，我確實是很目標導向。我在臉書一個相關的測驗中拿到九十六分。你的西裝還挺稱頭。看來有人日子過得不錯。」

「妳會設定目標，然後妳會達成那些目標。我說對了嗎？」

「確實如此，」康妮說，然後看了看四周。「只可惜我人在獄中，是吧，伊博辛．阿里夫？所以我並不完美。」

「我們有誰是完美的呢？」伊博辛問。「對自己承認這一點，反而是健康的。我在想妳會不會有興趣接下一項任務，康妮？」

「任務？你要古柯鹼？你看起來不像需要古柯鹼的人。你有人要殺？你看來倒是付得起這個錢？」

「完全不是什麼犯法的事情，」伊博辛說。他實在是很愛跟罪犯聊天，他沒辦法自欺欺人。跟名人聊天一樣也是。他也很喜歡跟邁可．瓦格宏恩聊天。「恰恰相反。」

「跟犯法恰恰相反的事情，行。那我有什麼好處？」

「對妳，一點好處也沒有。」伊博辛說。「我只是想說妳應該挺擅長這種事。所以做起來應該會挺開心的。」

「我是說，我可不是閒著沒事幹，」康妮說著，露出了笑容。

「也是，」伊博辛說著，也朝她笑了笑。康妮的笑看來是發自內心，所以他也報以了真實的笑容。

「好吧，所以任務是什麼？」康妮說。「我喜歡你的厚臉皮，也喜歡你的西裝——那我們來談點正事吧。」

伊博辛突然低調了起來，壓低了聲音，一副不想被人注意到的樣子。「這裡有一名獄友，名叫海瑟．加爾巴特。妳知道她嗎？」

「她是佩文西[31]勒頸怪客嗎？」

「不，我想不是。」伊博辛說。

「D廂是有一個叫海瑟的，」康妮說。「有點年紀，看起來腦筋不錯。好像是個搶了銀行的老師？」

「我們就暫時假設她是我說的海瑟，」伊博辛說。「妳覺得妳可以去跟她交個朋友，然後或許替我查到點東西嗎？」

「聽來像是我可以做的事情，」康妮說。伊博辛已經可以看到她的腦筋在作動著。「你需要調查什麼？」

「我需要知道她是不是在二〇一三年殺害了一名叫柏特妮．維茨的電視台記者，是不是把柏特妮的車子推下了懸崖。」

「酷，」康妮說，她的臉上慢慢浮現出微微的笑容。「我會直接去問她。好茶，一年的這個時候還有這種天氣，挺舒服的，喔對了，妳是不是殺了個人？」

「嗯，具體怎麼去處理這個問題，我就交給妳去傷腦筋了，」伊博辛說。「那是妳的專長，不是我的。而也許她並沒有動手——她不是凶手於我也是有用的資訊。」

「但我猜她有動手啦，」康妮說。「我從來沒有把車推下過懸崖，雖然我一直都有這個想法。」

伊博辛舉起了兩隻手掌，學起在推東西的模樣。「妳將來還有機會，我相信。」

「所以這當中真的沒有我的好處嗎？」康妮問。「你不能替我挾帶個手機ＳＩＭ卡還是什麼的嗎？」

「我覺得我應該沒有辦法，」伊博辛說。「但我可以估狗一下做法，然後嘗試看看。」

「別給自己壓力，我這兒還很多。而且他們是怎麼把ＳＩＭ卡偷渡進來，你不會想知道的。」

伊博辛想著他還是會去估狗一下。他真的很享受這個過程。他從上次被搶劫之後就不是很常出門，但一點一點地，他找回了自信，一點一點地，他感覺他又變回了那個原本的自己。疤痕是留下了，沒錯，但那至少表示血不再流了。而且能想起他有多擅長這種事，感覺挺不錯的。他指的是讀懂人，是搞清楚麻煩，是把麻煩導往別的方向。他挺欣賞康妮，康妮也欣賞他。只不過小心一點還是必要的：她是個心狠手辣的殺手，而不是說他要對人有成見，但殺人真的挺不好的。稍後他會有好消息可以帶回去，對夥伴們報喜就是了。他想起了ＳＩＭ卡。ＳＩＭ卡很小，伊博辛知道，所以他在想你能如何……伊博辛意識到康妮剛說了些什麼，但自己沒把話聽進去。這很不像他。非常不像他。他該拿出點真本事了。

「我很抱歉，」伊博辛說。「妳剛剛說了什麼？」

「你是去夢遊了喔，伊博辛，」康妮說。「讓我再問你一次。做為一名精神科醫師，你覺得是什麼動機在推動著我？」

這對伊博辛來說是送到嘴邊的肥肉。當然，我們都是不同的人，都是獨一無二的雪花過著獨一無二的人生，但掀開引擎蓋的我們都是一樣的組成。

「動能，我會說。一股想要移動跟改變的慾望。」伊博辛把左右手的手指一根根對起來，

---

31 Pevensey，英格蘭南岸靠海的小村落。

形成一個領導者常用，流露自信的教堂尖塔手勢。「有些人會需要事情通通保持不變——我就有點屬於這種人。哪怕是行船的海象預報換了背景音樂，我呼吸都會喘不過來。但有些人需要改變不停地發生。妳就需要改變不斷發生。只有混亂中，才有妳的藏身之處。」

「嗯，」康妮說。「說得真有道理，伊博辛．阿里夫先生。但你覺得誠實對我來說重要嗎？」

這是在說哪一節？伊博辛內心一沉。「我想應該重要吧。在妳那一行中，誠實，挺諷刺地，比什麼都重要。」

「你也這麼覺得，是不？」康妮問。「你是從哪兒知道我的名號，老兄？你怎麼會知道康妮．強森這號人物？派你來的是什麼人？」

「一名個案案主，」伊博辛說。他很不會說謊，所以胡謅這種事他總是能免則免。但自從認識了伊莉莎白、喬伊絲與朗恩之後，他不得不睜眼說瞎話的場合也愈來愈常見。

「因為我聽過你的名字，」康妮說。「伊博辛．阿里夫。你知道我是在哪兒聽過你名字的嗎？」

伊博辛的謊已經說不下去了，由此他只能眼睜睜看著康妮靠了過來，在他的耳邊說起了悄悄話，「從你的好兄弟朗恩．李奇那兒，就在我被逮的那天。」

她倒回了椅子上。輪你出招了，伊博辛。

「是他叫你來的，對吧？」康妮問。「你在替他工作？」

「不，我的老闆是伊莉莎白．貝斯特，她是軍情五處的人。還是軍情六處。其中一個吧。」

康妮信了這話。「所以軍情五處，或六處，要我去接觸海瑟・加爾巴特？」

「間接地，沒錯，」伊博辛說。

「而這會在法庭上對我有幫助嗎？一群頭戴黑色蒙面頭套的傢伙會把我從被告席上劫走嗎？」

「不，那倒是不會，」伊博辛說。不過那倒是讓他意識到他們多半可以。伊莉莎白會知道。

不過還是不要好了，輕諾則寡信。

「伊博辛，」康妮說，「我不喜歡聽謊話。」

「當然，」伊博辛說。「是我不好。」

「還有，」康妮接著說，「請務必記得我一出去，就會殺了你的朋友朗恩・李奇，誰叫他害我淪落到這裡。」

「收到。」

康妮想了一會兒。「還有你認識波格丹嗎？」

「認識，」伊博辛說了實話。

「我也會殺了他。你可以替我跟他們兩個說一聲嗎？」

「我會轉告他們，是。」

「波格丹有沒有對象，你清楚嗎？」

「這可考倒我了，」伊博辛說。

康妮點了點頭。一名獄卒來到了桌邊。

「時間到了，強森，妳的二十分鐘結束了。」

康妮看向他。「再五分鐘。」

「這間監獄不歸妳管，」獄卒說。「這兒是我們說了算。」

「再五分鐘，我就幫你兒子弄到iPhone，」康妮說。

獄卒思考了一下。「十分鐘，而且他要iPad。」

「謝了，長官，」康妮說著轉頭看向伊博辛。「我在這兒無聊死了，那就來吧。把你對海瑟・加爾巴特的所知通通告訴我。我還是要宰了你的朋友，但在那之前，我們可以姑且休兵，一起找點樂子。」

伊博辛點頭。「妳知道只要願意，妳可以選擇不要殺我的朋友吧，康妮？」

「什麼意思？」康妮問，她是真心不明白。

「這兒發生的一切，不過是他們棋高一著，讓妳著了他們的道。那真的有那麼可惡嗎？」他們利用了妳的貪。妳有玻璃心到不能偶爾被人智取個一兩次嗎？」

康妮笑了。「但那是我的工作，伊博辛，那是我賺錢的生計。我想你不會不懂吧，你是個聰明人。」

「承您美言，」伊博辛說。「我確實測過一次智商，結果——」

「假設我不殺朗恩跟波格丹，」康妮打斷了他。「我們就當在彩排想像一下。費爾黑文每個想翻身的人都會覺得他們可以挑戰我。你知道我公司的口號是什麼嗎？」

「原來妳還開了家公司嗎？」伊博辛說。

「有仇必報，愈快愈狠愈好。」康妮說。

「有道理，」伊博辛給了客觀的評語。「不過毒販當中就沒有是非善惡觀念正確的人嗎？」

「布萊頓有個篤信公平貿易的古柯鹼販子。他每一綑產品出去都有蓋章等一堆程序。家庭經營農場出產的古柯鹼，不含殺蟲劑。」

「好吧，凡事總有第一步，」伊博辛說。

「他還是會把人從整棟的停車場扔下去，敢偷他的錢就別想活命。」

「這一步還真小步，」伊博辛說。「是說，也許我可以把朗恩帶來跟妳見個面？多了解他一點，也許妳就不會那麼想殺他了。」伊博辛深思熟慮了一番。事實上，很多人好像是愈認識朗恩愈想殺他。

康妮也思索了一下。「你很有趣。你會想替我工作嗎？」

「我已經有工作了。」伊博辛說。「我是精神科醫師。」

「我是說真正的工作喔？」康妮說。

「不了，謝謝妳，」伊博辛說。但其實替犯罪組織工作應該會挺好玩的。各式各樣的密謀，煙霧彌漫的密室，還有那些在屋子裡戴墨鏡的男子。

「不然你願意當我的心理醫生嗎？」

伊博辛消化了一下這則邀請。這倒是真的會很好玩。很有趣。「妳要心理醫師做啥，康妮？妳覺得妳需要的是什麼？」

「嗯……」

康妮想了想。「學著利用敵人的弱點吧，我想。如何操控陪審團，如何看穿便衣警察？」

「還有為什麼我老是挑到錯的男人？」

「這就比較是我專門的了，」伊博辛說。「有人向我求助，我都會先問他們一個問題。妳快樂嗎？」

康妮想了想。「嗯，我在坐牢耶。」

「先不管這一點呢？」

「我是說。也許我還有更快樂一點的空間？你知道的，也許加個五趴。但我還過得去。」

「我可以幫妳搞定那一點進步空間。五趴、十趴、十五趴，多少都行。我就是做這個的。我不能澈底修好妳，但我可以讓妳跑得多少順一點。」

「你修不好我？」

「人類本來就是沒法兒修好的，」伊博辛說。「我們不是割草機。如果是就好了。」

「好像會挺好玩的，是不？」康妮說。「把我的祕密通通卸下來。你怎麼收費？才買得起這樣的西裝？」

「鐘點費六十鎊。有困難的也可以打個折。」

「我一小時付你兩百鎊，」康妮說。

「不用，六十就是六十。」

「既然付不起的人你少收，付得起的人你就應該多收。你也是生意人。我們可以多久見一次面？」

「剛開始最好是一週一次。並且我的時間還滿有彈性的。」

「ＯＫ，我會把這裡打點好。他們這裡對於這種東西，可都是舔得一乾二淨，我是說心理健康之類的玩意。同時我也會去探探海瑟．加爾巴特的虛實。聊些姊妹淘之間的話題，妳是什麼星座的啊，妳有沒有把哪輛車子推下懸崖啊。」

「謝謝妳。我會期待下次與妳的對談。」伊博辛說。「看我能不能說服妳饒朗恩一命。」

「很好，」康妮說。「我們就約星期四吧。」

「其實，」伊博辛說，「我們可以約星期三嗎？星期四是我唯一有事走不開的一天。」

第十二章

伊莉莎白上一次有袋子跟眼罩從她頭上被拔下來，得遙想一九七八年。當時她人在匈牙利一處屠宰場裡、燈光亮得刺眼的行政大樓中，眼看著就要被一名胸前勛章染了血的俄國陸軍將領刑求逼供。所幸後來的事態並沒有演進到刑求這一步，主要是將軍把他的工具包忘在了車上，而那晚的車子已經開走了。所以最後她得以全身而退，只用輕微的瘀傷，換得了日後在晚宴派對上有軼事可講。

他圖的是什麼，那個俄國將軍？伊莉莎白忘了。總之一定是某件在當時感覺重要得不得了的事情，毫無疑問。她有認識的人之所以送掉小命，只是因為某台農業機器的藍圖。能讓我們賭上自己性命的大事，少之又少，但重要到需要去賭上別人性命的小事，多得不得了。

這次的眼罩被取下來，等著她的並不是燈管的刺眼炫光，也不是不懷好意在笑著的將軍，更沒有染著血汙的檔案櫃。她人在一間圖書館裡，在一張軟軟的皮椅上。房間裡點著一根根蠟燭，喬伊絲會買的那種蠟燭。幫她把眼罩跟手銬取下的男人已經悄悄地離開了房間，不在她的視野之內。

伊莉莎白看向史提芬。他朝她弓起了一道眉毛說，「嗯，這陣仗也太大了吧。」

「可不是嗎？」她所見略同。「你沒事吧？」

「我好多了，達令，妳不用擔心我。我感覺跳出了舊舒適圈。頭上挨了一下，但沒什麼大礙。可能還稍微打醒了我的腦袋。」

「你的背沒問題嗎？」

「來顆普拿疼就行了。妳有概念這是怎麼回事嗎？有我幫得上忙的地方嗎？」

伊莉莎白搖了搖頭。「這可能得由我來處理。」

史提芬點點頭。「那我負責當啦啦隊，一切聽妳指揮。我在想他們真想殺我們的話，應該不會給我們這麼舒服的椅子坐吧？這妳應該早想到了吧？」

「我在想他們應該是有什麼事情想找我談談。」

「然後看妳怎麼說再決定要不要留我們一條命？」

「有可能。」

他們雙雙沉默了一會兒。

「我愛妳，伊莉莎白。」

「不用這麼誇張，史提芬。」

「不管結果如何，這一路上都毫無冷場。」史提芬說。

圖書館的門開了，一個留著鬍子，個子很高的男人，低下頭走了進來。

「維京人，是吧？」史提芬小聲對伊莉莎白說。

男人在一張單人沙發上坐了下來，與伊莉莎白跟史提芬面對面。他的從沙發邊上溢了出來，就像一個當老師的人，硬要坐在小朋友的課桌椅上。

「所以妳就是伊莉莎白・貝斯特？」她問。

「那有點得取決於你是誰，其實，」伊莉莎白說。「我們見過嗎？」

男人從口袋裡取出了什麼。「妳不介意我抽電子菸吧？」

伊莉莎白伸出手掌，意思是請便。

「那對你很不好，」史提芬說。「我讀到的。」

男人點了點頭，深吸了一口電子菸，轉頭看向史提芬。

「而你，一定就是史提芬了吧？很抱歉把你扯了進來。」

「一點也不會。跟這隻在一起那是免不了的。是說您的大名我恐怕沒聽清楚？」

男人沒有理會史提芬的問題，重新朝伊莉莎白放回了注意力。

「以一個老女人來講，妳最近好像很忙喔。」

這是哪裡的口音？瑞典？

伊莉莎白注意到史提芬在掃描圖書館架上的藏書，並不時因為驚嘆而瞪大了眼睛。

「是說，伊莉莎白，」維京人說。「言歸正傳。我相信妳偷了一些鑽石，是吧？」

「原來如此，」伊莉莎白說。至少她知道自己的時間線了。不是古老的舊帳，只是他們最新的小小冒險。她以為自己給整件事繫了個漂亮的小蝴蝶結，但日行一善怎麼可能不惹禍。「你言下之意是我偷的其實不是馬丁．羅麥克斯的鑽石，而是你的囉？」

「不，不，」維京人說。「妳偷的鑽石，主人叫維克多．伊立奇。」

「維克多．伊立奇？」伊莉莎白暗暗把剛剛的話收回。這是舊帳，而且還是舊帳裡最輝煌的一段。「全蘇聯最危險的男人」，是他曾經的稱號。但她也不得不佩服自己。不論她體內因為聽到「維克多．伊立奇」幾個字而被多強的電流劃過，旁觀者都看不出這名字曾讓她如雷貫耳。

「所以你替這個維克多．伊立奇幹活？」

維京人笑了。「我？開什麼玩笑。我不為任何人工作。我是匹孤狼。」

「我們沒有誰不為了某人工作，老兄，」史提芬邊說，兩眼邊繼續掃描著書本。他在盤算著什麼，老天保佑。

「我就沒有，」維京人說。「我是老闆。」他狼嚎了一聲，而且時間長得令人很是尷尬。伊莉莎白拿出耐性，就等他的狼嚎告一段落。

「所以我在這裡是為了什麼？」伊莉莎白問。「既然我沒偷你的鑽石，沒偷你老闆的鑽石，那我做了什麼干你什麼事。」

「我在意的不是鑽石。妳以為我會把兩千萬鎊放在眼裡嗎？那根本沒什麼。」

維京人在他的椅子上往前靠，歪起頭，直直瞪著伊莉莎白的雙眼。

「妳在這裡是因為，這段時間以來，我一直在研究一種可能性，那就是把維克多．伊立奇給殺了。」

「原來如此。」伊莉莎白說。

「而那並不容易，」維京人說。

「可以想見，」伊莉莎白說。「殺人有那麼容易，我們這裡誰也活不過聖誕節。」

「所以，」維京人說，「我要妳，去替我殺了維克多．伊立奇。」

維京人往後一靠，他的牌已經攤開在桌上。伊莉莎白快速地思考著。此時此刻的她，現在是什麼處境？不過今天早上，她還在想著路上的監視器，還在想著不見了的屍體。如今她卻在接受一名維京人的威脅。或是工作提案。往往在她的這一行裡，威脅跟提案是同一件事情。

不論是威脅或提案，起碼目前看來她跟史提芬還有明天的太陽可看。那，就讓這場新遊戲展開吧。她在椅子上往後一靠，兩手握了起來。

維京人也往後在椅子上靠好微笑。「妳我都知道沒那回事，伊莉莎白・貝斯特。」

伊莉莎白認了這一點。「但你要知道。我殺的，都是那些想要殺我的人。」

「問題是，我不殺人。」

維京人伸手把邊桌上的筆電拿了過來，露出了燦爛的笑容。「那我們就走運了。因為我馬上會寄出一封電郵給維克多・伊立奇，附件是兩張照片。一張是妳在費爾黑文火車站，開著寄物櫃，另一張是大亂鬥的那天，妳人被拍到在費爾黑文碼頭上。這些事兒可給維克多・伊立奇添了不少麻煩。」

「罪證確鑿，親愛的。」史提芬說。

伊莉莎白沒想到維克多會涉入馬丁・羅麥克斯還有鑽石的事情。但想想也合理。維克多這些年都是自由接案。

「所以囉，」維京人說，「只要一收到這些照片，維克多・伊立奇就會萌生對妳的殺意。他會滿腦子都是復仇。一切條件都非常完美。妳只需要先下手為強就是了。」

「要殺你自己去殺，老兄，」史提芬說。「不然豈不是可惜了你這個頭。」

「有人代勞於我省事得多，」維京人說。「而最棒的人選自然是當過特務的，一個小老太太，一個通曉殺人之道的女性，何況她還剛剛才搞定難得一見的世紀竊案，不是嗎？不然還能找誰，史提芬？」

「這太卑鄙了，」史提芬說。「我從沒想過瑞典人裡會出你這種懦夫。」

伊莉莎白思索了起來。至少假裝思索了起來。她把手中的牌排列好，準備進行第一把牌局。她的牌型不算漂亮，但有張A士確實在她手裡。她必須如履薄冰。

「我恐怕，還是恕難從命，」伊莉莎白對維京人說。「要是我拒絕，你頂多是殺了我，而那對你也會是個爛攤子，而且老實說，這輩子該玩的我也玩得差不多了。能死在這麼高級的房間裡也不錯。舒服得沒話說。」

維京人笑了。「我想妳這話，妳丈夫不見得會同意吧。他應該會比較希望妳繼續好好活著。」

史提芬聳了聳肩。「我們都有要走的一天，我的維京朋友。我寧可她不要命喪於一個瑞典孬種之手，而最好能在某件體面的事情中，下台一鞠躬。我確信我會想念她，但很快就會有其他人跳出來，漂亮的特務四處找都有。樹搖一搖都能掉幾個下來。」伊莉莎白笑了。但萬一她真的會死呢？那又如何？史提芬會如何？她的心碎成了兩半，但她的臉平靜如昔。畢竟有件事她知道，但維京人不知道。

「我在想你不介意的話，」她說，「我要帶我老公回家，告訴自己這些對話從未發生過。袋子可以重新套回到我們頭上：我不需要知道這裡是哪裡，我也完全沒興趣調查你是誰。我明白你的立場，也理解我為什麼是替你殺維克多．伊立奇的完美人選，但我不會這麼做。你剩下的就是兩個選擇。要嘛你殺了我——那會搞得一團亂，會有很多行政程序，多半還會有來自軍情五處的巨大壓力，須知我的失蹤他們終究會知情——要嘛你乾脆放我們走，這事就此告一段落，再不會有人說起。」

「只不過維克多．伊立奇會要妳的命，」維京人說。「他會查出妳的住處。我三兩下就查到了。」

「我願意賭一把，」伊莉莎白說。

維克多．伊立奇不會殺伊莉莎白，她心裡有數。這就是她的A士，她的王牌。這一點算維京人時運不濟。伊莉莎白與史提芬會在天亮前回到家，而且安全不需要太擔心。當然具體安不安全，還是要看他們所在的位置。「所以要嘛殺了我，要嘛讓我走。這就是你的兩個選項。你選哪一個？」

「我想我會選三，」維京人說。「我要把完整的照片傳給維克多．伊立奇。」

「完整的照片？」

「是，當然。妳朋友喬伊絲．米德寇弗在妳身邊的照片。兩張照片，兩個名字。」

「這樣有點犯規了吧，」史提芬說。伊莉莎白的安全感還沒破功。維克多也不會追殺喬伊絲的。只要她們在同一張照片裡就不會。伊莉莎白的朋友就是維克多的朋友。

「維克多或許無心殺喬伊絲，當然，」維京人說。「她比較是個，怎麼說呢，老百姓？所以以下是我的條件。算是當作保險，要是維克多．伊立奇在兩個禮拜內不死，我就殺了妳的朋友喬伊絲。」

第十三章

第二次約會，真要說，比第一次更棒。他們剛去了布萊頓看一部波蘭電影。唐娜這才意識到世上原來還有波蘭電影，但世上怎麼可能沒有波蘭電影呢。波蘭可不是個小國家，當中總是有人會時不時，拍出部電影的啊。

他們看的是一部藝術電影，不然呢，那可是布萊頓啊，而那就代表著你沒辦法挑各種口味的糖果包成一包，沒有巧克力老鼠，沒有方塊可樂糖，什麼都沒有。有的只是健康到不行的點心。

但他們倒是開放你帶酒到戲院裡，所以唐娜想說一小把去鹽腰果就一小把去鹽腰果吧，忍一下就過了。另外，戲院裡從頭到尾都沒人吭一聲，這點也讓她非常不習慣。

他們在費爾黑文搭上火車。唐娜喝了罐裝的莫希托雞尾酒，波格丹則來了瓶大容量的運動飲料，裡面還摻了一包高蛋白粉。

他們從火車站出發，走到了電影院，她的手一路勾著波格丹。途中他們經過了特拉法加街上的一棟房子，波格丹跟她說那是快克的毒窟，接著他們又經過倫敦路上一個舊鐵工廠，那兒埋了一名立陶宛人。波格丹有潛力成為一名頂尖的導遊，專帶一種非常小眾的行程。

布萊頓出現了其它黑人的身影，看了令人挺窩心。只不過還是只有小貓兩三隻，所以彼此經過時還是會有種默契要相互點個頭，致個意。唐娜喜歡布萊頓；她可以看見警察生涯畫下句點前，自己在此突擊檢查幾處快克毒窟的模樣。

他們聊了會兒柏特妮・維茨，又聊了會兒海瑟・加爾巴特。唐娜正在替克里斯把費爾黑文所有監視錄影器的分布地圖拼湊出來。她做得並不愉快。

是說，波蘭人不只會拍電影；原來，他們拍的電影還非常之棒。唐娜原本擔心她會看到一個遙遠務農家族跨世代的愛與失落，會看到情感濃烈的劇情描繪，那樣的話她就得不斷望向波格丹，在他面前點頭裝懂。但她完全多慮了。那部電影裡有的是凶殺、是打戲，是有個條子的襯衫被扯破；那電影完全稱得上好看。每幾分鐘，波格丹都會挨到她身邊，她也會準備好用吻迎接他，但他只是要指出字幕跟台詞偶爾對不起來的地方。她握住他的手，她滴下的紅酒成了男人的佳釀，女孩贏得了男人，有人射下了直升機。滿分十分有八分，推推。

他們走回到了他的住處，她腦中完全沒有冒出任何問題。他們該在哪裡分開？理由要用什麼？

波格丹此刻人在浴室裡，而唐娜則一面瘋狂地補充著水分，一面試著回想她上一次這麼快樂是什麼時候。

他們又多討論了一下柏特妮・維茨。唐娜看了一下傑克・梅森，那個商人的檔案。他的紀錄長得跟郵局的排隊人龍有拚。迷人但危險。

說起迷人但危險，波格丹走回到了房間內，鑽進了被窩。她用手臂環抱住他，在睏意中感到安全。

他們笑了。天啊，這感覺太棒了。這感覺是如此的自然、真實，毫不勉強。這感覺就像那些你讀到過跟男女交往有關的東西，那些你以為全部都是謊言的東西。

波格丹的手機在床頭桌上響了起來。

他們一起看了過去。此時是凌晨兩點。

嗯，這不就來了嗎，唐娜心想，她的幻夢瞬間爆破。所以那些東西果然都是謊言。他另外有女人。不然呢。又來了，唐娜，妳以為妳能贏嗎。事情怎麼可能沒有問題。她突然間沒了睡意，也沒了安全感。

波格丹看著顯示的號碼，又看了看唐娜。「這我得接，抱歉。」

唐娜聳了聳肩。她原本打算待到早上，但如今她已經在掃描她的衣服在哪兒。

第十四章

伊莉莎白與史提芬被丟包在了一片大森林的某條小路邊。滿月高掛在天上，蒼白的光線蜿蜒曲折地穿過他們頭頂上冬日的稀疏枝幹。

「他提到維克多．伊立奇的時候，妳震了好大一下，」史提芬說。

「我震了一下？我還以為我隱藏得很好。果真沒有東西能逃得過你的眼睛？」

「我知道妳是好意才悶不作聲。老朋友嗎，維克多？」

「老敵人還差不多，真要說。KGB的在列寧格勒的站長，一九八〇年代，」伊莉莎白說，她的呼吸在清澈的空氣中變成煙霧。「然後愈爬愈高，愈爬愈高。」

在維京人給了她的檔案中，有張照片上是正值壯年的維克多。好吧也不能說是正值壯年：他的頭已經開始微禿，鏡片厚如石頭的粗框眼鏡太大了，跟他的臉型不搭。但總歸是年輕。最近照片上的歲月痕跡則讓人為之一驚。一臉的老態、皺紋，一束束勉強巴在懸崖邊上的銀髮。眼鏡還是太大，但只要你把重點放到鏡片後面，沒錯，他還在那邊。維克多。那雙玩世不恭而聰穎慧黠的雙眼。對手變成的朋友。敵人變成的……戀人？他們曾經是戀人嗎？伊莉莎白好像不記得有這回事，但她也不能排除是自己忘了的可能性。

維克多看著她的照片，應該也會有一樣的感想，她很確定。這個老女人是誰啊？

伊莉莎白的電話沒電了，而史提芬的手機不在身邊，所以他們只能先靠一雙腿走著。

「我想我應該有資格這麼說，」史提芬說，「妳的表情說著妳不是很想殺他，是吧？」

「是，我不想，」伊莉莎白說。

「那妳覺得他會想殺妳嗎？」

「天哪，不會。他會看一眼照片然後爆笑出來。」

他們聽了一會兒貓頭鷹在聊天，並且邊走邊為了取暖而把彼此抱得更緊。你有多常能和老情人走在嶄新的道路上？伊莉莎白望著月亮，又看向丈夫，心想在這節骨眼上感覺幸福，還真不正常。

「但如果妳不殺他，」史提芬說，「那我們的維京人朋友就會殺了喬伊絲？」

「現在就是這麼回事。」這讓她的情緒莫名紓緩了下來。

「還真會挑人啊。但，截至目前，我們還對這個維京人的身分毫無頭緒，是吧？」

「是，毫無頭緒，」伊莉莎白一邊附議，一邊察看著前方路邊的一座公共電話亭。「但當務之急，是先把你送回家。你不會那麼剛好有二十分錢？」

史提芬在口袋裡撈了撈，遞給了伊莉莎白一枚銅板。

「這會兒是三更半夜，親愛的，妳不會忘了吧？大家夥應該都睡了。」

伊莉莎白撥了她牢記在心的電話。此刻肯定是半夜兩點了，但電話還是響不到一聲就被接了起來。

「喂，波格丹，」伊莉莎白說。

「喂，伊莉莎白，」波格丹說。「怎麼了？」

「我需要你幫我個小忙，」伊莉莎白說。「最好能馬上。」

「好，妳在家嗎？」

「波格丹，我聽到背景有些雜音。你那裡有誰在嗎？」

「是電視的聲音。」

「嗯，不是電視，不過我先不跟你爭這個了。我人在某個公共電話亭，確切位置我不清楚，但這裡的電話號碼是01785 547541。我在想你能不能查出這是哪裡，然後過來接我。」

她聽到筆電被掀開的聲音。

「史提芬在哪兒？妳要我去看看他嗎？」

「他跟我在一起，親愛的。」伊莉莎白把話筒放到了史提芬的嘴邊。

「哈囉，老弟，」史提芬說。「抱歉給你添亂了。遇到這麼對流浪小動物讓你吃不完兜著走。」

「問題不大，」波格丹說。「我跟伊莉莎白講。」

伊莉莎白回到了電話上。

「OK，你們在斯塔福郡，[32]」波格丹說。「妳聽過斯塔福郡嗎？」

「怎麼會沒聽過，」伊莉莎白說。

「那能麻煩你跑一趟嗎？這裡好冷。」

「著裝中，」波格丹說。

「感謝你。過來要多久你心裡有底嗎？」

波格丹沉默了一下。「谷歌說三小時又四十五分鐘。所以我預計在兩小時又三十八分後到達。」

「我覺得我九成九聽到了你那邊有別人，波格丹。」

「那是衛星導航，」波格丹說。「妳撐著，我很快就到。妳需要我帶什麼東西給妳嗎？」

伊莉莎白想了一下。維克多．伊立奇、維京人、喬伊絲。她的計畫在成形了嗎？她覺得八九不離十了。

「是，那個，親愛的，」她說。「幫我帶壺茶，跟一把槍，好嗎？」

32 Staffordshire，在英格蘭中部偏西，倫敦西北部約兩百四十公里處。

第十五章

邁可・瓦格宏恩坐在一張旋轉皮椅上，那兒是一間被刻意弄暗的後製剪輯室。他握筆如菸，一副要將之放進嘴裡抽的模樣。但在這個家家戶戶都有高畫質電視的時代，你不能抽。抽菸會讓你老態龍鍾。

他面前有一整排的電視螢幕，而在螢幕前，有一片搬到空中巴士三八〇的駕艙內也不會不搭的控制面板。邁可最近才在空中巴士三八〇年的模擬器中飛過，那天是他在蓋威克機場，替達美航空主持的企業外出日。[33]他為了耍帥，把飛機撞進了亞得里亞海。

柏特妮・維茨的臉蛋，將他面前的螢幕一張張填滿。邁可看著他與費歐娜・克萊門斯一起主持的致敬節目。費歐娜，這個如今集益智問答秀、一支支廣告、還有一本本雜誌封面照於一身的女人。她最近還推出了她個人的烹飪書。但看著二〇一三年的他們倆在螢幕上。邁可・瓦格宏恩，當時比較有名的那個，費歐娜・克萊門斯，被破格拔擢為主播的製作人。邁可沒想到她能撐到現在。

費歐娜並不喜歡柏特妮，這點是肯定的。而且反之亦然，持平地說。她們倆大吵過幾架，也不奇怪。這些年來的邁可幾次想過這件事。會不會是費歐娜殺了柏特妮？這是個有點荒謬的想法，但柏特妮的死讓她運勢大開，所以誰知道呢？即便在最景氣的時候，電視也是門割喉的行當。他前幾天的晚上又查看了時間更久遠的簡訊。柏特妮一直在工作時收到匿名的字條。滾啦。這裡沒人歡迎妳。我們都在背地笑妳。就是校園霸凌的那一套，其實。但萬一不是呢？那些字條是費歐娜留的嗎？如果不是，那又會是誰留的呢？

紀念節目裡有費歐娜在《東南今夜》上的片段。當中多半是動作的鏡頭，那種在蒙太奇裡很有看頭的內容。柏特妮．維茨人在肯特最大的雲霄飛車上，湯姆．瓊斯[34]跟柏特妮．維茨在布萊頓中心[35]的後台調情，柏特妮．維茨在杜拜的摩天樓上訪問一名靠整形外科手術致富的法弗舍姆[36]女子，柏特妮．維茨被一群來自迪爾[37]的學童推進泳池。

但那些真正的回憶，永遠都不是這些能登上精華片段的東西。真正的回憶，是那些他看著柏特妮工作的靜謐午後。她找出並訴說新聞故事的本事。那些小小的笑話，那些私密的眼神，那些每天晚間他們在「五秒後播出」的瞬間緊握的雙手。日復一日的「要幫你從食堂帶點什麼嗎，麥可？」「不用了，謝謝，柏絲，我的身體是座聖殿。」然後她就會默默幫他帶條Twix巧克力回來。

不是雲霄飛車，無關摩天大樓，只是把熟識累積成友誼，一個個小小的瞬間。

邁可想哭但是哭不出來，因為他打肉毒桿菌的時候，技術還不成熟，他的淚腺因此遭到了阻塞。但他知道眼淚就在那兒，他也歡迎那些眼淚。眼淚存在只因為柏特妮存在過。

33　Corporate away-day，員工在上班日離開辦公室一天，以各種活動建立團隊精神。

34　Tom Jones, 1940-，出身威爾斯的英國暢銷歌手，出道於一九六五年。

35　Brighton Centre，布萊頓最大的會展中心。

36　Faversham，英國肯特郡的市鎮。

37　Deal，肯特郡的濱海市鎮，靠英吉利海峽。

他真的可以信得過這個「週四謀殺俱樂部」嗎？邁可莫名有種他在被耍的感受，但又被耍得很開心，開心到他也許會在車上待下去？他想看看這些人有什麼通天本領。

他凍結了眼前的畫面。柏特妮的臉。那不是她在微笑，她根本沒在笑。被他凍結住的是她冷靜而堅定的神情，是她直直瞪著他的眼睛。他檢查了螢幕上的代碼，看見了這是柏特妮死前一星期的畫面。

回首過往，一切都無可避免。看著她的臉，邁可知道一週後的柏特妮已不在人世間。邁可往前挨近，望進那雙眼睛。那雙眼睛知道嗎？他對天發誓它們肯定知道。她到底讓自己蹚進了什麼樣的渾水？

剪輯室的門被人打開。

「我就想你會在這兒，」寶琳說，手拿兩杯茶的她走了進來。

「只是想提醒一下自己，」邁可說。「柏特妮曾是個活生生的人，而不單單是個故事。」

寶琳點了頭。「我知道你是愛她的。」

「她原本真的是前途無量，是不？」邁可說。「滿滿的幹勁，也滿滿的創意。」

「她原本可以把我們狠狠甩在後頭的，是不？」寶琳說。

「她確實會讓人這麼覺得。」邁可說。「妳記得她收到的那些字條嗎？這裡沒人歡迎妳。在她的辦公桌上，在她的車子前檔上，諸如此類的？」

寶琳搖了搖頭。「幫你泡了杯茶。」

「謝了，」邁可說。「妳覺得實際上發生了什麼？我是說真相是什麼？」

寶琳把手放到了他的手上。「真相也許永遠不會水落石出，邁可，你知道吧？你可能得做好這樣的心理準備，你知道吧？」

邁可看著螢幕上柏特妮的臉。望進了那雙眼睛。他會找出真相的，看他的。

寶琳打開了包包。「我們再一起多看點吧，好嗎？」

邁可點了頭。

寶琳從包包裡拿出了一條Twix巧克力，將之擱在了他的那杯茶邊上。

第十六章

羈押在達威爾監獄候審的受刑人，一天常可以在牢房裡待上二十三個小時。康妮・強森一邊反思著這有多不人道跟多浪費時間，一邊在她晚間的放風中從一間間上鎖的牢房門前走過。

一名獄卒微脫帽向她致意，而她則沿著金屬步道走向海瑟・加爾巴特的牢房，她的Prada樂福鞋步履鏗鏘，在有如洞穴的建築中迴響。

康妮敲上了牢房門，但不等回應就將之旋開。海瑟跟她想像中的一模一樣。黑髮在轉灰中，皮膚鬆弛而蒼白，但都是一針肉毒桿菌下去就可以解決的事情。只要有需要，康妮有人脈可以進來替她看看。

海瑟・加爾巴特佔據著鐵桌前的一張塑膠椅，往上瞅著康妮的是一雙不是很開心的眼睛。那當中看不到震驚，也看不到訝異。康妮知道囚犯的生活就是這樣充滿著不速之客與惱人的干預。至少，那才應該是正常的囚犯生活。康妮的牢房可是有門鈴在門口。

「我一毛錢沒有，」海瑟說。「也沒有半根菸。妳會想要的東西我通通沒有。」

康妮在海瑟睡床的下鋪坐了下來。「妳要錢嗎？要菸嗎？我都可以替妳張羅。」

海瑟打量起她，康妮意識到事情有點難辦。康妮總是能在第一面讓人覺得她好相處。甚至覺得她很好玩。但海瑟可不是第一天坐牢，經驗讓她嗅得出康妮身上的危險。所以她很提防，而康妮也一點也不怪她。換成自己是她，康妮應該會嚇得皮皮剉。

「我什麼都不需要，謝謝。我只需要一點平靜。」

「我不會久留。是說妳在寫些什麼啊？」康妮問道，並歪過頭看向鐵書桌。

「沒什麼，」海瑟說。

「我叫康妮．強森，」康妮說著站起身來，走到海瑟身後，開始按揉她的肩膀。「我是最好的朋友，最可怕的敵人，但算妳走運，因為妳跟我要當的是朋友。妳感覺繃得很緊，順帶一提。」

「拜託，我什麼都不需要。」海瑟恨不得有辦法讓在椅子上的自己變得更小，最好是能直接消失。

康妮停下了按摩的手，走回到了牢房的中央。「誰都需要點什麼，海瑟。妳進來是因為詐欺，是吧？十年徒刑。那肯定是詐欺界的大哥大了吧。」

「那是，」海瑟說。

「他們讓妳把錢吐回去？」康妮問。「換個兩年的減刑？《犯罪所得法》？」

「他們有要我這麼做，」海瑟說。「但我沒有任何犯罪所得。」

「當然，」康妮說著，露出了笑容。「但妳快出獄了？」

海瑟點了頭。

「妳一定很開心吧？」

「我開心的是他們晚上把我的門鎖上，」海瑟說。

康妮環顧海瑟的牢房。沒有跟家人的合照在牆上。書桌上有幾本書是從監獄圖書館借來的。其中一本叫《小確幸》的有著橘色的外皮。康妮想起了她牢房中的平面電視。還有迷你吧小冰箱。

「妳這人還真是有趣，」康妮說。「我可以讓妳開心起來。妳喜歡什麼？巧克力？男人？酒？什麼東西我都可以給妳弄來。」

「康妮，我想要一個人不被打擾，」海瑟說。「妳能把這給我弄來嗎？」

「當然可以。我馬上就可以跟妳井水不犯河水。在那之前我只需要妳回答一個問題。」

「我的藏錢之所嗎？」

「不，我不是要問妳把錢藏在哪裡，」康妮說。「不過，妳把錢藏哪兒了？」

「根本沒有什麼錢，」海瑟說。「所以我才會在這兒。」

康妮點頭。「妳有記得把說法咬死，美女，這點很棒。不，我要問妳的是另外一個問題，海瑟。」

海瑟低頭看著地板。「不。」

「抬起頭來，別這樣嘛，我們是一隊的。看著我。」海瑟舉頭看向康妮。

「海瑟，妳是不是殺了柏特妮・維莰？」

「我不能跟妳聊這個。」

「不能聊是表示妳殺了還是沒殺？」

「不能聊就代表我不能跟妳聊這個。妳問這個真的很不要臉。」

康妮看著海瑟・加爾巴特，後者的目光回到了地上，肩膀也垂了下來。她的魅力為什麼搞不定這個女的？遇到有人對她的魅力免疫，對康妮而言就是絕對的挑釁。她對這種事的容忍度是零。康妮哭了起來，而那倒是成功讓海瑟抬起了頭來。

「請不要在這裡哭，」海瑟說。「這裡的眼淚已經夠多了。」

「對不起，」康妮說，並試著拭去眼淚。「只是妳讓我想起了我母親的種種。我們去年才跟她天人永隔。」

海瑟看著她，搖起了最小程度的頭，還聳了個肩。「不要拿這種事情說謊，康妮。」

康妮瞬間停止了哭泣，還嘆了口氣。「好吧，我們可以不做朋友，但我接下了一份工作，受人之託忠人之事。所以請妳把事情告訴我，然後我們就可以各奔東西了。柏特妮・維茨生前是個記者，她研究出了妳在做的事情，她查出了何以妳在一間漂亮的小辦公室裡什麼屁事也沒做，就能幾百萬幾百萬地坐等進帳。然後就在她正要把事情公諸於世的時候，突然有人把她連人帶車推下了懸崖。妳覺得那看起來像是怎麼回事？」

海瑟微微地聳了個肩，微到快要看不見。

「別撐了，」康妮說。「妳殺了她——」

「沒有。」

「不然妳也知道是誰殺的吧？」

康妮注意到海瑟沒有否定這個問題。

「妳知道誰殺了柏特妮？妳在包庇什麼人？」

「拜託，」海瑟靜靜地說。「這會要命的。」

「妳跟我在一起很安全，公主，」康妮說。「妳為什麼要幫人掩護？他們有妳的把柄？我可以替妳幹掉他們，妳知道吧？」

海瑟沉默了好一會兒。她接著站起身來，走到牢房門邊，把門打了開來。她朝著走廊另一頭，對著一名獄卒喊聲。「愛德華先生，我的牢房裡有個傢伙，她在恐嚇我。」

康妮聽見腳步聲爬在金屬階梯上，海瑟則緩緩地走回了牢房內，恢復了坐姿。

「抱歉，」海瑟說。「我得請妳離開。」

由遠而近的腳步聲傳到了門口，一名獄卒出現在牢房外頭。「來吧，回你的……喔，是妳啊康妮。」

「哈囉，強納生。我只是來串門子，海瑟是我朋友。」

「是是是，」強納生說。「那我幫妳把門帶上，外頭吵。」

門在獄卒身後關上，康妮轉身面向海瑟。「聽著，我試試又沒有損失。就告訴我吧，海瑟。看起來妳是動了手。但看妳的樣子並不像殺手。而且證據也不存在。所以我們怎麼說？妳老闆幹的？傑克・梅森？我在一個場子上見過他。有人拿刀在停車場要刺殺他。」

海瑟陷入了長考。

「就當是妳我之間的祕密，海瑟，」康妮說著把手放到了海瑟的肩上。「這祕密絕不會傳出去。妳在袒護誰？傑克・梅森？妳很怕他嗎？」

「妳說妳受人之託？」

康妮點頭。

「受誰的託？」

「那妳就甭操心了。」

「我要不要操心不用妳來告訴我，」海瑟說。康妮覺得這是個好跡象。海瑟終於表現出一點有血有肉的感覺了。

「妳說得沒錯，有道理。海瑟，聽著，我是個很難搞的人。」

海瑟點了頭。

「我難搞到會天天來妳這裡報到，一直到妳出獄為止，除非妳把答案告訴我。誰殺了柏特妮．維茨？」

「妳來多少次都是一樣的答案。」

「我會很有耐性。而且下一次我會帶點伴手禮。KitKat巧克力？零卡可樂？還是來把槍？」

海瑟賞了她第一道小小的微笑。這還差不多，康妮心想。再不笑就過分了。

「我喜歡織東西，」海瑟說。「我有個乾兒子剛生了寶寶。我想幫小朋友織點東西，但——」

「但他們不放心讓妳用鉤針？這也不怪他們啦。男生還是女生？」

「男生，」海瑟說。「而且還好死不死，叫做梅森。」

「我會馬上給妳送來一整包東西，藍色毛線，有的沒有保證一應具全，」康妮說。「然後我們明天來一起看看妳織了多少。」

「謝謝，」海瑟說。「我這人不容易信任人。得慢慢來。」

「嗯，我絕對不是妳可以信任的人，但有樣東西我們都有，那就是時間，」康妮說。「有結果前我會一直出現。我做事不喜歡半途而廢。」

康妮起身要走。她伸出手來，海瑟接下並握了握。

「我會蠻期待能跟妳再見的，康妮，」海瑟說。「但我還是不會把妳想知道的事情告訴妳。」

「這個我們走著瞧，美女，」康妮說，並眨了眨眼代替揮別。

第十七章

星期四。拼圖室。

「但妳的燈一整晚都沒亮，」喬伊絲說。

「別大驚小怪，」伊莉莎白說。她會把自己被綁的事情告訴喬伊絲，但她想先把對付維京人的計畫想出來。在那之前，她很樂見有柏特妮．維茨的命案可以讓人忙不過來。

「我不是在大驚小怪，」喬伊絲說。「只是不太尋常。史提芬沒事吧？」

「我們在家過了一個浪漫滿點的夜晚，」伊莉莎白說。「燭光共浴加早早就寢。」

喬伊絲並不買帳，但伊莉莎白覺得她暫時推託了過去。她終究得讓她知道的。但辦正事先。

「所以你有什麼可以告訴我們，瓦格宏恩先生？」

邁可．瓦格宏恩與寶琳加入了在拼圖室的他們。寶琳在幫邁可把酒杯倒滿。

「只是我想起的一些事情，」邁可說。「有人在給柏特妮留字條。更衣室的那種黑函，真的，多半沒什麼大不了的。」

「霸凌。」

「惡霸我忍不了。」朗恩說。

「那你有查出字條的幕後黑手嗎？」伊博辛問。

「沒有。柏特妮只是一笑置之，」邁可說。「她給我發了幾封訊息，講的就是這件事情，但我們始終沒把事情查個水落石出。」

「你還留有她的那些訊息嗎？」伊莉莎白問。

「當然，」邁可說。「她的訊息我會永遠留著。」

「我也是這麼想，」喬伊絲說。「傑瑞曾經投書一封到《廣播時報》上，我一直將之留著。」邁可在滾動著手機螢幕上的捲軸。

「那封信是在講《警花拍檔》，[38]」喬伊絲說。「完全不像是他會做的事情。」

邁可找到了柏特妮的訊息。「今天又多了張字條，老闆。被塞到我的包包裡。『妳不走，我有辦法讓妳走。』一天到晚都是這類東西：『滾。大家都恨妳。』學生下課在吵的那種東西，但你也不能百分之百確定。我當時是沒有想說要報警。」

「會是費歐娜·克萊門斯幹的嗎？」喬伊絲問。「希望不是才好。」

「寶琳，有想法嗎？」伊莉莎白問。

「我根本不記得有過那些字條，」寶琳說。

喬伊絲把手放到了邁可的手臂上。「再來點酒嗎，邁可？」

「好，麻煩了，」邁可說，於是喬伊絲又給他倒了一杯。

「你等一下不用播新聞嗎，小邁？」朗恩說。

「你想讓邁可的新聞播不下去，三杯以下都是兒戲，」寶琳說。「秀兩手，邁可。」

邁可坐正起來，腰背直挺挺像根鋼條，兩眼直視著朗恩。「在此同時，軍事行動仍持續

38　Cagney & Lacey，一九八二到一九八八年的警探劇，講述紐約兩名女性警官的故事。

在波士尼亞與赫塞哥維納[39]進行，而塞爾維亞分離主義份子的發言人則偕存在利害關係的中介者發起了干預。」

朗恩抬起了眼鏡。「這小子酒量不錯啊。」

「謝謝你，朗納德，」[40]邁可說。

「我把他訓練得很好。」寶琳說。

「嗯，我們都棒透了，」伊莉莎白說。「但如果大家互捧完了的話，我們是不是可以來看看我們目前確切掌握的狀況。」

拼圖室近期剛被粉刷過。或至少有一面牆如此。那面牆被他們稱為「簽名牆」，而且是鴨蛋藍色。那是喬伊絲的主意：她在電視上看人這麼做過，並在社區的設施委員會裡提出了建議。這提議遭到了一些反對，有人說太貴，也有人說不美，但伊莉莎白會想叫這些人省省口水。喬伊絲想要簽名牆，喬伊絲就會有簽名牆。

這面牆，這面看來其實真的挺不錯的牆，此刻上頭覆蓋著照片與文件。那些照片裡看得到柏特妮・維茨，看得到莎士比亞絕壁底下的車輛殘骸。看得到顆粒很粗的監視錄影器畫面。圍繞著這些照片的是財務文件，精確地說是由伊博辛按照時間線仔細排列好，列印出來，還加了護貝的文件。他們以前會把這些東西攤開在拼圖桌上，但喬伊絲最近發現坊間有一種無痕掛勾可以有用的時候黏在牆壁上，不用了就拿下來，不會留下任何記號。伊莉莎白覺得這麼做理想多了。這讓她想起了記憶中的重案案情室，她曾在那種地方度過了許多快樂的時光。

「出於只有她自個兒知道的原因，」伊莉莎白說，「或只有凶手知道的原因，柏特妮決定離開她的公寓。公寓大廳的監視錄影器捕捉到她晚上十點十五分的身影，接著幾分鐘後，我們就看到她的車子從公寓的前方駛過。」

「車子接著就消失了，」伊博辛說。「它失蹤了幾個小時，才終於在凌晨兩點四十七分被拍到，地點在距離莎士比亞絕壁大約一英里處。」

「意思是她花了超過四小時才完成一趟四十五分鐘的車程，」伊莉莎白說。

「這告訴我們，」伊博辛說，「她肯定在半途停下來，去了什麼地方。去見某個人，去做某件事，包括也許去死。然後等監視錄影器再拍到車子在懸崖附近，車中看似有兩個人，而不是一個人。」

「但畫面很模糊，」寶琳說。「就是了。」

「隔天早上，」伊莉莎白一邊說，一邊記下了寶琳打的岔，「柏特妮的車子被發現在懸崖的底部。車內已經不見她的人，而那不是完全不令人吃驚。我曾經得把一輛吉普車連同上面坐在前座的屍體推下採石場，結果屍體幾乎立刻就飛了出來。」

「妳為什麼會需要推一輛——」邁可說。

「現在沒空，瓦格宏恩先生，抱歉，」伊莉莎白說。「那怕我們只是多占用這個房間一分鐘，法文會話課都會把天花板給掀了。柏特妮．維茨的血跡與最後被目擊身穿的部分衣物，被發現在車輛的殘骸中。一件千鳥格夾克，還有黃色的長褲。」

---

39 Bosnia and Herzegovina，屬於前南斯拉夫的巴爾幹半島國家，有時簡稱波赫。

40 朗恩名字的全稱。

「嗯，那也是一個問題，」寶琳說。「怎麼會有人穿千鳥格搭配黃色長褲？」

伊莉莎白瞥了眼寶琳。第二次了，打岔。

「她的屍體一直沒被找到，」伊博辛說。「通常屍體會在某個點上被沖刷上岸，但凡事總有例外。她的各張金融卡跟各個銀行帳戶一直沒被使用，同時她的帳戶在事件發生前也沒有什麼明顯的動靜。她並沒有像隻松鼠一樣在存錢準備消失。」

「祕密可能藏於海瑟．加爾巴特的財務記錄裡，」伊莉莎白說。「我們只要跟我們的顧問談過後，就會知道更多。」

「她說的『顧問』，指的是我女兒，」喬伊絲說。

「我們目前的進度大抵就是這樣，」伊莉莎白做了個小結。

「你有康妮．強森的消息了嗎？」朗恩問伊博辛。

「目前還沒什麼有用的東西，」伊博辛說。「她說了些跟打毛線有關係的東西，但她的Wi-Fi有點破。她已經提申訴給內政部了。」

門上傳來了叩叩叩的聲響。排在他們後面使用拼圖室的法文會話課早到了。伊莉莎白決心要他們分享一下她內心的想法，不當個啞巴。

第十八章

克里斯與唐娜在他們的案情室中看著牆上的費爾黑文地圖。地圖上有根大頭針，插在柏特妮的公寓地址上，其它的大頭針則標註著她遇害當晚被檢查過的監視錄影器位置。在抵達莎士比亞絕壁前，她的車子沒有觸發過任何一支監視器。他們試著把她從費爾黑文離開的路線勾勒出來，好從中判斷她逗留過何處。一旦她出了費爾黑文，想一路避開監視器就不是難事了。可以走的小路多得是。但只要還在費爾黑文鎮內呢？那可就費勁多了。

她不見的那幾個小時究竟去了哪裡？她見了什麼人？

「那是不可能的，」克里斯說。「費爾黑文的監視器何其多，而她又只有羅瑟菲爾德路或邱吉爾路可以走。出城的其它道路都到不了莎士比亞絕壁。」

嚴格說，他們此刻應該要調查的是燒燬小巴中的男性屍體，但他們還在等一份鑑識報告，所以他們想說不然早上來研究一下柏特妮．維茨的案子。再來就是伊莉莎白也請了他們幫忙。伊莉莎白或許有通天的本領能拿到很多東西，但她拿不到費爾黑文每一處監視錄影器的確切位置。

唐娜以柏特妮的公寓為起點，規劃起能避開一路監視器耳目的路線。但她發現每轉過一個彎，都有一台監視器等著她。就像是在走迷宮，沒有出口的迷宮。「這些監視器全部都是好的？」

「凡事都有第一次，」克里斯說。

「不論實際上發生了什麼事情，」唐娜邊說邊用手指描繪著地圖，「我都繞不過佛斯特路。她肯定有開上這條路，但我不論往左轉，還是往右轉，都一定會碰到監視器。所以她是怎麼辦到的？」

克里斯去到了他的電腦前，打開了Google街景服務上的佛斯特路。「我們來看看有沒有什麼小的捷徑是在地圖上看不到的。」

他們用滑鼠滾過了佛斯特路。那裡大體上是住宅區，公寓大樓有好幾棟，還有一些維多利亞風的排屋，一小段商店街。沒有明顯的近路可以切。

「等等，」唐娜說。她控制起滑鼠，轉動起影像的方向。螢幕上出現了一棟頗具規模而現代的公寓大樓，名叫翠柏閣。大樓的左手邊是一個坡道，通往的是地下停車場的安全柵門。

「我們不妨去看看公寓後面有沒有對應的出口，」唐娜說。她導引著畫面上的箭頭沿佛斯特路前進，走上羅瑟菲爾德路，途經監視錄影器，然後右轉進入了翠柏閣背面所面對的達威爾路。

「妳操作起這種東西還真靈活，」克里斯說。

「我花了很多時間在『搬得好』[41]上，」唐娜說。「看那些我買不起的房子。」

果不其然。在翠柏閣的背面，另外一處坡道也同樣通往地下室，只不過外頭有一面「禁止進入」的標誌。這個坡道是地下停車場的出口。

「假如她從地下停車場切了西瓜，那就有可能右轉到羅瑟菲爾德路而不被拍到，」克里斯說。「沒有別條路了。」

「那這當中的可能性，就有兩個，」唐娜說。「要嘛她故意要避開監視器。這點不太可能，畢竟她不可能知道所有監視器的位置。」

「要嘛……」克里斯起了個頭。

「要嘛……」唐娜接下了棒子，「柏特妮．維茨那晚去見的人就住在翠柏閣。」

「而那人可能就是我們的凶手，」克里斯說。

「所以柏特妮在十點十五分離開了自家，開了五分鐘的車到佛斯特路，進入了翠柏閣的地下停車場。接著幾小時後……」

「偕車裡這時多出來的某個人物……」

「……她驅車離開了地下停車場，上到了達威爾路，然後右轉到羅瑟菲爾德路，朝著莎士比亞絕壁而去。」

「我們是天才，」克里斯說。「我們這就走一趟翠柏閣，看看那兒住著何方神聖。」

「就這麼——」

門在這時開了，警佐泰瑞．哈里特走了進來，手上還握著一張紙。

「想說你應該會有興趣看看這個，哥，」泰瑞．哈里特說。「畢竟你前幾天跟我打聽過那個人，是吧？」

泰瑞把那張紙秀給了克里斯看。翠柏閣這下子得往後排了。他看了一眼唐娜。

「改變計畫。我們先去看幾個老朋友吧。」

---

41 Rightmove，英國倫敦的房仲業者。

第十九章

「喔，這還真是驚喜啊，」喬伊絲說著把克里斯跟唐娜領進了拼圖室。「你看起來也氣色太好了吧？」

「哈囉，大家，」克里斯說。

「我們有葡萄酒跟餅乾，」喬伊絲說。「要搭配波本奶油餅乾[42]有紅酒，要搭配佳發蛋糕[43]有白酒。」

「沒有果醬道奇餅乾[44]，我盡力了。」朗恩說。

「現在不行，艾倫，」唐娜說。艾倫對她有種特別的偏好。

克里斯拉了張椅子，唐娜也是。

「看您這表情是怎麼了，探長，」伊博辛說。「一副大敵當前的模樣。」

「我們得非常慎重地好好聊聊，」克里斯說。「等等，你是邁可．瓦格宏恩！」

「糟糕，被你逮個正著，」邁可．瓦格宏恩作勢要讓克里斯幫他上手銬。

「你怎麼會知道這群老不——」克里斯脫口而出。「喔不，當我沒說，你當然會認識他們。」

朗恩在遲疑中，把手伸向了佳發蛋糕。

「你上過電視嗎，克里斯？」邁可說。「你的骨架真的很適合。」

「我……嗯……不，我沒上過，」克里斯說。

「交給我來處理，」邁可說。

「嗯……當然，」克里斯說著脫掉外套，將之掛在了他的椅背上。「當真？」

邁可點頭。「頭髮很棒。」

克里斯切回了手邊的正事。「我們需要非常慎重地好好聊聊。」

「慎重地好好聊聊啥，克里斯？」伊莉莎白說。「我們有七分半鐘。」

「你們在調查柏特妮．維茨的死，」唐娜說。

「我們是在用腳趾試試水溫而已，」伊莉莎白說。「在你們的幫助下。」

克里斯一一環視起屋內的每個人。「你們也在打聽海瑟．加爾巴特？」

「你言重了，」伊博辛說。「微打聽而已。她人可是在牢裡，你知道。」

「你們沒別的事情瞞著我了嗎？」克里斯說。

「沒有能說的。」伊博辛說。

「天啊，克里斯，」伊莉莎白說，「為什麼我有種我們被抓耙仔出賣了的感覺？我簡直可以感覺到法文會話班在爬樓梯了，而我保證你不會想讓他們等。」

42　Bourbon Cream，英國傳統的巧克力夾心餅乾，一般是長方形，特易購等量販店都有賣。

43　Jaffa cakes，名為蛋糕但形如餅乾，由兩層蛋糕夾橘子果醬並塗上巧克力組成，最有名的製造商是做消化餅的麥維他公司。

44　Jammie Dodgers，很受歡迎的英國餅乾，由兩片奶油蛋糕夾覆盆子或草莓果醬餡製成，上面中間有開個愛心形狀的窗，可以看到裡面的紅色內餡。

克里斯緩了緩。收拾了一下情緒。

「今天早上六點，」克里斯說，「海瑟・加爾巴特被發現死在了牢房內。」

在場的大家紛紛面露震驚。寶琳把手放在了邁克的臂膀上。

「現場留有遺書，」克里斯說。「在她桌前的一個抽屜中。」

「自殺？」喬伊絲說。「她為什麼沒事要——」

唐娜低頭看起了她的筆記。

「遺書上寫說，」唐娜說，「**他們要殺了我。現在只剩下康妮・強森可以幫我。**」

第二部

為所有的新朋友，乾它一杯

第二十章

「我們的系統顯示您所在的區域沒有問題，所以我這邊能做的恐怕不多。」

維克多．伊立奇點了頭。「我明白，我明白，但電視現在就是，看不了。所以你應該能明白我現在的處境。」

電話線另一端的年輕人開始為之氣結，他顯然已經受夠了這種很傷神的口舌交鋒。

「我一直想讓您了解的是，伊立……伊立……」

「伊立奇先生，」維克多．伊立奇說。

「是，如您所說，」電話裡的聲音說。「我想讓您了解的是，就我們系統的判讀所顯示，電視訊號是在正常運作。所以我今天沒辦法派工程師去您那兒。」

「今天不行，是吧？」維克多說。「那今天就沒電視看了？」

但今天晚上有英國烘焙大賽。[45]而且還是四強準決賽。維克多掃視起被整面牆的落地窗給框在他面前的倫敦天際線。維克多可以看出去，但外頭看不進來，這點讓身為老牌特務的他心滿意足。

「今天無法，先生，真的。要是您登入您維珍傳媒[46]的app——」

「我沒有app，」維克多說。「我不替維珍傳媒工作，你懂嗎。我付錢就是要你們去把維珍傳媒的工作做好。」

「了解，了解，」電話裡的聲音說。「您也可以用電腦上網。登入您的帳號，找到『預約工程師』的網頁，然後選擇近日您方便的日期。」

「ＯＫ，我近日最方便的日期就是今天，」維克多說。他望著自己寬敞的露臺。從他所住的頂樓公寓望出去，你可以看到游泳池懸在兩棟建築物的中間。這寶貝在揭幕時引發了一陣不小的騷動。游泳池浮在一百英尺的半空中？維克多對泳池的用量並不大。此時獨佔泳池的是一名沙烏地阿拉伯的公主。她正在自拍。沒有人真的拿那兒來游泳，冷死人了。

「如我們討論過的，先生，」電話裡的聲音說，「今天是不可能了。」

「『不可能』是很重的措辭，」維克多說著把雙腿移到了沙發上，喬了個舒服的姿勢。維克多替ＫＧＢ工作過，當時他們給了他一個綽號。「子彈」。當有人需要問話，基本的作業準則是派出兩名幹員，一個扮黑臉，一個扮白臉。「好警察，壞警察，」大不列顛的人是這麼叫的。ＫＧＢ通常都能問到他們想知道的東西。偶爾會用點刑，但維克多對此從來不認可就是了。你靠刑求不會有什麼收穫。確實，刑求能讓人開口，但你無從確知他們說的是不是實情。大部分人為了保住他們的牙齒，保住他們的指甲，為了讓自己不要被電擊，都會開口。

「嗯，是，我明白這一點……」

但有時候不論你如何軟硬兼施，對方就是不開口，也一點縫隙不露。不論你如何努力去突破他們的心防都沒有用。遇到這種時候，一通電話就會打到莫斯科。叫子彈過來。維克多就是有他的一套。他有一種氣質是別人都沒有的。

---

45 Bake Off。英國很受歡迎的電視烘焙競賽。

46 Virgin Media，英國電信業者，在英國提供電話、有線電視、網路連線等服務。

「我老了，」維克多說。「又獨居。」說著他給自己倒了一杯白蘭地。

「您的狀況我能同理，先生，但這不能——」

「還有電腦？說起電腦我真是一竅不通。」維克多是俄羅斯駭入五角大廈、到ＩＢＭ大型主機電腦裡一遊的第一人。

「我們的系統並不複雜：我可以一步步幫您帶路，要是您那邊有電腦的話？」

維克多用的基本是同一招。進房間，坐下，開聊。套個交情，也許把血擦擦乾淨，點根菸，尋求共識。

「你說起話來就像是我兒子亞歷山大，」維克多說。維克多一輩子沒結過婚，也沒孩子，雖然ＫＧＢ很鼓勵他們成家。他們希望你有妻小，因為妻小是他們控制你的利器，妻小會讓你在受到誘惑想叛逃的時候，有個繼續留在俄羅斯的理由。他的人生路上邂逅了很多女人。風趣的、勇敢的、美麗的女人。但維克多的生命是用謊言織成，而愛在謊言的土壤上開不出花來。而如果一段關係走不到愛，那維克多就沒興趣了。至於現在，現在他已經沒有參賽資格了，一切都太晚了。

「你，有個二十一歲？二十二？你叫什麼名字？」

「嗯，我叫戴爾，」電話那頭說。「我二十二。您會想讓我教你怎麼預定嗎？」

「你念完大學了嗎，戴爾？還是你沒去念，也許？」維克多說。維克多喜歡人，也希望人人萬事如意。這年頭這被看做是一種弱點，但在往日時光中，那曾是他最強大的武器。

「我，我有去唸，但中輟了，」戴爾說。

「孤單？」維克多問。他可以從聲音中聽到點蛛絲馬跡。「你覺得很難交到朋友，也許？」

「那個，我得在五分鐘內完成這通電話，不然就得寫報告了，」戴爾說。

「人生總是有報告要寫的，」維克多說。「我就寫過很多，但根本沒人看。所以在大學裡，你一個朋友都沒有嗎？我二十二歲的時候也非常閉俗。」

「嗯，算是沒有吧。」戴爾說。「我實在不太知道要怎麼跨出第一步。滿困擾的。您點開我們公司網站了嗎？」

有時候你走進一個房間，裡頭會有一名年輕人癱在椅子上。你會看見血從他的襯衫上流下，會看到他緊閉的雙眼明顯腫脹，而你就是得跟他建立連結。任何的審訊都是一場對話，而對話必須要兩個人才能成立。不論你想要什麼東西，強取都是行不通的；你必須讓人把東西交到你的手上。

「我也是，只不過那是很多年前的事了，」維克多邊這麼說，邊望出了窗外。沙烏地的公主已經不在池子裡了。現在那兒有一個年輕男人在瞅著水面。維克多認出了他：這男人有個廣播節目，而且幫維克多提過一次袋子。維克多喜歡他，並嘗試聽了一次他的節目。不合他胃口，但他肯定年輕人的幹勁。他們給一名來電觀眾的獎金是一千鎊，只因為對方答對了法國的首都在哪兒。那個問題是三選一。「你覺得身邊的每個人都知道某個人生該怎麼過的祕密。而你好像在人生路途中的某處少修了某堂課。」

「嗯嗯，」戴爾說。「您在網站上嗎，我可以帶您一步步——」

「我依舊能感受到，戴爾。這些知道怎麼活的人。他們會跳舞，他們懂得衣服的穿搭，懂得怎麼剪頭髮。我跟他們不是一掛的，你呢？」

「我也不是，」戴爾說。

「但那只是一個階段，」維克多說。「是個階段就會過去，然後你會變回自己。曾經的你是個男孩，如今的你必須當個男人，而那並不容易。」

「對，」戴爾說。「我父親離開了家，而怎麼說呢，那之後我就一直覺得寂寞。他在的時候我們會一起做各種事情。」

「你一個人游泳，戴爾，我們都是。而你必須不停地游下去，直到你抵達彼岸為止。你不能掉頭往回游。」

「要是可以就好了。」戴爾說。

「這不是你可以選擇的。你也不想守在電話前，跟像我這樣的老頭子講話吧，戴爾——對嗎？」

「對，」戴爾說。「我過分了。」

維克多呵呵笑著，有點嗨，有點微醺。「沒事兒。那你想做什麼？」

「我也不知道，」戴爾說。

「不，你知道，」維克多說。

「我想做跟動物有關的工作，也許，」戴爾說。

「你可以的，」維克多說。「你一定可以做跟動物相關的工作。但你可能得等。你可能得做這份工作一段時間。你得等待自己像一塊塊拼圖一樣，慢慢湊在一起，慢慢安定下來。」

「你真這麼想？」戴爾說。「我覺得自己已經搞砸了。」

「你還年輕，」維克多說。「而且我聽得出你聰明又善良。慢慢長大，你會發現這世界真正需要的是聰明又善良的人，而不是會跳舞，髮型剪得又好的人。」

「所以我只要——」戴爾說。

「你只要有耐心一點，對自己像你對別人那樣溫柔一點。這並不簡單，而且需要時間，但你可以練習，正所謂熟能生巧……好吧，那我們現在來學怎麼操作吧，看我能怎麼約到你們的工程師？」

電話另一頭暫停了一下，那是一種讓人感覺到振奮的暫停。「是這樣……」戴爾開了口，「我真的不應該這麼做，但我可以在你的申請上放上一面『緊急需求』的旗子，這樣其優先順序就會跳到其它在排隊的客人前面。」

「喔，害你惹上麻煩就不是我的本意了，」維克多說。今年的英國烘焙大賽上有個來自基輔的女人叫薇拉，所以他看得比往年更加投入。

「按規定我們只在兩種狀況下可以這麼做，要嘛對方屬於臨床上的弱勢者，要嘛對方是名人。您有符合哪一種狀況嗎？」

「你要這麼問的話，那我兩者都是，」維克多說。

「好的，」戴爾說，接著維克多便聽到按鍵的敲動聲。「您會在九十分鐘內有我們的人員到府。」

「感謝你，戴爾，」維克多說。

「不，我才要感謝你，」戴爾說。「謝謝你願意傾聽我的心情。」

話說到底就是這樣。所有人都在不斷地想告訴你什麼事情，你真正需要做的就是別攔著他們。

「我的榮幸，」維克多說。「還有祝你好運——你還有大好前程等著你。」

維克多放下了電話。他瞥見了鏡子裡的自個兒。那顆禿頭，大到跟肩膀不成比例。那副厚重如鵝卵石的眼鏡，大到與他的臉不成比例。還有一張他慢慢學著去喜歡上了的臉。你要是對自己的臉感到失望，遲早那會顯露在臉上。

砰的一響，讓維克多注意到電腦上有封新信寄達。他把頭扭向了聲音傳來的方位。

維克多設計了一個很講究的繁複通知系統。日常的電郵自然不在話下，此外還有《園丁的提問時間》[47]的電子信跟維特羅斯超市的特賣，他都會得到提醒。然後就是搭配了不同聲音的不同客戶。另外他也區分了不同等級的急迫性。甚至有些特定的電子郵件地址會完全獨立出來，這包括一名哥倫比亞的大客戶，或是一名科索沃的大客戶。全部加起來，維克多管理有超過一百二十個電子郵件帳號，改變是家常便飯，一天到晚。但對應每個客戶的聲音提示則會保持不變。

他還有一個提示聲是保留給一個他從沒給過任何人的電郵地址。那是一條安全防線，深藏在暗網裡。那其實在本質上是一個預警系統。要是有誰發現了這個電郵地址，那就代表他的保全已經遭到突破。而要是保全被突破，他就知道麻煩找上了自己。

那個祕密電郵的提示聲，是一聲槍響。維克多的一點幽默感。槍聲配子彈。

如今迴響在維克多．伊立奇公寓中的提示聲，就是一聲槍響。維克多把眼睛推上了鼻梁。

他掃描起天際線。什麼東西？什麼人？在泳池中，男ＤＪ也自拍了起來。

維克多點了根菸。你得盯著看好一會兒，才看得出他的手在微微，微微地發抖。

他打開了電郵。附件是兩張照片。

第二十一章

喬伊絲

海瑟．加爾巴特被殺了。

我說的是詐騙犯海瑟．加爾巴特，不是打曲棍球的那個。

他們發現她死在了牢房中，而且死得相當之慘烈。克里斯沒有深入太多細節，但那牽涉到打毛線的鉤針。

她在一個抽屜裡留有遺書。

他們要殺了我。現在只剩下康妮．強森可以幫我。

這似乎告訴了我們兩件事情。

海瑟的死是他殺。但凶手是誰？動機又是什麼？就在我們剛盯上她不久的節骨眼上，這會是巧合嗎？

康妮．強森手握一些資訊。但那會是什麼資訊呢？

---

47 Gardeners' Question Time，BBC Radio 4頻道上的農藝廣播節目。

伊莉莎白建議伊博辛或許可以重返達威爾監獄，而且「這次可以試著詳盡一點」。你不難想像他聽到這話的反應有多「好」。

這裡當然，還有另外一個問題。殺害海瑟．加爾巴特的凶手不論是誰，會不會同時也是柏特妮．維茨一案的凶手？

朗恩說，「萬一凶手是康妮．強森呢？」她絕對有這樣的機會是大家都同意的事情。但她有行凶的動機嗎？

所以要思考的點很多。正合我們的意思。

克里斯很興奮能見到邁可．瓦格宏恩本人，並在離開的時候說了一句，「你肯定不記得了，但我幫你酒測過一次。你那叫一個清清白白，」邁可謝過了他如此為民服務。

我們明天要跟喬安娜用Zoom開線上會議，為的是看她有沒有順利從海瑟．加爾巴特的財務檔案中發現什麼有用的東西，但我覺得我們也應該看看柏特妮收到的那些字條，是不？我知道那些字條看似無傷大雅，但惡霸就是這樣慢慢養大。前一分鐘還是「這裡沒有人喜歡你」，下一分鐘你就會從懸崖頂被推下去。我或許是說得誇張了一點，但你懂我的意思吧？事態是會升級的。

所以是誰留的那些字條？吃醋的戀人？新聞編輯室的某人？費歐娜．克萊門斯？

老實說，那不比什麼增值稅詐騙案更有趣嗎？我會請伊莉莎白讓我去調查看看。我估計寶琳會知道當時的二三事，同時去問她問題也是讓我多認識她的好辦法。我並不是說她一定會在這裡待下來，但朗恩今天抹了保溼乳液。他耳朵後面有一些沒有抹開。先是香蕉太妃派，然後是保濕乳液。對於這個問題我言盡於此。

艾倫剛走了進來，嘴裡吐著舌頭，途中還用尾巴敲了一下門柱。我知道我們有時候把狗狗說得多聰明又多聰明，也許是過了點，但我真心覺得艾倫知道有人犯下了凶案。

第二十二章

「媽，妳按到靜音了，」喬安娜說。

「她說我們按到靜音了，」喬伊絲對伊莉莎白說。

「是，我聽到了，」伊莉莎白說。「她那邊沒有關靜音。」

「把那個麥克風鈕按下去，媽，」喬安娜說。伊莉莎白注意到喬安娜除了猛翻白眼以外無計可施。喬安娜對自家的老媽沒多少耐性。伊莉莎白偶爾也知道那種感覺。

「我完全搞不懂，」喬伊絲邊說邊尋找著任何可能是麥克風鍵的東西。「伊博辛弄就都不會有這麼多問題。」

「伊博辛弄不會每次都這麼多問題，」伊博辛糾正了她。「妳每次的畫面都多轉了九十度，順便告訴妳。」

「讓我看看，」朗恩說。

朗恩瞪著螢幕四，或許五秒，然後往後坐了回去。「不行，一頭霧水。」

「那兒有個小小的麥克風圖案，喬伊絲，」伊博辛身體往前一傾，移動了一下電腦滑鼠。

「喔，我怎麼從來沒看到過。妳聽得到我們嗎？」喬伊絲問。

「我們可以聽到你們了，媽，」喬安娜說。「哈雷路亞。哈囉，大家。」

她收到了來自所有人回覆她的哈囉。伊莉莎白認得喬安娜辦公室裡的會議室，包括當中那張用飛機機翼做成的桌子，還有那些又貴又爛的抽象畫。她還認得柯尼利爾斯，喬安娜的美國同事，他攏了一大疊書面資料在身前。那些是審判資料中的財務紀錄。

「還有哈囉，柯尼利爾斯，」喬伊絲說。「喬安娜是不是跟我說過你要結婚了？」

「不，我太太要離開我了，」柯尼利爾斯說。「不過妳猜得很接近了啦。」

「喔，我很遺憾，」喬伊絲說。「我就記得好像發生了什麼。」

「媽，妳已經耗掉我們十五分鐘了，」喬安娜說。「我們可以開始了嗎？」

「可以可以，」喬伊絲說。「妳想跟艾倫說聲哈囉嗎？」

喬安娜的嘴巴作勢要說No，但隨即伊莉莎白就看到那一抹若有似無的微笑。「好，但快一點。」

喬伊絲輕拍了一下她餐廳的桌子，然後艾倫就把爪子放了上來，興致勃勃地準備迎接即將發生的也不知道什麼事情。喬安娜跟柯尼利爾斯揮起手。艾倫則舔起了朗恩。

「別鬧了，艾爾，」朗恩說，只不過伊莉莎白注意到他說歸說，並沒有動手把艾倫推開。

「那我來開個場，」柯尼利爾斯說著把左右手掌拍上了面前的文件兩邊。「講重點就是。這場詐騙在短短三年內進帳了不下一千萬鎊，非常好賺，而且完全免稅。那些錢先全進了一個戶頭，戶名是海瑟．加爾巴特，然後再分頭前往了各個方向。澤西、開曼群島、英屬維京群島、巴拿馬，天涯海角。」

「分頭前往各地的錢仍在海瑟．加爾巴特的名下嗎？」喬伊絲問。

「一毛錢都不在海瑟．加爾巴特的名下，」柯尼利爾斯說。「應該說一毛錢都不在任何人的名下。」

「嗯，除了……」喬安娜說。

「是的，除了……」柯尼利爾斯說。「但這容我們稍後再詳述。」

「這是很基本的洗錢，」喬安娜說。「錢去到世界各地，進入不同的帳戶，而且全都在你可以祕密理財的地方。紙上公司、匿名董事。你沒辦法突然在那裡面找到柏特妮凶手的名字。我們只能在裡頭找線索。」

柯尼利爾斯快速翻閱了幾份文件。「這裡是幾個例子，時間全都在二〇一四年的一個月內。八萬五千鎊付給了拉姆斯蓋特水泥與粒料公司，六萬鎊付給了阿魯巴的麥斯特森金融控股公司，十一萬五千鎊付給了巴拿馬的絕對營建公司，七萬鎊被付給了達爾文證券公司，地點在開曼群島。」

「而你從上述這些公司查出了？」伊莉莎白說，但她其實已經知道答案。

「查出了一堆空氣，」柯尼利爾斯說。「跟一堆登記的辦公室，但查不到任何能登入的帳戶。除非你是全世界最偉大的洗錢專家，而我並不是。」

「不要妄自菲薄，」喬伊絲說。

「再往後線索就冷掉了，」柯尼利爾斯說。

伊莉莎白接下了主持棒。「所以我們不知道的東西還很多，你先把這點說清楚是對的，但那可是一大疊文件，所以我希望我們還是有一些發現。」

「凡事都瞞不過妳耶，伊莉莎白，」喬安娜說，伊莉莎白知道這話純粹是說出來氣她媽媽的。「我們知道的有兩件事。海瑟·加爾巴特的銀行紀錄被呈給了法庭，但就我們所知，她沒有看到那一千萬鎊裡的一毛錢。紀錄中沒有異常的轉出，也沒有大筆的消費。她繼續住在同一棟房子裡，開著同樣的車子，她的房貸也沒有改變。就算海瑟·加爾巴特參與了洗錢，她也沒有花到那些錢。」

「那另外一件事呢？」伊莉莎白問道。突然手機一響讓她分了心。

我已經把照片寄給了維克多．伊立奇。請把握時間。兩個禮拜。不是妳殺了維克多，就是我殺了喬伊絲。滴答滴答。

一次一件事好嗎，伊莉莎白心想。我這會兒正在解決命案。

柯尼利爾斯又站了出來。「整體而言是場挺俐落的行動。律師們無法在法庭上抽絲剝繭。我現在也沒輒。但事情愈是往回推，其複雜程度往往也就愈低。那是常見的情形。一場詐騙愈是行之有年，騙子就會變得益發善於藏錢。但你可以去查他們早年的表現，這樣想發現他們的錯誤就比較有機會。」

「什麼樣的錯誤？」伊博辛問。

「有種錯誤最為常見，」柯尼利爾斯說。「很顯然你必須為這些無中生有的公司取名字。菜鳥常犯的錯誤是挑中那些對他們具有某些意義的名字，即便那些意義在外人看來有點天馬行空。現在我們來看這頭幾筆支付，而這在時間上是屬於詐騙的初期，其款項是流向了在澤西的一系列祕密帳戶，具體而言包括三叉戟資本、三叉戟投資、三叉戟基礎建設國際。」

「我們對此做了一點調查，」喬安娜說。「結果我們發現澤西還登記有另外一家公司，叫做三叉戟建設。」

「而這家三叉戟建設，」柯尼利爾斯說，「完全合法。資訊完全對外公開。」

「三叉戟建設只有一名董事，」喬安娜說。「你們猜得到是誰嗎？」

「海瑟・加爾巴特！」喬伊絲說著從椅子上站了起來。

「錯，媽，」喬安娜說，喬伊絲忽然洩了氣。

「傑克・梅森，」伊博辛說。

「傑克・梅森，」喬安娜確認了答案。

「所以錢流出了海瑟・加爾巴特的戶頭，直接進了由她老闆所控制的帳號。」朗恩說。

「極可能，由她老闆所控制的帳號，」喬安娜說。

「然後就從此消失了，」柯尼利爾斯說。「還有一點是當海瑟・加爾巴特把房子賣掉時，買方是傑克・梅森名下的一家公司。」

「傑克・梅森買下了海瑟・加爾巴特的房子？」伊莉莎白說。

「類似的失誤還有另外兩個，」柯尼利爾斯說。「在詐騙的非常早期，有兩筆錢都流向了有名有姓的收款人。雖然兩個都看似是假名，但就像我剛剛說的，只要詐騙者一個不留意，他們就可能在這些假名中留下線索，供我們去查出詐騙犯的身分。這兩筆錢的其中一筆是四萬鎊，被付給了一名『凱倫・懷海德』，而另外一筆五千鎊的則被付給了一名『理科碩士羅伯・布朗』。這兩筆錢是所有從該帳戶流出的款項當中，最早的兩筆。但隨著詐騙的規模愈來愈大，所有的資訊也愈鎖愈緊，有名有姓的收款人也再看不到了。海瑟・加爾巴特或傑克・梅森一定是意識到他們必須開始把錢藏好一點了。」

「凱倫・懷海德跟羅伯・布朗，」伊莉莎白若有所思地說道。她看到伊博辛已經在把這兩個名字寫進筆記本裡。

「你表現得太好了，柯尼利爾斯，」喬伊絲說。

「柯尼利爾斯跟我，媽，」喬安娜說。「我也幫了忙。我已經不是十五歲了。」

「嗯，妳很棒我已經知道了啊，」喬伊絲說。

「三不五時誇我一下是會死喔，」喬安娜說。

「這事沒有喬安娜，我一個人是幹不來的，」柯尼利爾斯說。

「所以或許我們應該去拜訪一下傑克．梅森，」伊莉莎白打了個岔。「拿海瑟．加爾巴特與柏特妮．維茨的事情問問他。也許把凱倫．懷海德與羅伯．布朗是怎麼回事也一併試探他一下。看看他做何反應。而我想我們的十五分鐘已經到了，喬安娜，謝謝妳。」

「喔，我才要謝謝妳，」喬安娜說。「媽知道只要有命案，找我就對了。」

「我是知道啊，」喬伊絲表示同意。「還有我知道你很快就能找到下一個可愛的女人，柯尼利爾斯。」

「喔，我沒有在找，」柯尼利爾斯說。「但謝謝妳。」

「別胡說，」喬伊絲說。

「別胡說，」伊博辛點著頭說。「你非找不可。」

在一番東扯西聊之後他們終於順利下線，退到軟一點的椅子那兒去喝茶。

「所以，」伊莉莎白說。「傑克．梅森？」

「他就交給我吧，」朗恩說。「我們行走的是類似的圈子。」

「喔，」喬伊絲說，「最好是。」

「伊博辛跟我會去查凱倫．懷海德跟羅伯．布朗，」伊莉莎白說。

「那我去查柏特妮收到的那些字條，」喬伊絲說。「朗恩，我可能會去找寶琳聊聊——你不介意吧？」

「妳不需要向我請示，」朗恩說。「她又不是我女朋友。」

「唉呦，朗恩，」伊莉莎白說。

第二十三章

「昨天停車被罰了，」邁可．瓦格宏恩說，警察局長安德魯．艾佛頓才剛在攝影棚坐下。

「哈囉，邁可，」安德魯．艾佛頓說，並同時讓一名小姐調整他翻領上的麥克風。

「在費爾黑文岸邊，」邁可．瓦格宏恩接著說。「我在裡面幫一家慈善商店[48]開幕——慈善商店，記住這一點。結果一出來就是一張罰單。」

「原來如此，」安德魯．艾佛頓說。《東南今夜》的攝影棚比在電視上看小多了。三台攝影機，兩台是固定式，一台由攝影師操作，而他此刻正在滑手機。「你停車，違規了嗎？」

「只違一點點而已，」邁可．瓦格宏恩說。場務經理跟他們說再兩分鐘，訪問就要開始錄影了。「幾乎等於沒違規。而且我剛剛說了，慈善商店耶，我根本不必要那麼做的。那完全是出於我的善……哎呀，隨便啦。」[49]

安德魯．艾佛頓看著在攝影棚電視監視器裡的自己。看著挺帥。黑白斑駁的頭髮，剪得短短的，黝黑的皮膚裡有勉強還能微微看到的一點點痕跡，是在賽普勒斯的迷你假期中曬的，剩下的都是他今天下午在費爾黑文的日光浴沙龍中所補滿。他明白這是純粹的虛榮，但反過來說他都要奔六了，他已經認定現在任何能幫他加分的東西，他大抵都不應該說No。

48 英國常見接受二手商品捐贈，並透過轉賣來募款的商店。

49 英文的完整說法是：出於我的善心。

「錄影倒數一分鐘，」場務經理說。

安德魯．艾佛頓上《東南今夜》，是一個月一次的事情。身為警察局長的他有其社會責任。與邁克在現場節目中對談永遠是火花四射，但也永遠符合公平的原則。一般來講你聽不到派克斯曼式[50]的鬼扯，除非有絕對必要，而那有時候確實免不了。安德魯是警方對外一張和藹可親的面孔，而現在正是警方需要火力全開對外陪笑臉的時候。他喜歡邁可。邁可看著像在耍寶，但他其實非常有腦。

「關於海瑟．加爾巴特的事情，你能告訴我什麼嗎？」邁可問。

「海瑟．加爾巴特？」安德魯．艾佛頓回答。

「死在達威爾監獄裡的那個受刑人？」

「沒有真的很了解，」安德魯．艾佛頓說。「你車子停了多久，邁可？」

「三小時，最多最多。」邁可說。

「慈善商店開個幕要三個小時？」

「我那之後去喝了兩杯，」邁可說。此時在攝影棚的監視螢幕上播放起一段影片。一名老人家正在受訪。他看似身穿一件西漢姆聯的上衣，外頭是一件西裝外套。「只是在碼頭上喝個兩品脫。我回來，就是一張罰單。簡直是光天化日之下搶錢。我前幾天還在速限三十英里的地方被開了超速。大家在速限三十的地方都嘛開四十好嗎。」

螢幕上換了一個鏡頭角度，現在是那個身穿西漢姆聯上衣的男人從某種像是村子的地界中走過，那兒綠意盎然，但四處蓋的是現代化的建築。他身邊有三個朋友陪著他，四個人有說有笑地走著。那些笑容多半是為了上鏡，但他們的快樂看起來是發自內心。安德魯納悶起那村子在哪裡。看上去挺不錯的。

「我要是把罰單給你送過去，你可以替我跟誰去疏通一下嗎？」邁可說，現在的他瀏覽起了等會兒要問的問題清單。

「賭上我的仕途就為了張停車罰單，」安德魯說。「不幹。」

邁可抬起頭露出了微笑。「老弟，我是逗你玩的啦。老實說我是罪證確鑿。我甚至拿了張名片寫上『邁可．瓦格宏恩——東南今夜』，放在擋風玻璃上。偶爾會有用。你準備好了嗎？」

安德魯點頭，然後再次把目光瞄向了螢幕。某樣東西吸引了他的注意力。那四個漫步在村中的朋友。他認出了其中一個。那不會就這麼剛好是……他的眼睛黏在了螢幕上。

「那是在報導什麼，邁可？」他問。「在什麼地方拍的？」

邁可瞥了一眼螢幕。「那是間養老村，古柏切斯。那是朗恩．李奇，古早時代在搞工運的。你認得他？」

安德魯．艾佛頓搖了搖頭。不，他認得的另有其人。

「你可以幫我去了解一下海瑟．加爾巴特的事情嗎？」邁可說。「算是幫我個忙？」

安德魯．艾佛頓點了頭；包在他身上。那四個朋友消失在螢幕上，影片就此告一段落，結束在英國鄉間的美景中。場務經理倒數起五秒進現場訪談。安德魯挺起了腰桿，弄正了領

---

50 Jeremy Paxman，1950-，BBC2《新聞之夜》的資深記者兼主持人，特色是在訪問政治人物時口氣直率而火爆，外界評價兩極。

帶，拿出了面對鏡頭的狀態。但他的心思還在別處飄散。

「多美的一個地方，」邁可對著攝影機說。「我得承認我事後留下來多喝了兩杯！很適時地提醒了我們年紀只不過是一個數字。而，說到數字，肯特郡的最新犯罪統計數據出來了，而它們顯示……」

警察局長安德魯・艾佛頓準備要進行回答，而他對統計數據胸有成竹。數據顯示他把警察局長的工作做得很好。當然他不能沾沾自喜——事情永遠有出包的可能，他對這一點深有體悟——但他對自己目前的成就深感自豪。他啟動笑臉，但其實他真正在想的是剛剛認出來的那張臉。他真的，真的，必須要走一趟這個「古柏切斯」。而且要快。

第二十四章

傑克．梅森強健而粗壯，但也看得出年紀了。就像隻身矗立在被拆除成瓦礫的街道上，那頑抗不屈於倫敦城東的最後一棟屋子，朗恩知道那種感覺。

灰髮被剃到看得見頭皮，深棕色眼睛眼觀八方，不錯過任何動靜——你用一顆子彈要不了傑克的命，你得使出推土機。

朗恩使出要去見他的門路，說起來也相當直接，總的來說。

朗恩只是去跟他的兒子，傑森，說了兩句，然後傑森又去跟他一名打拳擊的老友，丹尼．達夫，說了兩句。丹尼．達夫傳了訊息給一個叫泵動式[51]戴夫的男人，因為他又正好會跟一個拒絕透露姓名的男人一起喝酒。最後的這個匿名男子，則恰好時不時會跟傑克．梅森合作一些差事。

一則訊息沿原路傳了回來——就是在丹尼．達夫這一站耽擱了一會兒，主要是他因為挾帶古柯鹼入關的罪嫌被捕，手機被扣住了兩個小時——傑克提議他跟朗恩在拉姆斯蓋特[52]見

---

51 泵動式（pump action）指的是槍械的重複動作，通過移動槍前部的滑動護木來手動操作。射擊時，滑動前護木被向後拉以排出用過的彈殼，通常會順便翹起撞針，然後再向前推動來將新彈殼裝入彈膛。最常使用這種退彈跟上膛機制的槍種，是散彈槍。

52 Ramsgate，肯特郡的一個海濱小鎮。

一面，來一場斯諾克撞球。

伊博辛提議要開車送朗恩過去，但在最後一刻，寶琳說她來開，因為拉姆斯蓋特有幾家挺有趣的骨董店，外加一間刺青沙龍，所以她興致勃勃地想要來個「上午半日遊」。她提議讓伊博辛跟著一起去，但伊博辛決定好生在家待著。伊博辛在寶琳的身邊是不是有那麼一點陰陽怪氣，朗恩不禁好奇？

來到「史提威的運動沙龍」，朗恩在接待櫃台說要找傑克．梅森，然後就被領著來到了一間私人包廂，那兒已經有傑克跟他排好的球檯。

「朗恩．李奇，沒錯吧？」傑克說著伸出了手。「工運一哥本尊？」

朗恩握上了傑克的手。「謝謝您撥冗見我，傑克——我知道您大可不用見我。」

「好奇心使然，我只能說，」傑克．梅森說。「像你這樣一個老傢伙，會有什麼有求於像我這樣一個老傢伙？」

「你的名字跳了出來，」朗恩說。

「現在還會嗎？」傑克回答。

傑克擊出了他的第一桿。朗恩很慶幸他們在打斯諾克。兩個大男人在一起聊天，那該有多尷尬，但斯諾克、高爾夫，或飛鏢，總是能扮演最好的潤滑。男人之間其實不太來喝咖啡聊是非那套。也許這年頭也有男人這麼做了吧？搞不好拉姆斯蓋特的咖啡店裡也坐滿了男人在大聊他們的希望與夢想，但朗恩是覺得不至於啦。朗恩在桌邊彎下腰，敲了一桿。

「我以前會跟你兄弟去喝酒，」朗恩邊說邊嘖了一聲，原來是一顆紅球在袋口處來回碰撞而沒能進去。「連尼。聽說他的事情我很遺憾。」

「我們都有要上路的時候，」傑克說著把朗恩失誤的紅球補了進去。「我知道他欣賞你，不然我今天也不會見你。所以我的名字剛好跳了出來？有什麼特別的理由嗎？」

「海倫・加爾巴特，」朗恩說。傑克・梅森有沒有內心一怔很難講，但反正他臉上是沒有異狀。他不當回事地把黑球打進，然後瞄起了下一顆紅球。

「聽說她死了，」傑克・梅森說。

「你聽說得沒錯，」朗恩說。「是說，你不會剛好知道些什麼吧？」

「不會，」傑克・梅森說。「連個毛都沒聽說。」

「星期四上午你人在哪裡？」

傑克停下了打球的手。「我星期四上午人在哪兒？我讓你來見我是給你面子，朗恩。你懂嗎？我們都在街頭打滾過，是吧，所以我不打算讓你感覺不受尊重。但你下一個問題最好好好問，不然大家撕破臉就難看了。」

朗恩露出了微笑。這可是他的主場，兩個男人吵架，雙方用牢騷在空中你來我往。不多不少的衝突真是凡人無法擋。他讓傑克打了下一桿。沒進。

朗恩把一隻手撐在了球檯上。「我知道的是這樣，傑克。海瑟・加爾巴特替你工作過，並在當時經手了百萬來百萬去的英鎊。那些錢有一部分，進到了一個聽起來非常像歸你管的戶頭。」

「什麼戶頭？」傑克問。

「三叉戟建設，」朗恩說。

傑克點頭，看起來饒富興味。「你有證據嗎？」

「有的，」朗恩說，然後打偏了一顆紅球。

「你說的這個證據，」傑克接著說。「還有別人也掌握了嗎？」

「沒，」朗恩說。「但我們輕輕鬆鬆就聯想到了你，所以只要別人也開始認真懷疑起海瑟・加爾巴特的死，他們一定也會注意到這點蛛絲馬跡。」

「你說的『我們』是？」傑克問，順便又進了一顆球。

「那我老實講，真的是說來話長，」朗恩說。「你打球真的痛宰我耶。」

「我覺得你有點緊張，」傑克說，指了指藍球，然後替球桿頭補了點巧克。

「那你就，錯看我了，」朗恩說。「而且我話還沒說完。就在海瑟・加爾巴特要出庭受審前，死了一名年輕記者。柏特妮・維茨，來自一家地方新聞台。駕車衝下了懸崖。」

「還真是走得轟轟烈烈啊，」傑克・沒森說著又進了一顆球。「她的兇手一直沒有找到，」朗恩說。「但在她遇害的幾個禮拜前，柏特妮傳了訊息給她的上司，說她剛破獲了一個大新聞。說是找到了一槍斃命的鐵證。」

「而那個新聞就是海瑟・加爾巴特？」傑克問，斯諾克暫時被晾在了一旁。

「不只是海瑟・加爾巴特。事情比那更大，有個人跟她一直有牽扯，」朗恩說。「而且，跟她有牽扯的人就是你，傑克。還真巧，是吧？」

「巧合這東西，世間並不存在。」傑克說。

「這個嘛，我們也是這麼想的。事實上，有些腦袋比我好使的人說海瑟・加爾巴特在偷你的錢，而柏特妮・維茨發現了這當中的連繫——也許跟我們發現的方式一樣——所以你就讓人殺了柏特妮・維茨。」

傑克點了點頭。「謝謝你提醒我這一點。」

「我就是想，有人可能會開始追著你問，你知道的，」朗恩。

「我想他們應該會吧，」傑克對此並無異議。

「而且我很好奇，」朗恩說，「就算是我們倆之間的祕密，你對這個故事做何感想？」

這下子輪到傑克微笑了。「我們之間的祕密？那我會這麼說。聽著，我因為增值稅的事情忙到快要滅頂，想也知道。但沒有證據，沒有，什麼都沒有，直到你提起了這個三叉戟的東西，但那也可能只是個巧合。他們靠這點是拿我沒輒的。我這邊滴水不漏，朗尼——他們永遠查不到錢的下落。就連我都不知道錢哪兒去了。」

朗恩點了點頭。他真的很想打下一桿，但傑克還沒打完。

「還有這個柏特妮．維莰。我不會假裝我不知道這個名字，我確實聽說過她，海瑟詐騙案的很多證據都出自她之手。但你說的這個她在死前發出的訊息？我是要從哪裡聽說過這種事情？那根本說不通啊。」

「你沒跟柏特妮．維莰見過面？」

「從來沒有。」

「你沒跟她說過話？」

「從來沒有，天地良心，」傑克說。

「我必須問一下，你不會往心裡去吧？」朗恩說著又一顆紅球沒打進。

「不會，我了解，我了解，」傑克說。「但你沒想過這種表現對我來說，太業餘了點嗎？留著這麼多尾巴沒有收好，還殺了一個記者。要是你覺得這會是我的風格，那我就真的會有點不開心了。」

「我們都會犯錯，傑克，」朗恩說。「尤其當壓力來的時候。但你說的沒錯，我確實不覺得凶手是你。話說她是不是真的死了都還不確定，傑奇。他們一直沒找到她的屍體。」

傑克．梅森又瞄準了一桿。他沒有看向朗恩。

「喔，她是真死了。」

「你說什麼？」朗恩還以為他聽錯了。

「我說她死了。」傑克又進了一球，然後補起了巧克。

「你知道她死了？」

「我知道她死了，」傑克．梅森話說得篤定，並瞄起了新的一桿。

「你怎麼知道她死了？」朗恩說。「難道你殺了她？」

「聽著，朗恩。我知道她死了，」傑克．梅森說。「並且我沒有殺她。但我能跟你說的就這麼多。你想解開謎團請自便。」

傑克．梅森怎麼就這麼確定柏特妮．維茨真的死了？除非他是凶手。或至少他知道凶手的真實身分？

朗恩彎下腰，趴在了球檯上，打進了他這場比賽的第一顆球。他隨意點了個頭，彷彿那球進得理所當然。兩個男人打場斯諾克——沒有什麼比這更棒的了。只不過這年頭想找個人對打真是難上加難。以前打斯諾克的真有一大幫人，倫敦、肯特，不論你在哪兒都能找到人來上一桿。但在死亡、監獄與流亡到太陽海岸[53]的生涯之間，這群人慢慢散了伙。朗恩如今得靠傑森可憐老爸，才三不五時跟他打一場。朗恩打進了一顆黑球。

這還差不多。

「這麼說來，你應該知道是誰殺了她吧？」朗恩問。

傑克露出了微笑。「閒聊夠了吧，我想。但要打球我隨時奉陪，朗恩。但凡你有空的時候。」

朗恩再次抬起頭，看著傑克，他看到的是另外一個身邊的朋友一個個凋零的老人。「彼此彼此，傑克。」

要是他的準斯諾克新球友好死不死，是個殺人犯，那朗恩也認了。

53　Costa del Sol，西班牙南部，地中海沿岸的渡假勝地。也有英國媒體將之稱為「犯罪海岸」，因為不少英國罪犯會為了避風頭而去當地奢侈度日。

第二十五章

警察局長安德魯・艾佛頓瞅著一片全都在仰望他的人海，那當中是一張張的臉龐。嗯，有兩張臉的主人睡著了，後頭的兩位老先生則在自顧自不知討論著什麼，但除此之外，所有人都仰頭在看著他。他喜歡這種場合，真心喜歡。新書的朗讀會。他不常收到邀請，而且客觀地說，這一場也是他自己安排的，但他的興奮之情依舊不減。同時他還幾乎是第一時間，就注意到了他在尋找的那張臉。那多少有點運氣。

他身穿制服，這是一定要的，畢竟那一方面能幫助人入戲，一方面也讓他更有權威感。他知道警察制服能讓他朗讀起作品，多添幾分感染力。但那倒不是說他不靠制服不行，因為他的文筆已是劇力萬鈞。在場的是一個會因為你是警察局長就敬你三分的世代。不像如今的新世代，但話說回來：要怎麼收穫，先那麼栽，而只有雙向往來才能建立起信賴。

方才介紹他出場的女人叫瑪尤里。瑪尤里在收到安德魯的來信時，嚇了一跳。瑪尤里沒想到他會主動要辦這場朗讀會，但她的那聲「好」還是說得很快，而且她也保證會撂來讀者大軍，所以就有了此刻的盛況。瑪尤里對他說的最後一句話是古柏切斯文學賞析社的上一位講者是一名女性作者，她寫了一本講魚的書，結果她的演講大受歡迎，所以請不要讓我們失望。安德魯・艾佛頓也不打算讓他們失望。他選擇朗讀的段落出自他的第四本書，《保持緘默》。這本續作之前的作品有第三集《呈堂證供》，第二集《有害申辯》，還有他尚未撞見他優雅書名系統前的處女作，《阿奇柏爾德・德文夏爾的血腥殞命》。

他用雙眼掃視起室內，等待著開口的時機。他知道他的默不作聲，他的警察制服，他深邃的棕色眼睛，都在讓現場的期待感不斷累積。

「屍體被摧殘到面目全非……」

他的耳中傳來好幾聲「嗚」，然後他看到前排一名身穿花呢外套還戴著珍珠的女士，饒富興味地愈挨愈前面。

「墨紅色的血液流淌成一灘，圍繞著屍體，四肢扭曲成醜惡的角度，就像代表死亡的萬字型。警察局長凱瑟琳・霍華喜歡保持一顆冷靜的頭，形成強烈對比的是周遭其它人的手足無措——」

一隻手倏地舉起。那在朗讀會中一般是不會見到的事情。安德魯・艾佛頓決定接下問題，即便這有點打斷了他劇情的推進。他對提問者致了個意，那是一位年屆九旬的老夫人。

「抱歉，親愛的，你剛才是不是說凱瑟琳・霍華。有個王后也叫這名兒？亨利八世的妻子？」

「是，」安德魯・艾佛頓說。「嗯，我想是吧。」

「是只有名字一樣嗎？」房間後面些的一名男性問道。「還是人也是同一個？」

「只有名字一樣，」安德魯・艾佛頓說。「這本書是設定在二〇一九年。」

台下竊竊私語地討論了起來。一名非官方的發言人似乎冒了出來。前排那個身穿花呢外套的女人代表台下開了口。

「兩件事，」前排女人說。「那個，我是伊莉莎白。然後第一點，凱瑟琳・霍華這個名字取得有點讓人混淆。」

全場紛紛附議。

「這個嘛，我——」安德魯・艾佛頓忙著想解釋。

「不用說了，就是混淆。然後第二點，」伊莉莎白接著說，「我覺得如果有哪個書系裡把真正的凱瑟琳・霍華設定為偵探，那它應該很有機會能夠暢銷。請問你的書有暢銷嗎，局長先生？」

「在它們的圈子裡，算暢銷吧，」安德魯・艾佛頓說。

「估狗好像不是這麼說的耶，」伊莉莎白說。「不過請務必繼續，我們都聽得很開心。」

「妳確定？」安德魯・艾佛頓說。觀眾們這時清楚地表達了他們還真的聽得挺樂的。

「我們只是很喜歡打斷人而已，」說話的是安德魯・艾佛頓特地來見的那個男人——伊博辛・阿里夫。安德魯在《東南今夜》的影片上，一眼就認出了他。「我們就是這種個性。勞煩您了，我們繼續講大鵬展翅在地上的屍體吧。」

「謝謝您……」

「只不過，」伊博辛又開了口，其腦中顯然浮出了一個新的念頭，「你說她擁有一顆冷靜的頭，是不是在暗指真正的凱瑟琳・霍華另有其人，而且被砍了頭？」

「不，」安德魯・艾佛頓說。「我其實沒有……不。」

「我還以為那是某種文學手法，」伊博辛說。「我聽說有這種東西。」

「她——」

「這裡只有我沒聽說過凱瑟琳・霍華嗎？」這麼問的是個身穿西漢姆聯T恤的男人。

「是，朗恩，只有你，」伊莉莎白說。「現在，讓局長先生往下讀。」

「她拿——」

「等一下會有簽書時間嗎？」一個嬌小的白髮女性坐在伊莉莎白的身邊說。「上次那個魚小姐有讓人簽書，是不是？」

全場都同意魚小姐確實辦了場簽名。

「問題是我的書都是電子書，所以沒辦法簽，除非你想讓我把你們的Kindle弄得一塌糊塗，」安德魯．艾佛頓說。這些年在好幾家肯特的酒館與書店的後室裡，他已經把這句台詞練到爐火純青。只不過一路說到現在都還沒有人笑過就是了，他這會兒才意識到。「但我會在朗讀會後給大家一個QR Code，掃碼買我的書都有非常優惠的價格。」

好幾隻手聞言射向了天空。伊博辛轉頭面對起其餘的群眾。「QR Code的QR代表的是Quick Response，也就是快速反應的意思。這種QR Code可以為電腦所讀取，並將你連到一個特定的URL，也就是網址。簡單講它就是一種條碼，只是做成二維的模樣。」

大部分的手都就此降落回地面，但還有三四隻手舉著。伊博辛不急不徐地轉向安德魯．艾佛頓說。「還有問題的人是想知道具體的折扣幅度。」

「五折，」安德魯．艾佛頓說，然後剩下的手就也放了下來。

「請繼續，」伊莉莎白說。「我們耽誤你了。」

「別這麼說，」安德魯．艾佛頓說。他會在朗讀會後找到辦法去跟伊博辛．阿里夫攀談。他只想跟伊博辛搭上話。跟他稍微混熟，然後把該問的東西問一問。重點是他人在這裡，人在就好辦。他看回了自己的筆記。

「我要從一開始處重來嗎？」

「不用，親愛的，」伊莉莎白說。「面目全非的屍體，凱瑟琳・霍華保持冷靜的頭。我想我們都還跟得上。」安德魯・艾佛頓點起了頭。

「她掃視了四周。霍華可以看到經驗老到的警官們臉色變得蒼白有如鬼魅——」

從舞台的側邊，瑪尤里，那個介紹他出場的女人，選擇了打岔。

「那不會有點讓人搞不清楚嗎？她明明是個女人，但她的姓氏卻是男性常用的名字？那我就會想說，『霍華是誰啊？』」

觀眾中有人點頭如搗蒜。

「現在想改名會太晚嗎？」一名白髮靄靄的老太太溫暖地關心起來。

「這個嘛，是，這本書已經出了幾年了，」安德魯，艾佛頓說。「她是我所有作品裡的主人翁，而目前好像還沒有人提出異議。」

幾道眉毛被挑了起來。

「繼續，」伊莉莎白說。

安德魯回到行文上。他會先賣個幾本書吧，他想。然後他會感謝伊博辛熱情提問，並且自己也問幾個問題。他喝了一小口講台上為他準備的水。結果那其實是伏特加跟通寧水。而那或許是最好的安排。

「在場者無人目睹過如此慘烈、如此獵奇、如此狠毒的犯罪現場。除了凱瑟琳・霍華。因為凱瑟琳・霍華見過完全一模一樣的犯罪現場。就在三天前的晚上，事實上，是在一場夢裡。」

一隻隻手又一次，射向天空。

第二十六章

安德魯·艾佛頓在一張破舊的老單人沙發上喬好姿勢，上方有幅畫上畫的是一艘船。環顧四周，他看到的是有玻璃覆蓋的書架，上頭放著滿滿的硬皮活頁夾。

「剛剛真是太盡興了，」手裡拿著薄荷茶的伊博辛走了進來。「太盡興了。你真的是很有一套。」

「你就是一個字，一個字地往下寫，然後禱告你不會被人逮到，」安德魯·艾佛頓說。他聽過李·查德[54]說過一回類似的話，然後就喜歡上了這說法。「你這兒的檔案還真不少。是工作上的東西嗎？」

伊博辛坐進了沙發。「我一生的工作，是。嗯，應該說許多人的一生都在當中。我是個精神科醫師，局長。」

「安德魯就好，」安德魯·艾佛頓說，他很清楚伊博辛是精神科醫生。「我恐怕是有求於你，所以我希望我對你愈沒有威脅性愈好。」

伊博辛呵呵笑了。「很好的策略。所以朗讀會也是一種計策嗎？就為了來這兒見我？」

「一部分吧。我在電視上看過你，」安德魯·艾佛頓說。他在電視上見過伊博辛，挖起了他的檔案。「你跟你的朋友們一起。我認出了你。所以今天來算是一石二鳥吧，」他說著

54　Lee Child，英國驚悚小說作家吉姆·葛蘭特（Jim Grant）的筆名，傑克·李奇系列為其代表作。

吹起了他的茶。「我想跟你非正式地聊一下，然後也看看能否順便賣個幾本書。」
「我相信你可以的，」伊博辛說。「凱瑟琳．霍華局長很強悍。鬼上身，但無損其強悍。」
「我在《呈堂證供》中說她『強悍如柚木』。」
「確實如此，安德魯，」伊博辛說。「『強悍如柚木』。不過文學就聊到這兒吧。你說你認出了我？我有點好奇其前因後果。」
「兩天前，你去了趟達威爾監獄，沒錯吧？」安德魯．艾佛頓仔細看過了康妮的訪客紀錄。還有獄中監視錄影器上那賞心悅目的特寫。
「啊，」伊博辛說。
「啊，」安德魯．艾佛頓說。「你填的職業別是『記者』，但我找不到你跟記者有關係的蛛絲馬跡。你會見了一個名叫康妮．強森的獄友。一個目前正為了幾條非常嚴重的罪嫌在羈押候審，心狠手辣非比尋常的毒梟。你跟她共處一室了大約半個小時，也聊了大約半個小時，而如果正式的報告裡說的沒錯，你跟她的交談『不時相當熱烈』，沒錯吧？」
「嗯，我會把毒梟改成女毒梟，不過我真必須學著把職稱去性別化，」伊博辛說。「但除此之外，沒錯。」
「我能不能冒昧請問一下你跟康妮．強森，都在聊些什麼？」
伊博辛思索了一下。「我能不能反過來冒昧請問一下，那跟你有半毛錢關係嗎？」
「你可能也已經知道了有另外一名受刑人，海瑟．加爾巴特，被發現陳屍在獄中，就在你跟康妮．強森的會面之後，阿里夫先生。而且她牢房中的遺書上提到了康妮的名字。這就是你們談話內容跟我的半毛錢關係。」

「確實。犯罪，跟傑出的寫作，是你管得到的東西，」伊博辛說。「雪茄？」

安德魯．艾佛頓搖了搖頭；他不吃這一套。「康妮．強森惡性重大到可能是，事實上她多半是，我的警隊從不曾交手過的女魔頭。老天有眼的話她會被定罪，然後被送進牢裡很長一段時間。而如果你以任何形式從中作梗，我絕對可以讓你的日子很難過，所以我良心建議你不要亂來。反之若你以你的立場有任何能幫上我忙的地方，我會強烈你從善如流。」

「我明白你的立場，」伊博辛說。「清楚地令人感佩。難怪大家喜歡你。也難怪你能幹到肯特郡的警察局長。在美國，他們的警察首長有些是選出來的，這你知道嗎？世界之大真的是無奇——」

「就讓我很禮貌地，再問你一次，」安德魯．艾佛頓沒讓伊博辛把話說完。「你去見康妮．強森做啥，你們又聊了些什麼？」

伊博辛用手指在沙發扶手上打起了鼓。「你這樣讓我很為難，安德魯。我還是可以叫你安德魯吧？」

安德魯．艾佛頓點了頭，並啜飲了一小口茶。

「是這樣，當我有了個案主，」伊博辛說，「我跟對方的一切談話都受到患者保密法的約束。」

「她是你的案主？」安德魯．艾佛頓問。

「嗯，問題就在這兒，」伊博辛說。「會見的一開始她還不是。但到了會見結束時她就是了。所以這下子我們該怎麼辦才好呢？我到底是能把談話內容告訴你，還是不能呢？保密義務有所謂，溯及既往嗎？這有點棘手，安德魯，是不？」

「確實棘手，」安德魯點了頭。「我再看看能不能幫你從這個兩難中脫身。」

「那真是太感謝你了，」伊博辛說。

「朗讀會上那個坐在你身邊的先生……」安德魯・艾佛頓說。

「朗恩，」伊博辛說。

「我也在電視上看到過他，」安德魯・艾佛頓說，「所以我知道你們關係滿近的。那麼你也會跟我一樣知道今天在他的身邊，飄著濃濃的大麻味。」

「你敢說，我就願意信，」伊博辛說。「朗恩身上隨時都聞得到味道。」

「你應該也會知道搜查大麻在我的警隊中，也在大部分的其它警隊中，都不成比例地是以年輕黑人為對象。這是我幾年來一直想矯正的現象，而且成效不是沒有但就是不夠理想。所以當我說我可以開綠燈讓手下去搜查一個老白男，藉此讓我的績效數據明顯變好看的時候，請相信我不只是說說而已。不用一小時，我就能讓警察出現在朗恩的公寓內。」

「我的老天，」伊博辛說。「你還真的都不演了耶。」

「朗恩會樂見一隊警察把他的內衣褲翻個遍嗎？」

「我不覺得有誰會樂見自己的內衣褲被翻，」伊博辛說。「更不用說被警察翻了。但話說回來，我也不覺得你會真的這麼做。朗恩會把場面鬧大，然後我們通通都會跑去拍照留念。搞不好我還會讓我們的好朋友邁可・瓦格宏恩知道一下，我想他會感興趣的。到時一定是盛況空前，雞飛狗跳，我想啦。」

安德魯・艾佛頓不肯就這麼在謀略上被壓下去。「那你的其它朋友呢。那些女士們？」

「喬伊絲跟伊莉莎白？」

「你或許很享受被警察局長盤問。朗恩或許可以兵來將擋水來土掩。但那兩位老太太呢？你覺得她們會做何反應，要是我決定去找她們問話的話？因為要是有必要，我絕對會這麼幹。」

伊博辛笑了。「那我只能祝你好運加三級，安德魯。我一定要把你說的話告訴伊莉莎白——她絕對會噗哧加呵呵。如果這裡的人都是需要撬開的核桃的話，那我跟你保證我一定是最軟的那一顆。」

「我是在請你幫忙，我需要你幫忙，伊博辛，」安德魯・艾佛頓說。

伊博辛向前挪了挪身體。「局長先生。安德魯。我承認我乍看之下是顆大石頭在擋你的路。這點自知我真的有，而且我這人確實偶爾也十分難搞。打死不退，有人這麼說過我。所以我不會告訴你我跟康妮・強森聊了什麼，而且在審慎評估過當前的局勢後，我也不覺得你所處的立場有特別能逼我開口的能力。但我可以向你保證一點，那就是我們不曾聊到任何值得你去關心，以至於去擔心的事情。康妮・強森有沒有罪，自有法庭會去判定。而關於她有無涉及海瑟・加爾巴特的死，我個人是非常懷疑。但我可以挑明告訴你，最最起碼，我跟她的對話是清清白白的。」

「你再見她會是什麼時候？」

「沒計畫，」伊博辛說。

安德魯・艾佛頓點了點頭。他一時也不知道下一步該怎麼走。

但有一點他確知不在話下，那就是伊博辛・阿里夫剛對他說了謊。

第二十七章

喬伊絲

凱倫．懷海德與羅伯．布朗理科碩士。

我一直在估狗，但收穫不多。病急亂投醫的我甚至跑去用微軟的Bing，但結果還是相同，而且花的時間還比較多。伊博辛說上網搜尋沒用。他覺得這些名字應該是用某種代號寫成。但話說回來，伊博辛覺得萬事萬物都是用某種代號寫成。

我現在有了邁可．瓦格宏恩的電郵地址，但我很努力不去濫用它。我寄了一段我覺得很有趣的短片是一隻松鼠嚐到鼠生第一顆杏仁，但他回信說這是他工作用的電郵，不是用來收網路短片的，何況這短片他已經看過了。

那之後我就一直提不起勇氣再寄信給他了，所以我很開心現在有機會可以寄這兩個名字給他看。懷海德與布朗？有印象嗎？

他謝過了我，但說兩個名字他都壓根沒聽說過。所以也許這真的是兩個用代號寫成的東西吧。他已經把名字轉達給寶琳過目了。

我個人的大新聞是我們剛在文學賞析社辦了場作者朗讀會。而且這次的活動很精彩。講者是肯特郡的警察局長，你想不到吧？我已經把他的小說下載到我的Kindle上了。一本才九十九分錢，大恩不言謝。

伊博辛週三要去達威爾監獄，跟康妮．強森會面。他問我有什麼雜誌是她會想看的，但我不是很確定。我喜歡《女性與居家》，但我不覺得那會是康妮的菜，所以我問了喬安娜。我跟她說康妮是個三十來歲的毒販，而且一天到晚穿著可愛的鞋子，於是喬安娜推薦了《紅秀》。[55]

朗恩回報了去見傑克．梅森的收穫。傑克．梅森說他確知柏特妮已經死了。而他能這麼篤定，就代表他一定知道是誰殺了她。伊莉莎白是叫朗恩回去多探聽一下，但這件事讓我們所有人都聽得聚精會神。

我可能會續追《陽光燦爛的所在》。[56]昨天演到他們在希臘的克里特島找起了房子。太太愛上了一間小農舍，但那兒的空間放不下老公的滑翔翼，所以他們並沒有走到出價的階段。你看得出太太心都碎了，但老公是她選的，所以她也必須兼負一部分責任。

我在思考的另一件事是我們要如何才能跟費歐娜．克萊門斯說上話。我知道她跟傑克．梅森不搭嘎，但只要柏特妮多年前收到的那些排擠字條是她留的，那她就依舊是個嫌犯。而是嫌犯就要訊問。

但怎麼問呢？我在ＩＧ上發了私訊給她，但她有沒有收到我並不確定。

就在我把這些寫下來的同時，我已經知道伊莉莎白會怎麼說了。她會說我會想深究柏特

---

55 Grazia，一九三八年創刊的義大利女性時尚雜誌。

56 A Place in the Sun，英國第四頻道（Channel 4；英國的一個國用公共電視台，共有十二個頻道，第四頻道為其主頻）上的一個購物實境節目，其內容是試圖在英國海內外找到完美的房地產。

妮・維茨的案子，只是為了邂逅邁可・瓦格宏恩，而現在我想指控費歐娜・克萊門斯是犯人，又只是想要結識她。伊莉莎白會說事隔那麼多年，字條是不是費歐娜寫的根本無從得知。而，沒錯，她說的都是實話來著。但就因為我想認識費歐娜・克萊門斯，並不代表她就不能是個殺人凶手。殺過人的名人多了去了。克雷兄弟[57]就是一例。

喬安娜星期天要南下來吃午餐，屆時我會問她想跟費歐娜・克萊門斯搭上線，一般人有什麼辦法。我知道你可以索票去看《爭分奪秒》錄影，但我很懷疑你可不可以從觀眾席大喊你有關於凶殺案的問題。

也許我該去店裡採買一下？他們現在有杏仁奶了。上次喬安娜下來的時候她自備了奶，因為「現在早就沒人在喝牛奶啦，媽。」我抗議說我覺得還是有不少人真的在喝牛奶，親愛的，但喬安娜對於「沒人」的定義跟我對「沒人」的定義大概不太一樣。我原本想說，「妳是說倫敦沒人這樣做嗎」，但想了一下還是算了，沒必要。

總而言之，我等不及想看她打開冰箱時的那張臉。除非現在又沒人在喝杏仁奶了，對那種可能性我已經做好要認錯的心理準備。這年頭要跟上時代真的有夠難。

但她在你需要為毒販挑選雜誌的時候還是挺管用的。這點我不得不肯定喬安娜。

我已經安排了明天跟寶琳見面，並為此感到非常期待。寶琳提議在碼頭邊的一家飯店喝下午茶。我上網查了一下，他們會給你一杯普羅賽克。[58]我會感覺自己好像是賈姬・柯林斯。[59]

第二十八章

傑克・梅森在網路上看著直升機。要是能買一台會挺有面子的。他自然是負擔得起，但，說真的，他用到的機會還有多少？

在過往，當然啦，他需要往返阿姆斯特丹，北上利物浦，還會坐在車陣中，塞在英吉利海峽的英法隧道裡。這時候直升機就很好用了。他會完全被搔到癢處。

但現在呢？他現在還有哪裡非去不可？去報廢場嗎？那搭賓利十五分鐘就到了。如果遇到臨時性的紅綠燈[60]頂多二十分鐘。他偶爾興致一來會去倫敦，拜訪一下零零落落僅存的朋友。僅存那些不在西班牙，也還沒登出人生的朋友。

57 克雷兄弟指的是羅納德・克雷（Ronald Kray，1933-1995）與雷金納德・克雷（1933-2000）。這對雙胞胎是上世紀五〇到七〇年代倫敦東區著名的幫派分子，燒殺搶劫惡行滔天。但同時他們也在表面上開設公司，並在倫敦西區開設有夜總會，歌手法蘭克・辛納屈與女演員茱蒂・嘉蘭等明星都與他們有所來往，再加上著名英國時尚攝影師大衛・貝利（David Bailey）對兩兄弟的拍攝採訪在電視上播出，讓羅尼與雷吉（兩人的綽號）也成了英國的名人。後來兩人皆被捕且遭判無期徒刑。二〇一五年的電影《金牌黑幫》（Legend）就是改編他們的故事，由湯姆・哈迪（Tom Hardy）一人分飾演羅尼與雷吉。

58 Prosecco，一種很受歡迎的義式氣泡酒，類似香檳。

59 Jackie Collins，1937-2015，英國言情小說女王。

60 英國有移動式的紅綠燈，屬於暫時型的設置。

大廳中的時鐘敲響了六下，所以傑克給自己倒了一杯蘇格蘭威士忌。

他會不會跟朗恩．李奇說得太多了呢？但能跟自己同歲數的人聊天真的太過癮了。傑克知道是誰殺了柏特妮．維茨，但沒有人能聽到那個名字從他的嘴巴裡說出去。有些原則是一定要守住的，而告密就是告密，不論你說話的對象是誰，抓耙仔他是不當的。

但傑克也確實想透露點什麼。因為認真思考過後，你會發現這整件事真的是澈底的亂來。柏特妮．維茨根本不需要死的。

傑克的報廢場生意仍像台運作順暢的機器，滴答滴答，不時會找上門來的有大大小小的破銅爛鐵，也有那些想開口要他幫忙的人，能幫的他就幫。大部分的賭場都被他給賣了，但剩下的那一點仍稱得上是他的搖錢樹。但電話確實少了。別人不需要他了。那倒也無妨。這把年紀誰還有精力去經營毒品？那些東西就給孩子們去忙吧。傑克有他的房子，有他可以俯瞰英吉利海峽的景觀，有他的斯諾克撞球檯。他甚至有馬廄，所以哪天他突然想養馬也不用愁。然後他六點前不喝酒。不當抓耙仔告密，六點前不碰威士忌。這些是生活的規定。

傑克絕對有空間放一台直升機在家裡，這點不用懷疑。他可以把直升機降落在打槌球的草坪。再買一台小高爾夫球車，方便他從草坪開回到在上方的家裡。而且說真的，有些直升機還真的頗美麗。愛沙尼亞有個人在賣一架紫金雙色塗裝的貝爾四三〇。[61]客人來看到一定會大驚小怪。

還是他想太多了？傑克一仰頭，乾掉了剩下的蘇格蘭威士忌。這年頭還有誰看得到他有或沒有什麼？誰會來串他的門子？傑克思索起他能不能邀朗恩來家裡打一場斯諾克？朗恩收到邀請會開心嗎？上回他們挺處得來。

傑克一生賺了不是普通多的錢，但他意識到，自己沒有交到很多朋友。在當了一輩子的罪犯後，他有了一個領悟，那就是你的走狗不是你真正的朋友。

他真的想砸六十萬鎊買架他一年會用到兩次的直升機嗎？其它時間就看著它在草坪上生鏽？嗯，這個嘛。

他正在把「高爾夫車多少錢英國」輸入到估狗中，突然一聲電郵的提示跳出在螢幕上。他認出了那個電郵。它的主人是柏特妮．維茨的凶手。他們曾經會頗為頻繁地連絡。現在是比較少了，所以他此前原本鬆了口氣。只不過以這幾天發生的種種，他也料想著會有這麼封信寄來。

電郵裡寫的是：

好久不見。只是溫馨警告你要把罩子放亮點。再聊。

還用你說，傑克心想。傑克．梅森這輩子沒有留下太多未收尾的線頭，但這絕對是其中一個。

傑克心想，或許，該全盤托出了嗎？

61 因為上世紀八〇年代美劇「飛狼」而聞名的那台直升機是貝爾二二二，貝爾四三〇是其後續機種，其飛狼的風韻猶存。

第二十九章

翠柏閣，他們從監視錄影器裡研究出來的那棟公寓，從費爾黑文警局過去只要一刻鐘左右而已，所以克里斯跟唐娜決定步行。

「所以，我們的神祕男子是誰？」克里斯問。

「鑑識科還沒有通知，」唐娜說。「屍體上一無所獲，沒有身分證件、照片拿去報社記者圈問了。這些你不是都知道嗎？」

「不是小巴裡的死者啦，天啊，」克里斯說。「我問的是妳交往的對象？」

「你還真是公私分明，但私事優先啊，」唐娜說。「哇嗚。」

他們轉進了佛斯特路。翠柏閣是棟建於一九八〇年代，有著特殊用途的公寓大樓，大概二十年後就會給人一種復古的時尚感。戶數大概一百上下，前方有草坪，但關鍵是其下方有一個偌大的停車場。

翠柏閣不常在警方的記錄中冒出頭來。幾輛腳踏車被偷，偶爾有人嫌鄰居太吵，有個男人用郵購在賣班克西的贗品，[62]還有一些他們不得不嚴肅看待，關於市長的塗鴉。警方甚至沒辦法在網路上找到翠柏閣管理公司的細節。這不叫隱姓埋名，什麼叫隱姓埋名。但就是這樣一個地方，可能藏有誰殺了柏特妮·維茨的關鍵。

這裡環境很好，而且就在車站附近，所以有很多在倫敦或布萊頓上班的通勤者，都以這裡為家。這意味著他們此刻正在接近的，是個空巢。

「試鏡的事情，你會緊張嗎？」唐娜問克里斯。他禮拜三要去《東南今夜》試鏡，地點就在從這裡過去，轉個角就到的地方。

「當然不緊張，我可是以追捕壞人為生的人。」克里斯說。「妳覺得電視台的攝影機嚇得倒我嗎？」

「我確實這麼覺得。」唐娜說。

「妳說得沒錯，」克里斯說。「我緊張死了。妳覺得他們會讓我打退堂鼓嗎？」

「我不會讓你打退堂鼓，」唐娜說。「你一定會表現得很棒。」

隔著寬敞而左右對開的大門，克里斯與唐娜看到翠柏閣的入口大廳中有一張桌子，一名男子身穿棕色的連身服坐在桌後，看著《每日星報》。

「在倫敦，他們會管他叫禮賓人員，」克里斯說著按下電鈴，並出示了一下他內有警徽的委任證，但事實證明那是多此一舉，因為桌後的男人直接就讓他進來了，頭根本沒抬起來。

「早，」克里斯說。男人還是低著頭。「我們可以跟這裡的樓管經理談談嗎？」

男人終於抬起了頭。「我就是。但我不太愛聊天就是了。」

克里斯再次秀出了他的警徽。「肯特郡警察。」

男人放下了報紙。「這跟我的鄰居有關係嗎？你們要逮捕他嗎？」

「我是……不，我不是來抓他的，」克里斯說。「他做了什麼嗎？」

62　Banksy，大師級的英國塗鴉藝術家。

「蓋了個溫室，」男人說。「沒有申請規劃許可。我是連。我為這事兒給你們打了一堆電話，今天是我第一次見著你們。」

「那比較是歸議會管的事情，連，」唐娜說，「不是警方。」

「是嗎？」連說。「那我想要是我殺了他，你們會來得快一點囉？」

「這個嘛，很顯然，是的，」克里斯說。「要是你殺了他，我們會來。殺人，來；溫室，不來。我們想知道這地方管理公司的細節，不知道您幫不幫得上忙？」

「我這個人很簡單，你抓我的癢，我就抓你的，」連說。「你們要是能來跟我的鄰居講兩句話，說不定我就會想起什麼——」

「阿靈頓地產，」唐娜說，她念著公佈欄上的字眼，抄下了一個電話。

克里斯開始瞄起了一些鴿籠式的郵箱，抄起了姓名。老實講，這樣不合法，但顧桌子的連似乎素日跟法律的關係，還挺疏遠的。

「你們這樣子，是可以的嗎？」連還是問了句。

「有搜索狀的話，可以，」克里斯說。他顯然是沒有。克里斯偶爾覺得是週四謀殺俱樂部帶壞了他。

「有誰特別給你添了什麼麻煩嗎？」唐娜問。

「十七樓的那傢伙弄壞了兩個馬桶，」連說。

「謝謝你的協助，連，」克里斯說。「那我們就不打擾了。」

他們前腳一走，那男人後頭就追著大叫。「那個，要是我殺了他，可不能怪我。那得算你們頭上。」

回到外頭的冷冽空氣中，克里斯與唐娜開始抄起了車牌號碼。那兒有輛車是克里斯確定認得的，一輛車牌上有著火焰花樣的白色寶獅。[63]他記下了車號。

克里斯會想找到某條伊莉莎白漏掉了的線索。問題是他這麼想跟一個都快八十歲了的老太太較勁，真的好嗎？

但他明白他們這次只是出來探探虛實，摸摸底細而已。因為就算有誰住在翠柏閣裡，那也沒有意義，除非這個人在十年前，柏特妮死去的那一晚，就已經住在這裡。

不論如何他還是繼續抄錄著車號。警察的工作很多時候，就只是在把數字抄下來而已。

63 Peugeot，台灣代理以前也叫標緻，法國品牌。

第三十章

「他喜歡摩托車，」寶琳說。「他喜歡修理東西。他會把東西拆開來，然後忘了把它們組回去。

「傑瑞玩起拼圖也同一副德性，」喬伊絲說。「我一天到晚跟他說不要開了一個拼圖又不拚完，傑瑞。如果雪梨歌劇院你都拚了，那，我的天老爺，麻煩你就不要剩下旁邊的雪梨港灣大橋。不然最後還不是要我來收尾。你沒辦法這樣幫摩托車收尾吧，我想。」

「他會在週末跟他那些朋友去騎車兜風，」寶琳說。「他們搞了一大幫子人——亡命之徒，是他們的稱號。其中兩個亡命之徒是會計師。」

「但他很照顧妳，」喬伊絲說。

「是嗎，喬伊絲？我不曉得耶，」寶琳說。「他是愛我的，多多少少吧，而且甩掉他實在太麻煩了。但是——」

「但是？」

「是這樣，我們還算處得來，更糟的我也交過，」寶琳說。「但我不知道那是不是年輕時對愛的夢想。那個年頭妳就是一定要嫁人，妳說是吧？妳就是非得有個對象不可。」

「我是那種超無聊的人耶，對不起喔，」喬伊絲說。「我是真的滿想結婚的。」

「天啊，那不叫無聊啊，喬伊絲，」寶琳說。「能發自內心想要結婚，那叫美夢成真。妳跟傑瑞是怎麼陷入愛河的，妳還想得起來嗎？」

「喔，我沒有跟他陷入愛河啊，」喬伊絲說。「我們的劇本不是那樣。我只是走進一個房間，而他就在那兒，然後他看了我一眼，我看了他一眼，一切就完成了。那就像是我本來就一直愛著他，不需要往下掉。那種感覺就像，找到了雙完全合腳的鞋子。」

「天啊，喬伊絲，」寶琳說。「我要哭了，都妳害的。」

「我是說，他也有他的缺點啦，」喬伊絲說。

「他有背著妳跟叫明蒂的刺青師搞外遇嗎？」

「那倒沒有，但他老是把泡過的茶包撂在碗槽裡，」喬伊絲說。「然後就是剛剛說過的拼圖。」

兩個女人相視而笑。寶琳舉起杯要敬酒。

「敬傑瑞，」寶琳說。「真想認識他。」

喬伊絲鏘的一聲跟寶琳碰了杯。「也敬……對不起我沒聽清楚，妳老公的名字是？」

「他自稱路西法，」寶琳說。「他是杜蘭[64]的巡迴演出管理員。」

「他的真名叫什麼？」

「克里夫，」寶琳說。

「嗯，我也希望能認識克里夫，」喬伊絲說。「不曉得他跟傑瑞能不能處得來？」

這話讓兩人頓了一拍，然後她們又都笑了。一名服務生送來了蛋糕架，上頭滿載著各種嬌小可愛的糕餅與三明治。喬伊絲鼓起了掌。

---

64 Duran Duran，崛起於上世紀八〇年代的新浪潮英國樂團。

「我好愛奶油下午茶[65]，」寶琳說。「那麼趁我一邊享用這迷你的閃電泡芙，妳要不要說說我們今天出來的真正理由？」

「喔我只是想說能出來聊聊挺不錯的，」喬伊絲說。「認識認識妳，交流交流八卦。」寶琳舉起了手。「喬伊絲，饒了我吧。」

「好吧，」喬伊絲說，同時一口咬下兩口就能吃完的三明治。「我想問妳柏特妮・維茨的事情。」

「妳把我嚇壞到骨子裡了，喬伊絲，」寶琳說。「妳覺得妳割捨得了妳的閃電泡芙嗎？我可以用牛肉與辣根三明治跟妳換嗎？」

她們完成了交易。

「我一直放不下邁可提到的那些霸凌字條，」喬伊絲說。

「OK，」寶琳說。「妳覺得妳會想要妳的檸檬塔嗎，我就是問一下？」

「不會，妳請用，」喬伊絲說。「問題就在於你不會每次都在最明顯的地方找到東西，是吧？像我前幾天搞丟了我的捲尺，那卷每次都被放回我廚房抽屜裡的捲尺。我是說每次。但我前幾天突然需要用它，我需要捲尺來平息我跟伊博辛對於誰的電視比較大的論戰，於是我拉開了抽屜，結果它在那兒嗎？它不在。它不在那個很明顯它應該要在的地方。最後它被發現在了書架的上面，天曉得為什麼。我沒有把捲尺放到那裡，肯定也不會是艾倫放的，妳說是吧？」

「妳，是不是扯到別的不相干的事情上去了啊，喬伊絲？」

「一點也沒有，」喬伊絲說。「我想要表達的只是，就在所有人都跑去查傑克・梅森的時候，我在想自己是不是可以去查查《東南今夜》，看那兒有沒有誰可能殺了柏特妮？而且那人行凶是為了一個完全不同的理由。妳覺得我這麼想有道理嗎？」

「就跟你們其它人說的一樣有道理，」寶琳說。「妳儘管問。」

「所以有人在用字條威脅柏特妮。有的放她包包，有的放在桌上。」

「我也是這麼聽說的，」寶琳說。

「那人會不會是妳呢？」

「並不是。」

「那人會不會是費歐娜．克萊門斯呢？」

「費歐娜．克萊門斯是一種可能性，」寶琳說。「機率不高，但不是不可能。」

「嫉妒？」

「我覺得精準的說法應該不是嫉妒，」寶琳說。「她們倆都是女中豪傑。而當時的人就是喜歡把兩個女強人擺在一起，讓她們一較高下。就好像你不能同時有兩個優秀的女人共處一室似的，不然世界就會爆炸。」

「也許我應該去跟費歐娜．克萊門斯聊聊，」喬伊絲說。「妳覺得呢？」

「我覺得妳會想去跟她聊聊的，喬伊絲。我是這麼想的。」

喬伊絲朝寶琳遞過了自己的檸檬塔。「試試確實無妨。倒是，前幾天。妳提到了柏特妮

---

65 Cream tea。奶油下午茶是一款傳統英式下午茶的套餐名稱，又名Cornish Cream Tea，也就是康瓦耳下午茶。奶油下午茶的鐵三角是一壺紅茶、一份司康，還有搭配司康的果醬跟奶油。

的衣服，那是什麼意思？」

「我不知道妳在說什麼，」寶琳說。

「千鳥格夾克搭配黃色長褲，」喬伊絲說。「妳問說怎麼會有人穿成那樣？」

「這麼嘛，妳懂的，」寶琳說。

「我不懂，」喬伊絲說。「妳沒事為什麼要提到穿搭？」

「有哪位想再來杯普羅賽克嗎？」男服務生問。

「好，麻煩你了，」喬伊絲跟寶琳都開了口。他一邊倒酒，兩名女性一邊保持著禮貌性的沉默，唯一的聲音是杯子愈來愈滿所帶出的幾聲「喔喔」。

「那樣穿很怪，如此而已，」寶琳邊說邊豪爽地喝了口酒。「不像她的風格。」

「寶琳，」喬伊絲說。「妳知道什麼沒有告訴我的事嗎？」

「有的話我想妳應該能自己研究出來，不是嗎？」

「我不確定面對妳我有這個本事，不，」喬伊絲說。「妳不是在保護誰吧？」

「靠聊柏特妮的衣服？喔不，」寶琳說。「我只是單純對穿搭感興趣罷了。我沒事就會看別人怎麼穿衣服。」

「他們都在專心研究海外帳戶，結果妳在研究長褲，」喬伊絲說。

「集思廣益就是這個意思嘛，」寶琳說。「大家都注意同一件事還有什麼意思。」

「妳還提到監視錄影器的畫面非常模糊？這話感覺說得也不太尋常？」

「喬伊絲，」寶琳說。「你們一群人坐在那兒，每個人都有自己的一套理論，我只是想要有點參與感，只是不想一點貢獻都沒有。你們幾個人湊在一起，還挺嚇唬人的。」

喬伊絲笑了。「我想是吧。不過那主要是伊莉莎白害的吧，怪不到我。」

「也是，」寶琳說。「說說朗恩吧。」

「你想知道什麼？」

「壞的部分，」寶琳說。「所有我光顧著看那雙帥氣的眼睛而漏掉的東西。」

「那得從哪兒說起呢，」喬伊絲說。「他不懂穿衣服，他吃東西很挑食，不健康的那種，你沒辦法跟他唱反調，他偶爾嗓門很大，尤其在公開場合，他的一些態度很跟不上時代，還有他有回跟我囉嗦了一個小時，只因為我跟他說我在地方選舉中投給了自民黨。」[66]

「但他——」

「他有時候會逗我，但他逗伊莉莎白的時候我就挺愛聽的，所以也許這不能算是缺點。他回訊息回得很慢，他動不動就會擺個臭臉，尤其是餓到了的時候。他屁有點多。他有次鬧彆扭，是因為我們沒叫他一起去看一具被人射死在古柏切斯的殺手屍體。他聽音樂的品味很糟糕，還有他如果晚上跑來串門子，就會在那邊一直講，吵得人沒辦法看電視。」

「有殺手跑來過古柏切斯？」

喬伊絲揮著手，彷彿那並不重要。「你派他去店裡，他會買錯東西。而且我說的不是黑巧克力消化餅買成牛奶巧克力消化餅那種錯。我說的是四包裝的衛生紙卷被買成一顆鳳梨的

---

66 Lib Dem／Liberal Democrats。成立於一八五九年的自由黨是英國歷史上一個曾長期執政的政黨，並曾與保守黨並列英國國會兩大黨，直至一九二二年才遭工黨取代，淪為第三大黨，惟仍具有一定社會支持。自由黨在一九八八年與社會民主黨合併，組成自由民主黨，路線介於兩大黨中間。

那種。」

「妳交代的還真是齊全，」寶琳說。「那優點有嗎？」

「優點清單就更長了，」喬伊絲說。「所以我幫妳濃縮一下。他很忠心，很善良，很風趣，而且我非常驕傲的一點是也不知道因為什麼原因，他選擇了當我的朋友。他是，當然這只是我個人的看法，一個王子。我有時候會做白日夢，而且是很傻的那一種，但我有個夢想是朗恩坐在我的大沙發上，傑瑞坐在他的單人沙發上，然後他們倆就這樣說笑兼逗嘴到三更半夜。我在腦裡子有全部的畫面。傑瑞一定會很愛他的，而那對我來說就是對一個人最大的恭維。」

喬伊絲的眼裡泛著淚，而寶琳則握住了她的手。「聽來妳好像也對他有一份愛，喬伊絲。」

「那是當然的啊，」喬伊絲說。「你怎麼可能不愛朗恩？我是說，他不適合我，寶琳，畢竟我剛剛說了那麼多理由。但如果鳳梨妳能接受，而且妳的衛生紙卷也能囤夠，那說他就是妳的男人也不為過。」

「妳知道嗎，說不定妳說的沒錯，」寶琳說。

喬伊絲從穿過淚光露出了微笑。「太好了，太好了。我可以開始挑婚禮要戴的帽子了。」

「先別跳那麼遠，」寶琳說，微笑著。「為時尚早。」

寶琳放開了喬伊絲的手。但喬伊絲反將一軍，用手按上了寶琳的手。她直直望向寶琳。

「答應我，有任何進展都要跟我說，好嗎寶琳？」

「看來兩位女士還需要再來一杯，」服務生說。

「好，麻煩你了，」喬伊絲跟寶琳異口同聲。

第三十一章

「妳把它們送進老電腦跑過了?」史提芬問道。「一無所獲?」

「一無所獲,」伊莉莎白說。一個還在局裡的朋友替她跑過了這些名字。「凱倫.懷海德」沒有比對出任何結果,而「羅伯.布朗」則比對出太多。他們答應了會再全部加以過濾過,但討人情也有個限度,而伊莉莎白最近又討得特別兇。也許她應該去拜訪一下那位警察局長,看他知不知道什麼他們不曉得的事情?她有辦法約到時間嗎?肯定是有的。

「妳的那個朋友一定能解開謎團,」史提芬說。「老在玩拼字遊戲的那個。」

伊博辛。他跟史提芬曾經是好朋友。伊博辛還會開口說要過來,而伊莉莎白還在打拖延戰。

「這裡有人想要下棋好嗎?」波格丹說。「你們怎麼這麼多話。」

波格丹是從丘頂的工地下來跟史提芬作伴。

「你聞起來還是好香,」伊莉莎白說。「而且還是跟之前一模一樣的香味。簡直就像是你有固定約會的對象似的?」以伊莉莎白的胃口,一次一件謎團哪能足夠。

波格丹下了一步棋,坐著的身子往後一傾。「關於那個你必須去殺的傢伙,妳打算怎麼辦?」

「我先問的問題,你還沒有回答,波格丹,」伊莉莎白說。

她從波格丹嘴裡是得不到答案了。也許她應該開始跟蹤他。那會太過分了點嗎?她思索了一會兒,然後想著沒錯,那是會過分了點。但,說實在,伊莉莎白討厭那種有事情被瞞著，有祕密她不知道的感覺。特務就像狗狗一樣。他們受不了有門在他們眼前關上。「那個維京小子的藏書都很棒，」史提芬一邊說，一邊盤算著他的下一步，「真的相當有看頭。」

史提芬自然也是她自己的祕密。她在別人眼前關上的門。暫時不會打開。

「妳要用我給妳的那把槍嗎？」波格丹問。「賣槍給我的那女的說它被埋了有段時間，所以妳最好先確定它還開得了。」

「有人覺得他可以教我用槍了說，」伊莉莎白說。但她確實得檢查一下裝備。她會利用今晚帶槍去林子裡。嚇嚇貓頭鷹與狐狸。

「波格丹，老小子，」史提芬說，並對著棋盤皺起了眉頭。「看來這盤又是你棋高一著。我一定是輸到老糊塗了。」

「你沒有輸到老糊塗，你就是輸了一盤棋而已。」波格丹說。

凱倫・懷海德與羅伯・布朗。用贓款進行的頭幾筆交易。那當中一定藏有線索，但伊莉莎白卻覺得她好像撞上了死胡同。

諷刺的是她現在想得到能幫她的，只有一個人。

維克多・伊立奇。在這種事上他稱得上是天才。深入紀錄，以錢追人。

但時間差不多了，她也說得差不多了，剩下的就是動手。除掉維克多，也除掉來自維京人的威脅。伊莉莎白今晚會去林子裡試槍。然後她得發訊息給喬伊絲，跟她說她們明天要去倫敦一趟。去幹嘛她不會說就是了。

幹掉維克多・伊立奇的時候到了。而伊莉莎白會需要喬伊絲在現場看著她這麼做。

第三十二章

早上的上班尖峰時間已過，但火車依舊繁忙。伊莉莎白剛從實招來了她跟史提芬被綁架的事情。

「但為什麼給妳戴了頭套，還要再加上眼罩？」喬伊絲問，此時火車正急馳穿過橫著打來的英式雨勢。「那有一點多了。」

「可能是一個小心再小心的概念吧。」伊莉莎白說。

喬伊絲點了頭。「我想我也沒什麼資格說人家，畢竟我今天也是帶上了雨衣又拿了雨傘。斯塔福郡美嗎？」

「我沒怎麼看到那裡的風景，喬伊絲，」伊莉莎白說。「我是被人開快車載到那裡，然後頭上被抵著槍押進房子，最後在冷得要死的半夜兩點的被人丟包在路邊。」

伊莉莎白的手機響了起來，一封訊息傳來自未顯示的號碼。

我看到妳在往倫敦的列車上，伊莉莎白。我到處都有眼線。請不要讓我失望。

這訊息像是要耍狠，只是怎麼聽怎麼黏人。但小心為上，伊莉莎白還是沿著車廂內部掃描了一遍，輪流檢視著每一張臉。

「我不確定自己有沒有去過斯塔福郡，」喬伊絲接著說。「但我肯定曾在某個點上經過那裡，對吧？」

最理想的情境是不需要殺了維克多．伊立奇。但維京人會在兩週後殺了喬伊絲，除非能給他一個不要這麼做的好理由。如果是維克多或喬伊絲二選一，那還需要選嗎。

於是乎她們就身處在了這裡，九點四十四分從波勒蓋特開往倫敦維多利亞車站的列車上。她還在猶豫這要不要把維京人的威脅告訴喬伊絲。不說對嗎？但喬伊絲承受得起死亡威脅嗎？伊莉莎白還沒有見過喬伊絲的極限，但她肯定是會有某個極限的，對吧？

「妳肯定有經過過斯塔福郡，喬伊絲，沒錯。斯塔福郡很大。」

喬伊絲跟伊莉莎白說起了她的新理論。那就是費歐娜．克萊門斯涉及了柏特妮．維茨的命案，而方方面面考慮起來，去找費歐娜聊聊怎麼都不虧吧？想想這個比想著她這會兒要去做的事情，愉快多了。

伊莉莎白能感覺到包包裡份量十足的槍，躺在她的腿上。一把槍，一枝筆、幾條口紅，還有一本填字遊戲的書。就像回到了那美好的舊日。

「這台列車上有推車嗎？」喬伊絲問。「還是我們得自己跑去餐車車廂？」

「他們有推車，」伊莉莎白說。

「喔，太好了，」喬伊絲說著回頭望了一眼，她想知道餐車是不是正在路上。「是說這趟去倫敦是不是跟妳的斯塔福郡冒險有關？」喬伊絲接著說。「還是我們只是單純去購物？」

「確實有關。我會改天再帶妳去倫敦血拚來當作補償。」

又一則訊息，傳到了伊莉莎白的手機上。

今天是動手的好日子，跟妳說一聲！

這個維京人是吃飽了撐著，沒別的事好幹了嗎？她們同時往後一靠，看起了窗外那灰暗而潮濕的景色。喔，英格蘭，只要有心，妳還真是知道要如何顯得灰頭土臉啊。

喬伊絲終於打破了沉默。「所以我們要去，哪裡啊？」

「去見我的一個老朋友，」伊莉莎白說。「維克多。」

「我們有過一個送牛奶的先生也叫維克多，」喬伊絲說。「有可能是同一個維克多嗎？」

「非常有可能。幫妳送牛奶的那位也在八〇年代的列寧格勒當過KGB的頭子嗎？」

「那就不是了，」喬伊絲說。「不過他們都七早八早就把奶送完了，是不？所以說不定他打了兩份工？」

兩人都笑了，然後推車也來了。喬伊絲問了推車後的小姐一連串的問題。茶是免費的嗎？有餅乾嗎？餅乾是免費的嗎？她可以看到的那些是香蕉嗎？香蕉在火車上的銷路好嗎？抑或餅乾才是最熱門的商品？火車這一頭跟另一頭的咖啡熱度可以差多少？然後這之後還有一些追加的問題，而這些追加的問題又套出了推車小姐最近才剛生完小孩並重返職場，而她在機場工地上班的老公並不怎麼在家分攤家務，更別說她不可理喻的婆婆更是處處護著自己的兒子。問了老半天，喬伊絲最後決定她其實還好，並沒有什麼要買的，謝謝妳。伊莉莎白拿了瓶水，然後推車，跟推車小姐，就繼續往列車的後面走去了，走前還祝了兩位老人家旅途平安。

「所以我們去見維克多幹嘛？」

伊莉莎白確認了推車已經不在視野之內。

「我恐怕得去殺了他。」

「別開玩笑了，伊莉莎白，」喬伊絲說。「我們有個案子正調查到如火如荼。而且我們最近還經歷了那麼多事情。」

喬伊絲說的沒錯。伊莉莎白一路回想到被殺了的東尼．庫蘭。到伊恩．文瑟姆，也回想到柳樹園的潘妮，回想到約翰是如何握住她的手。[67]曾經那一切都感覺有點像是一場玩笑，但事實證明那只是一個開端，後續還有長長的一系列事件會疊加起來，終至於她坐上了九點四十四分從波勒蓋特開出的列車，旁邊坐著她最好的朋友，包包裡放著把槍。最好的朋友？這倒是個新想法。她朝喬伊絲點頭表示同意。

「我知道，只是我想我們恐怕還得再多經歷一會兒，在這一切結束之前。」

「但妳誰也殺不了啊，伊莉莎白。」

「我們都知道這話不是真的，喬伊絲。而這次的狀況我不得不出手。」

「為什麼？妳不出手殺他會怎麼樣？」

「那就會有人來殺我。」（是有人會去殺妳，喬伊絲。而我不能眼睜睜地看著事情發生。）

「妳有時候真的很不可理喻，」喬伊絲說。「妳什麼時候變得那麼聽話？叫妳去殺維克多的是什麼人？」

「我不知道。」

「軍情五處？」

「要也是軍情六處，[68]喬伊絲，沒有不敬之意。但不，對方是一個高大的瑞典男人。」

「瑞典每個人都很高大啊，」喬伊絲說。「《第一秀》[69]上有介紹過。所以他有付妳錢嗎？」

「沒有，只是單純威脅要命而已。」（而且是我可愛的、親切的、話多得不像話的朋友，妳的命。）

「OK，總之，我想全局妳掌握好就好，但我既然來了，有什麼忙我會盡量幫，不然最好的朋友是幹嘛用的。」

「我在想，我們真的是最好的朋友，喬伊絲，妳說是吧？我今天之前從沒真正有過這種想法。」

「我們當然是最好的朋友啊，」喬伊絲說。「不然妳以為我最好的朋友是誰？朗恩嗎？」

伊莉莎白又露出了微笑。自己以前有過最好的朋友嗎？潘妮？也許吧，但說真的，她跟潘妮只是有共同的興趣跟相互的尊敬而已。她有過丈夫跟情人。有過外勤的搭檔、同監的獄友、隨身的保鑣。

但最好的朋友？

「等等，斯托克市也在斯塔福郡內嗎？」喬伊絲說。

---

67 詳見第一集《週四謀殺俱樂部》。

68 軍情五處主責英國國內事務，軍情六處處理涉外事務。

69 The One Show。《第一秀》是英國的一個雜誌風格直播電視節目，每週一到五的晚上七點在BBC one頻道播出，一般每集三十分鐘，週三會播出六十分鐘。

「是的，」伊莉莎白說。

「那斯塔福郡我就去過了。我們跟團搭遊覽車，去斯托克玩過，好多年的事了。很可愛的陶瓷鄉。我買了一個有傑瑞名字在上面的花盆。不過首字母不是G，而是J，但我們也找不著更接近的拼法了。」

「真好，妳能把這事兒搞清楚，」伊莉莎白說。

「維克多住哪兒？」

「他住在一個妳會很喜歡的地方，」伊莉莎白說。

喬伊絲點了點頭。「妳不是真的要去殺他吧，伊莉莎白？我在想妳要是真想殺他，應該就不會帶上我了吧？」

伊莉莎白注視了喬伊絲一會兒。「不然妳以為我會帶誰來？朗恩嗎？」

她希望這話能逗笑她的朋友，但沒能成功。喬伊絲看來一臉驚恐。

列車開始放慢了速度，準備停靠倫敦。

第三十三章

「他們要殺了我，」伊博辛念著，「現在只剩下康妮・強森可以幫我。」

「她嚇壞了，這我可以告訴你，」康妮・強森說，她的腳翹在桌子上。獲准關室私聊的兩人身在一間會議室裡，他們說服獄方的理由是受刑人的「心理健康」非常重要。

「嚇壞了，」伊博辛複述了一遍。「被妳嚇壞了嗎？」

康妮搖了搖頭。「我知道有人被我嚇到是什麼模樣。嚇壞她的另有其人。」

「說不定妳其實很享受別人怕妳的感覺？」伊博辛在記事本上做著筆記。「對此妳有什麼說法嗎？」

「我們是在進行療程嗎？」康妮說。「還是我們在調查謀殺？」

「我以為我們可以雙管齊下，」伊博辛說。「療程中萬不可浪費的就是危機。」

「我對把人嚇壞沒有多大興趣，」康妮說。「倒是你帶來的《紅秀》我非常受用，謝啦。嚇唬人不會讓我得到什麼快感，只不過嚇嚇人可以方便我賺錢，所以我才那麼做。」

「所以如果不是妳，那把她嚇成那樣的是誰，」伊博辛說，「妳有頭緒嗎？」

康妮聳了聳肩，喝了口監所獄卒泡給她的卡布其諾。上頭連巧克力米都沒忘了撒。「感覺像是她有什麼不敢說出來的祕密。」

「一個她似乎覺得妳知道的祕密，」伊博辛說。「『現在只剩下康妮・強森可以幫我。』她跟妳說了什麼？她給了妳某個線索，也許？」

「有可能她有給，但我沒有收到，」康妮說。「但我會再想想有沒有什麼線索。」

「麻煩妳了，」伊博辛說。「妳有祕密嗎，康妮？」

「吶，」康妮說。「我牢房裡的保險箱密碼吧，我想，但我想你想問的不是這種吧？你的祕密又是什麼？」

「這個嘛，我們改日再聊，」伊博辛說。「話說從頭。妳聽說發生了那件事——」

「跟鉤針有關那件事嗎？」

「跟鉤針有關的那件事，沒錯，」伊博辛說。「妳是怎麼想的？」

康妮緩了緩，掰下了一塊另一名獄卒——用托盤——給她端來的KitKat巧克力。「嗯，首先呢，我要給當中的創意一個讚。用鉤針取人性命可不是件容易的事情。」

「同意，」伊博辛說。

「然後，第二，我覺得我不該把鉤針送給她的，」康妮說。「但你不能用馬後炮去說誰怎樣怎樣不對，對吧？」

「非常有道理。」

「可惜她聽不到了，」康妮說著乾掉了她剩下的卡布其諾，順便瑟縮了一下。「要是我幫你多深入調查一下，你覺得你可以幫我帶一台新的咖啡機來嗎？我已經有一台Nespresso[70]了，但我滿想要台迪朗奇[71]的。」

「我想應該無法，」伊博辛說。

康妮點了點頭。「反正，你盡力吧。我唯一能想起來的就是一件事：我走進她牢房中的時候，海瑟在寫東西。」

伊博辛停下了寫筆記的手，朝她抬起了頭。「什麼樣的東西？」

康妮聳了聳肩。「她藏得相當快。但值得去找一下。他們應該把她的東西都打包起來了。」

「不知道她在寫些什麼喔？」伊博辛說。「總不會是她留下的那張遺言吧？」

康妮搖了搖頭。「字數很多。她筆桿動得很快。」

「所以妳怎麼看，康妮？誰會想要海瑟．加爾巴特的命，又為什麼在這個節骨眼？」

「我是這麼想的，」康妮說。「我覺得這不像是我付錢在接受心理治療。這感覺像是我成了你們小團體的免費勞工。」

「嗯，我們其他人也都是做免費的啊，但妳這說法不是沒有道理，」伊博辛說。「妳這種觀察是完全站得住腳的。那我們就來聊聊妳吧。妳要起頭，還是我來開場？」

「交給你吧，」康妮說。

伊博辛想了想。「我覺得妳不快樂。」

「錯，」康妮說。

「我覺得妳讓其他人不快樂，」伊博辛說。

「這我承認，」康妮說。

「所以妳知道妳讓其它人不快樂，但妳本人挺快樂的？這樣妳不會有點認知失調嗎？」

---

70 Nespresso是雀巢出品的膠囊咖啡機，單價最低的台幣三千多就有。

71 De'Longhi，義式的名牌全自動咖啡機，單價多落在兩萬到五萬之間。

「其他人快不快樂是他們自己的責任，」康妮說。

「康妮。妳聰明絕頂，而且非常努力。妳能察覺契機。我覺得不過分地說，妳比起許多人都是更加強大的存在。」

康妮用手指在桌面上打起鼓來。「也許吧。」

「而這就讓妳成了一個惡霸，」伊博辛說。「妳既然身為強者，妳活著世上就有選擇：妳可以選擇保護弱者，也可以選擇把弱者當成獵物。迄今妳選擇了用妳被賦予的力量去獵食弱者。」

「大家不都是這樣在做的嗎？」康妮說。

「我就沒有啊，」伊博辛說。「妳說的大家是有反社會人格的人吧。」

「是嗎，那就當我是個反社會人格者好了，」康妮說。「你也應該試試，很有賺頭的喔。」

「妳察覺到海瑟．加爾巴特很害怕，康妮。同時妳也察覺到她心中有說不出口的實情。而我想妳對此是有一份關心的。」

康妮頓了一下。「其實我還好耶。」

「所以妳不在乎這件事嗎？」

「嗯，算是不在乎吧。」

「『算是不在乎吧。』但妳仍覺得我應該去查出海瑟寫了些什麼？妳覺得也許她的死不像表面上看起來那麼單純？」

「也許吧，」康妮說。

「我有好消息跟壞消息要告訴妳，康妮，」伊博辛說著闔上了他的記事本。

「願聞其詳，」康妮說。

「好消息是妳在乎。所以妳沒有反社會人格。」

「那壞消息呢？」

「壞消息是那就意味著，在某個點上，妳得面對妳人生中所有做過的事情。」

康妮瞪著伊博辛，瞪了好長一會兒。伊博辛也瞪了回去。

「你是個假貨，」康妮終於開了口。「西裝很不錯，這點我不會否認，但依舊是個假貨。」

「也許吧。」伊博辛的手機上傳來一系列的嗶嗶聲。

「那我們今天的時間也到了。是下週繼續，還是妳想這樣就結束了？選擇權永遠是妳的。也許我這個假貨大到妳無法接受？」

康妮收好了她的一本本雜誌，將沒吃完的KitKat放進了她的愛馬仕手拿包中。她站起身，把待握之手伸向了伊博辛。「下週繼續吧，」她說。「麻煩你了。」

「就依妳的意思，」伊博辛說。

「我會繼續替你挖掘案情，」康妮說。

「那我也會繼續照樣治療妳，」伊博辛說。

第三十四章

「你對寶琳有什麼看法？」伊莉莎白問。

「我喜歡她，」喬伊絲說。

「這個嘛，我也喜歡她，」伊莉莎白說。「但妳怎麼看她這個人？」

「我前幾天問了她關於那些威脅留言的事情，」喬伊絲說。「還問了她為什麼對柏特妮的穿搭有意見。但她通通將之一推二五六，沒有正面回答。她還說她不記得有那些字條了。」

「簡直就像她想把我們的調查導向某處，」伊莉莎白說。「或導離某處似的。」

「她認同我們應該去找費歐娜．克萊門斯聊聊就是了，」喬伊絲說。「她覺得那是個非常好的主意。」

伊莉莎白對她的朋友揚起了代表懷疑的眉毛。

黑色計程車[72]靠邊停了下來，伊莉莎白與喬伊絲踏出到車外。伊莉莎白仔細看了一下四周。有誰在偷窺？往前一點的美國大使館門口有不只一名警衛看守，而一群年輕女性正從她左手邊一棟出版社大樓的旋轉門中穿過。抬頭向上望，她可以看到許許多多窗戶，許許多多可以供人躲藏並窺視的地方。狙擊手的天堂。喬伊絲也在四處張望，但她聚焦的是完全不同於伊莉莎白的目標。

「那兒有一個游泳池！」喬伊絲說。

「我知道，」伊莉莎白證實了這一點。

「在天上，」喬伊絲說著抬起頭，並用手遮擋起明亮的冬陽。

「我就說妳會喜歡的吧，」伊莉莎白說。

游泳池橫跨在兩棟高樓層住宅的頂樓之間。其玻璃地面造就了一種泳池懸在半空中的視覺效果。伊莉莎白對此沒有什麼感覺。那只是工程學加上砸錢而已。也許再加上一點想像力吧，但她猜這設計也是從不知道什麼地方抄來的。也許如果有人改一個這樣的泳池供公眾使用，她會覺得比較了不起吧。但其實只要有錢，誰都可以在空中游泳，事實上你只要夠有錢，你就可以任性地想幹嘛就幹嘛，所以請海涵她對此興奮不起來。

「所以他住在這裡？」喬伊絲問。「維克多？」

「我得到的情報是這麼說的。」

「妳覺得他會讓我們游游看他的泳池嗎？」

「妳是有帶泳衣嗎，喬伊絲？」

「那倒是沒有。妳覺得我們短期內會再來嗎？」

伊莉莎白再次感覺到槍在她包包裡的重量。「暫時不會再來了，我想。」

她們步行通過了巨大的對開大門，進入了其中一棟住宅社區，穿越了大理石大廳，去到了拋光的核桃木飾銅迎賓櫃台。整個地方給人一種非常昂貴但又深深不冒犯人的氣場，就像某個離婚男性會選擇來自殺的商旅。

女性迎賓人員非常漂亮，也許是東非裔？伊莉莎白拿出了她最最和藹的笑容。她不是喬

---

72 倫敦早期的計程車都是黑色，如今變成一種特色，跟紅色雙層巴士與紅色電話亭都成了一種經典的倫敦即景。

伊絲，但她會盡力而為。

「我們來見伊立奇先生。」

迎賓美女看著伊莉莎白，態度非常宜人，但也非常猶豫。「但我們這棟沒有什麼伊立奇先生耶。」

這種回答其實挺合理的，伊莉莎白心想。維克多・伊立奇有上百個別名。何苦偏偏在這裡以真名示人？

「妳真是個美人胚子，」喬伊絲對迎賓小姐說。

「謝謝您，」迎賓小姐說。「您也是。此外還有什麼我今天能替兩位服務的嗎？」

伊莉莎白的手機響起。又是維京人。她看起了訊息。

> 我聽聞妳進了他的住處大樓。在他家幹掉他是個不錯的構想。我等妳的好消息，快點。

「妳有用過那個游泳池嗎？」喬伊絲問起迎賓正妹。怎麼上樓呢？

「很多次啊，」迎賓小姐說。「跟妳說一聲，我們有個同事正要來護送妳們到出口，免得妳們在這兒耽誤太多時間。」

「我覺得我比伊莉莎白更懂得欣賞你們這裡的美。」喬伊絲說。

「伊莉莎白？」迎賓小姐說。「伊莉莎白・貝斯特？」

「是啊，親愛的，」伊莉莎白說。事情有轉機了。

「伊立奇先生吩咐過我，他說如果有位伊莉莎白．貝斯特來訪，讓我直接帶她上樓。他說她的別名可能包括」——迎賓正妹看起了小抄——「桃樂絲．迪安傑羅、瑪莉昂．舒茲、康斯坦提娜．普利許科娃，或是海倫．史密斯修女。他還說要我多看著點、學著點，因為伊莉莎白是他見過最聰明的女人。」

伊莉莎白看著喬伊絲翻起了白眼。

「妳在我們走進來說要見維克多．伊立奇的時候，就沒想到過說我可能就是伊莉莎白．貝斯特嗎？妳都沒起一點疑心？」

「真的非常抱歉，沒有。聽伊立奇先生說起妳的口氣，我以為伊莉莎白．貝斯特會是個年輕很多的女人。」

「這個嘛，」伊莉莎白說。「我確實年輕過，很多年前，所以不怪妳。」

「伊立奇先生住在頂樓。我這就帶兩位上去。」語畢迎賓正妹看向了喬伊絲。「然後妳們要走時我再帶妳去看泳池。那兒有給訪客使用的備用泳衣。」

伊莉莎白看見了朋友臉上的喜悅。但今天她們是游不了泳了。毛巾倒是會需要幾條。

跟郊區客廳一般大的電梯載她們上了樓，然後維克多．伊立奇親自來應了門，謝過了迎賓正妹，然後讓伊莉莎白跟喬伊絲進了頂樓公寓。他見到兩位嬌客的神情不是普通的受寵若驚。

「真的是本尊！我怎麼能運氣好成這樣？我們多久沒見了，伊莉莎白？」

「二十年？」伊莉莎白說。

「二十年，二十年，」維克多點起頭，並在她左右雙頰各親了一下。「我看起來老好多，妳不覺得嗎？」

「你看起來一直都很老，」伊莉莎白說。

維克多笑了。「那倒也是！我是老起來放的！終於放到我真的老啦。我終於老得很合理了。那麼，這位我想一定是喬伊絲．米德寇弗囉？」

喬伊絲伸出了手要握，但維克多直接朝她雙頰親了過來。

「很高興認識你，維克多，」喬伊絲說。「你知道在比利時，他們親臉頰不是兩次，而是三次嗎？我是最近才知道這件事。」

維克多面露笑容，牽起了她的手肘。

「請進，跟我來，坐。外頭坐起來太冷了，風景我們到屋裡頭看得了。我希望妳們喜歡灰色的雲跟紅色的巴士。」

維克多領著喬伊絲來到一張深陷的沙發，理論上你可以從那兒看到壯闊的倫敦城。惟灰色的雲模糊了今天大部分的市景。隨著新的一整片倫敦在河岸邊慢慢現形，唯一距離近到能讓人辨識出來的，是巴特錫[73]發電廠。伊莉莎白跟在他們身後。

「喬伊絲，」維克多說。「我想妳應該會想來杯琴湯尼[74]吧？我是這麼想的。我對了就跟我說一聲。」

「你對了！」喬伊絲說。

「那我們就各來一杯吧。我真開心能有妳們倆大駕光臨。伊莉莎白，妳要加入我們嗎？」

「你坐下，維克多，」伊莉莎白說。

「我坐，我坐，」維克多說。「快來，我超興奮的。我來做飲料，然後我們坐下來邊喝邊聊。兩個老特務。我們光用故事就可以把喬伊絲的頭髮燙捲！」

「坐下，維克多，」伊莉莎白又說了一遍，這時槍已經握在了她的手中。

73 Battersea，倫敦地名，隔著泰晤士河與北岸的切爾西相望，屬於倫敦較新的開發區域。

74 Gin and tonic，琴酒加通寧水的雞尾酒。

第三十五章

「我說完，你再說，」製作人說。他名叫卡溫・普萊斯，而克里斯・哈德森探長已然對此毫無疑問，因為卡溫・普萊斯很愛用第三人稱叫自己卡溫・普萊斯。「我先說，然後換你說；我說，你說；我說，你說。」

「了解，」克里斯說。

「我說，你說，我就這麼一條規矩。卡溫・普萊斯的規矩，」卡溫・普萊斯說。

「我需要看攝影機嗎？」克里斯問。

「不，你要看的是我，這是另外一條規矩，」卡溫說。「除非你有特別要呼籲什麼，『你們有見過這個男人嗎？』，諸如此類的。這時候你就可以望進槍管。」

「望進槍管？」

「就是直直看向鏡頭，」卡溫說。「我們在新聞台的術語。」

「望進槍管在在警界有完全不一樣的意思，」克里斯說。

卡溫在室內戴著一頂羊毛的豆豆帽。唐娜看到一定會很有意見。說起唐娜，她如今坐在《東南今夜》小攝影棚邊上的一張椅子上，當起了觀眾。當克里斯接到電話，叫他去面試時，電話另一頭的傢伙說了句：「就看卡溫・普萊斯喜不喜歡你了。」

「卡溫・普萊斯是誰？」克里斯問，結果電話裡的那個傢伙說，「卡溫・普萊斯就是我。」

「ＯＫ，那我丟幾個問題出去，」卡溫說。「你甩幾個答案回來，然後我們再看看攝影機愛不愛你。」

「加油，」唐娜從攝影棚的邊上給他打氣。

「現場安靜，」卡溫說。「這裡不是動物園。」

他怎麼會答應這種事情，克里斯納悶了起來，但當然現在為時已晚。他從沒想過自己的嘴巴可以乾成這樣。那就像他剛在長途飛機上有一搭沒一搭地睡了一覺，這會兒才醒來。

「我們今天的來賓是克里斯警佐——」

「是克里斯探長，」克里斯費勁地說了句。

「不要插嘴，」卡溫說。「我說完，你再說。」

「抱歉，」克里斯說。「我只是想說，你知道，讓事實精準一點。」

「在電視直播中要精準？」卡溫說。「你是這種想法嗎，是嗎？我讓你上了電視，得到的就是這種東西？你每五秒鐘多嘴一次？」

「可是我們現在也不是直播啊，」克里斯說。「我保證直播中我不會這樣。」

卡溫壓低聲音咕噥著「真要命」。這樣的發展似乎不太順利。克里斯這時意識到他得去上個廁所。他怎麼能一邊嘴巴那麼乾，一邊想尿尿呢？他望向唐娜。她用大拇指對他比了個一度贊，但感覺比得有點虛。

「我們今天的特別來賓是克里斯．哈德森探長，來自肯特郡警方，」卡溫從頭到尾頭都低著說。

「探長，搶劫案件變多了，暴力犯罪變多了，肯特郡的居民不應該將就這種治安吧？」

「這確實是個我們必須回答的問題，邁可，我想是這樣——」

「邁可？」卡溫說。這感覺像是在打斷他，但克里斯覺得不要爭這個比較好。

「是，我以為你是在演邁可・瓦格宏恩，」克里斯說。「抱歉？」

「我是卡溫・普萊斯，兄弟，」卡溫說。「我演的也是卡溫・普萊斯。」

「抱歉，」克里斯又賠了個不是。「我只是想說你是製作人，所以——」

「所以我就不存在嗎？」卡溫說。「就因為你沒在電視上看到過我？」

「不是，我只是……」克里斯再次望向了唐娜，但她假裝看起了手機。「對不起，我是第一次。」

「看得出來，」卡溫說。「我做這種事是看在邁可的面子上，懂嗎?我是犧牲了巴西柔術課來給你試鏡。」

克里斯連忙點頭。「抱歉。真不好意思。」

讓他自己也嚇了一跳的是，克里斯突然意識到他是真的想上電視。他不喜歡卡溫，那是當然，他不喜歡他的豆豆帽，不喜歡他那種別人欠他幾百萬的態度，但他喜歡人在攝影棚的感覺，喜歡攝影機對著他。對於一個幾個月前還不敢照鏡子的男人來講，這還挺讓人想不到的。他看著卡溫鼓出臉頰。最後的機會了，克里斯，拿下勝利吧。

「我是卡溫・普萊斯，而我們今天請到的是柯林・哈德森探長，來自肯特郡警局……」

克里斯告訴自己算了。他今天已經也該學到乖了。

「搶劫變多了，暴力犯罪變多了，這不是肯特郡居民該享有的治安吧？」

「確實，卡溫，」克里斯說。「這是個很該問的問題，而我也真的很希望有簡單的答案可以告訴大家。總之我首先想說的是我們生活在一個放眼全世界，算是非常安全的地方——我不想看到本節目的觀眾操太多沒必要的心。但搶劫這種事連一件都嫌多，暴力犯罪也是連一件都……」

克里斯用眼角餘光瞥見了唐娜。這次是貨真價實的大拇指豎了起來。

「……不該有。所以我承諾大家：我們的警察同仁跟我會不遺餘力地去——」

攝影棚的門旋開，邁可．瓦格宏恩漫步了進來，順手把包包甩到了椅子上。

「他來了！我挖到的大祕寶！」

卡溫在克里斯面前擠不出來的禮貌，好像在邁可．瓦格宏恩身邊找了回來。

「邁可帥哥！」卡溫說。「是啊，正在讓他慢慢找到節奏！」

「我想也是，我想也是，」邁可說。「哈囉，克里斯，這裡的一切你感覺如何？」

「非常好，」克里斯說。「真心話。我也沒想到自己會喜歡，但我確實喜歡。」

邁可看到了唐娜。「那你的搭檔呢？妳怎麼看，唐娜？」

「他表現得真的很棒，」唐娜說。

「他不需要試鏡了啦，卡溫，我給他掛保證——你知道我的直覺很準的，」邁可說。

「當然，邁可，」卡溫說。「他絕對是上電視的料。」

「我們過兩天要在節目上談刀械犯罪，」邁可說。「排他上場。你有空吧，克里斯？」

「嗯嗯，有空，」克里斯說。過兩天？上電視？刀械犯罪？這就像把好幾個聖誕節合起來一起過似的。他等不及要跟派翠絲說這個好消息了。

「幹得好，老闆，」唐娜說著從椅子上起身，給了克里斯一個擁抱。

克里斯的內心開始萬馬奔騰。或許我會變成節目的班底。你親切的警察叔叔，會在鏡頭前分享各種建議，搞不好還能不時說出一些金句。克里斯看著攝影棚現場的監視螢幕。他看起來人模人樣。他的眼神是不是在閃閃發光？他發誓自己沒有誇張。他也看到了邁可在看著螢幕。但他隨即意識到邁可看螢幕不是為了他。

「唐娜，」邁可說。「妳在鏡頭上很亮。我是說真的閃閃發光。」

「閃閃發光？」唐娜說。克里斯心頭一沉。

「又亮、又閃、又跳，」邁可說。「我上一次看到這樣的亮度是年輕的菲利普・史考菲。哇嗚。」

「我……嗯……謝謝，」唐娜說。

「妳對刀械犯罪了解多少？我想讓妳代替克里斯上陣，」邁可說。

唐娜在抗議中舉起了雙手，克里斯對此不能說完全不受用。「抱歉，邁可。選克里斯吧。」

邁可把兩手按到了唐娜的肩膀上。「不是我在選，唐娜。是攝影機在選，而它選了妳。」

邁可看向卡溫。「卡溫，帶唐娜去服裝間，看我們有什麼行頭適合她。」

卡溫領著唐娜出了攝影棚。她邊走邊轉頭看了克里斯一眼，臉上寫滿抱歉。

邁可把手放到了克里斯的一邊肩膀上。

「抱歉了，克里斯，」他說。「這就是演藝事業。」

克里斯點了點頭，眼看要出名的暖意從他體內，不住地向外流瀉。

第三十六章

「伊莉莎白，這玩笑可開不得，」維克多，伊立奇說，有把槍抵上他的頭。

「我也希望自己是在開玩笑，維克多，」伊莉莎白說，然後看著維克多坐了下來。喬伊絲看得嘴巴一直沒闔起來。

「伊莉莎白，」喬伊絲說。

「這事妳別管，喬伊絲，」伊莉莎白說。「這次不要。我需要你相信我。殺了維克多是我們僅有的選擇。」

「我們選擇多得是，伊莉莎白，」維克多說。「坐下來談，我們會有辦法的。我在收到照片後，就沒有選擇殺妳啊。照講我也可以，不是嗎？」

「什麼照片？」喬伊絲說。

「我知道你可以，維克多，而我很抱歉，」伊莉莎白說。「你應該殺了我的。但想要你死的那個男人知道我在這裡。他到處都佈下了眼線。」

她掏出了包包裡的手機，將之舉了起來。「我有訊息內容可以證明我所言非虛，所以我只能殺了你。」

「我會很快，然後我會厚葬你。」

---

75 Phillip Schofield，1962-，英國電視節目主持人。

「伊莉莎白……」喬伊絲說。

「抱歉，喬伊絲，」伊莉莎白說著把手機放下到了身邊的桌上。「肺腑之言。現在妳可以親眼看看我走投無路時，下手可以有多狠。我們該去哪裡辦事呢，維克多？你家最安靜的地方是哪裡？我不想驚動你美麗的迎賓小姐。」

「讓我開槍，我會選浴室吧。那兒安靜。事後好清理，」維克多提議。「但妳真的不需要這麼做。我們是朋友，不是嗎？」

「我們是朋友，維克多，沒錯，」伊莉莎白說。

「那個派妳來的人，」維克多說。「他是瑞典人，沒錯吧？」

「無可奉告，維克多，」伊莉莎白說。「這事之後我不想再聽到他的消息，也不想再想到他。」

「我們來組隊？殺了他？這豈不是更好的計畫。來嘛。」

「遲了，」伊莉莎白說。「我不知道他是誰，你似乎也不確定他的身分，而我只想讓這件事告一段落，只想在家跟丈夫過兩天太平日子。我很抱歉。我們往浴室移動吧。你帶路。」

維克多站起身。喬伊絲也是。

「他哪兒也不許去，」喬伊絲說。「只要我還在這裡。」

維克多把手放上了喬伊絲的肩膀。「喬伊絲．米德寇弗，妳的好意我心領了。但這是公事。總有一天會有人一槍做了我，而至少伊莉莎白是個朋友。這個瑞典傢伙要我死，也許這是最好的方式。」

喬伊絲看向伊莉莎白，而伊莉莎白點了點頭。「我們不可能永遠在扮家家酒，喬伊絲，我很抱歉。」

「我永遠不會原諒妳，」喬伊絲說。

「妳必須相信我，喬伊絲，」伊莉莎白說。「最好的朋友。」

「現在不是了，」喬伊絲說。

她轉過頭背向伊莉莎白。伊莉莎白很驚訝於這是如何狠狠地刺痛著她，但喬伊絲的這種反應她能理解。

維克多朝著浴室走去，伊莉莎白緊隨其後，槍仍舉在手中。

「不要輕舉妄動，維克多，該做的事情讓我們速戰速決。」

「妳現在住手還來得及。妳知道我愛過妳吧，伊莉莎白？」維克多說。

「愛這種東西，何曾帶給過我們什麼好處？」伊莉莎白說著跟隨著維克多，離開了房間。「被反綁在廂型車後面。在頂樓公寓被開槍。我受夠愛了。」

維克多打開了浴室門。他的聲音愈來愈大，愈來愈像在哀求。「拜託，讓我轉過身，我們可以——」

伊莉莎白扣下了扳機。

第三十七章

事實是，妳在監獄裡永遠吸收不到足量的維生素D，而在康妮．強森看來，那侵犯了她的人權。

鏡子在對她訴說的那個故事，她一點也不喜歡。她太蒼白。等出了這裡她要去馬爾地夫。人生不能只有工作，也許她賺到的那麼些錢，是時候稍微花一點了？也許可以考慮聖露西亞？還是法國？平頭百姓這年頭都去哪裡度假？

康妮這輩子就出過兩次國。一次是跟學校校外教學去了迪耶普，[76]結果她在渡輪上暈了船，還有一個地理老師在大賣場的後面要強吻她，另外一次是她被鎖在一輛BMW的後車箱，被兩個跟她有些意見不合的利物浦兄弟檔載到了阿姆斯特丹。利物浦兄弟檔與那名色胚地理老師，都很快就為了自己的行為後悔莫及。

不論你往皮膚上曬了多少假日光浴，也不管你打了多少玻尿酸跟肉毒桿菌，都代替不了皮膚要活下去所不可少的三樣東西：維生素D、蔬菜，還有大量的水分，最好是氣泡水。他們在監獄裡不提供新鮮蔬菜，但透過暗樁的暗樁，康妮每週一次可以收到艾博與科爾[77]的蔬菜箱，而靠著歐防風[78]與茄子，她在監所伙房裡的另一名暗樁可以神乎其技地做出佳餚。她會服用她的維生素D錠，但那還是代替不了你理論上會被關一天二十三個小時而曬不到的陽光。至於汽泡水，她有一台機器可以製備。

康妮在想還好她有點錢跟一點VIP的身分地位，否則這牢真的會坐得非常非常辛苦。

現在當然還是稍嫌委屈，但一如搭火車的頭等艙，她得有一段時間會困在這個洗手間不是很理想，但起碼三不五時會有人來給她倒杯茶的地方。

無論如何，她遲早得從這裡撤了。陽光閃耀在她的臉上，腰帶上有把槍，再加上一個她可以做核心床[79]皮拉提斯的健身房。她的夢想就是這麼樸實無華

如今通過安全鐵門朝監所的D廂而去，康妮腦子裡想著的是伊博辛，那隻足智多謀的老貓頭鷹。整體而言，康妮對讓權威人士告訴她她該做什麼跟不該做什麼，並沒有過什麼很好的經驗。但伊博辛嘛？考量他講究的西裝跟溫暖的眼光？算是開了個張，她人生頭一回沒感覺自己在被訓話。

康妮途經一間正被高壓水柱沖洗中的牢房。她遠遠地避開了四濺的水花，畢竟她今天的鞋子是麂皮，而就算洗衣部有通天的本領，就算妳替他們偷渡進來了那麼多的大麻，他們也不見得能把被淋到的麂皮恢復原狀。[80]

康妮從沒有真正像跟伊博辛說話那樣跟任何人說過話。那是什麼？坦誠嗎，也許？康妮可以變換成好幾種人設，就看心情如何帶領她。她可以戴上不同的面具，只為了嚇唬你，勾

76　Dieppe，法國北部的濱海市鎮。
77　Abel & Cole，英國倫敦的有機蔬果箱宅配平台業者。
78　Parsnip，防風草的根，號稱歐洲蘿蔔，外皮是白色。
79　Reformer，鍛鍊核心肌群的一種專用運動器材。
80　麂皮若被大量的水淋濕，可能會失去其原有的柔軟度跟觸感，並容易產生皺摺、變形或水漬。

引你上床，或是讓某名獄卒幫她送一份南多士烤雞。[81]但誰不是這樣呢？誰不是一天到晚見人說人話，見鬼說鬼話，以不同的面具示人？

所以她在伊博辛面前戴的是哪一副面具？為什麼這次感覺如此不同？康妮爬著金屬階梯，到達了海瑟．加爾巴特之前被監禁處的樓梯平台。走廊遠處有人在他們的牢房裡大呼小叫，這些來監獄裡尋求庇護者的思緒都有點牛頭不對馬嘴。要是你把心理健康有問題的人都從這個地方剔除掉，那監獄就得關門大吉了。大部分人來這裡都只是因為或這或那的原因，在他們混亂的生命中踏出了新的一步，拉扯他們到此的浪潮來自一個要嘛不想要他們，要嘛不需要他們的世界。換句話說這裡很少有人是像康妮這樣。單純人壞罷了。

康妮抵達了海瑟生前的牢房門口。那兒依舊空空如也，是因為獄方在對海瑟之死進行內部調查。跟她保證牢房門會幫她開好的男人來自監所的行政大樓，他的另外一個身分是Tinder上的一名Volvo車主。康妮走進了牢房，少了海瑟的那裡變得冷清而空虛。

「現在只剩下康妮．強森可以幫我。」這個嘛，那就來看看我們能夠做些什麼。就來看看我們能不能查出妳之前在寫些什麼。

在牢房裡你想藏東西，地方真的不多。康妮開始敲起了牆壁，看能不能聽到空心的回音。但監所的牆壁太厚了。根本不可能有漏洞。

康妮把手臂繞過海瑟．加爾巴特的馬桶後面，看U字型水管處有沒有東西，但一無所獲。康妮可以想騙過誰就騙過誰。她就是這麼擅長於這點，而這一點也讓她無往不利了許多年。她父親翹頭的時候，康妮也保持著臉上的微笑，免得家裡連一個笑得出來的人都沒有。母親死的時候，康妮咬牙苦撐了下去，把事業做了起來。沒有人比康妮更懂得她經歷過的苦楚。

床的骨架是用廉價金屬管做成的。空心的鐵管。

當然了，她一面深刻地反思自我，一面也很清楚伊博辛在做什麼。他是在提供她一面鏡子。是在讓康妮跟自己對話。是在讓她看見自己。他是在幫助她明白一個道理，那就是你看似騙過了所有人，但其實你只騙過了一個人，那就是你自己。伊博辛對她說過，「我們最大的優點，也是我們最大的弱點」，而康妮曾邊聽邊翻了個白眼。但也不知道怎麼搞的，她把這個概念烙在了心間。

康妮把分上下鋪的床翻倒，從其中一隻鐵腳上拉出一個鬆掉了的橡膠床腳套。裡面空空如也。繼續找吧。

萬一她不光是單純壞而已呢？萬一那是個她跟自己說了這麼許多年的謊言呢？那她可能會承受不了。她可以直接停止與伊博辛見面，但她又感覺他好像已經開啟了一扇永遠無法再被關上的心門。

她拉掉了第二隻床腳的橡膠套子。空的。

人生比康妮．強森要慘上不知多少倍的人，多了去了，這點她心裡有數。她賴以為生的勾當極其可鄙：她是怎麼賺到錢的，她是怎麼對待人的，她是怎麼讓大腦關機，對她造成他人的痛苦不聞不問。但此前她一直覺得自己是不得已的。就好像她是生出來就這副模樣，就像她適用與其他人不同的另一套規則。

她拉掉了第三隻床腳的橡膠套子。還是空的。

81　Nando's，發跡於南非的葡式烤雞連鎖店。

但要是這些並非事實呢？她真的想與自己曾經的所作所為面對面嗎？

康妮拉掉了最後一隻床腳的橡膠套子。

加加減減的計算成果是，不，她不想面對現實──繼續自欺欺人多半還是最好的做法。最好還是能繼續當那個她父親多年前離家出走時，身為小女孩的自己發明出來的康妮・強森。她會讓伊博辛知道她不想與他進行更多的療程了。謝了，但不用了。

康妮把手指像鉤子一樣伸進了空心的床腳中，並立刻就感覺到了那當中有紙。那些紙被緊緊地捲在一起。總數大概有五六張，全都用橡皮筋捆在一起。她讓紙卷滑了出來。康妮拉掉了橡皮筋，把紙張盡可能鋪平。上頭滿滿的是娟秀的字跡。黑色墨水。她開始自第一行讀起：

通過鐵桿我能聽見鳥叫

在空蕩的牢房中，厚實的牆壁內，康妮扎扎實實找到了能讓伊博辛感興趣的東西。伊博辛給她設定了一項任務，而她也做出了成果。她很快地掃瞄了一下海瑟・加爾巴特都寫了些什麼，但那橫看豎看，都不像別的東西，那就是首詩。她原本期待的是乾淨整齊的自白，或是把共犯的大名一一交代，她就希望這東西能有助於把柏特妮・維茨的命案之謎解開。但這樣的好運並沒有到來。康妮知道這東西還是會多少有點用就是了，她骨子裡感覺得到。

雖然她此時此刻無法讀懂這玩意兒，但她知道某人可以。她大抵應該再跟伊博辛見上一面，再進行一次療程。把詩拿給他看看。與伊博辛的治療，就到他們釐清這裡究竟是怎麼回事就好。

第三十八章

喬伊絲

該從哪兒說起好呢？

坐在我的沙發上，看著電視節目在介紹火車的，是一個叫做維克多．伊立奇的男人。他是KGB的退役幹員。也是個烏克蘭人。

我跟他說我想去寫日記，他笑說我今天應該有很多材料可以寫。我離開前給他準備了一杯雪莉酒，還有一片櫻桃黑巧克力蛋糕。後者我是在IG上看到的做法，當時我就覺得這絕對是朗恩的菜。但搞了半天，竟然是維克多得以第一個嘗鮮，難怪俗話說計畫趕不上變化。不過剩下在特百惠[82]裡的那些，就都歸朗恩了。

等我一下下。

好，我回來了。我只是去了一趟客廳問了一下，而維克多說蛋糕非常好吃。我原本就知道他嘴上會這麼說就是了，但他也確實吃掉了一整片，所以我們就姑且當他說的是真心話好了。作為通則，平日我並不會特別喜歡黑巧克力，但在此例中它真的有不錯的效果。這次的蛋糕裡還添加了櫻桃白蘭地，所以風味又更增添了一些。維克多在看的節目是在講加拿大一

82 Tupperware，直銷公司特百惠出品的食物保鮮盒。

列穿過洛磯山脈的火車。你真應該看看那個景色。維克多說他們剛拍到了一頭熊。

我今天跟伊莉莎白去了一趟倫敦。她跟我說我們要去見她的一個老朋友，然後她要去殺了他。對此我是不太相信啦，但伊莉莎白才在幾天前的晚上跟史提芬一起被綁進一輛廂型車裡，所以細節我或許無從知悉，但一定有什麼計謀在悄悄地進行。如我所說，我並不知道該怎麼想才好，但伊莉莎白我信得過。此外，火車上有了推車服務，讓人省下了去餐車的那兩步路。

到倫敦後，我們去了維克多住的高級公寓。那兒有個游泳池，但這寶貝我們先不急著聊，因為我覺得我應該先跟你更新我們此行發生了什麼。

再等我一下下。

我又回來了。維克多剛去了廁所，但沖不了水。那是有訣竅的，而我告訴了他。輕輕的，輕輕的，然後一次下去。我跟他說你可以把電視暫停好再來洗手間，但他本來就知道這點。我看《倒數計時》[83]時都會按暫停，這樣時間壓力會比較小。但要是跟伊博辛一起看，他就不會容許我這麼做。他會說我只是在自欺欺人。

維克多住在公寓頂樓，俗稱閣樓，而他看起來是個有點滑稽的小不點。就像一隻非常快樂的陸龜。他見到伊莉莎白顯得非常雀躍，甚至他還親了我的臉頰兩遍，所以我想伊莉莎白怎麼也不會殺他才對，我只是等著他們把這是怎麼回事說給我了解。維克多給我倒了杯琴湯尼當招待，但伊莉莎白此時卻把槍掏了出來。我跟她對此言詞交鋒了一番，但她不為所動，而維克多好像也能對這整件事坦然接受。

老實說，我很害怕，也很生伊莉莎白的氣。我甚至跟她說我永遠不會原諒她，結果被她在回來的途中念了一下。「妳任何時候都應該相信我」是她對這整件事的解讀，但就事論事，我覺得我的怒火也派上了用場。

他們兩個後來跑到浴室，維克多好像大呼小叫起什麼，然後就是一聲槍響，我便聽見維克多跌倒了地板上。

我發起抖，這點我不否認。事實上既然要承認，我承認我還哭了。而我的眼淚，還是那句話，也派上了用場。

伊莉莎白衝回到客廳，開始發號施令。她的意思大概是，「沒時間掉眼淚了，喬伊絲，我也是不得已，維克多知道我的苦衷，重點是我現在需要妳幫忙。」她說她得在浴室裡進行清理工作，這話總算讓我感覺到了起碼的欣慰，但她需要我幫忙打兩通電話。我被拜託用她的手機打給波格丹說，「伊莉莎白需要計程車」，接著我必須把她的ＳＩＭ卡取出，將之碎屍萬段，然後把擦乾淨的手機扔進廚房的廚餘處理機。總之就是不可以留下我們來過這間公寓的物理或電子證據。我想過要問一下那看著我們進來的迎賓小姐怎麼辦，但最終我沒有問出口，因為我怕聽到我不敢聽的答案。

交代完事情她重新從客廳消失，而我則按指示打給了波格丹。波格丹說哈囉，而我則說了伊莉莎白需要計程車，他問我是不是在哭，我說我沒有，然後他說那就好，因為沒什麼好哭的，然後他說他一小時後到。這時我問他他還好嗎，但他已經掛掉了電話。

接著我便取出了ＳＩＭ卡，但這有點難，因為我在發抖。總之我將取出的ＳＩＭ卡弄

83 Countdown，一檔涉及文字和數學題目的英國益智節目，開播於一九八二年底，並在第四頻道播出。

碎，然後把手機帶到廚房，丟進了廚餘通道中。這時我聽見伊莉莎白的喊聲說，「妳弄好了嗎，喬伊絲？」並非常小聲地喊了回去說我好了，然後就只見伊莉莎白跟維克多走回了客廳，一副沒事人的樣子。

我的表情像是見了鬼一樣，但你能怪我嗎？伊莉莎白這時才跟我解釋起一切。傳自維京人的文字訊息是事情的關鍵。他知道我們的一舉一動。他說他有眼線在亦步亦趨地盯著我們。但伊莉莎白看穿了一切。她說她不可能被跟蹤而完全看不出來，她太精明了。比方說火車上就沒有別人。所以她知道維京人用的是比派眼線跟監簡單很多的步數。他只不過是趁著她在他家時拷貝了她的手機（我說「只不過」，但你知道我的意思），所以他能聽到，甚至偶爾能看到一切，直到我把手機給毀掉之前都是這樣。

這就是為什麼她必須把我蒙在鼓裡，這樣我的反應聽在維京人的耳裡（或看在他眼裡）才會自然，才會可信。事實上，我一開始被帶來倫敦就是為了這個，就是為了讓整件事聽起來毫無破綻。事後我跟伊莉莎白說我可以用演的，但只是惹來她的訕笑。我問維克多是不是跟她串通好了，他說他一看到伊莉莎白把手機舉起來，說出了維京人傳訊息來的事情，他就明白她的計畫了。我問維克多在這之前，他有沒有擔心過伊莉莎白是真的要他的命，對此他說他覺得她應該不會，但凡事遇到伊莉莎白都沒有百分之百的。伊莉莎白一臉不屑地說「最好是」她會殺他啦，但維克多說「妳就會」，而就在伊莉莎白不住地繼續抗議的同時，維克多總算把他答應我的琴湯尼倒給了我。

大約一個小時後，樓下的迎賓正妹帶來了波格丹，而波格丹則帶上了一個大包包。維克多交代迎賓正妹說他死了，正妹問他這次要死多久，於是維克多望向了伊莉莎白，她說要不就死個大概兩週好了，這時間應該夠了。

迎賓正妹是維克多的手下，搞了半天，而且最後她還幫波格丹把大包包搬到車上，好讓維克多盡可能不動聲色地躲在大包包內，就怕公寓內部也有維京人的安插的眼線。維克多服下了兩顆超強效的安眠藥，因為他以前也有過這樣的經驗，他就是要這樣才受得了被鎖進密閉的空間。

經過大約二十英里的車程，伊莉莎白確信我們沒被跟蹤後，我們才去到東克羅伊登[84]一處立體停車場的最頂樓，打開了後車箱，拉開了大包包的拉鍊，放了維克多出來。我向你保證我是說真的：他睡得很熟，熟到我們為了叫醒他得甩他巴掌。我說我不介意來一顆他的這種安眠藥，但他說這些傢伙對我來講太強了。你要從美國才買得到這些寶貝。

事情就是這樣變成現在這樣。維克多沒辦法待在伊莉莎白那兒，所以他只要還在死，就會一直借住在我家的客房。我們的計畫是要查出這個維京人的身份，然後再查出他身在何處。再之後我想就是要殺了他吧，我也不知道。我只是不覺得我們可以一直讓維克多這樣死下去。

我對維京人有很多問題，對維克多也是，但明天正好是星期四，所以他們倆的問題可以等全員到齊後再說。

這樣的發展對我們調查柏特妮・維茨案有什麼影響呢？感覺上這好像分散了我們的力氣，但伊莉莎白說這其實是天大的好運，主要是維克多在此期間可以充當我們的援軍。

84 East Croydon，倫敦南部一個相當繁忙的火車站。

艾倫通常會在我寫東西的時候跑進來看我，但也讓牠一不見就非常明顯，畢竟這會兒公寓裡出現了一個新的、有趣的、來自烏克蘭的男人。這傢伙真是善變。我一會兒會去拿盒狗餅乾搖啊搖，然後我們再來看老大是誰。

我可以聽見房間外面的火車節目已經做完，維克多站了起來。聽聲音他是在洗自己用過的餐具，而這不啻為是個好消息。

我知道我今天當了回牽線木偶，我也知道自己的存在非常要緊，但這並不能讓我全然釋懷。我心中還是有某個地方看著有點歪。反轉帶來的震驚自然可以把人一棒打偏離原本的軌道，但那並非事情的全貌，而是還有另一樣難以名狀的疙瘩讓我花了一整個下午尋找。而最終我想我算是找到了。

事情是這樣的。在伊莉莎白扣下扳機的當下，我相信了。我真的相信了她殺了維克多。我最好的朋友竟然能夠槍殺她熟識多年的故人，就為了保住自己一命。

事實上，我不僅是這麼以為，我是這麼知曉。

所以這代表伊莉莎白是個什麼樣的人？又代表我是個什麼樣的人？

第三十九章

週四謀殺俱樂部喜歡在上午十一點的拼圖室開例會。那個時間地點感覺就是對。當然實際的開會時間會不時換來換去，這點伊博辛明白，他怎麼會不明白。他們一路以來處理了那麼些謀殺案，誰敢說他一點彈性都拿不出來。

但，話又說回來，把週四謀殺俱樂部的例會開在早八，而且地點還在喬伊絲家？就在他們有命案調查正在如火如荼進行的同時？這件事絕對需要溝通一下。

他在去的路上爭取起朗恩的支持，他告訴朗恩說此例一開後患無窮。朗恩對此表示了同意，或至少沒有強烈地不同意，而這也讓伊博辛感覺勁兒都來了。

行事曆不是排心酸的，行事曆就是行事曆。護了貝的行事曆更是不應該被當成兒戲。又一次，朗恩沒有對這一點提出異議。事實上，朗恩整體而言可說是出奇地安靜。

「你身上那味道是不是大麻，朗恩？」伊博辛問。

「可能是吧，」朗恩坦承。

「你知道嗎？我有點想宣布今天的會議不算數，除非有什麼像樣的理由能說服我打消念頭。」

「完全合情合理，兄弟，」朗恩說。「去給她們點顏色瞧瞧。」

「謝了，朗恩，我會的，」伊博辛說。「是說你現在怎麼一天到晚都是大麻味不離身？」

「兩個字，寶琳，」朗恩說。

「喔，我懂了，」伊博辛說。「莫再提。」

「那玩意兒要比我想像中強很多，」朗恩說。「搞得我三天兩頭睡著在她家的浴室地板上。」

伊博辛按下了喬伊絲家的公寓響鈴，這兩名男性友人被放了進去。

「電梯還是樓梯？」伊博辛問。

「電梯啊？不然呢？」朗恩說。伊博辛注意到他試著不讓人看出自己走路一跛一跛的。手杖說不用就不用。

他們出了電梯，敲上了右手邊第一扇門，喬伊絲給他們開了門。還輪流給了兩人一人一個擁抱。

「喔喔，朗恩，你是擦了香水嗎？」喬伊絲問。「這種香味好像喬安娜也擦過。」

朗恩嗯嗯啊啊了一下，脫掉了大衣。艾倫饒富興味地靠近了他，很專業地開始仔細舔起了他的手。伊博辛瞄到了在客廳裡已然就座的伊莉莎白。

「有件事，不是我要講，但我必須說——」

「不說不行嗎？」伊莉莎白問。

「不說不行。早啊，伊莉莎白。問題是也太早了吧，我這樣的觀察不算太超過吧。」

「早啊，伊博辛，」伊莉莎白答道，並示意讓他接著講。

「我們是週四謀殺俱樂部，這點眾所周知。我們每週四的上午十一點，在拼圖室見面。且容我將這三個資訊點一一道來——」

「來杯茶？」喬伊絲問。

「謝謝妳，喬伊絲，來杯茶，」伊博辛說。「第一點，我們在週四開會。關於這點我沒有任何不滿之處，今天確實是星期四，對此我們沒有必要進一步深究——」

「朗恩，你身上那個味兒絕對是非常高級的臭鼬，[85]」伊莉莎白說。

「頭髮裡的都散不掉。」朗恩說。

「第二點，我們十一點開會，而就在這裡，妳應該能注意到，我們的路線產生了分歧，主要是現在才早上八點。這麼早開會有什麼理由，妳能解釋一下嗎？我一時間是想不到什麼好理由。」

「寶琳好嗎？」在給茶壺裝水的喬伊絲從廚房喊了聲。

朗恩又似答非答地咕噥了一聲。

「然後我們來到了第三點，」伊博辛說。「我們開會是在拼圖室，而不過分地說，我沒看到這裡有什麼拼圖。」

「臭鼬對關節炎非常好，」伊莉莎白說。

「我沒有關節炎，」朗恩說。

「那我就從來沒有看過ＪＦＫ[86]遇刺的機密檔案，」伊莉莎白說。「玩笑繼續開啊，朗恩，開大聲一點。」

「所以在我們繼續流程前，」伊博辛還在說，「我想了解一下是否有什麼好理由——我對

85　Skunk，幾種大麻品種的總稱，以大麻有效成分四氫大麻酚的濃度特別高著稱。

86　約翰·費茲傑羅·甘迺迪，一九六三年在任上遇刺的美國總統。

『好』的定義可是很嚴謹的——可以解釋我們為什麼把會議開在此時此地。要知道這可是把我的試算表搞得烏煙瘴氣。」

艾倫蹦蹦跳跳地從走廊跑到客廳，尾巴搖個不停，並一直線直奔伊博辛。就位後牠便開始扯起了伊博辛的袖子。

「是哪個小帥哥也覺得莫名其妙的啊，」伊博辛邊說邊擼著艾倫的頭。「是那個小帥哥也懂得時間不要改來改去有多要緊啊。是哪個小帥哥也知道現在是散步時間而不是開會時間啊。」

艾倫往地板上一躺，露出了要給伊博辛搔癢的肚皮。喬伊絲把要給他的那杯茶往邊桌上一放。

「感謝妳，喬伊絲。所以我的重點是，我期待能在十一點開會，來交流柏特妮·維荻案的最新進展。也許來討論海瑟·加爾巴特留下的遺書。來聽取朗恩關於傑克·梅森的觀察。我甚至準備了達威爾監獄的資料來源給我的猛料要爆。喬伊絲，艾倫的項圈是不是太緊了一點？」

「哪會，」喬伊絲說。「難道你比《超級獸醫》[87]還懂狗。」

「所以，除非在過去的二十四小時裡發生了什麼照講不太可能逃過我法眼，驚天動地的事件，否則我實在不覺得有什麼理由我們不能把會議起點挪後到常規的時間，還有常規的地點。」

「不可能逃過你法眼？」伊莉莎白說。「除非發生了什麼事件？」

「我對自己的觀察力有自信，沒錯，」伊博辛說。「現在，我有樣東西想給你們看……」

「玄關有幾雙鞋？」

「我的觀察對象不包括鞋子，」伊博辛說。「我不是完人，伊莉莎白。」

「我們為什麼聚會在早八？」伊莉莎白問。「又為什麼把會場改到喬伊絲家？你要我給個好理由？」

「是不是四雙？」伊博辛問。「那是我的第一個猜測。」

「幾天前，」伊莉莎白開了口，「就在你在對康妮・強森拍動著睫毛，而朗恩在嗯，我不知道，或許跟人搞曖昧的同時……」

朗恩舉起茶杯，像是認了這句話。「我也打了一點斯諾克就是了。」

「……我被人綁了，跟史提芬一起，然後我們被車子載到了，你們想不到吧，斯塔福郡。現在不行，艾倫，我在說話。在恢復意識後，我們眼前出現了一位非常高大的男士，我們管他叫維京人，真實身分未知但我們正在調查。他給了我一個提案。我要去殺了一個叫維克多・伊立奇的男人，一個前ＫＧＢ的分站主管。然後要是我殺不了他，或是我不願意殺他，我自己就會被殺。」

「ＯＫ，」伊博辛說。「那又如何。」

「我還沒說完，親愛的。昨天早上，喬伊絲跟我北上了一趟倫敦去拜訪維克多・伊立奇。」

「那裡的游泳池會嚇死你，」喬伊絲說，艾倫此時蜷曲在她的大腿上，感覺不太自在，

---

87 Supervet，英國電視第四頻道上的獸醫職人劇。

四處掃射的目光像是牠沒想到家裡會一下子跑來這麼多人

「的確，」伊莉莎白說。「我們進了伊立奇先生所住的公寓頂樓，然後在他眾多浴廁的其中一間裡假裝槍殺了他。」

「當下我並不知道那是演技，」喬伊絲說。

「接著是波格丹辛苦地趕上來倫敦，跟我們一起把維克多．伊立奇塞進了一個大包包，還把我們通通載回到這裡。」

「好樣的，波格丹，」朗恩說。

「就我們目前的判斷，維京人應該以為維克多死了，所以我們算是脫離了立即性的危險，但這種情況不會維持太久，我們必須在維京人意識到我們做了什麼之前，先下手為強地找到他，中和掉他代表的危險。這就是何以我們要開早八的會，就因為我們沒有一分一秒可以浪費。至於會在開喬伊絲的公寓，是因為她的客房裡窩藏著前KGB上校兼黑社會大老。事實上他還有另外一個身分是經驗豐富的洗錢跟審訊高手，所以我才會讓他無縫加入柏特妮．維茨與海瑟．加爾巴特的命案調查工作。這樣的解釋，伊博辛，不知道您是不是能夠接受？」

伊博辛點了點頭。「我說嘛，跟我原本想像的也差不太多。那考量最新的情況發展，我撤回原本的異議。」

「你真是好心，感謝你，」伊莉莎白說。

伊博辛一個抬頭，看到了在門口的維克多．伊立奇拿著一杯茶跟一些烤土司。維克多給了他一個大大的微笑。

「全員到齊！熱鬧了，這下子。艾倫，我覺得你對喬伊絲的大腿來講，實在太大隻啦！」

「維克多，在下伊博辛。」

「我是有聽說你很英俊，」維克多說。「但我沒想到你會英俊到這種地步。」

伊博辛點了點頭。「是，確實偶爾會有人被我嚇到。當個死人的感覺怎麼樣？會很有被解放了的感覺嗎？」

「會。這是我做為死人的第一片烤土司，好吃極了，」維克多說。

「這是維特羅斯超市出的五穀麵包，」喬伊絲說。「我為了特殊場合冰起來的儲量，所以不要想著可以天天吃到。」

「為了這個我願意沒事挨個幾槍，」維克多說。「喬伊絲做的難道是天堂的早餐？」

「我想我們倆都不會去天堂確認這點，維克多，」伊莉莎白說。

「也許在地獄，幫你做早餐的會是朗恩？」伊博辛說，大家都笑了，除了朗恩。

「哈囉，我是朗恩，」朗恩說。

「有著顆獅子之心的男人，」維克多說。

「您說了算，」朗恩說。

「朗恩不像伊博辛那麼好捧，」伊莉莎白告訴維克多。

伊莉莎白初識維克多應該是在一九八二年前後，地方大概在格但斯克[88]附近吧，當時他就已經威名遠播。但這個威名說的是他的聰明才智，而不是他的暴力，而這就讓他成了某些

88　Gdańsk，波蘭的北部的濱海城市。

人的心腹大患。從基層幹起的他當時正從列寧格勒的ＫＧＢ組織中嶄露頭角，開始節制起了在斯堪地那維亞的格別烏幹員。他後來會一路平步青雲，直到他坐到了ＫＧＢ最高階的桌邊，成為其層峰的一員。這表現實屬不俗。惟他最終失去了整個系統的關愛，只得接案自己幹。而他會變成以自家頂樓為基地行事，就是這麼來的。

他們認識是在港邊的一間酒吧，為的是換囚但不交流囉哩叭嗦的廢話，但經過幾瓶伏特加，他們就已經感情好得像拜把。最終他們雖然身為勢不兩立的死敵，但卻也擁有極盡親近之能事的友誼。伊莉莎白從來沒想過她會搞到得讓維克多在倫敦閣樓假死的地步，但話說回來，伊莉莎白也沒想過她會交到一個不聽BBC Radio 4廣播的好朋友。人有時候就是得隨波逐流。

「我有個疑問卡在喉嚨，所以請容我搶走一下麥克風，」伊博辛說，「伊莉莎白不得不殺你是為了什麼？現在不行，艾倫。」

「黑道的江湖，都是互通的，」維克多說。「哥倫比亞幫、阿爾巴尼亞幫，紐約黑幫。他們各有各的發展，他們都會打打殺殺，但有時候他們也會需要彼此。有時候他們會需要有個人能把他們聚攏在一起。他們得信得過由這個人去經手他們移動在系統中的金錢。而這個人就是我。我會確保每個人都文明行事，確保每個人都能賺到錢，也確保他們不會相互殺來殺去。」

「但他們還是會殺來殺去啊，老哥，」朗恩說。

「我知道，」維克多說。「但不會殺得像原本那麼厲害。我算是盡其在我。現在在每一個國家我都安插了像馬丁．羅麥克斯那樣的人，他們會替我工作。」

伊莉莎白回想起馬丁．羅麥克斯。還有他那間他們去拜訪過的漂亮房子。

「所以，這麼說起來，你們殺了我一個小弟，」維克多說。

「抱歉，維克多，」喬伊絲說。

「你們大抵有你們的苦衷吧，」維克多說。

「我們確實有，」伊莉莎白說。

「他的鑽石後來怎麼了？」維克多說。

「說來話長，」伊莉莎白。

「所以這個維京人是何方神聖？」朗恩說。「他為什麼想殺你？」

「新一代的罪犯是另外一種生物。他們洗錢有他們自己的門路。不靠黃金，不靠鑽石，也沒有外匯兌換所或汽車工廠這些我現在洗錢的手段。」艾倫打了個噴嚏。

「上帝保佑你，艾倫，」維克多說。「新世代洗錢都是靠所謂的加密貨幣。」

「啊，你是說像比特幣，」喬伊絲說，並點起頭。

「是，就像比特幣，」維克多說。

「還有像狗狗幣跟以太幣，」喬伊絲說著喝了一小口茶。「還有幣安幣，今天早上如火箭升空的幣安幣。」

伊莉莎白看了一眼她的朋友。她們之後得好好聊聊這件事情。

「而加密貨幣是維京人的生意？所以這就是事情的來龍去脈？」

維克多點了點頭。「但我都跟人說不要碰加密貨幣。風險太高。我這只是在做我的工作，不是針對任何個人。結果論我讓他賠了很多錢，我死了他可以多賺很多。當然他其實也可以不用這麼麻煩，他多等個幾年大家就會都信得過加密貨幣了——」

「你為什麼信不過加密貨幣？」喬伊絲問。

「但我想他是希望立刻撇開我這顆石頭吧。我懂，他還年輕。年輕人沒耐性。」

「我可沒讀到任何資料說加密貨幣會崩潰，」喬伊絲說。「事實上是正好相反。」

「所以我們得棋先一著放倒這個大傢伙，免得他先發現你還活著，」朗恩說。

「沒錯，否則他會殺了我，」維克多說。「而且我沒誤會的話，他還會殺了伊莉莎白。」

伊莉莎白點了頭。而且他還會殺了喬伊絲。現在正在偷餵可頌給艾倫，只因為牠太可愛了的喬伊絲。

「這肯定是週四謀殺俱樂部開過很不尋常的一次會，」伊博辛說。「我覺得自己好像不應該把今天的討論寫成會議紀錄，這麼想是對的嗎？」

「我想那應該是最好的安排，」伊莉莎白說。

「週四謀殺俱樂部是什麼東西？」維克多說。「我光聽就覺得不錯。」

「我們每週四聚會，」伊博辛說。「通常是在拼圖室的上午十一點，但今天情有可原。然後我們會找一些命案來破解。只不過今天的主題顯然是怎麼去要別人的命，所以我們的守備範圍算是有彈性。」

「那你們現在在辦什麼案子？」維克多說。

「我們本應討論的是一個新聞記者叫柏特妮・維茨來著的命案。她遇害是在二〇一三年。」

「我在想，朗恩，」伊莉莎白說，「下次你要不要帶著維克多去見傑克・梅森？應該會滿有趣的。說不定傑克會因此敞開心胸？」

「他不會敞開什麼的，」朗恩說。「我們能從他那兒問到的東西，都已經問到了。」

「這個嘛，誰知道呢，」伊莉莎白說。「另外，維克多，我還有一大疊書面資料等著你去看。反正你都來了，不用白不用。」

「樂於效勞，」維克多說。

「但我們一樣樣來，」伊莉莎白說。「我需要發一張你的屍體照給維京人，好證明我真的殺了你。」

「沒問題，」維克多說。「我們淺淺地挖個墓，然後把我扔進裡面。」

「要演就像一點，」伊莉莎白說著看向了朗恩，「我在想有誰認識化妝師能助我們一臂之力？你不會那麼剛好今天要跟寶琳約會吧？」

「嗯……可能會吧，」朗恩說，但口氣有點虛。「很可能會去打保齡球。事實上我們應該大概可能會去。」

伊莉莎白點了點頭，納悶著朗恩實際上究竟要去哪裡。

第四十章

朗恩巴不得他此刻是在打保齡球。巴不得他身在此處以外的任何地方。

寶琳說服了朗恩，讓他相信自己會喜歡按摩。

空氣中瀰漫著尤加利精油的香氣，厚重而溫暖，同時還傳來著雨林主題的撥弦與顫音。他戰戰兢兢地，裹在一條有著厚度的白色毛巾裡，然後就這樣一步一步光著腳丫，越過了摩洛哥式樣的地磚，旁邊有一個蔚藍的池子，至於他的人則深深焦慮著，他焦慮著自己究竟應該感覺多放鬆才正確。他想著自己原本可以去找傑克．梅森問話查命案的，結果現在在這邊受此酷刑。

寶琳問了他喜不喜歡按摩，而朗恩告訴她他從來沒有按摩過，對此寶琳笑了，但朗恩跟她說他是認真的，他去按摩做什麼。她告訴他說按摩就是讓自己去享受一下，朗恩一聽就說他要是想享受一下，他會去喝一杯，結果寶琳說，不管，我要帶你去ＳＰＡ水療中心按摩，但朗恩說妳怎麼說都沒有用，沒門兒，過一百萬年再說。聞言寶琳親了他一下說，就算是為了我試一下嘛。但他還是說不要，於是寶琳又親了他第二下，然後他們現在就在這兒了。

蘇西是今天要服務他們的小姐。她在榆樹林ＳＰＡ水療暨按摩館的櫃台接待了朗恩與寶琳，並儼然扮演起他們的溫柔嚮導，準備帶他們體驗這過程有多糟糕透頂。

很顯然，芳香草本去角質跟土耳其式的沐浴儀式都不是都市傳說，而是有真人會掏出真錢去購買，真實存在的東西。以前的朗恩每次經過這間水療中心，他都只當這兒是一間妓院。而不論是水療中心或妓院，朗恩都興趣缺缺。有人想摸你碰你，那他最好是你的醫生，或是你的老婆，或最多最多，是你在酒館裡看到英格蘭進球時，正好在你旁邊的那個陌生人。

寶琳握住他的手，叫他放鬆，跟他說沒什麼好擔心的。沒什麼好擔心的？萬一他的毛巾掉了呢？萬一他重到按摩床撐不住呢？萬一按摩師是個女呢？那該怎麼辦？或是更慘一點，萬一按摩師是男的呢？他們看到他的裸體會作何觀感？你該把毛巾留在身上嗎？你得翻過身來嗎？朗恩看過鏡子裡的自己，而己所不欲最好勿施於人。他會需要尬聊嗎？按摩師都聊些什麼？聊足球成嗎？還是他們只對精油跟風鈴感興趣？朗恩一面感覺著海藻與焦赭土的面膜滲進他的皮膚，一面禱告著他的酷刑可以趕緊結束。那些雨林主題的溫柔聲響到底何時才要打住？

朗恩再三跟寶琳保證他很放鬆，還說他擔心的事情都已經甩到九霄雲外了。他等不及了。寶琳笑著跟他說只要一開始，他就會覺得享受了，而朗恩跟她說他相信她。蘇西給他們各倒了一杯「抗氧化西瓜汁」，並請他們在好似雪崩現場的軟墊海裡坐一下。朗恩想說這要真坐下去，他等下要怎麼起來。

「所以兩位貴賓預約的是四十五分鐘的雙人情侶按摩，選用的是我們的爪哇套房。本日為兩位服務的按摩師是李卡多與安東。」

是帶把的，ＯＫ。這樣也好。是男人就會懂得這一切有多尷尬，是吧？

「我們會先做全身按摩，然後是溫和的做臉，最後以情侶的蒸氣浴壓軸。」

她說起話來幹嘛這麼輕聲細語，這麼平靜，朗恩簡直想找個窗戶跳下去。只不過這裡連個窗戶都沒有。牆上掛著美侖美奐的波斯抱枕，鏡子裡映照著香氛蠟燭那柔軟、溫暖的光輝。他已經無處可逃了。他要被人摸了，要跟陌生人尬聊了。他要被迫放鬆了，上帝保佑。朗恩曾經跟亞瑟・史卡吉爾[89]一起被警方鎖在廂型車的後面，一鎖就是八小時，他當時還不覺得壓力有很大。

他喝了一口招待的西瓜汁。其實還不賴。

在朗恩說可以自己起來的一句句抗議聲中，寶琳把他從沙發中拉了出來。在蘇西的帶領下，他們來到了爪哇套房。房中有兩張按摩床並排放在一起，但還不見李卡多跟安東的人影。

好消息，雨林的音效停了。壞消息，鯨魚開始唱歌了。

「你們先幫我臉朝下躺上床，安東與李卡多馬上就來。納瑪斯戴，兩位。[90]」

「納瑪斯戴，」寶琳說。

「謝謝，」朗恩咕噥了一聲，把臉埋進了按摩床上的洞，絕望地盼著結果能是不幸中的大幸。

「你那邊還好吧，愛人？」寶琳問道，蘇西這時已經離開了他們的兩人世界。

「嗯，」朗恩說。「我喜歡那個西瓜汁。」

「你有需要什麼嗎？」

「吶，我還好，」朗恩說。「就是有一樣，我們應該要跟他們聊天嗎？我是說按摩師？」

「你想就聊啊，」寶琳說。「我通常是會睡著。進入瞌睡鄉，夢到一堆馬。」

「ＯＫ，」朗恩說。他很肯定的是自己不能睡。絕對的警戒將是這裡的關鍵。

「不然就是讓思緒隨意飄蕩，」寶琳說。

讓他的思緒飄盪？飄到哪兒？朗恩的思緒從不來亂飄這一套。朗恩不得不思考起事情，那都是有個好理由的。比方說，保守黨今天又在打什麼主意？西漢姆聯在一月份的轉隊時間窗口應該在哪些位置做出補強？為什麼那家餐廳不做歐姆蛋了？他好愛歐姆蛋。難不成哪裡有他不曾掌握到的缺蛋情報嗎？還是有人自作主張，說不做就不做了？諸如此類都是很重要的事情。而當不在想這些很重要的事情時，他的腦袋基本上都不會轉動。他會讓腦子充電，以便為下一個需要他關心的議題做好準備。胡思亂想從來不會被他列入行事的考量。

他望向寶琳的方向，她已經把眼睛闔上。「妳聽說過有個叫凱倫．懷海德的嗎？或是羅伯．布朗？」

「放輕鬆就是了，朗尼，」她說，眼睛不曾睜開。

他察覺到安東跟李卡多以輕盈的腳步，飄進了房間裡。他很感激有毛巾圍在他的腰際。天曉得這年頭他的屁股看起來是什麼模樣。月球表面吧。他希望這兩個年輕人的薪水不要太差。他們有工會嗎？他等待著兩人的招呼聲，但等到的只是兩隻溫暖的手抹著油，在他的肩膀上產生的觸感。OK，看樣子那四十五分鐘就此開始了。兩隻手在他背上既深又長地揉了過去。朗恩提醒自己這痛苦不論如何，總歸是有時有刻。

---

89 Arthur Scargill，英國上世紀八〇年代知名的左翼工會大將亞瑟．史卡吉爾（Arthur Scargill）同名。史卡吉爾為激進派的英國老牌左翼工會人士，創立過社會主義勞工黨，曾帶領一九八四—八五的英國煤礦工人罷工。

90 Namaste，梵語的招呼語，有「向您鞠躬」之意，一譯南無斯特。

不知是李卡多還是安東，開始招呼起了朗恩的後頸與肩頭。朗恩無法逃避這一切真正已經開始了的現實。外頭的世界裡會有車子，有商家，有狗狗在吠叫，有母親在對孩子大小聲。但在按摩中心內的這裡，他耳裡只有可怕的鯨魚叫聲。也許他應該思考一下柏特妮·維荻的案子？也許那樣可以耗掉一點時間？他聽見寶琳在深深的滿足中嘆了口氣。那，至少，讓他也跟著覺得開心。

一隻手如今沿他的脊椎劃過。不知是李卡多或安東似乎開始辦起了正事，而且朗恩也得摸著良心說，他們確實是挺有兩手。該給人家的肯定要給人家。也許他們工作了這些年，背後比朗恩更糟的他們也見多了？鯨魚還在唱著歌，而且怎麼說呢，聽習慣了好像也還不錯。他讀到過鯨魚其實都很孤單。

他就來稍微想想傑克·梅森的事兒吧，不然。他喜歡這人。傑克總是會在忙著某樣東西，買東西，賣東西，燒東西。如今事隔多年他來到此刻的光景，做起了正經的生意，住在美輪美奐的大房子裡，手下的貨車在這裡、那裡，無所不在地開來開去。還在忙著什麼東西嗎？肯定地，肯定地。不然他怎麼知道死了個柏特妮？

兩隻手開始捶打起朗恩的大腿。他會再去見見傑克，就這麼辦吧，帶上那個KGB的傢伙，去聊聊舊日時光，聊聊以前的買跟賣，那些他們一個個都還年輕的歲月。他的房子是真的大，連尼。喔不，連尼是他兄弟，從倉庫屋頂掉下來，摔死了的那個兄弟。好多年前的事了。仔細想想，西漢姆聯好像沒有過比馬克·諾柏[91]更好的隊長了，是吧？認真想想還有誰？比利·龐茲，[92]是啦，巴比·摩爾，[93]當然，但諾柏絕對排得上號。他會問問傑克的意見，傑克一定有解。

朗恩這會兒已經在跟鯨魚一道游泳了，相濡以沫嘛，誰都有寂寞的時候，小子，一切都會沒事的，只要漂浮在溫暖的洋流中。就像被潮汐拉扯著的柏特妮．維茨。可憐的柏特妮。誰殺了她，那麼多年前？傑克．梅森心裡有底。傑克．梅森。朗恩認識過他兄弟……他兄弟叫什麼來著？

「朗尼。」他媽媽在叫他上學了。我再睡再兩分鐘就好，媽。我不會錯過校巴的，我保證。

朗恩感覺到好溫暖，好像被繭包著。也許傑克．梅森親手殺了柏特妮．維茨？朗恩覺得不至於就是了。真的是那篇報導讓柏特妮．維茨遭到殺身之禍嗎？還是另有原因？朗恩一瞬間突然想到了什麼，他想到了他一直沒想到的一件事……羅伯．布朗？

他認得那個名字。

「是我，朗尼。」一隻手輕撫起他的頭髮，朗尼於是睜開了眼睛。他死了嗎？他相對確定自己死了。遲早的事。這拳打得漂亮。

「你睡著了，」寶琳說。「我請他們正面別按了，你看起來睡得好香。」

「只是閉目養神一下，」朗恩說，但他的身體哼唱起了一首全新的曲調。那是什麼感覺？那當中有樣東西挺熟悉的，好像有印象來自過往。朗恩一時想不起那是什麼。

91　Mark Noble，1987-，出身西漢姆聯青年隊的中場球員，從二〇〇四到二〇二二年都在西漢姆聯效力。

92　Billy Bonds，1946-，已退役中場球員，生涯大部分時間在西漢姆聯度過。

93　Bobby Moore，1941-1993，在西漢姆聯擔任過隊長十年，也是英格蘭在一九六六年獲得世界盃冠軍的隊長。

「閉目養神四十五分鐘嘛，了解了，愛人，」寶琳說。「鼾聲聽來就像隻小豬一樣。那現在，我們去蒸氣室吧？」

朗恩轉過頭，看見了寶琳的微笑。他得讓呼吸緩緩。你一輩子能被送上的這種微笑，是有定數的。朗恩伸出了一隻手，寶琳接了下來。朗恩意識到了那種感覺是什麼。他不痛了。他這副久經風霜的身體沒有任何一丁點地方在找他的麻煩。

「謝謝妳硬把我拖來。」朗恩說。

「就說你會喜歡吧，」寶琳說。「也許下次再一起來？」

「不了，」朗恩說，搖起了頭。人都是有極限的。

「我們先去蒸氣室，等那之後你再看要不要把這句話收回去。」寶琳說。

朗恩把自己從按摩床上撬了起來。

他在正要醒來之前是不是想到了什麼？他努力想喚回記憶，但東西已經不在那裡了。無妨。要真那麼重要，它會繞回來的。

第四十一章

「但你要怎麼在監獄裡殺人？」邁可．瓦格宏恩問。

安德魯．艾佛頓說到做到，幫忙打聽了一下海瑟．加爾巴特的事情。他們人在費爾黑文的碼頭上，手裡各有杯茶。邁可對幾個興奮莫名的路人點頭致意，像是在說「哈囉」。

「你以為有多難，」安德魯．艾佛頓一邊說，一邊試著往杯蓋上的小洞中吹氣。「只不過內政部現在也在問我同一個問題。」

「獄中沒有監視錄影器嗎？有人進了她的牢房嗎？」邁可等會兒有個滑輪公園要去開幕，時間是上午十一點，而安德魯．艾佛頓同意了在那之前跟他見個面。邁可很清楚不是誰都可以讓郡警察局長召之即來。主播工作的福利之一。

「監視器到處都是，」安德魯．艾佛頓說。「但我們需要的那一個神祕地『失蹤了』。海瑟．加爾巴特牢房外的樓梯平台畫面，就這樣被洗掉了。」

「天啊，」邁可說。「這種事常見嗎？」

「以前比較常見，」安德魯．艾佛頓說。「但現在也不是沒有。塞兩個錢到某人的口袋裡，刪除資料並不難。」

「但那就代表命案是真有其事囉，」邁可說。「加上還有她留下的遺書？」

「那確實會讓人這麼想，」安德魯．艾佛頓表示同意。

「這肯定跟柏特妮有關，」邁可邊說邊對代步車上的女士揮著手。「想也知道，對吧？海瑟‧加爾巴特眼看就要出獄，她擔心自己的人身安全，然後她就這麼死了？」

「老實說，」安德魯‧艾佛頓說，「在監獄裡頭，這些事真的很難說。那個世界有其自身的秩序。但把我逼急了，我會說沒錯，她的死應該跟柏特妮有關。這話不是我身為官員的發言，是我做為一個朋友的意見。」

「我很受用，安德魯，」邁可說。「所以只要抓住海瑟‧加爾巴特的凶手，不論那人是誰，也許我們就能一併抓住柏特妮的凶手。」

「也許，」安德魯‧艾佛頓說。他看著一名身穿全套運動服的男人沿著碼頭的長堤晃過去，手深深地插在口袋裡。這麼一大早，他要往哪裡去？他插著的口袋裡有什麼東西？長堤的盡頭是跟人私下會面的好地方。這小伙子要去見誰？安德魯有時也挺懷念在街頭巡邏的日子，在第一線的工作裡殺進殺出，凡事只能相信自己的直覺。他喜歡當官，但這不妨礙他緬懷當個警探。

「所以誰能進得了她的牢房？」邁可問。

「獄卒，」安德魯‧艾佛頓說。「我們正在調查他們。其它囚犯，至少是海瑟信得過的那些。」

「海瑟‧加爾巴特可能是另一名受刑人殺的？」

「很多受刑人都是凶手出身。」安德魯‧艾佛頓說。

「但要讓監視錄影器失去作用？普通獄友顯然做不到這個程度吧？」

「有些囚犯的人脈並不一般，」安德魯‧艾佛頓說。

「所以有某個受刑人可以大搖大擺走進海瑟的牢房，拿起打毛線的鉤針，然後——」

「您方便嗎？」一名身穿連身工作服的粉刷工跑了過來，還遞出了手機。「我平常不會這樣子，但我媽真的是您的粉絲。」

邁可點了點頭，然後笑著跟對方拍了張自拍照。

「我會繼續盯著，邁可，」安德魯・艾佛森說。「我保證。」

身穿工作服的男人接著朝著咖啡店走去。他在某個滿是油漆剝落的華美鐵工處停下腳步，擱下了鐵桶，然後開始在上頭又是刮，又是擦。身穿全套運動服的少年加入了他，並從深口袋中掏出了一把刷子，開始油漆了起來。安德魯自顧自笑了。你不可能每次都對，就像人生就是沒辦法什麼都要。而這也讓他突然想到。

「我可能……」安德魯・艾佛頓欲言又止。「我可能也想跟你討一個人情，邁可，但還是看你方不方便啦。」

「說說看，」邁可說。

「我對電視圈真的不是太了解，但就是，我在想你會不會剛好認識Netflix裡的誰？我一直有在把我寫的書寄給他們，但他們始終沒有給我回音。」

第四十二章

「多撒點土到我身上，」維克多對波格丹說。「那樣比較暖和。」

維克多的專業精神已經滲進骨子裡了，這樣的他堅持要脫光了被埋。他知道任何一個自尊沒死的殺人犯都會盡可能不在埋屍處留下線索。他們要是認真想不讓維京人起疑，那就不能跳過該有的程序。但他自然是待至最後一刻才進入角色，在那之前他都是包得好好的在當觀眾，一切都等眼前的波格丹把墓挖出來再說。維克多這些年看過不少人掘墓，但就是沒怎麼看過波格丹的這種效率跟速度。等這一切結束，他在想波格丹會不會想接受他的招募。

「我可以幫你倒杯茶，」喬伊絲居高臨下地從墓地的邊上看著他，保溫壺被她握在手上。「但我不確定你在下頭要怎麼喝才好。」

「妳的好意我心領了，喬伊絲，」維克多說，一塊泥土正好在波格丹的鏟子揮動下，落到了他的胸前。「也許等一下吧。」

「別動，」這麼說的寶琳正手拿化妝刷跪在他身旁，彩妝盤上是紅跟黑色的濃稠顏料。她在他額頭上小心翼翼畫著彈孔，這一畫已經差不多五分鐘。

「抱歉讓妳在冷斃了的洞裡幫一個裸男化妝，」維克多說。

寶琳聳了聳肩。「我可是做電視的，達令。」

「妳聞起來很香就是了，」維克多說。「有尤加利味。」

寶琳原本是在喬伊絲的公寓裡舒舒服服地畫著槍傷。有人向她簡報了狀況，就朗恩啦，而她似乎聽了似乎很能接受，沒有什麼異狀。她的一個問題是他們是不是在做什麼犯法的事情，對此伊莉莎白的回答是「那要看妳怎麼定義犯法」，寶琳就決定不需要再問下去了。她還在他的臉上覆蓋上一層又一層的粉，讓維克多看起來愈變愈蒼白，愈變愈孱弱，直到最後大家都覺得看著他的眼睛就像看到鬼。他們接著將維克多包回了他已經不陌生了的那個大包包，再由波格丹將他扛到一輛四輪機車上，載至上頭的樹林中。其它人隨後跟上，但也沒忘保持著安全距離，就怕維京人有什麼辦法在某處觀望。

「好，大功告成，」寶琳說著完成了最後的畫龍點睛。她最後幫維克多整體掃過了一遍，包括從各個角度進行了檢查。「你看起來糟透了。」

最早看出問題出在哪兒的是喬伊絲。寶琳原本畫在維克多額頭上的，是一個穿入傷。但按照維京人聽到的錄音，他肯定會覺得伊莉莎白是從被維克多背後開的槍。這就是何以寶琳如今會跪在墓地裡的維克多身邊，把穿入傷改成穿出傷。寶琳會不會驚訝於維克多與伊莉莎白都能那麼精準地描述子彈的穿出傷，旁人不得而知，但總之她是沒有表現在臉上。

朗恩與波格丹幫忙寶琳爬出了洞中。朗恩一波格丹九。但維克多注意到了波格丹的動作給人一種朗恩九波格丹一的視覺效果。維克多看著洞外的一張張臉俯視著他。

波格丹開始往維克多的身體上補土。這麼做是為了讓他看起來是「剛被挖出來」。伊博辛拿出了他的手機，將之對準了在墓穴底部的維克多。「風景模式還是人像模式？」

「風景，」維克多說。「畫面顆粒會粗一點。」

「人像，」伊莉莎白說。「照片是要給我的，我喜歡人像模式。」

「妳真是不可理喻耶，伊莉莎白，」維克多從洞底大喊。

伊博辛還有第二個問題。「臉部特寫還是全身？」

「都拍，」伊莉莎白說。「但臉部特寫不要近過頭，以防萬一。」

「萬一怎樣？」寶琳說。「你焦距想拉多近拉多近，伊博辛，我的手藝不需要擔心。」

「是啊，拉近，」朗恩說，然後捏起了寶琳的手。

「當然我們還得討論一下濾鏡的色調，」伊博辛說。「我個人是覺得 Clarendon[94] 最為理想，考慮到土的各種棕黃。」

「要是沒有非現在不可的話，」維克多說。「也許我們可以晚點再討論這一點？」

伊博辛點了點頭。「你快失溫了。我完全懂。我還想跟你談談一下海瑟．加爾巴特的詩句，但那也可以等你穿好衣服再說。」

維克多抬起頭，看著一張張往下瞧的臉。伊莉莎白，他的摯愛，他說不出多開心能有多點時間跟她相處。人的生命中總會有人飄進飄出，不同的是年輕時你知道大家後會有期，但如今再見到任何一個老朋友，都是奇蹟。

朗恩與寶琳。他們的手牽在一起。維克多記得朗恩的名字是因為在許多年前，他出現在一張清單上。那是一張很長的清單，但朗恩確實就在上面。某人，在某個點上，肯定跟他說過話，「打探過他的口風」，看他是不是同情蘇聯的做法。如今遇見他本人，維克多並不看好當年那些人能套出什麼話。波格丹倚靠著他的鏟子，耐性十足地等待著要把土回填。伊博辛，在試著找出完美的角度。喬伊絲，他的公寓室友兼新任保護者，此刻正努力在阻止艾倫往洞裡跳。

這個由下往上看的角度，讓他明白了自己的頂樓公寓有多孤單。他的生活又變得何等孤單。年輕的帥哥美女在一個所有人都看得見而到不了的泳池裡拍照。他的朋友都去哪兒了？也許他可以就這樣，在這兒待下去？也許這張照片可以打發掉維京人，然後維克多可以改名換姓，丟下的他的舊生活，成為古柏切斯的新住戶？沒有什麼比頂著的頭上的彈孔躺在自己的墓中，更能讓人去深思自己的生活了。

他真的需要那些億來億去的大交易嗎，有喬伊絲跟伊莉莎白跟艾倫，還有這麼一大群可以讓他融入的朋友，難道還不夠嗎？也許他們可以破了這件命案？也許他可以帶著艾倫去林子裡遛遛。還有朗恩提到過斯諾克。維克多已經沒人可以一起打斯諾克了。他以前會跟一個在錫登漢姆[95]開珠寶店的哈薩克人打球，但對方已經死了，這會兒說話，是三年前的事了吧。他再一次往上看著那一張張臉龐。也許他單純是走了運了。

「我的天啊，維克多，」伊莉莎白說，「別再笑了，把眼睛給我閉起來。你死了好嗎。」

我想我是死了，沒錯，我想是的。維克多閉上了雙眼，有點辛苦地，憋住了嘴角的笑意。

---

94 用IG拍照有各種濾鏡色調可選，其中名稱典故是舊金山豪宅區克拉倫登高地的Clarendon賦予照片一層更大的明暗反差，是所有濾鏡中的使用率第一的選項。

95 Sydenham，倫敦東南方的地區名，行政上分屬三個倫敦自治市。

第四十三章

其他人都在其它地方取暖，為此他們的三寶是熱茶、毯子，還有八卦。但伊博辛則一刻不得閒。

他面前攤開著海瑟．加爾巴特的詩。這些紙頁裡藏有一個祕密，這點無庸置疑。一則不為人知的訊息，巧妙地被掩蓋了起來。海瑟．加爾巴特的恐懼是為了誰？是誰要取她的性命？要解開海瑟．加爾巴特之詩的謎團，發現當中的祕密，得用上一些時間，伊博辛很清楚這一點。他原本想要找個人好好討論一下這事兒，但伊莉莎白、喬伊絲與朗恩都不買帳。他們都覺得那是個障眼法。

他甚至試探過維克多，時間在他們把他挖起來以後。一個人能在KGB裡幹到那麼資深，不可能不對密碼學略知一二。但維克多只看了一眼，就用土還沒洗乾淨的手指把詩遞了回來，嘴裡只說了一句，「這裡頭沒有訊息。就單純是首詩而已。」

按照慣例，伊博辛又成了荒野裡形單影隻的聲音。那就認了吧，他注定要背這個十字架。先知在故土上總是無人歌頌。等他揭開了海瑟留下的祕密訊息後，那些人有得賠不是了。他會點著頭，表現得雍容大度，也許微微低下頭，任由喝彩像大雨一樣落在自己身上。他想像著那一幕：伊莉莎白在恭喜著他（「我錯了，我真的錯了。」），喬伊絲朝他遞來了一盤餅乾，而艾倫則乖巧地坐在一旁，對他投以無聲的驕傲與崇敬。就連維克多都不得不承認伊博辛棋高一著。

他在這樣的美夢中陶醉了一會兒，然後一個想法打醒了他。伊博辛知道他究竟該找誰商量了。那個人從來沒有批判過他，那個人永遠有滿腦子的想法。那個人肯定能幫得上忙。

他看了看手錶。現在是下午四點半，意思是朗恩的孫子，肯德瑞克，應該已經放學了，但還下午茶還沒有開喝。這對任何一個八歲的男生來講，都是一天當中的黃金時刻。

伊博辛用蘋果的視訊軟體FaceTime打給了肯德瑞克。他還記得兩人曾一起度過的快樂時光，當時他們是對著好幾個小時的閉路電視錄影在抽絲剝繭，尋找著鑽石賊跟殺人凶手。

「伊博辛叔叔！」肯德瑞克說著從椅子上跳了起來。

「你都還好嗎？」伊博辛說。

「我很好，謝謝您，」肯德瑞克給了肯定的答覆。

伊博辛大致描述了手邊問題的輪廓。他表示在肯德瑞克出生前的幾年，出現了一個凶手（「不會吧，怎麼又來一個，伊博辛叔叔」），同時近日在監獄裡又出了一條人命（「米莉．帕克的媽媽去坐牢，所以她休學了」）。這名監獄裡的女士海瑟．加爾巴特，不是米莉．帕克的媽媽喔，留下了一首詩，而伊博辛相信這首詩是某種代碼（這引發了小小一聲代表驚嘆的口哨），而如果肯德瑞克跟他可以破解這個代碼，那他們或許就能查出是誰殺了她，乃至於弄清一大筆增值稅詐欺案贓款的下落（這裡他們在兩人的對話間開闢了一個「說明欄」，主要是伊博辛解釋起了什麼是增值稅，而他得從課稅普遍原則[96]幫肯德瑞克惡補起）。他們愈聊愈起勁。伊博辛手邊多了白蘭地跟雪茄；肯德瑞克則配起了柳橙蘇打（「這含糖量比較少，

96 有所得就要繳稅的基本原則。

但你幾乎喝不出來」)。

伊博辛念起了詩：

> 我的心需要盤旋，就像展翅的老鷹
> 它想要被人聽見，就像烏鶇的長鳴
> 但我的心她碎了，圍繞著轉輪裂成兩半
> 老鷹再不能飛翔，但我的心仍需要旋轉

「所以囉，你看這是不是很有趣，肯德瑞克。文學技術上，爛到一個境界，但無損其有趣。她的心希望像老鷹一樣盤旋，她說」——伊博辛傳了一份文本給肯德瑞克，並看著自己的這份念著——「但兩行後又說那顆心『圍繞著轉輪裂成了兩半』。」

「自然界裡被稱作鷹的有金雕、白頭鷹與林鵰，」肯德瑞克說。「牠們的獵物是老鼠。你還知道有什麼鳥被叫做老鷹嗎？我只知道這三種。」

「蒼鷹也算是俗稱的老鷹，」伊博辛說，而肯德瑞克抄起了筆記。

「這下子我認識四種老鷹了，」肯德瑞克說。

「要是你弄碎了一顆心在轉輪上，」伊博辛說，「我現在是想到哪兒說到哪兒，肯德瑞克，我們是不是該認為海瑟．加爾巴特要我們把heart這個字的五個字母打散，然後與之跟某個跟wheel意思一樣的字結合起來？」

「也許，」肯德瑞克說。「也許她就是這麼想的。」

「或者，」伊博辛說，「既然詩裡說是『裂成兩半』，那或許她是要我們把代表wheel的單字放到被拆成兩半的heart中間。」

「或許，」肯德瑞克點起頭。「她的字跡很潦草，是不？我的字跡很漂亮，但前提是我要專心寫。」

「我們需要一個跟wheel差不多，跟轉輪扯得上關係的單字，」伊博辛說。「名詞的話，我們有disc是圓盤的意思、hoop是圈圈，緊繃一點還有circle是圓形。動詞的話——」

「動詞就是表示動作的字眼，」肯德瑞克說。

「沒錯，」伊博辛給予了肯定。「這部份我們可以想到rotate是輪轉的意思，revolve是轉圈的意思，還有剛剛提過的circle也可以當動詞用，英文做為一種語言，就是這麼的其樂無窮。」

「一百乘一百乘一百，是多少？」肯德瑞克問。

「一百萬，」伊博辛說著吐出了一口雪茄的煙。「假設heart被拆散後變成Ath er……然後插進一個wheel的近義詞，我在想可以試試看hoop？也就是用Ath er去包住hoop，這樣我們就會得到一個名字是Ath Hooper。好吧沒有這種名字，肯德瑞克。話說around這個字除了有圍繞著的意思，它還很常在字謎拼字遊戲[97]中代表字母C，因為拉丁文裡的圍繞就是C開頭的circa。」

「羅馬角鬥士說的就是拉丁文，」肯德瑞克說。「還有尤利烏斯·凱撒[98]也是。」

97 Cryptic crossword，每個線索都是一個字謎的拼字遊戲。

98 Julius Caesar，讓羅馬從共和國變成帝國的羅馬統治者。

「所以我們把字母C加到我們答案的前面。我在想你能不能幫我搜尋一下Cath Hooper，然後把來自肯特或薩塞克斯地區的人，或是任何跟組織犯罪有瓜葛的人，都回報給我。」

肯德瑞克去忙呼了一會兒。「大概有一千個。」

「嗯嗯——跟我說說前兩個，」伊博辛說。

「OK，」肯德瑞克說。「一個在澳洲，一個死了。」

「嗯嗯，」伊博辛又開了口。「死掉的那個。她是最近死的嗎？是死於他殺嗎？」

肯德瑞克滾動起了頁面捲軸。「她死於一八七一年。在亞伯丁。亞伯丁在哪裡啊？」

「蘇格蘭，」伊博辛說。

「也許那是條線索？」

伊博辛持續讀著詩，並愈讀愈感覺不對勁，因為他意識到或許這真的，就只是一首普通的詩而已。然後他看出了端倪。

「她還寫了別的東西嗎？」肯德瑞克問。「因為這個案子感覺有點難。」

「她留下了一則遺言，死前才寫的，」伊博辛一邊說，一邊還看著他剛找到的新線索，測試著其強度。

「遺言？」

「遺言，是的，」伊博辛說。「預示著自己的死。但我不覺得你外公會想讓我給你看那玩意兒。」

「拜—託啦，」肯德瑞克說。「我不會跟外公說。」

「我想應該給你看一下應該是無傷大雅吧，」伊博辛說，心想這可以讓肯德瑞克有點事做，自己也可以趁機去把密碼給破一破。他於是找出了克里斯的原始電郵，把海瑟．加爾巴特的遺書影像傳了過去。傳完後他便讓心思回到了手上的問題，開始再次讀起了剩下的詩句。

我記得，小時候，在我們玩耍的溪邊
我們的祕密有人保守，承諾有人兌現
那兒的太陽從不下山，天空從不下雨
在我們玩耍的溪邊，我記得十分清晰

「『我們的祕密有人保守』，這個嘛，這話值得查查。溪邊講了兩遍，所以brook自然應該變成複數的brooks。還有『那兒的太陽從不下山』，那代表sun的最後一個字母n要拿掉嗎？那Sun就會變成Su。」所以他們要找的人叫Su Brooks囉？

「肯德瑞克，幫我估狗一下蘇．布魯——」

「你要我喔，伊博辛叔叔，」肯德瑞克說。

「耍你？」伊博辛說。蘇．布魯克斯。蘇．布魯克斯。她難道是海瑟的某個會計同事嗎？這會是個假名嗎？

肯德瑞克從遺書中抬起頭來。「嗯，這兩個筆跡不一樣，不是嗎？詩上的跟遺書上的。詩上的亂七八糟，遺書上的這麼整齊。所以遺書跟詩是不同人寫的吧。」

伊博辛在遺書跟詩句之間來回比對。是的。沒錯。這真的其實滿明顯的。伊博辛是此前唯一看過遺書跟詩句兩者的人。但伊博辛只知道對不在上面的種種抽絲剝繭，卻對明擺在他眼前的東西視而不見。

這裡沒有什麼祕密訊息，這裡有的只是一首寂寞的詩作，出自一個萬念俱灰的女人之手。外加一則留言，一則死亡警告，其喊話的對象是康妮・強森。

由完全不同的另外一人寫成。

「我很高興你能發現這一點，肯德瑞克，」伊博辛說。「我就知道你可以的。」

「這只是一次測試，我明白，」肯德瑞克說。「你剛剛要我估狗什麼？」

伊博辛聽見肯德瑞克的媽媽兼朗恩的女兒蘇西在叫小朋友下去喝茶。蘇・布魯克斯個頭。伊博辛體認到——這也不是頭一遭了——他真的有種偶爾把事情過度複雜化的毛病。

「不用估狗什麼了。倒是筆跡的事情，也許我們先不要說出去，」伊博辛提議。

「好啊，就當作是我們的祕密，」肯德瑞克欣然表示同意。「掰，伊博辛叔叔，愛你呦。」

肯德瑞克消失在畫面上。「我也愛你，」伊博辛說。肯德瑞克果然，又一次讓問題迎刃而解。遇到感覺人生好難，遇到你覺得自已沒救了的時候，有時候能拉你一把的那個人，說不定就只有八歲而已。

海瑟・加爾巴特是詩的作者，這點不需要懷疑：她提筆的時候有康妮親眼看著。而那就代表海瑟・加爾巴特沒有寫下什麼遺書。所以誰寫了那張遺書？理由何在？

伊博辛會馬上把他的新發現回報給夥伴們。

只不過這個結論是怎麼得出來的，他可能會選擇性跳過一些細節。

第四十四章

「妳開心嗎？」邁可．瓦格宏恩問道。「妳看起來氣色真好。」

「我這輩子沒這麼開心過，」唐娜邊說邊瞅著在攝影棚監視器裡的自己。她看起來不差。寶琳堅持要在休假日跑來幫唐娜上妝。

「兩分鐘，接在這部影片後面，」場務經理說。《東南今夜》正在播放一則報導，講的是一家無麩質麵包店是如何席捲福克斯通。

「我會說刀械犯罪變多了，」邁可對她說。「妳就說事情不能只看表面，邁可；我會說少來那套，不要跟我們打官腔；妳會說一些感覺信誓旦旦的話，然後我們會放一段影片是有民眾抱怨，地點在費爾黑文。接著我會問妳有沒有話要跟那些抱怨的民眾講，而妳會叫大家睡個好覺，不用擔心受怕，大概這種意思妳可以臨場發揮。妳真的很上相，不用緊張。」

「謝謝，」唐娜說。她緊張嗎？她不覺得緊張。她應該要緊張嗎？她環顧了一下小小的攝影棚。拿著帶夾寫字板的是女性的場務經理，在玩Tinder的是負責操作機器的攝影師，鬼鬼祟祟在走來走去的是製作人卡溫，最後則是像隻獵犬在那兒忠心耿耿的，克里斯。這一次輪到他對她比了個一度贊。她也回了他一個大拇指。不曉得他介不介意被後輩僭越，但至少他臉面上看不出任何怨懟。

場務經理已經開始倒數十秒。攝影師心不甘情不願地放下了她的手機，顯然前一秒鐘還在調情。

「海瑟．加爾巴特的案子妳辦得如何了，有什麼進展嗎？」邁可問道，這次他壓低了聲音。

「努力中，」唐娜說。「不太能算是我們的案子啦，但我們掌握了一個正在追查的線索。」

唐娜一整個上午都在比對翠柏閣的汽車登記資料。

「我知道，」唐娜說。「我知道柏特妮．維茨對你有著何種意義。」

「她是真貨，」邁可說。「妳有沒有去查過——」

「我只是——」邁可說。

場務經理cue了攝影棚，開鏡。

「刀在麵包店裡是不會少的，這點可以確定，」邁可對著鏡頭說著。「肯特的街頭也是。但我們今天要談的不是我們每天吃的麵包而是我們每日有人挨刀。為了深入分析我們居住區域近來令人憂心忡忡的刀械犯罪統計，節目今天的特別來賓是來自費爾黑文警局的唐娜．德．費雷塔斯警員。德．費雷塔斯警員，刀械犯罪變多了嗎？」

「這個嘛，事情沒有那麼簡單，」唐娜說。「其實——」

「哎呀，少來那一套，」邁可說。「刀械犯罪變多要嘛有，要嘛沒有。我覺得很簡單啊，我想我們《東南今夜》的觀眾朋友也會覺得很簡單。」

「我在想你是不是應該對《東南今夜》觀眾的判斷力，更有信心一點，」唐娜說，為此邁可在鏡頭的死角對她比了個小小的讚。「我們在過去六個月當中鎖定了刀械犯罪，投入了不是普通多的資源。而那所代表的就是更多的調查、更多的報導，還有更多的有罪定讞。所以乍看之下統計數據是上升了沒錯。但刀械犯罪在費爾黑文的街頭，或者梅德史東……福克斯通的街頭，反而幾乎已經銷聲匿跡。然後順帶一提，下回去福克斯通，我肯定會去拜訪一下那家麵包店，你不覺得他們的麵包看起來就很好吃嗎？」

「那我陪妳，德．費雷塔斯警員，我陪妳，」邁可說。「要是本台有嗅覺電視[99]的技術就好了。」

「還有請叫我唐娜，就行了，」唐娜表示，說著她直直看向了攝影機。「電視機前的觀眾們也請這樣叫我。畢竟我是大家的公僕。」

「今天是她在《東南今夜》的處女秀，唐娜，」邁可說，「但我想，她已經預約了下一次的登場。那接著我們就來聽聽費爾黑文父老對於刀械犯罪的看法。」

影片開始播放。邁可搖動起了代表佩服的食指。「妳很行。妳很行。」

「謝了，邁可，」唐娜說。「挺好玩的，是吧？」

克里斯靠了過來，而且還特意彎下腰，就像他怕會不小心入鏡一樣。

「哇嗚，」克里斯說。

「還可以嗎？」

「非常可以。麵包店的哏，還有妳看著鏡頭的感覺。妳這都是什麼時候計畫的？」

「我什麼都沒有計畫啊，」唐娜說。「我只是跟著感覺走。」

「影片還有三十秒，」場務經理說。「麻煩清場。」

「妳是天生好手，」克里斯說。「妳媽剛截圖傳給了我。」

99 Smell-o-vision，一種在電影電視放映期間釋放氣味來搭配其內容的技術。

「上個電視這麼大驚小怪，我抓賊的時候都沒有這麼多人瞧得起我。」唐娜說。

「妳兩樣都很棒，」克里斯說。

「現場十秒……」場務經理說。製作人卡溫．普萊斯朝唐娜靠了過來。

「太棒了，真的太棒了，」卡溫說。「妳跟我，等會兒去喝兩杯？」

「有約了，抱歉，」唐娜說。但她一說完就在內心鞭起了自己，我幹嘛聽起來那麼低聲下氣。

唐娜收到了手機訊息。是波格丹，他在家看著電視上的她。她在攝影棚倒數到五秒時偷瞄了一眼。他的訊息上是三個表情符號。

一顆星星、一顆愛心，還有一隻大拇指在比讚。

愛心，吭？攝影機正好趕上捕捉到唐娜的燦爛笑容。

第四十五章

照片看起來很棒——非常逼真。維克多．伊立奇死了，也埋了。嗯，維克多．伊立奇被埋了，至少這一點可以確定。維京人將之設為了他的手機鎖定畫面。

這有可能是虛晃一招嗎？當然有可能。什麼事都有可能。抓著下巴的鬍子，維京人想起了他有次在美國矽谷的一場派對上被介紹給布萊德．彼特。布萊德沒答應跟他自拍，只是說了一句，「這是個私人派對，放輕鬆一點，」或是諸如此類的好萊塢幹話。所以等回到家，維京人用Photoshop軟體P了一張圖，上面有布萊德跟他，其中布萊德為了他說的一個笑話笑得人仰馬翻。那張圖如今還在他的廚房，而如果有人來訪，他們也看不出來那是張P圖。有遇到誰，沒遇到誰，這年頭早已沒有差異。真相，是給死老百姓玩的東西。

監視著前方的建築物，維京人意識到他必須暫且放下內心對布萊德．彼特的糾結，把心思專注在手邊的事情上。他還感覺到有點害羞，自己竟然就這麼跑出來逛大街。路人都在看他。他生來實在個頭太大。他已經等不及要趕緊回家。

殺人的過程本身？聽起來是很像有那麼回事，事發時他是遠遠地在斯塔福郡的自家圖書館裡，坐著當個聽眾。問題是伊莉莎白．貝斯特為什麼要在事後把手機丟了？當然有種可能是她做事謹慎到令人欽佩的程度。又或者是伊莉莎白聯手維克多在玩他。兩個老特務想說他們可以把菜鳥耍得團團轉。維京人有時候對自己不太有自信。他詛咒自己的冒牌者症候群。

維京人抬頭看向游泳池，高懸在他頭頂的天空中。你要是拿火箭發射器對其扣下扳機，整個結構體都會崩解，池中的所有人都會墜地而亡。只不過此刻並沒有人在游泳，所以現在發射只會白白浪費了一顆火箭彈。他想過要拿火箭發射器對布萊德．彼特扣下扳機。「這是個私人派對，布萊德，放輕鬆一點。」然後，劈哩喀啦轟，下輩子記得對你的粉絲拿出一點尊重。

只不過他雖然心癢難耐，但殺人畢竟很壞。而且還很困難。

進入建築物倒是不難。維京人有個客戶，一個鎖定名車的偷車賊，就住在第十二樓。那名客戶會把錢轉給維京人，維京人會將之變成比特幣，或任何一種當週走勢強勁的加密貨幣，然後再把澈底洗乾淨的資產回傳給客戶。當然這是極度簡化的說法，實際的過程當然要遠比這複雜。要不然大家都可以跑來做，維京人哪還能混到現在。維京人的厲害之處就在於他能用一種演算法把交易層層疊疊地放進暗網，使外人幾乎無法追查他的勾當。事實上到目前為止，也真的完全不曾有人追查到他身上。維京人只說「幾乎無法追查」，因為他是瑞典人，瑞典人沒有炫耀的習慣。

他的客層擴張蒸蒸日上，隨之而來的便是他的個人財富增長。維京人對每筆交易都會抽成，而交易的金額與複雜度愈大，他抽的成數就愈高。十年前的維京人替某家新創公司打過工，那是在加州帕羅奧圖的一個人工智慧色情網站。如今他的身價不下三十億美元。

維京人避開了十二樓，直接搭著電梯上到了頂樓，那兒是維克多．伊立奇的故居。不論你去問誰，他們都會說維克多可以信得過，甚至頗受尊崇，眾人心目中的他會在這天旋地轉的世界裡有話直說。他一開口，罪犯洗耳恭聽；他給建議，罪犯無人不依。

這就是何以維京人需要他去死。維克多總是建議人用老派的方式洗錢。透過房地產、透過賭場、透過「藍色小精靈」[100]跟「騾子」，[101]還有就是空殼公司。其他的老派洗錢管道還有寶石、黃金，或是好用但很復古的，外匯兌換所。這些做法一樣樣都很穩當，這點沒話說，但它們真的超花時間，也超花錢的。而維克多就是不推薦的加密貨幣不是挺好的，當投資還可以幫你賺錢。

維克多讓維京人損失的可不是小錢。當然啦，他身價三十億美元，所以日子大致上還過得下去，但亞馬遜的傑夫・貝索斯身價兩千億美元，而維京人並不喜歡這種比某人窮一千九百七十億美元的感覺。維克多知道維京人的存在，也知道他在做什麼生意，但就是不清楚他的身份。

維克多家的霸氣前門是購得自一家以色列科技業者，而且由該公司親自安裝的產品。上頭的門鎖堅不可摧，用上了區塊鏈的技術，外加石墨烯[102]與克維拉[103]等材質，而且都還配有由顧客親自挑選的木紋飾面。維克多選的是阿拉斯加柚木。那家公司應付著國際黑幫成員的安全需求，稱得上生意興隆。維京人對這點不會不清楚，畢竟那就是他的公司。

他開門闖了進去。

---

100 Smurf，洗錢者會把大額黑錢分給很多人去購買小額的合法的金融商品，藉此規避稽查，那些人就叫做藍色小精靈。

101 Mule，洗錢者會派人把錢挾帶出國，這些人就是騾子。

102 Graphene，世界上最薄也最硬的奈米科技材質。

103 Kevlar，美國杜邦公司於一九六五年推出的一種芳香聚醯胺類合成纖維，發明者為波蘭裔美國化學家史蒂芬妮，克維拉。克維拉強度為等重鋼鐵的五倍，但密度僅為鋼鐵的五分之一，常見的應用是防彈背心。

他是去求個心安的。伊莉莎白．貝斯特有強烈的動機要殺了維克多．伊立奇。威脅要殺了她的朋友是神來之筆。但這種事情查一下總沒有錯。而且維克多的高級公寓附近就有巴特錫的直升機場，所以維京人來一趟輕而易舉。看完之後他也許會去吃個壽司，畢竟在斯塔福郡要吃到壽司可沒那麼容易。斯托克有家不錯的壽司店叫MISO，但維京人被下了禁令不准去那裡，因為他有次不小心在那兒的洗手間讓槍枝走火。他對槍械真的不是很拿手。他有槍其實就是個錯。

維京人環顧了公寓頂樓。這裡很不錯，真的。也許少了點女性的元素。景觀甚是宜人。倫敦之眼，有，大笨鐘，有，英格蘭銀行[104]，也有。你可以從維克多家的陽台上發射火箭彈，上述三樣都打得到。那肯定能造成騷動，吧？維京人意識到他此刻好像滿腦子都是火箭彈。主要是因為他剛買了一支火箭發射器。這其實是衝動購物，因為當你跟他一樣有錢的時候，稱得上新鮮玩意兒的東西已經少之又少了，再就是你買火箭發射器可以直接付比特幣。迄今他只拿火箭彈轟掉了一間穀倉。

維京人靠他聽到的現場音訊，研究出了槍擊時的地理關係。他意識到伊莉莎白肯定挾持維克多穿過了他右手邊那大器的開放式拱廊，然後走上了鋪著地毯的通道進入到了淋浴間。他試著自己走過一遍。

維克多在槍擊後便音訊全無，這點是好消息。謠言工廠傳出了他已經身亡的風聲。某幾個圈子裡為此慌亂成一片，他看得很盡興。維京人走進了淋浴間。

事發後的現場已經被整理過，看上去有條不紊，而這點完全在他的預料之內。伊莉莎白．貝斯特可是專業人士。某個有點權威的傢伙會在某個點上注意到維克多不見了，屆時頂樓公寓會被搜過，看當中有沒有線索。維京人推測伊莉莎白可以做到滴水不漏。牆壁不會有緋紅的血跡被濺在上頭，地上不會有腦漿被卡在排水孔。

但某個地方肯定要有個彈孔，甚至會有顆彈頭。

維京人舉起了他想像中的手槍，對準了他想像中維克多的腦袋。他扣下扳機，估計起子彈的飛行路徑。那顆子彈應該要直直通過乾濕分離的屏風，但很顯然它沒有。那顆子彈應該要深深地卡進土耳其大理石材質的壁磚上，但顯然它還是沒有。

維京人知道子彈貫穿了維克多．伊立奇；他看到了照片上有穿出傷的證據。所以子彈呢？伊莉莎白．貝斯特比維克多高嗎？她是從上往下開的槍嗎？維京人低頭找了起來，掃描起下方的牆壁。但一無所獲。

所以槍口的角度是往上嗎？特務都是這樣殺人的嗎？維京人抬高了視線，但還是沒找到彈孔。惟隨著他的目光瞄到遠方牆壁上的鏡子，他看到了。彈孔在天花板上。維京人抬頭一瞧，彈孔幾乎就在他所站之處的正上方。而那也應該就是伊莉莎白．貝斯特在事發時所站的位置。子彈直接被打進了天花板。

維京人盯著彈孔。他體認到這意味著幾件事情。

這意味著，首先，維克多還活著。他聽到的子彈射進了天花板，而不曾射穿維克多．伊立奇。而這又進一步意味著伊莉莎白．貝斯特在把他當白癡耍。她錯估了他的本事。維京人一點也不喜歡這樣。他嘆了口氣。

104　即英國央行。

因為這所意味最重要的一件事，是他這下子得親自動手宰了維克多．伊立奇。而且少不了的是，他得懲罰伊莉莎白，所以他得一併殺了喬伊絲．米德寇弗。

那讓他心情很啊雜。非常啊雜。[105]

第四十六章

喬伊絲

喬安娜今天帶著她的足球球會老闆男友從倫敦下來，跟我吃午餐，而我，不可否認地，有個KGB的退役上校在我的客房，所以我不得不解釋一下。

我只是很慶幸她沒有前幾天來，不然她還會看到渾身都是泥巴的維克多。我知道我家的蓮蓬頭很強，但即便如此它還是掙扎了一下。

我解釋說維克多是伊莉莎白的老朋友，然後他會暫且住下，因為他自己的公寓在裝潢。喬安娜問維克多的公寓在哪兒，維克多回答說在大使館花園，[106]然後喬安娜問是不是有有空中泳池的那棟，維克多承認沒錯，然後球會老闆男友（他名叫史考特）說那一塊的房子都要價動輒數百萬英鎊，對此維克多依舊沒有否認，於是喬安娜說了，所以你要裝潢的房子價值幾百萬鎊，但你選擇借住我媽的客房？對此維克多說若論暫住，他想不出全英國有比這裡更好的地方，於是喬安娜說，從實招來，這裡是不是有什麼不好說的事情在進行。至此我們承

105 煩悶，傷腦筋之意。

106 Embassy Gardens，大使館花園是位於英國倫敦九榆樹區的住宅和商業開發項目，位於二〇一七年啟用的美國駐英國大使館大樓附近。

認了，沒錯，這裡是有一些不好說的事情在進行，接著我給喬安娜看了維克多在墓坑裡的照片，並說我們會在午餐時把事情一五一十告訴他們。喬安娜轉頭對史考特說，嗯，你不能說我沒有事先警告你，她以前不是這個樣子的。史考特問維克多他支持哪支球隊，維克多說切爾西，於是史考特說他在切爾西有朋友可以幫維克多開一間特別的商務包廂，他可以找時間上來一起看個球。但維克多說不用擔心，包廂他已經有了。

我找了個藉口，把喬安娜派去開冰箱，結果她馬上就認出了杏仁奶。她說我真的應該去買減糖的杏仁奶，但你看得出她覺得我這一小步，方向是對的。

艾倫喜歡史考特，這是件小事，但我覺得這是好兆頭。只不過到目前為止，艾倫都還是見一個愛一個。

他們才剛剛離開。史考特有輛保時捷；他給維克多展示了一下，而維克多點了點頭，你知道男人都會做的那種動作。喬安娜把我拉到一旁，她想知道我跟維克多之間有沒有什麼，而我跟她說沒有，換得了她一種介於鬆了口氣跟略顯失望的神情。他很可愛，維克多，非常貼心，但他不是我喜歡的類型。傑瑞才是我的類型，伯納[107]也是我的類型。也許改天會有另外一個是我類型的人出現，但他最好快一點，我已經在七十八歲的寸前。

就在昨晚，伊博辛把我們通通叫到他那邊。他給我們看了海瑟．加爾巴特的詩，康妮．強森發現的那首，然後他又給我們看了那短短的遺書。那則並非出自海瑟．加爾巴特之手的遺書。所以寫的人是誰呢？

我說服了伊莉莎白去跟我來趟小旅行。目的地是埃爾斯特里，也就是費歐娜．克萊門斯的益智節目《爭分奪秒》錄影的地方。你可以搭火車去那裡。喬安娜有朋友的朋友的朋友可以讓我們進去，而我希望我們可以有機會去跟她說聲哈囉。而我們你是知道的，我們需要的就是一個契機。

跟你說一聲，我開始看《呈堂證供》了。那是肯特郡警察局長的其中一本創作。我之所以翻開它，只是因為我的床邊桌上有一本希拉蕊・曼特爾[108]在跟我大眼瞪小眼，而我還沒有做好心理準備來與之交手。

《呈堂證供》沒有想像中差，局長作者真的挺擅長把人往裡拉。有人打算謀害大米克，格拉斯哥某個黑幫家族中的大哥，但縱身一躍的貼身保鑣擋下了子彈。所以這本書的主線是在講黑幫大哥嘗試查出誰要殺他。此舉點燃了黑幫火拚，然後你感覺得出作者安德魯・艾佛頓的警察背景，因為當中的描寫感覺很有臨場感。

有趣的是到了尾聲，在打鬥的血光四濺與咒罵的口沫橫飛之後，讀者會發現護主而死的保鑣其實才是凶手的目標：他的女友逮到他劈腿而心生殺機。所以說壓根沒有人要取黑幫大哥大米克的性命，所有的殺戮都是莫須有。

比這糟糕很多的小說我也讀過，我只能這麼說。我還是可以瞥見眼角餘光的希拉蕊・曼特爾。我知道我會喜歡她寫的東西，但我還需要一些助跑醞釀。

你知道我在讀安德魯・艾佛頓的小說時還想到了另外一件什麼事情嗎？我覺得也許我也應該來寫本書才是。

107 詳見第一集。
108 Hilary Mantel，1952-2022，英國小說家、散文家和評論家，著作包括個人回憶錄與歷史小說，曾參與多個重要文學獎項的競逐。

第四十七章

訊息傳來在伊莉莎白正要就寢的時候。
發訊者是維京人

妳犯了一個大錯。

是嗎？伊莉莎白回想起了照片。

子彈。那顆沒有命中的子彈。

維京人去了維克多的公寓。那怎麼可能？他已經在現場看到過彈孔了。是她大意了。但說實在，他是怎麼進去的？

這是我最後的訊息。我來找你們算總帳了。

所以這下子他們得找到維京人。而且要在他找上門前先找到他。史提芬看向了她。

「麻煩？」

「喬伊絲家的恆溫器不動了，」伊莉莎白說。

「你得重開機才行，」史提芬說。「不然都是白搭，恆溫器可是有自個兒的心思。」

伊莉莎白已知的線索有什麼？還真的不太多。她見過維京人，沒錯。那算得上一項優勢。但他會任由自己露臉，就代表他老神在在。他人在斯塔福郡的某處，理由只有他自己清楚。而且他住著一間很大的房子。那房子裡有間圖書館。她所知道的大概就這樣了。她記得史提芬的眼神，他在掃視圖書館時那睜得老大的眼神。

「你對維京人的私人圖書館有什麼看法？」

「你再說一遍？」史提芬說。

「維京人家的圖書館啊？你當時好像看得挺入迷。有什麼特別的原因嗎？」

「我完全抓不到妳在說什麼，親愛的，」史提芬說。「維京人？圖書館？妳琴酒喝多了嗎？」

「你不是有看著那裡的藏書，」伊莉莎白說。

「妳現在是吃錯了藥，還是對的藥吃了太多？」史提芬說。

伊莉莎白坐了起來看著丈夫。「史提芬，幾天前的晚上。廂型車，那個留著鬍子的男人？不要跟我說你不記得了？」

史提芬呵呵笑了起來。「雖然妳是個怪咖，但這也太詭異了吧。我們明天要幹嘛？我在想我可能會去突襲看一下我媽。妳知道她的脾氣。」

伊莉莎白試著再一次控制自己的呼吸，但她做不到。她感覺自己來到了啜泣的邊緣。史提芬將她一把擁進了懷裡。

「妳這是怎麼了，突然？」史提芬說。「我在這兒啊，小傻瓜。我在這兒。東西壞了我會負責修，妳知道的。」

伊莉莎白把腿腳一旋下了床，衝進了浴室。她鎖上了門，癱軟地靠上了門板。開始流下來的是眼淚。這並不容易，因為流淚對伊莉莎白從來都不容易。即便到現在，伊莉莎白都還記得她在爸爸打她時是怎麼哭的。因為他愛她，因為他是那麼愛她。她記得他會一直打，一直打，打到她不哭了。打到有一天她永永遠遠，再也不哭了。

她還記得事隔許多年，坐在爸爸的床邊，她從貝魯特請假回來，他在漢普郡的安寧病房裡因為癌症而來日無多。她握起他骨瘦如柴，令人怵目驚心的手，想起了這男人生命中原本可以擁有的一切。她原本可以擁有的一切。但她還是沒哭，她怕她哭了，他不知道會做何反應。

她是不是不久，就會在安寧病房裡握住史提芬的手？她當然會。但她會陪他笑，會愛他，會感謝有他，也感謝他讓她變成這樣的女人。然後她會把她一輩子不讓自己掉下的眼淚，一口氣哭完。

第四十八章

波格丹戀愛了。這種事情一翻兩瞪眼。他相當確定。

他確定嗎？

感覺滿確定的。

但感覺這種東西能相信嗎？

他們這趟是要去見傑克．梅森。這次他們帶上了維克多。波格丹開著朗恩的大發汽車。波格丹希望有誰能告訴他該怎麼應對這一切。他在學生時代談過戀愛，他還有印象，但那種純純的愛早就不存在了。他需要趕緊跟史提芬下個棋。史提芬會有答案。

他確實非常非常非常喜歡唐娜。但多少個非常才能把喜歡變成愛呢？四個？五個？波格丹希望能有一個確切的答案。一把手槍有六顆子彈，磚斗一次可以扛十二塊磚頭，一顆雞蛋裡有十三克蛋白質。但愛呢？試著估狗看看。你搜不到任何答案。波格丹的經驗談。

朗恩在副駕駛座上。他把頭撇向後座跟維克多說話。

「你跟她認識很久了嗎，」朗恩說。「伊莉莎白？」

維克多．伊立奇一邊伸展著身體，一邊讓關節發出喀喀聲。他們不久前才拉開了大包包的拉鍊，將他從後車箱放出來。波格丹一確定他們沒被跟蹤，就在一條滿是車輪痕跡的林道上進行了這個程序，那兒距離古柏切斯有大約一英里的距離。那是伊莉莎白對他下的指令。

「很久了，」維克多說。「久到好像是上輩子。」

「那，有什麼祕辛能跟我們說說嗎，」朗恩說。「她不想讓我們知道的那種。」

維克多思索了一會兒。

「ＯＫ，」他說。「伊莉莎白是我交往過最棒的情人。」

「挖靠，」朗恩說。「我是說像她對俄國間諜開過槍之類的事情。」

「她真的超溫柔的，」維克多說。「但又是隻牢籠中的猛獸。」

朗恩掉頭打開了廣播：運動聊天室[109]。

維克多陷入了回憶裡。「她對我做了一些沒有其它女人——」

朗恩對著廣播點起頭來。「利物浦要買桑契斯？浪費錢說。」

波格丹有點心癢地想加入對話。他想聊聊愛。或許問個問題？但前提是他不能洩漏自己的任何情報。他會看起來像個傻子嗎？一個波蘭大老粗，他能懂什麼愛？他決定說點什麼。但到底是什麼，他也要說出口後才會知道。

「他們要出多少錢買桑契斯，朗恩？」天啊，波格丹。

「三千萬，」朗恩說。「分期給，但一樣啦。」

波格丹點點頭。他真的就只是來開車的，就只是來把維克多從車子裡帶進帶出的而已。

朗恩說起了一個笑話是有隻鸚鵡曾經以妓院為家，而波格丹則同時多思考起了一下這個案子。維克多在被用拉鍊關進大包包之前，曾經跟他提示了幾個重點。他現在在大包包裡準備了一個軟墊，外加一本《經濟學人》跟一支小手電筒。

維克多解釋了洗錢的入門基本，還有匿名空殼公司跟境外帳戶的複雜網路是如何透過一條幾乎無法追蹤的路徑，去把髒錢洗乾淨。關鍵字是幾乎無法。

波格丹錯過了鸚鵡笑話的笑點，而朗恩又繼續說起了一個火車上有個修女的笑話。真正的祕訣在於在時間中挖掘，在於追著錢往回找、往回找、往回找到起點處的罪惡。愈早的交易愈容易被突破。維克多說那就像要把地毯拉起來。你只需要把指甲塞到角落的一小片地毯下，然後偶爾你就可以一口氣把整張毯子提起來。三叉戟建設就是這麼回事：一筆早期的交易，一個失手。但那也沒有讓他們查出什麼就是了。所以也許他們得把交易的足跡再往前推。

他們抵達屋子是在大約下午兩點。那是一棟伊莉莎白式[110]的莊園，矗立在一處肯特郡的懸崖之巔，英吉利海峽朝遠方延伸得看不到邊。他們把車停在一英里外的一處小樹林中，並在那兒把拉鍊一拉，將維克多塞回了他的專屬大包包裡。要怎麼跟傑克・梅森解釋大包包裡為何裝著一個烏克蘭人，不是波格丹的責任。他只負責當人力貨車。

波格丹把大發開上了長長的車道，然後將之盡可能靠近入口處的石階停下。大包包打了一個噴嚏，對此波格丹說，「上帝保佑你。」

對於一個波蘭大漢拉開大包包的拉鍊，從裡面變出一個烏克蘭小男人，傑克・梅森不知道有沒有嚇一跳，但總之他把情緒隱藏得很好。

「我晚上來接你們，」波格丹對朗恩與維克多說。

109　talkSPORT，一九九五年成立在英國倫敦的一家體育廣播電台，為英超足球聯賽的全球官方廣播合作夥伴，目前為 Wireless Group 旗下電台。

110　指英格蘭和愛爾蘭女王伊莉莎白一世治下（1558–1603）形成的一種建築風格。

「謝了，小子，」朗恩說。「我晚上不回古柏切斯就是了。我會去寶琳家過夜，但她就住在費爾黑文，你應該不介意吧？」

「一點也不，」波格丹說。

「你是個好孩子，」朗恩說。「她住在翠柏閣，就在羅瑟菲爾德路邊上。」

第四十九章

喬伊絲把正事跟娛樂合為了一體。多年前在電視上有個廣告，可能是賣糖果的吧，而後當中的廣告歌是這麼唱的，「我最喜歡的兩樣東西合為一體了。」而如今的她，正要現場參加她最喜歡的節目錄影，然後順便希望能訪問到命案的一名嫌犯。

上一次她跟伊莉莎白身在火車上，伊莉莎白在包包裡放了把槍。也許她今天也帶了一把？她看起來無疑有點心不在焉。

「妳看起來有點心不在焉，」喬伊絲這麼說，是因為伊莉莎白上上下下掃視著車廂。

「妳說我看起來怎麼樣？」伊莉莎白說。

「心不在焉，」喬伊絲說。

「胡說八道，」伊莉莎白說。

「我錯，」喬伊絲說。

她們在倫敦橋換了一次車，然後又在黑衣修士站換了第二次。黑衣修士站位在一座橋上，喬伊絲對此感到相當驚艷。即便那裡只有孤伶伶的一家咖世家咖啡。很顯然那裡也有一家WH史密斯超商[111]，但那家店開在電扶梯下面，而喬伊絲不想冒錯過下一班火車的風險。她會等回程再去逛逛。她們聊到了伊博辛的發現。也就是在海瑟．加爾巴特的抽屜裡所找到

111 WHSmith，簡稱Smith's，英國的連鎖超商。

的遺書，其實是出自他人之手的事實。那人多半就是凶手，但凶手為什麼要在假遺書上提到康妮．強森呢？除非那個凶手就是康妮．強森，但即使如此這道理也兜不起來。

她們現在搭著的通勤班車會通往埃爾斯特里與伯翰姆伍德，也就是費歐娜．克萊門斯主持《爭分奪秒》的錄影地。喬伊絲把節目的遊戲規則對伊莉莎白解釋了第N遍。

「真的，以一個受過高等教育的女性而言，妳有時候還挺遲鈍的，伊莉莎白，」她說。「比賽一開始，四個參賽者各有一百秒存在計時器上，然後他們回答問題的速度愈慢，花掉的秒數就愈多，而一旦計時器上的秒數歸零，參賽者就出局了。」

「不，秒數答題的部分我懂，」伊莉莎白說。「我不懂的是那之外的各種奇奇怪怪的規定。」

「奇奇怪怪？不會啊，」喬伊絲說。「每名參賽者有四條救生索。四條救生索分別可以用來從一名對手處偷十秒過來，可以凍結自己的計時器，可以讓一名對手的計時器變快，或是可以跟對手交換問題。偷竊、凍結、加速、交換，就這麼簡單。雖然如果你的對手偷你的秒數或加快你的時鐘，你也會額外獲得一條救生索，名叫復仇，供你在出局之後使用。贏家所有的剩餘秒數都會被換算為獎金，而要帶走那些獎金，他們得回答十二個問題，而且是得在時限內從一到十二繞完時鐘一圈。這再簡單也沒有了。」

「所以他們把這種東西放到電視上播？」伊莉莎白密切地看著一個男人從她們面前走過。

「每天，」喬伊絲說。「妳不看新聞的話就可以看這個，所以它收視率才會那麼高。」

列車停靠在了亨頓，這裡有著名的警察培訓學院。喬伊絲傳了訊息給克里斯說，你猜我們在哪兒？亨頓！但克里斯回傳的訊息說，我不是在亨頓受的訓。喬伊絲也發了同樣的訊息給唐娜，但還沒得到回應。

「跟我說說費歐娜·克萊門斯。」伊莉莎白說。

「她在柏特妮是《東南今夜》主持人的時代是菜鳥製作人，」喬伊絲說。「柏特妮死後，她則搖身一變成了新的主持人。向來野心勃勃，但他們把『野心勃勃』用在女人身上，都是一種批評，對吧？」

「我也被很多次被說過『野心勃勃』，」伊莉莎白說。

「她主持了《東南今夜》兩年——妳完全可以看出她開始開始融入了節目——然後她就跳槽到了天空新聞台。我一直喜歡追著她，妳知道的，我就盼著看到她在電視上提到《東南今夜》。然後她又跳到了BBC去主持早餐新聞，最後就變成現在這樣的當紅炸子雞，什麼節目都是她了。我前幾天還看到過她主持克拉夫茲。」112

「我確信她很有名，喬伊絲，但我真的只想知道關於柏特妮·維茨的案子，她能告訴我們什麼。」

「妳是真的沒聽說過她嗎？是的話我會非常驚訝。」

「那妳有聽說過貝芮·迪普丁嗎？」

「沒有，」喬伊絲說。

「那妳就應該了解什麼叫青菜蘿蔔各有所愛，」伊莉莎白說。

「所以貝芮·迪普丁是誰？」

---

112 Crufts，英國一年一度的國際狗展。

「一九七〇年代的英國有一個在莫斯科行動的英勇情報員，貝芮．迪普丁是她的假名，」伊莉莎白說。「在我的圈子裡很有名。」

「但我想這位貝芮．迪普丁沒有得過《電視選擇》[113]的觀眾票選獎吧，」喬伊絲說。

「那費歐娜．克萊門斯有得過喬治十字勳章[114]嗎？」伊莉莎白說。「這就叫適才適所，對吧？啊，妳看，我們到了。」

從埃爾斯特里與伯翰姆伍德站走到埃爾斯特里攝影棚，花了她們十分鐘。喬伊絲來到一條她此前未曾踏足過的商店街，就像挖到寶一樣，開始對伊莉莎白如數家珍起來。「星巴克、咖世家，還有尼洛咖啡，[115]果然不出人所料」，「那家荷柏瑞[116]是不是比平常的大間？」，「我的天啊，他們這兒還有溫比漢堡[117]耶，伊莉莎白。」

一條人龍在攝影棚外蛇行起來，但喬伊絲與伊莉莎白得以大搖大擺走到最前面。喬安娜有個朋友的姊姊在節目裡當製作經理，天曉得那是在幹嘛的，但總之她們拿到了貴賓入場券。她們被直接領進到了一處吧檯，還得到了茶或咖啡的招待。喬伊絲眼睛瞪大到閉不起來。

「這也太厲害了吧？妳有上過電視嗎，伊莉莎白？」

「我曾有次被叫去國防專責委員會作證，」伊莉莎白說。「但，按照法律規定，他們得馬賽克掉我的臉。另外我還上過一次人質的影片。」

她們被叫進了攝影棚，並被安排了前排的座位。攝影棚裡冷得像冰櫃，但她們還是被要求脫掉了手套（「不然我們聽不到你們的鼓掌聲。」）攝影棚理禁止飲食，但喬伊絲把包包打開到讓伊莉莎白看了一眼，原來她偷渡了一些黑嘉麗水果軟糖。等待的期間，喬伊絲從包包裡拿出了手機。她注意到有一名警衛在場。

「我們可以用手機拍照嗎？」

「不行，」那名警衛表示。

「好喔，」喬伊絲說。

「妳不會真的那麼聽話吧，喬伊絲？」伊莉莎白說。

「當然不會，」喬伊絲邊說邊拍了張照。「這會直接上我的ＩＧ。」

「那妳剛剛問警衛是問幾點的，」伊莉莎白說。「既然如此。」

「就比較禮貌啊，是不是？」喬伊絲說著又拍了一張。「妳知道費歐娜．克萊門斯在ＩＧ上有三百萬人追蹤嗎？妳有辦法想像嗎？」

「不太能，」伊莉莎白說。

就在喬伊絲要把手機收起來的同時，唐娜的回覆終於傳到了。我不是在亨頓受的訓，喬伊絲。這年頭警察都是在哪兒受的訓啊，喬伊絲納悶起來。

113　TV Choice。《電視選擇》是由德國家族企業鮑爾媒體集團（Bauer Media Group）的英國子公司鮑爾出版社（H. Bauer Publishing）出版的電視節目表週刊。

114　George Cross。英國頒給平民或軍人的勳章，由英王喬治六世設立在一九四〇年，用以表彰「最偉大的英勇行為，或在極端危險的情況下所表現的傑出勇氣」。

115　Caffè Nero，英國的咖啡連鎖店。

116　Holland & Barrett，有機保養品專賣店。

117　Wimpy Burger，英國版的麥當勞，歷史比麥當勞還早，上世紀五〇年代甚受歡迎，菜色中有許多英國元素。

她希望朗恩與維克多也正在度過愉快的一天；她是在今天早上揮別他們，波格丹負責開車。傑克・梅森有一張斯諾克的撞球桌，而顯然那意味著他們會在那兒泡一整天。喬伊絲看得出斯諾克撞球的魅力。比方說選手身穿的那些合身背心。她覺得要是有天時地利，她說不定會嫁給史提芬・亨德利。[118]

原本迴盪在攝影棚內的音樂開始轉弱而停止，觀眾用掌聲迎接起費歐娜・克萊門斯的進場。

「完美無瑕的皮膚，」喬伊絲對伊莉莎白說。「完美無瑕，是吧？」

「這個錄影一共要錄多久？」伊莉莎白問。「我真的就只是來問問題的。」

「不會太久，」喬伊絲說。「三個小時左右。」

家喻戶曉的主題音樂開始響起。

第五十章

他們在一場酣戰的平局中，試圖分出勝負。波格丹剩下主教跟一些士兵，史提芬剩下他的城堡。做為老對手，他們都心裡有數這一局的走向，但這對他們享受下棋的樂趣並無影響。史提芬看起來瘦了。只要公寓裡沒有人陪他，他就會忘記吃飯，而伊莉莎白近來有點忙。他狼吞虎嚥掉了波格丹幫他做的幾個三明治。廚房流理台上還有一個牧羊人派，波格丹會在大概一個小時後將之熱上。

「我可以問你件事嗎，以朋友的身分？」史提芬說，但眼睛不曾離開棋盤。

「你隨便問，」波格丹說。

「是個很離譜的問題喔，」史提芬說。「先警告你一聲。」

「我已經習慣了，」波格丹說。「你就是個很離譜的人啊。」

史提芬一邊點起頭，一邊在他的與波格丹的棋子之間凝望著，尋找著那不存在的進攻路線。他頭也沒抬地開了口。「我沒事吧，你覺得呢？」

波格丹等了一拍。他們此前就有過了這樣的對話。頂多是不同版本的細微處有些變化。

「沒有人是完全沒事的。你還ＯＫ。」

「既然你都這麼說了，」史提芬邊說邊繼續避免著眼神接觸。「但不知道什麼地方的不知

118 Stephen Henry。1969-。斯諾克撞球傳奇球星。

道什麼事情，好像亂亂的。有什麼事情不太對勁。你懂那種感覺嗎？」

「當然，我懂那種感覺，」波格丹說。

「這會兒就是一個例子，」史提芬說，然後等了一下。「我不知道伊莉莎白今天去哪兒了。」

「她去參加一個電視節目，」波格丹說。「跟喬伊絲一起。」

「啊，我見過喬伊絲，」史提芬說。「前幾天。她是怎麼認識伊莉莎白的？」

「他是鄰居，」波格丹說。「她人很好。」

「那感覺得出來，」史提芬表示同意。「但就算是這樣。我不知道伊莉莎白在哪兒還是很怪，不是嗎？這不會很不尋常嗎？」

波格丹聳了聳肩。「也許她沒有告訴你？她這人喜歡有點祕密。」

「波格丹。」史提芬終於抬起了頭來。「我不是笨蛋。嗯，至少沒有比我們當中任何一個人更笨。我現在時不時會忘記事情，周遭的人也常常感覺不像以前那麼合理。」

波格丹點了點頭。

「我父親，願他在主懷安息，在最後階段失去了自我。在那段日子，他們說他變得像個老番顛——他們這年頭應該不這麼說了吧。」

「我們是不這麼說了，」波格丹附議。

「『你媽在哪兒？』他會偶爾問我。」史提芬移動了棋盤上的一顆棋子。穩紮穩打的一手，不拚，不搶。「只不過，我媽已經去世了，去世好多年了。」

波格丹低頭看起了棋盤。就讓史提芬說。有問題再答就是了。

「所以，你懂了吧，」史提芬說，「為什麼我今天會為了不知道伊莉莎白在哪裡而擔心？」

OK，那聽起來好像是個問題。波格丹抬起了頭。「有些事情，我們記得，史提芬，而有些事情，我們會忘記。」

「嗯嗯，」史提芬說。

「我這輩子第一次覺得自己戀愛了，」波格丹說。他最近一直在想這件事。「你知道，就是會覺得自己病了……」

「我可知道了，」史提芬說。

「那是我的一個女同學，我們那時九歲，在諾瓦克老師的班上。她坐在我的前面左手邊，然後她會把鉛筆排得整整齊齊。她寫起字來，會把舌尖突出在嘴唇之間。她家跟我家差一條街，她家比較遠，偶爾我們會一起走路回家，至少有機會的話我不會放過，而她的鞋子上有漂亮的銀扣，所以她不喜歡踩進水坑。我喜歡踩進水坑，但當我跟她走在一起時，我會假裝自己不喜歡。小小的我病了，史提夫，病了。她父親服役於空軍，然後被派到國外，所以她也離開了學校，連再見都沒說，因為她不知道我們在談戀愛——她怎麼會知道呢？但我還記得我當時的感受，還記得她微笑的模樣，她的笑聲，那種種微不足道的細節。我全部都記得。」

史提芬笑了。「你小子還挺浪漫的嘛，波格丹。她叫什麼名字？」

波格丹從棋盤上抬起了雙眼，並在緩慢的聳肩中舉起了雙手。「我們都會忘記事情，史提芬。」

史提芬微笑加點頭。「很聰明。但你會告訴我吧？有狀況的話你會告訴我吧？我不能問伊莉莎白。我不想讓她擔心。」

這又是另一個，史提芬問過波格丹不只一次的問題。而波格丹每次的回答都一樣。

「我會不會告訴你？老實說我不知道。你會怎麼做，如果對方是你愛的人？」

「我想如果我覺得說了會有幫助，那我就會說出來，」史提芬說。「而如果我覺得說了也沒用，那我就不會告訴他們。」

波格丹點點頭。「說得好。我想那就是標準答案。」

「但你覺得我沒事嗎？是我太大驚小怪了嗎？」

「我完全就是這麼覺得的，史提芬，」波格丹說著把他的一個小兵再往前挪動了一步。

史提芬瞪著棋盤。「但這又讓我想到另外一個問題。一個更糟糕的問題。」

「我們有一整天可以耗，」波格丹說。

「伊莉莎白ＯＫ吧？」

「當然，」波格丹說。「我是說，伊莉莎白這個人從來不會ＯＫ，你知道的，但她的人本身沒事。」

「她之前好像有點心事重重，」史提芬說。「前幾天晚上。她提到一間圖書館跟一個維京人，牛頭不對馬嘴的，然後我追問起來，她就跑掉了。唏哩嘩啦哭得像水龍頭，然後還假裝沒事。非常不像她的作風。那是怎麼回事，你覺得？」

「你一點頭緒都沒有嗎？」波格丹問。

「這其實是個好問題，」史提芬說著走出了下一步。「今日最佳問題，我會說。『維京人』——這個稱號我大抵跟你一樣一頭霧水，但說起圖書館，我一開始也沒想太多，但後來我想起我最近好像是去過一個圖書館。但我確定我沒有跟伊莉莎白說過就是了。」

「什麼圖書館？」波格丹問。

「我一個朋友的，」史提芬說。「比爾．齊沃斯。你認識他嗎？」

「比爾．齊沃斯？沒聽過，」波格丹說。

「我是在哪裡認識你的，波格丹？」史提芬問。「我們第一次見面是在哪裡？」

「我來公寓裡修東西，」波格丹說。「我看到棋盤，然後我們就下起了棋。」

「正是，」史提芬說。「正是。沒理由你會認識比爾．齊沃斯，這麼說來。他是個書商。而且是個跟九鮑伯鈔票一樣不老實[119]的傢伙，這你不要說出去喔。」

跟九鮑伯鈔票一樣不老實。波格丹每次學到道地的新俚語都很開心。

「只不過他邀請了我去他家，忘了在哪兒，我腦子裡只記得斯塔福郡，但那怎麼想都不合理啊。但那個大個頭的傢伙，本身算是混得很不錯，而我就在他的圖書館裡，四處張望著，波格丹，我這人就愛到處看看瞧瞧，我你是知道的……」

「你永遠不知道自己會看到什麼，」波格丹說。

「這話確實是至理名言，」史提芬說。「而總之，我終於要說到重點了，那兒的架上出現了一些不該出現在那兒的書。」

---

119 鮑伯（bob）是先令的俗稱。英國貨幣在一九七一年改為十進制之前只有十鮑伯（十先令）而沒有九鮑伯的鈔票，所以九鮑伯的鈔票指的是假貨，也可以用來形容人虛偽不誠實。另外因為這個俚語裡的不老實是用彎（bent）來表示，所以這個片語近年來也被引申為同性戀的意思。

「怎麼個不該出現法？」

「太貴了，」史提芬說。「貴到出名。不只是初版，而是孤本。博物館等級的東西，但有些被私人收藏。加一加可能要個幾千萬鎊，但它們卻出現在了比爾・齊沃斯的居家圖書館裡。所以我們該做何感想？」

「在圖書館裡，在斯塔福郡一棟豪宅裡？你看到了那些書？」

「我感覺我看到了，沒錯，」史提芬說。

「你記得那些書的名字嗎？」

「當然，」史提芬說。「他有《帖木兒古蘭經》，[120]要死了，還有一卷《永樂大典》。[121]另外雖然不是我熟悉的領域，但他有一本莎士比亞的《第一對開本》。[122]所以沒錯，我記得那些書名。我還沒有秀斗。」

「我知道，」波格丹說。

「『老番顛』，以前的人會這麼說。」

波格丹點了點頭。伊莉莎白需要查出維京人的身分。史提芬說的這些會有幫助嗎？他們能循著那些書追查到維京人嗎？他會等伊莉莎白一回來，就把這些事告訴她，伊莉莎白自然會有計畫。

「我不確定那是何時的事情，」史提芬說。「但應該是近期，我想。只不過我覺得我現在好像沒那麼常出門了？」

「你一直都在外頭趴趴走啊，」波格丹說。「跟伊莉莎白去散步。有的沒有的。」

「這可能會像是另一個很蠢的問題，」史提芬說。「所以請多包涵。但我有車嗎？」

波格丹搖了搖頭。「你的駕照失效了。」

「真是的，」史提芬說。「那你有車嗎？」

「我有車可以開，是，」波格丹說。

「伊莉莎白何時回來？」

「今晚，」波格丹說。

「了解，」史提芬說。「你可以載我下山到布萊頓嗎？」

「去布萊頓？」

「我有個老朋友開了家古董店。也是挺黑的——」

「黑得像張九鮑伯鈔票？」波格丹現學現賣起來。

「這話說得再中肯也沒有了，」史提芬說。「我想問問他那些書。看比爾・齊沃斯是怎麼把書弄到手的。有點像是偵探或警探的工作，你會喜歡嗎？」

ＯＫ，或許波格丹不用等伊莉莎白回來負責想計畫。

「還有，說起警探跟喜歡，」史提芬說，「我們要不要邀請你的好朋友唐娜一起來？我一

---

120 Timurid Quran，《帖木兒古蘭經手稿》，屬於十五世紀伊朗帖木兒帝國所出的《古蘭經》珍本，該書紙料為明朝製品。二〇二〇年六月二十五日在佳士得拍出七百萬鎊以上的價錢。

121 永樂大典為明成祖下令編纂的「百科全書」，共兩萬兩千八百七十七卷。永樂是明成祖之年號。

122 First Folio。一六二三年，也就是莎士比亞去世七年後，其劇本合集《第一對開本》出版，當年一共印刷了七百五十本，如今只剩大約兩百三十五本存世，其中一本於二〇二〇年在紐約被拿出來拍賣，成交價為八百四十萬美元。

直想見她想得要死。伊莉莎白真的還沒有察覺你們小倆口在約會嗎？」

「她知道事情有什麼蹊蹺，但還沒有研究出蹊蹺在哪，」波格丹說。

「喔，這個伊莉莎白，」史提芬說。「你看得出我為什麼擔心她了吧？」

波格丹與史提芬握手言和。接下來就是幫史提芬換衣服刮鬍子，然後走一趟布萊頓。他該向伊莉莎白請示一下嗎？

不了，他已經有了史提芬的首肯。他會按史提芬的心願去做。

第五十一章

「我真是給你們添麻煩了，我這歉要道不完了，」伊莉莎白說著在埃爾斯特里攝影棚的梳化間裡佔據了一張沙發，伸展開了身體。

「別說傻話了，」急救人員說著把血壓袖套從伊莉莎白的臂膀上取下。「血壓都正常，但人會暈倒可能有各種原因。這種事天天都有。」

「總歸一句就是傻，」伊莉莎白說。「一個傻女人掃了大家的興。我想那是因為那是他們一點東西都不讓人在攝影棚裡吃喝吧。我是老人家了，你知道。」伊莉莎白試著坐起來，但急救人員完全不讓她胡來。

「沒有的事兒，」急救人員說望向了喬伊絲。「她沒有掃了任何人的興，是不？」

「怎麼說呢，我剛剛正在興頭上，」喬伊絲說。「但這種事情是難免的。」

「您一定也有點受到驚嚇了吧？」急救人員說。「您的朋友在現場錄了二十分鐘後突然倒了下來？」

「是，也不是。」喬伊絲說著瞪向了伊莉莎白。「是，也不是。」

「那我就暫且不打擾兩位了，」急救人員說。「我過一會兒再回來確認您的狀況。我相信製作單位也會在節目空檔派人來慰問一下兩位。」

「讓您費心了，」伊莉莎白說，並試著舉起手去向她致意。「我應該要吃點東西的；是我自己疏忽了。」

伊莉莎白看著急救人員離去，並在門被輕聲關上的一瞬間拿掉了額頭上的冰毛巾，往前坐了起來。

「這小姐人真好，」伊莉莎白說。「急救之光。」

「妳就連錄個影的時間都等不了嗎？」喬伊絲說。「二十分鐘？我第一回合才勉強看完。」

「妳不想跟來可以不要來啊，」伊莉莎白說。

「那我在世人眼中會是個多糟糕的朋友啊，」喬伊絲說。「他們又不知道妳是個超過分的假貨，是不？我總不能說，喔，她啊，她是個特工，這種事她一天到晚在做。真的假的啦，癱倒在地板上呻吟。妳是不會事前警告我一聲喔。」

「唉呦，喬伊絲，」伊莉莎白一邊說，一邊自顧自從梳化間的水果碗中挑中了一根香蕉。「我們待在觀眾席裡，是要何年何月才能問得到話？」

「我們在這裡也問不到啊，」喬伊絲說。「我整個節目都錯過了啦。」

「等費歐娜·克萊門斯走進那扇門來慰問我的時候，妳就會感謝我了，」伊莉莎白說。

「妳何德何能能讓她親自來看妳？」

「喬伊絲，一個弱不禁風的老太太才剛在她節目的現場倒下喔，」伊莉莎白說。「這個弱不禁風的老太太倒了下來，只因為她在錄影的時候什麼都不能吃。這個弱不禁風的老太太需要的唯一安慰，就只是費歐娜·克萊門斯趁錄影空檔從門後探出個頭來，問候一下她的狀態。」

「然後呢？」

「然後我們見機行事，喬伊絲，」伊莉莎白說。「就像我們向來那樣。」

「我可以賭我帳戶裡一半的比特幣，費歐娜．克萊門斯不會——」

門後傳來了叩叩聲。伊莉莎白跳回了沙發上躺下，正好趕上了一個戴著耳機的男人探頭進來。「那個，妳們兩位應該是伊莉莎白與瓊恩女士吧？」

「喬伊絲，」喬伊絲說。

「大家都在笑我們，我知道，」伊莉莎白說。

「一點也沒有。我們有個人想冒昧來說聲哈囉，」男人說。「如果您狀況好一點了的話？」

「她好很多了，」喬伊絲說。

「那太好了，」男人說，然後消失在門後。門再次被推開，探出頭來的變成了費歐娜．克萊門斯。那因為洗髮精廣告而遠近馳名的紅棕色頭髮，那因為牙膏廣告而無人不知無人不曉、毫無破綻的笑容，還有那由基因遺傳與哈里街[123]共同切削出的顴骨。

「叩，叩，叩，猜猜我是誰啊，」費歐娜．克萊門斯說。「妳們肯定是伊莉莎白跟瓊恩了吧？」

「我們是，」喬伊絲說。伊莉莎白看得出她已經暈了。

「只是想來確認一下沒有後遺症？」費歐娜露出了溫暖的笑容。她靠在了門上，連門檻都懶得跨。很顯然她並不打算久待。「趁我回棚內前。」

「我們可以耽誤妳一點點時間嗎？」伊莉莎白說。

「我還得趕回去，」費歐娜笑著說。「老闆們的鞭子啪啪啪在響著。我只是來確認一下。」

---

123 Harley Street，倫敦著名的百年醫療街，醫療院所雲集，如今號稱「整形一條街」。

「也許我們可以一起拍張照？」喬伊絲提議。幹得好，喬伊絲，幹得好。伊莉莎白瞥見了費歐娜眼中的猶豫，然後是認栽。

「當然，」費歐娜說。「就一張，抱歉我趕時間。」

費歐娜一腳踏進了門內，雖然看得出有點不太情願，但她還是委身在了沙發上的伊莉莎白旁邊，同時喬伊絲則東翻西找起包包裡的手機。費歐娜的拍照用笑容早已就好定位。

「那麼，」伊莉莎白說。「時間寶貴，我需要傳遞給妳的資訊有很多。」

「蛤，您說什麼？」費歐娜說，微笑還撐在那兒。暫且。

「我沒有暈倒，也沒有不舒服，更不想要合照，」伊莉莎白噼哩啪啦說著。「我對妳既不構成威脅，也沒有惡意，準確地說在今天之前，我對妳是誰根本沒有概念。」

「我……」費歐娜說，笑容開始淡去。「我真的得走了。」

「我不會耽誤妳太多時間，」伊莉莎白說。「我跟我的朋友喬伊絲，對，不是瓊恩……」

「妳可以叫我瓊恩沒關係，」喬伊絲說。

「……是來這兒調查柏特妮．維茨的命案，她是誰，我想妳很清楚——」

「OK，我不知道這是怎麼回事……」費歐娜說。

「費歐娜，費歐娜，」伊莉莎白說。「我只需要一點點時間。要我們留下來等妳錄完影也完全沒有問題。」

「我要去叫警衛了，」費歐娜說。「拜託，妳知道妳們這樣是錯的。」

「喔，天啊，什麼對啊錯啊的，」伊莉莎白說。「妳想太多了吧？兩個人畜無害的老太太就想問兩個問題，她們就想了解一件相信跟妳完全無關的命案。」

「誰說我跟那件事有半毛錢關係了，」費歐娜說。「而這實在……太莫名其妙了。」

「有個同事被殺了，而妳補上了她的職位，」伊莉莎白說。「有人手寫了威脅字條。妳自然是理所當然的嫌犯。喬伊絲讓我確信了這一點。」

「喔不，我沒有那麼明確地說——」喬伊絲說。

「而另外一個女人，海瑟．加爾巴特，才剛被人殺了，」伊莉莎白說。「話說我們已經跟妳的前同事邁可．瓦格宏恩談過了，現在我們也想跟妳談談。我不惜假裝暈倒也要跟妳有個見面的機會，所以妳怎麼說？」

「我會說不要，」費歐娜說。「很顯然。」

門上傳來了叩叩聲。「費歐娜？請回現場喔。」

「我得去換裝了，」費歐娜說著站了起來。

伊莉莎白隨她一同起了身。「費歐娜，有件事我本不該告訴妳，但我想提了妳應該會感興趣。我這位朋友喬伊絲沒辦法親口告訴妳，她有她的苦衷，但其實她大半輩子是個戰功彪炳的英國情報員。」費歐娜聞言望向了喬伊絲。

「我知道，她怎麼看怎麼不像，」伊莉莎白說。

「我其實覺得還挺像的，」費歐娜說。

「所以我們其實有著多重身份，」伊莉莎白說。「我們是大麻煩，沒錯。是妳會想有多遠躲多遠的瘟神，肯定的。是人的眼中釘加肉中刺，標準答案，妳看透我們了。但我們也是很認真來到這裡，我們不會對妳造成任何威脅，而且信不信由妳，我們也是很有趣的，等妳慢慢跟我們熟了之後。」

門上再次傳來叩叩聲。「費歐娜？」

「所以我樂見的是，」伊莉莎白說，「妳先去把節目主持完，喬伊絲先坐回觀眾席去把遊戲看完，然後我們三個可以坐下來喝一杯，好好聊聊，看妳能不能幫忙我們偵破柏特妮．維茨的命案。」

費歐娜來回看著眼前的兩個人。

「伯翰姆伍德的大街上有一間溫比漢堡，」喬伊絲說。

「別裝了，」伊莉莎白說。「妳就大方承認我們好像還挺有趣的吧？而且我們手上真的還有兩宗命案在調查。」

費歐娜看著喬伊絲。「妳真的待過軍情五處？」

「不好說，」喬伊絲說。「可以說我也想說。」

「我的話妳不信，妳可以翻翻她的包包，」伊莉莎白說。

喬伊絲，很可以理解地，一臉問號地看著費歐娜窺視起她的包包。那兒大剌剌地躺著明明是伊莉莎白的槍。

「哇嗚，」費歐娜說。

「是不是，」伊莉莎白說。「我包包裡最母湯的東西不過是一盒黑嘉麗。」

伊莉莎白看著喬伊絲很快瞥了一眼自己的包包，而一看到伊莉莎白不久前才偷偷塞進去的槍，喬伊絲便搖了搖頭，給了她的朋友一個眼神死。

「而妳們已經跟邁可．瓦格宏恩聊過了？」費歐娜說。

「我們這些日子都在忙這些事，」伊莉莎白說。

費歐娜下定了決心。「OK，成交。錄完影很快喝一杯。我很喜歡麥可．瓦格宏恩。」
「那柏特妮呢？」伊莉莎白問。「妳當年也喜歡她嗎？」
費歐娜正要回答，又把話吞了回去。
「嗯，這點我們可以等節目後再討論，是吧？」
「妳對我們真的很有耐性，費歐娜，謝謝妳，」伊莉莎白說。「我保證妳會跟我們聊得很開心。」
「這點我不懷疑，」費歐娜說。
「除非妳殺了柏特妮．維茨，」伊莉莎白說。「那樣的話我們會是妳最可怕的噩夢。」
「我覺得如果是我殺了柏特妮．維茨，而且聰明到可以逍遙法外這麼些年，」費歐娜說，她燦爛的微笑再次充滿了整個梳化間，「那麼我才應該是妳們最可怕的噩夢吧。」
伊莉莎白點了點頭。「這個嘛，我得我說對這次見面的期待像山一樣高。一會兒見，斷條腿。」124

124　斷條腿是祝人好運的說法，尤其是會對要上台的人說。

第五十二章

「那是不可能的，」這麼說的庫戴許．夏瑪是個快要八十歲的禿頭帥哥，身穿一套淡紫色的西裝搭配白色絲質襯衫，重點是他襯衫釦子沒扣的程度絕對超乎任何一個正常男人該有的自信。

「機率不是很高，確實，」史提芬說。「但不是不可能。那些書是我親眼看到的。一本一本的，就擺在那邊。」

唐娜在這家陰暗店鋪的後面逛著。「這很漂亮，」她說著拿起了一尊小小的銅像。

「阿娜希塔，」遠遠看到的庫戴許說。「愛與戰鬥的波斯女神。」

「愛與戰鬥，不錯喔，阿娜希塔，」唐娜說。「我愛她。」

「除非妳打算用兩千鎊去愛她，否則我恐怕得麻煩妳將她放下，」庫戴許說。

唐娜聞言小心翼翼地把阿娜希塔放下，她的眉毛則像秤的另外一頭同步上揚。

「滿滿都是東西，你的店，」波格丹說。「很漂亮。非常漂亮。」

「在下的戰利品，」庫戴許說。「多年的累積。」

「那要是我把你的這些戰利品拿去警方的電腦系統裡跑一遍，」唐娜說，「會不會有什麼東西觸發警鈴呢？」

「妳省省那個時間吧，」庫戴許說。「這間店裡唯一經不得查的老東西只有史提芬跟我。」

唐娜笑了。「那麼，我們要言歸正傳了嗎？」

史提芬給庫戴許看了他在車裡列出的清單。「這些只是我能認出來的。那裡的書多得到處都是。」

庫戴許用手指在書單上滑著，邊滑邊鼓著雙頰。「《特拉齊格尼斯的吉里翁爵士言行錄》？」[125]

「這本要個幾百萬吧？」史提芬猜了一下。

「至少，」庫戴許繼續盯著清單說。「這份書單太扯了。你得拿出個幾十億才能全部買齊。《曼尼佩尼聖務日課書》[126]？比利．齊沃斯怎麼有辦法坐擁這全部？」

波格丹拉了張木椅去跟庫戴許與史提芬坐在一起。

「我是你就不會坐在那兒，」庫戴許說。「那張椅子要一萬四千鎊，而你又是個大塊頭。那附近有張擠奶的凳子可以坐。」

波格丹找到並拉來了那張擠奶的凳子。「也許不用擔心比利．齊沃斯。也許是別人買了這些書。」

「齊沃斯只是在看管那些書，」史提芬附議。

125 The Deeds of Sir Gillion de Trazegnies。全球排名前十昂貴的手稿之一，二〇一二年十二月拍出三百八十五萬英鎊的價格。該書成書於十五世紀，講述貴族騎士吉里翁隨十字軍東征，而在埃及發生的種種冒險故事。

126 The Monypenny Breviary。十五世紀一本畫給阿爾德溫尼的威廉．曼尼佩尼（William Moneypenny of Ardwenny）的法文附圖手抄本。阿爾德溫尼是他在蘇格蘭的故鄉，但他在法國有土地，並在法國擔任修道院長。這本書在二〇〇〇年七月由蘇富比以三百二十萬英鎊拍出。

庫戴許把清單折了起來，放進了他的西裝外套口袋中。「我會去打聽打聽。但這牽涉的層面相當之大，即便對我來說也一樣。」他看向唐娜。「我只不過是個身分卑微的古董店老闆，我其實並不認識任何罪犯。」

「那我就是愛與戰鬥的女神，」唐娜說，這會兒她欣賞起了一個鉛錫合金的白鑞硯台，造型是隻吉娃娃。

「但你可能有朋友會有門路？」史提芬問庫戴許。

「是有可能，」庫戴許說。「我是很樂意幫忙。」

唐娜晃了過來。「那你哪天會有興趣也幫幫警察的忙嗎，夏瑪先生？」

庫戴許微微聳了個肩。「讓我跟你說個故事，唐娜。一個我在想妳聽了也不會嚇一跳的故事。我守著這個店鋪已經快五十年了，一九七〇年代開業的這家店，坎普頓古玩店，老闆是K．夏瑪先生，這些字眼寫在窗戶上是多麼美麗。就跟其他的英國店面那樣，妳應該知道吧？就像我在電影裡看過的那些店面；全部都是我自己親手做的。結果第一天晚上，磚頭就從窗戶砸了進來。我修理，我重新油漆，我重新開幕。但我一重新開幕，就又有磚頭砸進窗戶。天天晚上如此，直到他們覺得無聊了才罷手，直到他們換到下一家新店去砸才放過我。」

「我很抱歉，」唐娜說。

「不會啦，」庫戴許說。「陳年往事了。但也許妳能猜到一九七〇年代的布萊頓警局，幫了我多少忙？」

「什麼忙都沒幫？」唐娜猜了一下。

「什麼忙都沒幫，」庫戴許把唐娜的話複製貼上。「甚至你說那些磚頭就是警局的東西，我也不會覺得驚訝。所以我從那之後，就不跟他們打交道了，而他們基本上，也把我當隱形人。這樣對大家都好，我想。」

唐娜點了頭。她可以想像。

「史提芬，」波格丹說。「我需要跟庫戴許私下談談。方便嗎？」

「都聽你的，」史提芬說。「我去把車開過來。」

「也許……」波格丹說。「也許唐娜可以跟你一起去開車？讓你有個伴。」

唐娜對波格丹眨了個眼，然後勾上了史提芬的手臂。

「謝謝你，庫戴許，老兄，」史提芬說。「就知道找你就對了。替我問候一下普莉莎。過兩天吃晚飯？」

「過兩天吃晚飯，」庫戴許說著站起身來，擁抱了史提芬。「我會跟普莉莎說你來過，她聽到這事臉色一定會亮起來，鐵定的。」

「你這傢伙能娶到這種老婆，真是走了運了，」史提芬說。

唐娜領著史提芬離開了店內。波格丹與庫戴許等店門的鈴聲徹底歇止了，才開始對話。

「普莉莎已經去世了，我想？」波格丹說。

「十五年了，」庫戴許說。「但我還是會跟她說史提芬今天來了，她肯定會面露微笑。」

波格丹點了點頭。

「而我這混蛋真的是走了運才能娶到她，當時他也在場。他的病況如何？在惡化了嗎？這些年史提芬有多照顧我，難以用言語表達。也讓我賺了不少錢，但他的溫暖才是真正的寶貝。」

「他記得自己記得什麼，」波格丹說。「暫時他還不知道自己忘記了什麼。」

「那還算是老天垂憐，」庫戴許說。「暫時。」

「你真的可以幫忙查史提芬記得的書單嗎？」波格丹問。

「如果這些書全都歸了一個人，」庫戴許說，「那我或許可以查出這人是誰。有難度就是了。但我猜那人不會是比爾．齊沃斯就是了，對吧？」

「不是，不是比爾．齊沃斯，」波格丹說。「是一個要殺史提芬太太的人。」

「伊莉莎白？」

波格丹點了點頭。「伊莉莎白。」

「那我肯定會把人查出來，」庫戴許說。「我保證。她這輛小跑車，現在還是所有汽缸都動得了吧，我希望。」

「大部分，」波格丹說。「對不起我帶了個警察到你店裡。但唐娜是特例。」

「史提芬的朋友就是我的朋友，」庫戴許說。「就算穿著制服也一樣。給我個兩天，我盡力而為。」

庫戴許跟波格丹握了手，準備送他去門口。但波格丹的腳步有點猶疑。

「還有事嗎？」庫戴許問了聲。

波格丹在兩腳之間轉換著重心。然後朝店的後面點了個頭。

「唐娜中意的那個雕像，」波格丹說。「現金價多少？」

第五十三章

喬伊絲

我今天見到了費歐娜・克萊門斯，那就是我今天的頭條新聞。另外，我的包包裡出現了一把槍，這點換到任何一天，多半都會是頭條等級的消息。第三，黑衣修士站有間你一輩子都見不到，超整齊的WH史密斯超商分店。

我們這天真的是，一言難盡。我們出門是早上十點，而回來都已經過了晚上七點。維克多去見傑克・梅森還沒回來。散落在地板上的通通是他的那些紙。一張張都是財務紀錄。今早我問他資料的調查走不走運，他說這跟運氣無關，而我說，嗯，我只是在找話聊而已，然後他說，是，我的想法基本沒錯。然後他就去燒水要泡茶了。我們處得算是可以。

正常來講艾倫會一看到處都是紙就玩瘋了。紙可以讓牠咬，可以讓牠撕得稀巴爛。但這次牠只是繞著紙張打轉，儼然是個禮貌的小孩。維克多把這些東西的重要性解釋給了艾倫聽，並請牠務必要小心。維克多說起話來確實有其說服力。像他前幾天就讓我看了一級方程式賽車，但明明ITV3[127]上有《偵探白羅》[128]在做。什麼事被他一講，都會搞得好像是你

127 屬於獨立電視網（ITV）的一個電視頻道。

128 阿嘉莎・克莉絲蒂筆下的神探。

自己主動想做。大半的時候，艾倫跟我都只有坐在那兒點頭的份兒。

現在我每次要進公寓之前，都得先用一種特別的敲門法讓維克多知道是我回來了。那說穿了就是很快地敲四次門，然後聽起來有點像月豬[129]的廣告節奏。維克多說如果他聽到門開了但沒有敲門聲，我要知道他會拿著獵槍躲到沙發後面。「我不想不小心開槍打到妳，」他說，「但必要時我會。」

伊莉莎白跟我去看了《爭分奪秒》錄影。他們一次錄了三集，而我看了第二跟第三集。第一集中間出了點插曲，是因為伊莉莎白演了齣暈倒的戲。但事實證明她會出此下策，也是不得已的。第二集的那一對贏到了兩千七百鎊，而他們要結婚了，所以獎金就成了他們的婚禮基金。他怎麼看都比她大應該有十五歲。我知道對年齡有成見不對，但說真的我只想喊聲讓她聽到，「趁還來得及快逃！」

結合昏倒的演技跟那把槍的說服力，伊莉莎白成功讓費歐娜在收工後對我們開了口。我們坐在她的梳化間，有個出校門不可能太久的小朋友給我們送上了一人一杯花草茶。我要了洋甘菊跟覆盆子，因為那是我最先聽到的選項，畢竟只要一有人對我連珠炮念出一長串清單，我的腦袋就會先當機再關機。

是說，我並沒有不喜歡費歐娜．克萊門斯，這話我要說在前頭。她確實不如我們光看電視所以為的溫暖，我想是鏡頭前多多少少得演一下吧，但她絕對不到沒禮貌就是了。不過其實在被暈倒跟手槍耍過之後，她就算有點脾氣也絕對不為過。

她只有半小時的空，因為她等會兒還有要去訪問波諾[130]的行程，所以伊莉莎白跟我得交替著問問題。我把所有跟柏特妮．維茨有關的問題，都交給了伊莉莎白，因為我多半不會再有場合見到費歐娜・克萊門斯，所以我想把這次的機緣盡可能榨乾。

就這樣，我們進行了大概像下面這樣的，一場對話。

伊莉莎白：說說妳跟柏特妮・維茨的關係。

費歐娜：我們相看兩相厭。

我：《爭分奪秒》上有人得過最高的獎金是多少？

費歐娜：我不知道。大概兩萬英鎊吧，我想。

伊莉莎白：妳們相互討厭的理由是？

費歐娜：她討厭我是因為她覺得我是個草包。而我討厭她是因為她覺得我是個草包。

我：幾個星期前妳在節目上穿過紅鞋，我不知道妳還記不記得？我有點好奇妳是在哪裡買到的？

費歐娜：我不知道，抱歉。

伊莉莎白：柏特妮一旦出於某種原因走人，她的主持人位子就會是妳的，這點妳當年心裡有底嗎？

費歐娜：我參加過試鏡。我知道上頭中意我。但，請原諒我這麼說，喬伊絲，跟人一起主持《東南今夜》並不是我特別想達成的境界。

---

129 moonpig.com，英國一家上市的網路賀卡零售商。

130 Bono，愛爾蘭搖滾樂團U2的明星吉他手兼主唱，在政治與社會運動上十分活躍。

伊莉莎白：但對妳總是有好沒壞吧？

費歐娜：ＯＫ，是我為了當主播念地方新聞，不惜殺了她，可以了吧。

我：節目中會有人透過耳機跟妳說話嗎？

費歐娜：會。

我：他們都說些什麼？

費歐娜：什麼都說啊。提醒我分數，告訴我要活潑一點，讓我知道觀眾裡有人暈倒了。

伊莉莎白：柏特妮遇害的那晚，妳人在哪裡？

費歐娜：我跟一名攝影師在某家飯店裡吸古柯鹼。

我：我們最近買過價值一萬鎊的古柯鹼。[131]妳訪問過的對象裡面，人最好的是誰？

費歐娜：湯姆．漢克斯。

伊莉莎白：妳對柏特妮死前收到的手寫字條，在公司裡的那些，所知有多少？

費歐娜：什麼樣的訊息？

伊莉莎白：「滾啦」、「這裡沒人歡迎妳」。諸如此類的。

費歐娜（笑著說）：她也收到了啊？我還以為只有我。

伊莉莎白：妳也收到了一樣的字條？妳能想到會是誰寫的嗎？

費歐娜：沒概念耶，不過沒有人把我推下懸崖，是吧？

我：湯姆．漢克斯的人是怎麼個好法？

伊莉莎白（有點被我煩到，我覺得）：妳還能想到其它人會有理由殺害柏特妮嗎？

費歐娜：時尚警察？

我：我看妳會在ＩＧ上直播影片，然後所有人都可以一邊看一邊評論耶？妳是怎麼辦到的？我怎麼都找不到那個按鈕。

費歐娜：那叫做「限時動態」，妳可以上網查查看。

伊莉莎白：還有哪個當時也在場的別人，是我們應該去問問看的嗎？

費歐娜：卡溫，他是製作人。就算他沒有親手殺了她，他們也應該把他關起來。而邁可的化妝師，潘蜜拉，之類的啦。她身邊的氣氛總是怪怪的。

伊莉莎白：妳是指寶琳？

費歐娜：妳說是就是吧。

我：妳有朝一日會去上《舞動奇蹟》嗎？

費歐娜：除非我去當主持人。

所以，你看囉，她沒有到不禮貌，畢竟當下的狀況是那樣，但她也沒有到處處讓人驚豔。我剛去查過了你要怎麼在ＩＧ上做那些直播影片，但我還是哪邊是頭哪邊是尾都搞不清楚。所以我就先專心發照片吧，我想。朗恩今天讓我發了一張艾倫有兩顆球在牠嘴裡的照片。喬安娜按了讚，這倒是頭一遭。

我們途經溫比漢堡，回到了車站，然後我在火車上打了個盹。我跟伊莉莎白說她可以睬一下，還說我會看著我們的站到了沒有，但她還是想要醒著。

---

131 詳見本系列第二集《死了兩次的男人》。

我在想維克多要何時才會回來？我希望他在傑克．梅森那兒能走點運。伊莉莎白對他信心十足。我問她有沒有跟他睡過，她說她著實不記得了，但他們多半有做過。我跟她說我把我所有睡過的人的照片，都帶在了包包裡。然後我打開了包包，讓她看了我錢包裡唯一的照片，就是傑瑞的，而她說，「是，我第一時間就聽懂了，喬伊絲。」

我在想維克多如果真與伊莉莎白睡過，他會不會記得。我想一般人大概都會吧。

第五十四章

三個男人坐在傑克．梅森的一樓庭院裡，頭頂著月光，三人各自有長條的戶外暖爐與平底的無梗酒杯裡的威士忌，在幫著他們保暖。閃爍的燈光在海面上眨啊眨。朗恩感覺威士忌在溫暖著他的胸膛，而他的眼皮子則開始下壓。要是能讓他一邊按摩一邊享受上述這一切，那他完全可以一週七天都這麼爽。

他們今天過得可真是愜意啊。暖氣露臺上的巴比Q烤肉、斯諾克撞球、撲克牌。那叫一個夫復何求。維克多忽左忽右的刺探顯得不慍不火，傑克則對他的問題不斷推託。晚上打的斯諾克已經告一段落。這是他們的首例，而三人也都希望這能開啟為一個慣例。三個老男人、三個新朋友。分別是道上兄弟、上校退役的前ＫＧＢ，還有職業工會曾經的強大戰力。

「那包袱應該挺重的吧，傑克，」維克多說。

「你說啥呢？」傑克問。

「你的勾當啊，」維克多說。「本來一切都乾乾淨淨。結果柏特妮死了。然後現在又死了個海瑟。這肯定讓你備感壓力吧。這責任是你的嗎？」

傑克點點頭，舉起了酒杯。

「殺人這種事，我是不幹的，維克多，」傑克說。「有些人殺人會有快感，我從來不會。我的快感來自犯法、來自賺錢，來自在爾虞我詐中勝過人一籌。」

「那我們算是臭味相投囉，」維克多說。「但也許你還是會為此有一點心神不寧吧，」維克多說。「就一點點。」

「就一點點，」傑克表示同意。

「我明白，」維克多說。「而你一定很氣那名凶手吧？我知道我會啦。」

「那確實很蠢，」傑克說。「而且沒有必要。」

「光是想到，」維克多說，「柏特妮那樣從懸崖上掉下去。你難免會夜半驚醒吧？」

「吶，我還好，」傑克說。「你搞錯了。」

「我偶爾確實會搞錯，」維克多也承認。「但我倒是挺想知道我這次錯在哪裡？那種畫面肯定會在我腦中揮之不去。」

「兩位，」傑克說著露出了一抹淺淺的微笑，「我可以跟你們說件事嗎？算是讓我放下一點包袱？」

這聽起來可能會很不舒服地帶人通往討論感覺的邊緣，朗恩心想，但他看得出那是維克多在出招。而他們總歸是在調查一宗犯罪，所以他決定自己要多擔待一點。

「這話不能讓警察知道，」傑克說。「這只是我們三人之間的閒聊。至於你們知道了要怎麼做，那是你們的自由。」

「這裡沒有人會跟警察亂講什麼，」朗恩說。「你放心說吧，傑克。」

「車子從懸崖掉下去的時候，車子裡一個人都沒有，」傑克．梅森說，然後又喝了一小口他的威士忌。「柏特妮．維茨早在幾小時前就死了。」

朗恩一聽完全醒了，這點非常確定。他看向維克多，心知當過ＫＧＢ軍官的人會比他更知道在這節骨眼上，什麼才是該問的問題。

「嗯，這發展倒是挺有趣的，」維克多說。「你這麼說是當真的嗎？傑克。」

「我是當真的，」傑克．梅森說。「我知道她是誰殺的，知道她是為了什麼被殺，也知道她被埋在哪兒。我知道她的墓在何處。」

「這怎麼聽怎麼像是你殺了她耶，傑克？你不覺得嗎？」

「這我同意，」傑克說。「但那就是有人要的，不是嗎？兩位男士再來一點威士忌？」

維克多跟朗恩都同意傑克醫生的這帖藥開得好，他們正好需要。傑克．梅森倒了酒，然後重新坐定。

「你少算了一個人，」傑克說。「還有一個人也涉入了我的小小勾當。」

「男的？女的？」維克多故作輕鬆地一問。

「其中一種吧，你猜，」傑克．梅森說。要是你需要找個人對KGB幹員的盤問免疫，那他還真的挺推薦士生士長的考克尼，[132]朗恩心想。

「所以這個人，」朗恩開了口。「就別藏著掖著了，應該是個哥們兒吧。是他殺了柏特妮．維茨？」

「事情是這樣的，」傑克．梅森說。「我那門行當，已經快繃不住了。柏特妮．維茨緊咬著我們——該放手的時候就要知道放手，你們說對吧？」

「對到不行，」維克多說。

「我的想法是我還挺穩的。不論柏特妮掌握了什麼消息，她都拿我沒轍，所以頂多就是

132 倫敦東區的藍領工人階級。

把事情停了，朝下一個階段邁進。」

「但你的這個合夥人不這麼想？」

「我的合夥人比較緊張兮兮，」傑克．梅森說。「這點我看得一清二楚。我沒有犯下什麼大錯，但我的合夥人有。他——我用『他』只是圖個方便，無須過度解讀，我玩這種遊戲可不是一天兩天了——他緊張的是我會跟人說些什麼，是海瑟會跟人說些什麼。」

「你不是會亂開口的人，」朗恩說。

「我口風一向緊，未來也會一直緊。」傑克甚表同意。

「你現在沒有很緊喔，傑克，」維克多戳了他一下，只是力道很輕。傑克揮起手要維克多閉嘴。

「所以，」朗恩說。「你的這個搭檔殺了柏特妮．維茨？」

「在她造成更多麻煩前，」傑克說，「殺了她，把車開到莎士比亞絕壁，連人帶車推下去。我的合夥人完全不是會驚慌的人，但他慌了。再厲害的人也難免如此。」

「但為什麼屍體會不在車上呢？」維克多問。「我在想你有沒有辦法解釋這一點？」

「要我說的話，」傑克．梅森說。「真正的大問題，是沒有人看到的那個內幕。我的合夥人找上我，跟我說他殺了柏特妮．維茨，還叫我打開電視看看新聞，就知道他的話是真是假。我開了，還真的。我很不開心。」

「這種事誰會開心啊？」朗恩說。

「誰會開心呢，你說得不假，」傑克說。「我很氣，我怎麼能不氣，我甚至有點爆走。根本不需要死人的，我們完全可以全身而退，結果他對我微微一笑，然後說誰也別想全身而退，那意思我想是他也要殺了我。這話說得有點嚇人，但這種事不是不曾發生。」朗恩跟維克多都點了頭。

「然後他說，『你要不要看看屍體』，我說，『屍體不在車子裡嗎？』，而他說，『不在，屍體被埋在一個很安全的地方』。」

「天啊，」朗恩說。威士忌開始讓他有一點頭痛。閃爍在海面上的燈光，如今看起來既寒冷又孤寂。

「所以他的所作所為，」傑克說。「是殺了柏特妮，埋了她，然後把確切的埋屍處告訴了我。而我不否認他聰明的地方在於，他在埋屍柏特妮的時候，放進了一支表面滿是海瑟．加爾伯特指紋，裡面與我某支私人號碼有通話紀錄的手機。此外他用來殺她的槍枝也被埋在了別處，上頭同樣滿布著海瑟的指紋。」

維克多往前一坐。「所以柏特妮死了，管不了閒事了。而你的合夥人還設計陷害了海瑟，讓她成為準殺人凶手，並把你也牽連成共犯？」

「你算是進入狀況了，」傑克．梅森說。「他對海瑟說，這樁詐騙案會上法庭。到時候我需要妳認罪，對所有的犯行坦承不諱，但對妳替誰工作隻字不提。」

「不然我就讓警察去掘柏特妮的墓？」

「那兒所有的證據都指向海瑟就是凶手。所以，妳想要坐十年的牢，還是想要坐一輩子的牢？這就是勒索，埋在六呎之下地底的勒索。」

「所以她每分每秒，都頂著這樣的陰影在坐牢嗎？」朗恩問。

「她一個字都沒說，也一毛錢都沒賺，」傑克．梅森說。「她只是默默地坐著黑牢，因為她知道自己稍有亂來，就會變成殺人犯。」

「熬了個半天，」朗恩說。「還是落得被某人送上西天。那，叫什麼來著，喔，歹命。」

男人們點起頭來，就像三隻睿智的猴子。

「那他對你的要求是什麼？」維克多問。

「他要他的錢，」傑克．梅森說。「大概一千萬鎊，問題是他碰不到。」

「而你可以？」

「結果好像也是不行，」傑克．梅森說。「相關規定在二〇一五那年改了，那之後變成所有東西沒有例外，通通都要申報，就像有各種火圈要跳。然後各種障礙還接著一個個跳出來，以前從沒見過這種事兒。你們對於洗錢了解多嗎？」

「多，」維克多說。

「我們把錢洗得之澈底，可以用四個字來形容，那就叫隨風而逝。海瑟把錢洗出去是一把好手。但等我們需要讓錢掉頭，乾乾淨淨地回流時，我們原本設想好的那些管道已經不再合法了。還有就是有一部分錢，直接就消失不見了。我們把錢藏得太好，好到我們自己都找不到了。」

「所以錢還在就是了？」維克多說。

「理論上，」傑克．梅森說。

「你有可能告訴我們，你的這名合夥人是誰嗎？」朗恩說。

「當然不可能，」傑克．梅森說。「我跟你們說的這些就已經太多了，但如果你們能自己研究出來，那就算你們強運。」

「我們會研究出來的，」朗恩說。他可以聽見遠遠地有車子的聲音傳來。

「她可以不用死的，」傑克．梅森說。「這筆帳得算我頭上。海瑟也算枉死，那也得算我頭上。」

「我不是不想反駁你，傑克，」朗恩說。「但我沒有辦法。」

傑克點點頭，然後環顧起四周，環顧起他的房子、他的花園，還有那無敵的景色。「這些其實都是身外之物。」

朗恩的大發以頭燈燈光掃過了草坪。波格丹來接他們了。傑克起身送別他的兩個新朋友。但維克多又丟出了最後一個問題。

「你為什麼不自己去把屍體挖出來，那樣問題不就解決了嗎？」

「你以為我沒找過嗎，」傑克．梅森說。「這麼些年，相信我，我試過了。我知道該去哪裡挖，也挖過了一遍又一遍，但是——」

「你可以把她的埋骨處告訴我們嗎？」維克多問。

「我跟你們說的，已經夠你們去有所發揮了，」傑克說。

「你們這些老不死的可以想出來的。」

「你的坦誠令人欽佩，」維克多說。

傑克把手搭上了維克多的雙肩。「我忍不住覺得我這樣掏心掏肺，讓你今晚斯諾克的勝利變得沒那麼厲害了。當然也讓人忘記了朗恩的爛有多爛。」

「我們還能再來做客嗎？」維克多說。

「我想不到還有什麼比今天更盡興的事了，」傑克．梅森說。「兩個好朋友，一杯威士忌，一場斯諾克。剩下的都只是虛榮與欲求。我花了好長時間才將這一切看透。」

「別忘了你還欠維克多贏球的十英鎊喔，」朗恩說。

「債多不愁，」傑克・梅森說著鞠了個躬。「我債多不愁。」

第五十五章

澈底醒了的伊莉莎白在思考著。

維克多今晚姍姍來遲地回來了，肚子裡的情報與威士忌都滿載而歸。朗恩又沒回來，這好像已經愈來愈變成一種常態。臨時作戰會議在伊博辛家召開。喬伊絲與艾倫也加入了他們，一人一狗都很興奮可以這麼晚還在外面。

這個案子有了重大突破。

所以柏特妮．維茨根本不在車內。她被殺她的凶手埋在了某處，當作一種保險。而且還有能嫁禍海瑟．加爾巴特跟傑克．梅森，讓這兩人脫不了身的證據陪葬。

這番操作十分乾淨俐落。沒有人再會去找屍體，因為大家都以為屍體多年前已經被沖進海裡。但如果傑克或海瑟哪天想到要協助警方查案，凶手也不怕，他，當然也可能是她，只消提醒他們自己的手裡掐著他們的未來。最好別把我供出來，不然後果自負。但某處總會有個瑕疵。總會有個致命的錯誤。

伊莉莎白走在回家的路上，心中浮出了一個計畫。她的雙眼也沒忘記提防維京人。現在被殺可不是個裡想的時機，畢竟事情才正開始要愈變愈有趣。

他們從傑克．梅森那兒應該已經擠不出東西。

伊莉莎白很確定這點。維克多對傑克的操作已經告一段落。所以他們接下來有兩條路可走。

把那些財務文件重新翻開，畢竟他們現在知道了有個合夥人的存在。他們掌握了「凱倫・懷海德」這個名字，沒錯，但他們沒有其他的線索可以將這名字連結上命案。然後是「理科碩士羅伯・布朗」這個名字。但會不會還有其它的呢？維克多明天早上會繼續處理這條線。他到目前為止還沒有什麼進展。

第二個選擇難度也不低，但至少伊莉莎白出得上力，那就是找出傑克・梅森提及的墓地。整體的共識是那可以在任何一地，但伊莉莎白這輩子就沒幾次靠整體共識在度過她的生命。

有個困擾了她一段時間的問題又再一次浮出了水面。為什麼傑克・梅森要買下海瑟・加爾巴特的房子？房款全都代替那些被洗的錢，進了政府的口袋。所以那算不上給海瑟的封口費。他沒有自住，沒有出租，沒有裝潢，也沒有獲利了結。

所以不論怎麼想，傑克・梅森買房都只為一件事，那就是讓別人沒辦法住在裡面。沒人可以住在裡面，就沒人可以，比方說，重鋪門廊的地板，或是心血來潮想挖一兩個池塘，是吧？伊莉莎白在想要是去海瑟・加爾巴特的花園裡挖挖看，會不會有什麼收穫？波格丹手邊的那把鏟子，應該還在某處。

但你要怎麼做，才能在沒有許可的狀態下去挖別人的花園呢？傑克・梅森顯然不會邀請他們去一個可能埋著屍體的家吧。

伊莉莎白躺在床上，與身邊的史提芬十指交纏，然後她想到了有個人或許幫得上忙。

而且仔細一想，這個人還可以一併幫她解決另一個問題。那就是阻止維京人。醒過來的史提芬將她擁入懷裡，並說他明天會去見他的朋友庫戴許，而且他多半會想要開車去，如果她明天不用車的話？伊莉莎白跟他說那確實是個好主意，並撫摸著他的頭髮直到他再度睡去。

第五十六章

「他們肯定是一路八卦回家的吧？」唐娜說。她的頭在波格丹的大腿上。他想看歐洲體育台上的國際冬季兩項運動轉播，因為他有個以前的同學是裡面的選手。冬季兩項是越野滑雪在前，步槍射擊在後。她慢慢也看出了興頭。

「他們要我發誓不說，」波格丹說。他比了比電視的方向。「耶日緊張到做噩夢。」

「但你可以跟我說，」唐娜告訴他。

「跟警察不說。」波格丹說。

「我不是警察，」唐娜說。「我是你女朋友。」

「妳從沒說妳是我女朋友，」波格丹說。

唐娜扭過頭，由下往上看著他。「那，你準備以後會聽不完。」

「所以我是妳男朋友？」

「我真心不懂為什麼有人說你是某種天才，」唐娜說。「是，你是我男朋友。」

波格丹露出了欣慰的笑容。「我們是唐娜與波格丹。」

「我們是啊，」唐娜說著伸出手，摸上了他的臉。「或波格丹與唐娜，我無所謂。」

「唐娜與波格丹聽起來比較對，」波格丹說。

唐娜把自己撐了起來，吻上了他。「那，就唐娜與波格丹吧。所以，跟我說說朗恩與維克多有什麼發現。」

「不行，」波格丹說。此時的他又一次因為電視畫面分心。「這個立陶宛人作弊。」

「跟我說點什麼嘛，」唐娜說。「賞我點甜頭。」

「好吧，」波格丹說。「朗恩今晚沒有回家。他去了寶琳家過夜。」

「喔喔，」唐娜說。「這個不錯。給過。」

波格丹對著螢幕搖起頭。「如果耶日不拿到前四名，他就沒辦法參加在馬爾默[133]的決賽。」

「可憐的耶日，」唐娜說。「加把勁啊，夥計，手指該拿出來了！」[134]

「她住在哪裡？」

「蛤？」波格丹又看得入神了。

「寶琳，」唐娜帶著睏意說道。「她就住在這附近嗎？」

波格丹點點頭。「就在羅瑟菲爾德路旁，那座公寓大樓裡。叫翠柏閣。」

「翠柏閣？」

「是啊，妳聽說過嗎？」

唐娜自然聽說過。寶琳就住在柏特妮・維茨在遇害當晚去過的那棟大樓。

第五十七章

辦公室裡是溫暖的橡木，搭配深紅色地毯。伊莉莎白的目光被吸引到一幅巨大的畫作上有條狗狗戴著警方頒授的英勇獎章。另外就是有幅被裱框起來的標語，上頭說的是：**犯罪永遠划不來**。但多年來的經驗告訴她，沒這回事。維克多的頂樓公寓就是個最好的例子。

要約到跟警察局長見一面，可沒那麼容易。他們是一群大忙人，行事曆都有嚴格管控。不信你撥撥看九九九，[135]說你要找某位警察局長。馬上你就會知道什麼叫死胡同。

伊莉莎白致電安德魯・艾佛頓的辦公室，是今天早上的事情，她自稱是作家經紀人，還說自己把麥肯錫・麥可史都華系列讀了個遍，覺得寫得太好了，不知道他會不會有空跟她聊聊天？

電話打回來，只花了一分鐘，原來是他當天下午的行程很神奇地出現了一個窗口。不論安德魯・艾佛頓原本計畫要做什麼，也許是有某個連續殺人犯要抓吧，現在都可以在爐子上往後挪。

---

133 Malmö，瑞典的第三大城。

134 Pull one’s finger out，叫人努力點，起源說法不一，有一說是叫人別再把手指插在屁眼裡了，所以有點粗魯，但也有說是皇家空軍叫人手別壓在屁股下了，或是英國砲兵叫人趕緊把手指從放完砲彈的砲管中拿出來。

135 英國報警電話分兩種，非緊急報案是一〇一，緊急報案是九九九。

伊莉莎白走進辦公室的當下，就可以看到他眼裡的失望。他認出了她曾出現在朗讀會上。接著他短暫地想重整旗鼓並找回希望，他的想法應該是，好吧，這是前幾天在朗讀會上的老太太，但也許人家真的也是個作家經紀人啊，說不定還是文壇教母之類的也說不定。但她那句「你的書我沒看過，不過我知道喬伊絲滿喜歡其中一本的」一說出去，他就整個洩了氣，這她都看在眼裡。不過此時的她已然成功坐下，而她知道基本的禮數能給她起碼兩個問題的「扣打」。136

「柏特妮．維茨，」伊莉莎白說。「你記得這個案子嗎？」

「我記得那個案子，」安德魯．艾佛頓說。「但我不記得我有請妳過來討論案情，吧？」

伊莉莎白揮起手，表示那不重要。「我們都是納稅人，不是嗎？有什麼你能告訴我的嗎？目前的嫌犯有誰？」

「嗯，」安德魯．艾佛頓說。「警方的辦案程序你熟嗎？」

「相當，」伊莉莎白說。

安德魯．艾佛頓開始用筆在辦公桌上輕敲了起來。「那我們此刻的對話符合警方程序嗎？按照妳的了解。」

「我是這麼想的，」伊莉莎白說。「我覺得你是肯特郡的警察局長。我覺得只要你願意，你應該可以告訴我各式各樣的事情。我還覺得你沒有能把柏特妮．維茨的案子做一個收尾——」

「那不是我個人沒破案，」安德魯．艾佛頓說。「公平點說，當年的我還不是什麼大咖。」

「也是啦，」伊莉莎白不否認。「但這畢竟是個動見觀瞻的大案，還是個懸案。我可以幫上你一點忙，但你也要幫我點忙才說得過去。」

「妳可以幫我什麼忙？」

「不急，時候到了我會告訴你，」伊莉莎白說。「是說你應該知道海瑟・加爾巴特的死訊。她曾是你的頭號嫌犯嗎？」

「她是其中一名嫌犯，」安德魯・艾佛頓說。「老話一句，妳能幫我什麼？妳能知道什麼我不知道的？」

「還有傑克・梅森？」伊莉莎白問。「他也是嫌犯嗎？」

「我們有找過他問話，」安德魯・艾佛頓說。「他有不在場證明，但他不是那種殺人會親自動手的人，所以那個證明意義不大。我不太明白的是為什麼，我們兩個會在進行這場對話？」

「還有其他人嗎？」伊莉莎白問。「有誰被我們漏掉了嗎？」

「我們是誰？」

「我的幾個朋友跟我，」伊莉莎白說。「都是些你會喜歡的人。比方說伊博辛，你應該已經見過了。」

「啊，是，」安德魯・艾佛頓說。「伊博辛・阿里夫。康妮・強森的朋友？」

「一個跟她在專業上有往來的人，」伊莉莎白說。「我們是愛管閒事的一群，局長先生。我確信你會覺得我們挺好用的。」

136　Quota，額度的意思。

安德魯・艾佛頓打量著她。那是伊莉莎白已經見過無數次的畫面。總有人想把她的斤兩摸清。但那只是白費力氣而已。

「OK，」安德魯・艾佛頓說。「算我被你釣到了。康妮・強森對海瑟・加爾巴特的死有什麼話說嗎？那就是妳說妳手裡有的資訊嗎？」

「她覺得海瑟・加爾巴特害怕著某人，」伊莉莎白說。

「嗯，不好意思，這點結論我們從遺書中就看得出來了；這算不上什麼新資訊，」安德魯・艾佛頓說。「我會需要像樣一點的爆料。她有說那個某人是誰嗎？」

「恐怕那就是我所沒有的情報。但你應該會很高興聽到我有關於遺書的發現，」伊莉莎白說。「那是假的。」

「假的？」伊莉莎白看著眼前的安德魯・艾佛頓在反覆進行著思索，變換著各種角度。經驗告訴她這人不傻。他搞不好真的能為他們所用。

「那不是她寫的嗎？」安德魯・艾佛頓仍看上去一臉狐疑。「不然是誰寫的？」

「這我們還在調查，」伊莉莎白說。「但在我們查出來之前，我有另外一個問題要問你。你覺得錢在哪裡？就算我們找不到柏特妮・維茨的屍體，起碼我們要能找到那些錢吧？」

「妳要知道我們不是沒試過，」安德魯・艾佛頓說。「我們不是沒見過世面的鄉巴佬。我們有鑑識會計師一頁一頁地檢視了每一份檔案。他們把足跡覆蓋得很澈底。」

伊莉莎白笑了。「老實說關於那些錢，我們兩週的發現就已經勝過你們至今的調查。」

「是嗎？」安德魯・艾佛頓說。

「你儘管不相信，親愛的，」伊莉莎白說。「事實就是事實。你們沒有發現被付給凱倫・

懷海德的四萬鎊。你們沒有發現被付給理科碩士羅伯・布朗的五萬鎊。你們沒有發現那些錢與傑克・梅森那幾家建設公司的關聯。你們的調查等於是一無所獲。」

安德魯・艾佛頓試著擠出一個回答。「我那個……我需要妳剛剛說的那些名字。所有的細節。包括你們是在哪裡找到的這些資料。」

「你問我們可以怎麼幫助你，我這麼說吧——」說著伊莉莎白從她的包包裡取出了一份檔案，往桌上一放——「我們可以從這個開始。」

安德魯・艾佛頓看著面前的檔案。「全都在這兒了嗎？」

「都在這兒了，」伊莉莎白說。「而這全部可以給你。但我會需要你幫兩個忙來還我。」

「是，妳確實渾身散發著那種氣息，」安德魯・艾佛頓說。「能力範圍內，我能幫就幫。」

「傑克・梅森買下了海瑟・加爾巴特的房子，」伊莉莎白說。「而且出價比行情高。你覺得那是為了什麼？」

安德魯・艾佛森對此沒有答案。「真的？這我倒是不知道。」

「也許你應該要知道？」

「也許吧，」安德魯・艾佛頓說。「這我沒有異議。」

「現在知道了，」伊莉莎白說，「你警探的直覺告訴你什麼？」

「也許他在那裡藏了什麼東西？或是他知道海瑟在那裡藏了什麼？」

「我的直覺也是這麼跟我說的，」伊莉莎白說。「感覺我們去那裡開挖一下，應該不會有什麼損失？不知道你有沒有辦法安排一下？」

安德魯・艾佛頓想了一下。伊莉莎白在想他恐怕得填完各式各樣的表格，才能讓這件事成行。有種東西叫行政程序。

「我想辦法我應該有，」安德魯，艾佛頓說。「我覺得那聽起來是個好主意。我來看看我們有什麼辦法。」

「嗯，看有什麼辦法，」伊莉莎白附和著。「我就知道我們會處得來。」

「妳要我幫的另一個忙，是什麼？」安德魯．艾佛頓說。

「有個洗錢專家想殺我，」伊莉莎白說。「也想殺喬伊絲，但這事我只告訴你，這是我們之間的祕密。我在想你能不能撥出兩名警員，保護我們一陣子。」

「洗錢專家？」安德魯．艾佛頓說。

「世界第一的，有人說。希望他當殺手不要也是世界第一。」

「讓我查一查，」安德魯．艾佛頓說。「那應該不是他可以隨便推託過去的。」

「我想您一定會全力以赴的，」伊莉莎白說。「而且您說不定還可以順便逮到全世界最大尾的洗錢犯。那感覺對您的仕途也有幫助。」

安德魯．艾佛頓露出微笑。「沒想到妳今天的來訪是一場驚喜呢。」

「那好吧，就請您加緊準備囉，」伊莉莎白說。「下次見到您，我希望能看到一把鏟子握在你的手裡。」

伊莉莎白起身要離開。感覺今天是滿載而歸。要是說有誰能取得許可去開挖某人的後花園，那除了警界的一郡之長也沒有別人了吧。安德魯．艾佛頓隨她站了起來。

「妳走之前，」安德魯．艾佛頓說，「我想問妳一件事情。」

「大部分人都有事情想要問我，」伊莉莎白說。她察覺到安德魯．艾佛頓有點緊張兮兮。「儘管問。」

「我需要妳老實跟我說，」安德魯．艾佛頓說。

「如果內心有答案，我一定會老實告訴你，」伊莉莎白說。

「妳的朋友喬伊絲……」安德魯．艾佛頓說。

「喬伊絲怎麼樣？」伊莉莎白說。

「她真的說她覺得我的書好看嗎？」

第五十八章

唐娜很快就了解到電視梳化間一項很重要的功能，就是做為大大小小、各式各樣八卦的集散地。

只不過，以今天的場合而言，她必須要如履薄冰。

唐娜回到了《東南今夜》討論網路詐欺。奇怪的電郵或文字訊息假裝是銀行所發來。虛假的網路交友檔案。基本上，網路詐欺等於無數種可以不用跟你本人見面，就讓你跟你的現金說再見的手法。她可是做足了一下午的功課。

「有隻小鳥[137]跟我說你住在翠柏閣，」唐娜說。

寶琳頓了一拍。唐娜必須盡可能裝得若無其事。他們查過了所有的車牌號碼。火焰車牌的白色寶獅，車主正是寶琳。

寶琳持續從根部倒梳著唐娜的頭髮，為的是令其看來更蓬鬆一些。「我說那隻小鳥，不會就是波格丹，吧？」

「也許，」唐娜說。「我們一直想保持低調。」

「沒事可以瞞過化妝師，」寶琳說。「妳算是成功上岸了，找到這麼個好傢伙。又高又帥，要我就把他當樹爬，還巴著不下來。」

唐娜笑著啟動了閒聊模式。「妳在那兒住很久了嗎？」

「翠柏閣嗎？住了驢年馬月了，」寶琳說。「用走的就可以到攝影棚，非常完美。」

所以有了，她這趟前來所圖的資訊。寶琳已經在翠柏閣住了不知多少年。而這就代表她在柏特妮・維茨死去的那一晚，就應該已經是這裡的住戶了。而既然是住戶，她就可以被列為柏特妮・維茨命案的頭號嫌犯。事情的發展對唐娜而言，快得有點讓人不快。

寶琳點了點唐娜的額頭。「放輕鬆，妳在皺什麼眉頭。上了化妝椅就把腦袋放空。」

「抱歉，」唐娜說。她輕到不能再輕地瞥了兩眼鏡中的寶琳。寶琳則用笑容叫她別想太多。

寶琳會有什麼理由要殺害柏特妮・維茨呢？過去埋藏著什麼？那些霸凌字條是怎麼回事？是寶琳寫的嗎？克里斯與唐娜沒有把他們的這個新調查方向透露給週四謀殺俱樂部知道。這有好幾個顯而易見的理由。但如果柏特妮真在那晚去見了寶琳，那這事就很難再瞞下去了。因為這說是巧合也太巧了。柏特妮沒事為什麼要去寶琳在翠柏閣的家。這當中肯定有什麼因果聯繫。

「我一開始搬進翠柏閣，圖的就是這個，」寶琳壓過她手中吹風機的聲音說。「一大堆節目的組員都住這裡。攝影師、音效，有的沒有的。節目甚至在這裡準備了兩間公寓，你知道，自由工作者如果從倫敦下來幾個月，就會被安排住進來。邁可幾年前在那裡也有個地方。那兒大半的時候就像間大學宿舍。」

唐娜點了點頭。嗯，事情這可就複雜了。如果事情真像寶琳所說的話。柏特妮可能在翠柏閣認識各式各樣的人，也可能去那兒見各式各樣的人。唐娜會需要更多資訊。

137 英國俚語，這說的不是真的小鳥，而是指「從某處聽說」的意思。

「柏特妮會去嗎？」唐娜問。她又要故作輕鬆，又要在嗓門上勝過吹風機一籌。

「什麼意思？」

「柏特妮以前會是翠柏閣的訪客嗎？」

「我覺得會吧，」寶琳說。「人在那兒來來去去。費歐娜·克萊門斯跟那兒的一個攝影師住戶有段情。那裡對人可說是來者不拒。」

「她有去那兒找過妳嗎？」唐娜問。

「我？喔不，」寶琳說著關掉了吹風機。「我根本不覺得她知道我住在那裡。」

「妳覺得她有可能在那兒撞見過妳嗎，」唐娜說。「我是說某個點上，如果她常去的話。」

「我跟那兒的其他人比起來，算是比較宅一點的，」寶琳說著聳了聳肩。

唐娜有很多消息要回報給克里斯。好消息：寶琳在柏特妮·維茨失蹤時就住在了翠柏閣。壞消息：當時就住在翠柏閣的還有一大堆人。這個壞消息好像幫了寶琳個忙，而且是一個大忙？

「打完收工，親愛的，」寶琳說。「說妳美得像幅畫，不過分吧？」

唐娜看著鏡子裡的自己。恰到好處。

寶琳很會，非常會。

第五十九章

他本以為他可能得宰了那條狗，但，到了最後，這種需求並沒有出現。從他闖進室內的第一個瞬間，狗狗就感覺很高興看到他。牠甚至在他幫槍上膛的時候，舔起了他的手。牠在鑰匙在鎖孔裡轉動的第一瞬間前，都在熟睡中。維京人會想養隻狗，但狗狗照顧起來很「厚工」。[138]你得去遛狗什麼的。而且有時候，狗狗的事情還會出錯。萬一有事出錯而他沒注意到，那可怎麼好？維京人會永遠原諒不了自己。他聽說過貓比較好養。也許他會去養隻貓說。

第一個從門口走進來的人，是喬伊絲；他認出了她是照片上的那個人。喬伊絲的手裡有一個購物袋。她微微搖曳著身體，口哨吹的是快樂的小曲。她停下了口哨是因為看到槍口，這讓維京人感覺有點內疚，但也感覺有點大權在握。應該還是內疚比較多，但他沒辦法不對大權在握的感覺照單全收。他在想就是因為這種感受，弱者才會對槍這種東西愛不釋手。但他可不是弱者喔，請別搞錯。

狗狗跳起來去迎接她，喬伊絲也伸出手去擼牠的一身毛，但目光始終緊盯著突然出現在她的公寓中，有著鬍子跟一把槍的男人。

「上帝保佑你，」喬伊絲說。「你一定就是維京人了吧？」

138 很花功夫。

維京人聽得一頭霧水。「維京人？」

「你綁架了伊莉莎白，」喬伊絲說。「還有史提芬，那很卑鄙。把你的槍放下；我都七十七的人了，還能把你怎麼著？」

維京人垂下了槍到身側，但還是槍不離手。現在大約是晚上七點，外頭已經天黑。他已經把窗簾闔了起來。喬伊絲沒有他想像中的害怕。她甚至還有心情去餵狗。「艾倫」，她這麼叫著牠。她說要給維京人泡杯茶，但因為怕有毒，他婉拒了。她在他對面坐下，艾倫則吃起了飯。哄哩哐啷摩擦著廚房地磚的，是牠的鐵碗。

「所以你是來殺維克多的？」她問。「他不在家。」

「我是來殺維克多的，沒錯，」維京人說。「但也是來殺妳的。」

「喔，」喬伊絲說。

「他們沒有告訴妳嗎？」

「他們沒有，」喬伊絲確認了這一點。「這事兒好像鬧得沸沸揚揚。我希望那是為了什麼天大重要的事情？」

「這叫公事公辦，」維京人說。「我叫伊莉莎白去殺了維克多。她沒做到。我跟她說過她不殺維克多，我就殺了妳。」

「這個嘛，她沒跟我說，」喬伊絲說。「你此前殺過人嗎？」

「殺過，」維京人說。他的聲音完全沒有動搖。他覺得自己表現得太好了。

「那你還叫伊莉莎白去幫你殺維克多，」喬伊絲說。「你真的殺過人嗎？」

「沒有，」維京人認了。她怎麼看出來的？「我從來都不需要自己動手啊，但現在我需要了。凡事都有第一次。」

「所以你的第一次是我？那還真是難為你了，我得說。才第一次就要殺靠退休金度日的老人。」

維京人聳了聳肩。「也許我這次就只殺維克多，那也不是不行。」

「我寧可你把我們兩個都殺了，」喬伊絲說。「我慢慢覺得他人還不錯耶。他火車節目也看太多了，但誰沒有點小缺點呢？你跟他有什麼過節？你確定你不想來杯茶嗎？如果要等維克多回來的話，我們得在這兒待一會兒喔，我保證不會對你下毒啦。手上有一個昏迷不醒的瑞典人，我才麻煩呢。」

維京人心想他其實不介意就來杯茶。真的來到這裡後，他的整個計畫感覺很不對勁，自己怎麼會手裡握著把槍，面對著一個喜歡禮貌地問東問西，嬌小的老太太。「好吧，那就，麻煩妳給我來杯茶，只加牛奶就好。我跟維克多有點糾紛。」

喬伊絲穿過了開放式的拱廊，進入了廚房，但仍繼續與在身後的維京人話家常。「什麼樣的糾紛？」

「我洗錢，」維京人說，「是用加密貨幣。但維克多叫他的客人離我遠點，說什麼加密貨幣很危險。害我損失了很多錢。殺了他，我就沒這個問題了。」

「喔，親愛的辛苦你了，那一定很煎熬吧，」喬伊絲說。「艾倫，我才剛餵過你，剛到一個不行耶。」

「妳覺得他何時會回來？」

「我還想問你呢，」喬伊絲說著用茶匙在馬克杯敲出了鏘鏘聲。「他去聽歌劇了，是不是很誇張。你不如讓自己舒服一點吧，既來之則安之嘛。我可以請教你一個問題嗎？」

「妳沒辦法說服我不殺他的，」維京人說。「我命該如此。」

「不，不，」喬伊絲說著走回了客廳，手裡拿著兩杯茶，一個馬克杯上印著摩托車，另一個印著花團錦簇。「你要哪一杯？」

「摩托車的好了，」維京人說。喬伊絲滿意地吐了口氣，坐了下來。「妳要問什麼？」

「加密貨幣，」喬伊絲說。「風險其實沒有那麼大，對吧？」

「非常大啊，」維京人說。「但這點對洗錢是OK的。」

「就連以太坊[139]也不例外？」喬伊絲問。「也是高風險嗎？」

維京人喝了一小口茶。「妳知道以太坊？」

「我在裡面投了一萬五千鎊，」喬伊絲說。「IG上的大家好像都非常有信心。」

「妳可以讓我看一下妳的戶頭嗎？」維京人說。老實講，業餘者真的讓他頭很大。加密貨幣是很複雜的東西。有朝一日它將舉足輕重，但今天的它還是西部的荒野。以太坊不是嬌小的老太太該投資的玩意兒。喬伊絲打開了她筆電上的一個頁面，然後將電腦遞了過去。

「我只用筆電做交易跟寫日記，」她說。「你要是不殺我，今晚也會上我的日記。」

「我不會殺妳啦，」維京人說，但他知道他還是有可能不得不下手。總之他查看了一下喬伊絲的以太坊帳戶，現值已經不到兩千鎊。「我在上頭調整一些東西，妳不介意吧？我需要你的密碼。」

「密碼是Poppy82，P大寫，」喬伊絲說。「你盡量調整，不用客氣。要是你答應也不殺維克多，我廚房還有一些餅乾。」

「抱歉，但我心已決，」維京人說著又喝了點茶，並把喬伊絲的筆電弄進了暗網中一個有點聲名狼藉的角落。把玩電腦讓他放鬆了一點，畢竟電腦就像他第二個家。他的心率得以放緩，而這也讓他意識到他剛剛有多緊繃。狗狗跑來舔起了他的手。他輕輕地將艾倫推開，然後用他沒被舔的那隻手揉起了眼睛。

維京人把喬伊絲的儲金移進了兩個分開的子帳號。只要知道眼光夠準確，市場裡還是有便宜可以撿。溪水裡依舊有砂金在一閃一閃，但就是一堆人都在淘選的地方該閃就閃。維京人覺得自己畢竟是闖進了喬伊絲的公寓，指點一下迷津就算是他的一點心意。如果他最後真的沒有要了喬伊絲的命，那她應該可以賺上一筆。喬伊絲似乎在說著一些字句，但他卻怎麼也組合不出意義。他怎麼剛喝茶就又渴了。他朝喬伊絲抬起頭，但他的頭卻愈來愈沉重。最後他試圖造出一個句子。

「我可不可以要杯……」要杯什麼？那東西叫什麼來著？「嗯……」

艾倫這次舔起了他的臉龐。他沒事躺地上是在做啥？

139 加密貨幣平台，其原生的以太幣是規模第二大的加密貨幣，僅次於比特幣。

第六十章

朗恩意識到現在的我們，生活在一個性別政治的明亮新世界裡。一道由性別與性身分所構築出的彩虹，還有他那個世代所從來沒想到過的自由。朗恩覺得這一點問題也沒有。讓人展現本來的模樣，他們自然會像花朵般綻放。但即便在這個性別的太平盛世裡，你讓一個男人在摩托車跟花花的馬克杯之間二選一，他還是會秒選摩托車。也還好他選了摩托車：維克多的藥錠既然能讓維京人這個大塊頭躺平，天曉得喬伊絲喝下去會有什麼反應。

「妳就不怕會不小心殺了他喔，喬伊絲，」伊莉莎白說。

「用安眠藥丸跟除蟲藥錠嗎？不至於吧，」喬伊絲說。

維京人開始有了些動靜。波格丹已經將他綁在了喬伊絲的飯廳椅子上。在他稍早睡著之後，喬伊絲呼叫了援軍，然後大夥兒就都聚集了在這兒。

波格丹是過來當肌肉棒子，維克多一聽完歌劇（「美妙絕倫。簡直超凡入聖」），就過來跟要殺他的男人面對面，伊莉莎白則剛解釋完她為什麼沒有跟喬伊絲說維京人也打算要殺她。至於朗恩與伊博辛之所以也在場，朗恩覺得，是因為喬伊絲與伊莉莎白如果不叫上他們，那她們倆這輩子都會不得安寧。

寶琳之所以在那兒，嗯，單純是因為她最近一天到晚在那兒。不論在古柏切斯或翠柏閣，她跟朗恩都喜歡黏在一起。她今天是下班直接過來。波格丹暫時消失在了現場。

維克多手握著維京人的槍。朗恩這之前曾開口要小握一下。他將槍口對準了牆壁，睜一隻眼閉一隻眼，說了一聲「砰」，然後將之遞還了回去。

維京人看上去有點狼狽。超大一團巨鬍。意識迷迷糊糊。許多年前的朗恩也曾經試著留鬍子，但並不成功。有些男人就是不適合蓄鬍，沒有誰應該對此過度解讀。鬍子不多無損於任何人的男性雄風。

喬伊絲給所有人都泡了杯茶，但首先她沒忘了把摩托車馬克杯洗得光亮。

「嘿，睡美人，」維克多喊話的對象是正在慢慢醒來的維京人。「嘿。」

維京人睜開了眼睛，微微地。然後又隨即閉上了雙眼，他第一時間仍無法接受自己都看到了些什麼。

「沒事兒，」維克多說。「把眼睛睜開無妨。你想來點水嗎？」

維京人再次睜開了眼睛，這次他試著把視線聚焦在喬伊絲家的地毯上。他花了點力氣抬起頭，望向了喬伊絲。「妳下藥迷昏我。」

「沒錯，」喬伊絲坦承不諱。

「妳說妳不會的，」維京人說。

「請原諒我，」喬伊絲說。「你說要殺維克多。而且你的視覺效果又很讓人驚恐。」

「你的鬍子真不錯，」伊博辛說。「這種鬍子你是怎麼留出來的？你有抹什麼油嗎？」

「這個問題我們是不是擇日再聊，伊博辛，」維克多說。

「誰都可以留鬍子，」朗恩說。

維克多彎身蹲了下來，朗恩記得曾幾何時，他也是蹲得下去的。維克多很幸運有一對靈活的雙膝。「你叫什麼名字，維京人？」

「誰也別想知道我的名字，」維京人說。

「這個嘛，話不要說太早，」維克多說。

「誰也別想講出我的名字，」維京人說，並發出了一聲怒吼。

「嗯，好像有人醒了，」喬伊絲說。艾倫從臥室左彎右彎地跑了過來，當起了噪音偵探。

朗恩眨了眨眼，意思是要寶琳放心。她在這個劇場前愈坐愈前面，看得津津有味。

「史上最棒的約會，朗恩，」她說。

「我們來聊聊你為什麼非置我於死地不可吧，」維克多說。「好嗎？」

「你會後悔的，」維京人說。「你們所有人都會後悔的。」

「我讓你賠了錢，這我懂，」維克多說。「我不肯推薦你。但你知道那是為什麼嗎？加密貨幣的風險太高了。」

「哪會，才不會，」喬伊絲說。「有人主流媒體看太多了。」她擼起了艾倫的一身毛。

「你說是不是，艾倫？沒錯，他們就是。」

「你這叫還活在過去，」維京人說。

「那當中是有道理的，」維克多說。「我活在我覺得舒服的地方。我活在我一身本領的故鄉。你等三十年四十年後也會跟我一樣。滿口加密貨幣讓年輕人笑話你。但你知道你有一點好在哪裡嗎？我活在過去是因為我老。我老了，我親愛的維京朋友，而你知道那是什麼意思嗎？那意思是你不需要費心殺我，你只需要有點耐性就行。我們在這抬槓的同時，我身體裡的細胞都在不住地萎縮。你眼前的這些人都會在你一個不注意的時候，就沒氣了。」

「別激動，維克多，」寶琳說。

「所以我是個傻子。所以我擋了你的路，我讓你賠錢了。」維克多聳了聳肩。「你混得不錯，我聽說過你的房子。你就好好做你的生意得了——你這會兒不就做得好好的，我都知道。你知道我為什麼至今還沒被人幹掉嗎？」

「為什麼？」

「因為我從不殺人，」維克多說。「老實說，一旦你殺了第一個，那就完了，你就得一路殺下去了。」

「聽起來就像護唇膏，」寶琳說。「你塗了第一次，你的嘴唇乾掉，然後你又得接著往下塗。」

維克多朝寶琳的方向比劃了一下，意思是就是這麼回事。「所以我的建議是，你回去過你的小日子，該洗錢洗錢，該爽住豪宅就爽住豪宅，但就是別殺人。我也會回去過我的安生日子，做我的工作，然後如果你走運的話，我會在五到七年後自然老死。」

「要是我不同意呢？要是我還是覺得你讓我少賺了太多錢呢？」

「那就殺了我吧，」維克多說。「我今天就會把風聲放出去，給我的許多朋友跟同事，說是你想殺了我。如此我的屍體一被發現，他們就會想當然耳地開始追殺你，到天涯海角。」

有把鑰匙在喬伊絲的門上轉動了起來。維克多縱身一躍趴在地上，槍口對準了門口。門一開，波格丹走了進來，維克多把槍放回了槍套。走在波格丹身後的是史提芬，精確地說是西裝畢挺，非常帥氣的史提芬。但維京人的注意力仍在維克多身上。

「你的朋友們找不到我的，」維京人說。「沒人知道我的底細。看看你，貴為KGB退役上校，你查到了我什麼。而妳——」他轉向伊莉莎白——「軍情六處的前幹員，妳又查到了我什麼。我是個鬼魅。人是殺不了鬼的。」

維京人在高談闊論的同時，朗恩看著史提芬坐下在了喬伊絲的一張飯廳椅子上。他從口袋裡抽出一本記事本。朗恩看得到史提芬的雙手在抖。但那不是恐懼的抖。

「鬼魅是不是，老大？」史提芬說著點了點他的記事本。此話一出他立刻成為了全場的焦點。「很高興又見到各位，先跟大家說一聲。所以這就是你們在討論的維京人吧，伊莉莎白。」

「是，親愛的，」伊莉莎白說。「就是他。」

「亨利克．米凱爾．漢森，一九八九年五月四日生於諾爾雪平[140]。」史提芬按記事本所載念著。「母親是糕餅師傅，父親是圖書館員。對此你有何評論？」

「你錯了，」諾爾雪平的亨利克．米凱爾．漢森說。「你錯到不能再錯。我是瑞典人沒錯，但除此之外都錯。沒有誰是什麼糕餅師傅。」

「你喜歡書，亨利克，」史提芬說。「我也喜歡書，跟你一樣。你的收藏相當不得了。很多書都是珍本。而既然是珍本，銷售紀錄通常都不難查。這年頭你的書本交易都是透過一家控股公司，但，你剛開始建立藏書時，用的是自己的本名，所以我們才發現了你的身分。出賣你的是一本初版的《柳林風聲》。」[141]

「不，」亨利克說。「這怎麼可能。」

「怎麼會不可能，亨利克。其實能這樣被逮到還挺可佩的，最起碼。名字有了，接下來的一切就叫做予取予求了。你有個姊妹在從事滑雪，比方說，」史提芬說。「臉書上就有。」

「史提芬，」伊莉莎白說。「史提芬。」

「我只是做我能做的，」史提芬說。「庫戴許才是大功臣。我們欠他一頓晚飯。」

「你當真去見了庫戴許？」

「我就跟妳說我去了啊，」史提芬說。

「是啦，我——」伊莉莎白說。

「我們開車下了山，」波格丹說。「偷偷地。」

伊莉莎白對波格丹使了一個銳利的眼色。「你這會兒肚子裡的小祕密，可真不少啊，波格丹？」

其他的所有人，都把目光投往了亨利克．漢森。

朗恩很高興他能受邀來見證這完整的一幕。以往這會是那種伊莉莎白與喬伊絲自個兒搞定的事情，他只有隔天早上再被告知是怎麼回事的份兒。他明白自己至此還沒出上一分力，但這並不能稍減他對能在身在這屋子裡的感激。

「我不是亨利克．漢森，」亨利克．漢森說。

「我覺得你應該就是，」伊莉莎白說。「我先生很少會弄擰事情。」

「亨利克，我們可以交個朋友，」維克多說。「或者就算當不成朋友，也可以當兩個選擇不殺來殺去的熟人。你放我一馬，我也保證我的眾多客戶會放你一馬。」

140 Norrköping，瑞典南部城市。

141 Wind in the Willows，《柳林風聲》是英國小說家肯尼斯．葛拉罕的代表作，為經典的兒童文學作品，初版出版於一九〇八年，為暢銷書《蛤蟆先生去看心理師》的故事原型。

「不，我不是亨利克，」亨利克重複了一遍，怒氣也開始升起。「你們全都錯了，你們也全都死定了。你們一個個都別想跑。」

「亨利克，」喬伊絲說，那語氣之溫柔，「你連我都下不了手。」

「那我不殺你們全部。我就殺你們其中一個，」亨利克說。「沒錯，就當是殺雞儆猴。你們什麼時候放走我，獵殺就什麼時候開始。」

亨利克的眼睛開始掃描起室內，就像在狩獵。他的目光最終在朗恩身上停歇。

「你，」亨利克說。「我就殺你。」

朗恩翻了個白眼。「又是我。」

「你絕對看不到我是從哪兒殺出來的，」亨利克說。

寶琳站了起來，不疾不徐且十分冷靜。她走向了亨利克，把兩隻手分別放上他的左右臉頰。房內瞬時鴉雀無聲。

「亨利克，親愛的，我的話你聽清楚了。像你這樣的男人我見過上千個，所以我知道你們這種人聽不懂太複雜的話。所以聽清楚了。你哪怕是做夢夢到碰了朗恩的一根頭髮，我也會殺了你。那個男人現在歸我罩，他要是有個什麼三長兩短，我會把子彈送進你的膝蓋，然後是你的手肘，再來，等我聽了很久很久，終於聽夠了你的哀號之後，我會一顆子彈打進你的腦袋瓜，了結了你。事實上，朗恩那怕醒來多咳了一聲，我都會找到你，挖出你的心臟，吃了它，然後把錄影證據寄給你在當糕餅師傅的媽，這樣我們算是有一點基本共識了嗎？」

亨利克的戰意很快就消了下去。他如今指著伊博辛說。「那不然我改殺他好了。」

寶琳把他的臉捏得更緊了。「那是朗恩的麻吉。朗恩的麻吉就是我的麻吉。」朗恩沒見過伊博辛臉紅成這樣。

「今天這裡誰也不准死，」寶琳接著說。「維克多從頭到尾都很明理，所以請你不要再表現得像個反社會的神經病了。」

「我就是個反社會的神經病啊，」亨利克還頂嘴。

「親愛的，」寶琳說著放開了亨利克的臉，「要真是反社會的神經病，你早就對艾倫開了槍。」

艾倫開心地叫了聲汪。牠聽到自己的名字就心花怒放。

亨利克一副澈底被打敗的模樣。「沒想到這件事會這麼難。」

「我去幫你倒杯水，」喬伊絲說。「相當安全的水，我保證。」

「謝了，喬伊絲，」亨利克說。「我應該選花花馬克杯的。我一邊選擇了摩托車的杯子，也自己一邊在想，『喔，拜託，這也太老套了吧。』」

「我們都被制約了，」喬伊絲說。「喬安娜讓我看了一部 YouTube 影片，講的就是這個。」

「我現在幫你鬆綁，」維克多說。「我可以信得過你，沒錯吧？就算信不過，我手上還有槍，同時我在想伊莉莎白應該也有把槍。說不定連寶琳那兒都有一把。」

維克多鬆開了亨利克手腕上的捆線，任由亨利克扭動著手掙脫。正好回來的喬伊絲帶了杯水，亨利克將之取了過去。

「謝謝妳，喬伊絲，」他說。

「我可以先試喝一口，要的話就說喔，」喬伊絲說。

房間裡短暫陷入了一段眾人都心滿意足的沉默。是寶琳將之打破。

「我可以發表一點我的觀察嗎？」

朗恩看向寶琳，而她也再一次成為了全場的焦點。我的天，他把到了一個不得了的女人。

「願聞其詳，」伊博辛說。「任何觀察都可能為我所用。尤其是妳，寶琳，這個好朋友要開金口。」

「OK，那以下是我的想法，」寶琳說。「我要先強調我認識你們不久，而且這只是我的一己之見，更別提我是什麼東西，有什麼資格在這裡大放厥詞？但我還是必須說，我覺得這個房間裡的你們一個一個，我是說你們每一個人，都以你們各自不同的方式，是不折不扣的瘋子。」

喬伊絲看向伊莉莎白。伊莉莎白看向伊博辛。伊博辛看向朗恩。朗恩看向喬伊絲。維克多與艾倫互看。

史提芬環顧了全場。「她說得有理。」

「我認識你們才短短兩週多一點，就已經跟一名前KGB上校一起待在了墓穴裡，看到了一個嬌小的老太太下藥迷昏了一個維京人，還跟全肯特最英俊的男人同床共枕。上世紀八〇年代有三四年的時間，我是迷幻蘑菇[142]的愛用者。此外我還曾在布拉提斯拉瓦[143]跟鐵娘子樂團[144]成員一起吸LSD。[145]但這些東西——這些我年少輕狂時做過的任何一件事——都比不過跟你們在一起鬼混的兩天。你們還有什麼招數沒有使出來？」

「這個嘛，」伊莉莎白說。「明天我們要跟肯特的警察局長去一處花園開挖，目標是一具屍體跟一把手槍。」

「柏特妮的屍體？」寶琳說。她突然嚴肅了起來。

「柏特妮的屍體，」伊莉莎白給了她肯定的答案。「那麼，亨利克，我在想你都來了，能不能就多待個兩天左右？伊博辛家有一個空房，伊博辛應該不介意吧？」

「那是我的榮幸，」伊博辛說。「畢竟亨利克恐怕度過了漫長又煎熬的一天。」

「我現在只想回家，」亨利克說。

「會有你回家的時候，亨利克，」伊莉莎白說。「但在那之前，我覺得有個任務很適合你來幫我們一把。」

---

142 學名是賽洛西賓蕈類（psilocybin mushrooms），又稱裸蓋菇，是迷幻藥的一種，在台灣屬於二級毒品。

143 Bratislava，斯洛伐克首都。

144 Iron Maiden，出身倫敦東區的重金屬樂團。

145 麥角酸二乙醯胺，強力迷幻藥。

第六十一章

喬伊絲

傑瑞．米德寇弗探長點了根菸，深深地吸了一口。繚繞的煙霧從他堅定的藍色眼眸前飄過。那雙眼睛看多了殺戮，看多了流血，看多了寡婦。他感覺得到口袋裡沉甸甸的手槍。他會需要用上它嗎？

傑瑞可以殺人。他也殺過人，如果情勢所迫他還會再次殺人。但他不會出於選擇殺人，永遠不會。每次殺人，傑瑞．米德寇弗都會失去自己的一小塊靈魂。他的靈魂還剩下多少？傑瑞沒有心情去查看這一點。

他回想起自己在艾希佛警察學院所受的訓練。不是每個警察都出身亨頓，那是一種誤解。

你覺得如何？我受人啟發嘗試起寫作。《阿格斯晚報》[146]上有一場短篇小說比賽，頭獎除了獎金一百鎊，還可以透過Zoom跟作家經紀人進行一場視訊通話。除非絕對必要，否則我其實不太想再跟人用Zoom視訊了，倒是那一百鎊我可以捐給艾倫原屬的救援中心，而且參加比賽挺好玩的，不是嗎？

我書裡的偵探是以傑瑞命名，但我的傑瑞其實生著棕色眼睛，須知你寫書總是要改點東西。另外，我的傑瑞有花粉症，這點也被我改掉了。我就是沒辦法想像我的傑瑞在那兒悠哉悠哉地解決命案，所以故事裡的傑瑞有藍色眼睛跟一把配槍，而我的傑瑞有棕色眼睛跟一張器捐卡。但我的傑瑞很愛講一句話，「這不就，鮑伯你叔叔啦，搞定了嗎」，[147]我打算將之設定為口頭禪，放在探長的嘴上。

這階段我的書名暫定為《浴血食人殺》，但對此我也可能會有所改動，因為這書名的劇透實在有點嚴重。

146　Evening Argus，布萊頓的地方報紙。

147　Bob's your uncle，一句非常英式的表達法，本身沒有什麼意思，只是取其韻律與節奏，前接「怎麼辦怎麼辦」或「怎麼走怎麼走」的各種做法，然後用Bob's your uncle做結，代表「這樣不就搞定了嗎」或「這樣不就沒問題了嗎」。賽門・佩吉在《不可能的任務：鬼影行動》中就曾這麼說過。

第六十二章

所以他們覺得他們知道柏特妮可能被埋在哪裡。埋？那實在一點道理都沒有啊。喔，柏特妮，妳到底把自己扯進了什麼樣的麻煩裡？

邁可・瓦格宏恩給自己倒了杯蘋果酒。他平日不會在眾目睽睽下喝蘋果酒，因為那感覺就是不對勁。公開場合他喝的是香檳、上好的酒，反正都是些大家覺得邁可・瓦格宏恩應該喝的酒。偶爾在公司聚會中為了融入大夥們，他也會來杯啤酒。

但當麥可還只有十幾歲的時候，他唯一喝的就是蘋果酒，現在年紀大了，他發現自己又重拾了這種脾胃。他試過貴的蘋果酒，因為現在你買得到了。維特羅斯超市就有推出一款，但說實在的，蘋果酒這種東西還是便宜的好喝。他現在喝的就是塑膠瓶的兩公升裝。他將之倒進了厚重的切割玻璃分酒器裡，圖的只是外觀好看，但他可能很快就會連這道手續也省了。因為他唬誰呢？這裡又沒有別人，他只能是在唬弄自己。

他用蘋果酒沖下喉嚨的，首先是關節炎的藥丸，然後是降血壓的乙型阻斷劑，再來是吃痛風的藥。不論是哪一種，你都不應該用酒配，但這裡沒有人會為此跟他囉嗦。

他在一面非常大的電視前看著《爭分奪秒》。費歐娜・克萊門斯看起來氣色好極了。他的想法是既然喬伊絲提起了，也許他也該嘗試看看。要不就承認自己有點嫉妒人家的成就，吞下一點他絕對花得起的驕傲，看個一集試試。看看費歐娜・克萊門斯是不是真的有那麼厲害。他希望沒有。

討厭的是他看了一集就上勾了。費歐娜還OK，算是親切，口條很好，但猜謎的部份真的太屌了。邁可想像著自己會怎麼發揮。每次有參賽者說了什麼，邁克就會思考他會如何回應。有一兩回費歐娜．克萊門斯所說跟他的想法不謀而合時，他就會暗暗在心裡有點不屑。不過整體而言，他覺得自己來主持還是會厲害一點。

但那不就是你的問題所在嗎，邁可？你愛怎麼想就可以怎麼想，但你從來不去做。從來不冒險。他拍過一次新節目試播集，大概是八〇年代後期吧。節目本身很順利，這點大家都沒有異議，獨立電視網的官方對其也很中意，敲定了要發展成一個系列，但他們就只想要改變一點。他們想知道能不能換個人主持？最好是年輕一點的，最好是——那些字眼在他心中刻蝕了好久好久——「有人味一點，感覺真實一點的」。

邁可再沒有把他那完美的油頭從擋子彈的矮牆下抬起來過，也再沒有離開他安全的地洞，儘管他完全可以嗅到外頭的味道就飄在空氣中。「有人味一點，感覺真實一點」——多年來他對這種羞辱的怨懟沒有少過。邁可當然有人味，邁可當然真實，而如果那些二十來歲的倫敦年輕人頂著頭上時尚的髮型，腳踩一雙時尚的跑鞋，卻看不出這一點，問題就不出在麥可身上了，問題在他們。

於是他坐在那兒，坐在他的辦公桌後，年復一年，用他的一張嘴讓肯特與薩塞克斯的民眾知道哪裡的療養院著了火，知道費爾黑文的哪間建屋合作社[148]被劫匪搶了，還是知道黑斯

---

148 Building society，主要存在於英國與澳紐等大英國協國家的一種互助金融機構，成立宗旨是由個人或家戶共同以合作的方式，直接興建自己的房屋，但也提供無異於銀行的儲蓄、房貸、信用卡、信貸等金融服務。

汀斯有個男人宣稱他有世界上最大的充氣城堡。重點是並沒有哪個肯特或薩塞克斯的鄉親覺得他不夠有人味或不夠真實，謝謝不用指教。儘管去梅德史東或東格林斯特德的街上走走，看看有多少人覺得邁可很真。答案是所有人。

後來有全國性的電視網又接觸了他兩次，但都不夠具體，也不夠讓人感興趣。雖說總比都沒人找好，但邁可還是連考慮都不考慮。他在如今的地方待得很開心，十分謝謝您。

但就是，邁可撫今憶昔，並看著他那荒謬的蘋果酒加分酒器，他一點也不開心。他知道自己不開心嗎？不，他有足夠的酒精，還有足夠的在地光環去當他的鎮定劑，去讓他在軌道上前進。他開始變得有一點點浮躁，確實，變得對身邊的同事有一點點挑三揀四，也或許變得不那麼好伺候。但那，在他的心中，只不過是在這個他身邊的人變得沒有最年輕、只有更年輕的世界裡，一種專業精神的體現。期間他習慣合作的團隊則一個個漂離，有的漂向更大的舞台，有的北漂到倫敦，甚至在有次格外觸碰到他痛處的例子裡，漂去了洛杉磯。

但邁可並不開心。而邁可不開心的理由是邁可不夠有人味，是邁可不夠真實。

而是誰給他上了這一課呢？

柏特妮．維茨。

柏特妮加入的時候，他是幾歲來著？她是從研究員做起，所以也許是二〇〇八年嗎？維基百科會告訴你二〇〇八年的邁可．瓦格宏恩是五十六歲，但其實他那年已經六十一了。柏特妮當時應該是二十出頭，應該啦，從李茲南下發展，而且——想不到吧——頭頂媒體研究學位。她會幫他泡茶，他會告訴她念什麼媒體研究學位是浪費時間，她會帶給他那些資深同事漏掉的新聞，他會在工作結束後請她喝杯啤酒，她會挑戰他、刺激他、鼓勵他，而他會在深夜收工後確保她安全地坐進了計程車。

就這樣過了大約一年，邁可告訴柏特妮說她應該站到幕前。柏特妮，一如往常，沒有對這種評估表達異議。於是乎她開始拍攝起了報導。接著三不五時，她會到攝影棚內討論這些報導。再然後，當邁可的搭檔很不智地去度假時，柏特妮會擔任起代理主持人，然後不知不覺地，《東南今夜》的團隊就變成了邁可與柏特妮。

有天晚上，他們就像平常那樣在攝影棚附近喝杯啤酒，而吧檯上擺著一本《肯特大小事》。那是一本在地的雜誌，裡頭就是一些活動照片、水療中心跟豪宅的廣告，諸如此類的。那天那本裡面有邁可的照片。他看上去風流倜儻，身穿燕尾服，應該是適逢某種企業活動之類的場合。肯特會計師獎吧，也許。他記得那場活動是因為他七早八早就要命地念錯了那個獎的發音，然後就此收穫了與會群眾與他堅定地站在一起。

他帶了寶琳去當他的「加一」，也就是女伴，那是他在那個時期的常態。她樂於去喝一杯，而他則樂於有個預備的說話對象，這樣他才不用跟來自七橡樹[149]一名沒聽過他，但又非要跟他自拍不可的會計師糾纏。

柏特妮指出了那張照片，照片上的他用手臂環抱著寶琳的腰。邁可露出了微笑，並與柏特妮分享了他關於「肯特會計師」念法的口誤。而柏特妮則就此展開了讓邁可身為一個男人，變得更好也更快樂的漫長過程。

「你應該帶你男朋友去的，」她說。看起來認真到不行的她，面前有包拆開的花生米像

149　Sevenoaks，肯特郡地名，在從倫敦通往坦布里奇韋爾斯與費爾黑文的A21公路沿線。

被切開的全雞一樣躺在桌上。那一幕邁可還歷歷在目，聲音也還清晰地在他腦海裡迴響。

他們續了一品脫、兩品脫、三品脫的啤酒。邁可從來不曾真正講過他身為同志的事情。公開場合不曾，在酒館裡不曾，跟同事也不曾。他的年紀已經大到可以把性的慾望隱瞞起來，就像一個捲成一卷的祕密被深深塞進口袋，這天之前都是不見天日的狀態。

但為什麼？嗯，他可以說出一百個理由，一千個理由，但那些理由都被繫在同一個名為羞恥的心結上。而柏特妮開始去拆解的，正是這個心結。柏特妮拒絕讓邁可感覺到羞恥。她來自一個不同的世代。一個邁可羨慕的世代。他有時候看著這個世代的人，在外頭的街上。他確信他們也會有自己的脆弱之處與不安全感，而他們也肯定會有許多仗要打，但他們選擇讓自己呈現在外的喜悅——邁可看了是既驕傲，又嫉妒，兩者難以分開。

這個過程不算快，也並不簡單，但柏特妮澈澈底底是他的同伴。邁可對朋友出了櫃。他對同事出了櫃。他記得第一次跟寶琳坦誠以對。他非常認真、非常嚴肅地把他的祕密告訴了她。寶琳給了他一個大大的擁抱，然後很乾脆地告訴他，「總算是，親愛的。總算是。」

邁可有時候會納悶怎麼不是寶琳第一個跑來要他勇敢，但話說回來，畢竟他們是不同世代。

邁可從來沒有正式對大眾出櫃，只不過外界只要真的有心，都不難看得出來。而他並沒有停止三不五時偕寶琳出席各種場合，只不過他的其它「加一」也包括了史提夫、葛雷格，或是任何一個他成功抓住但沒能留住的男人。

而，一點一點地，他體認到了自己歷經的改變。他還是看起來帥到不行，當然，還是西裝畢挺，還是有髮膠在頭頂，也還是會與女性調情，但他總算是開始了在變成自己。他開始有了人味，開始變得真實。而後，想不到吧，快樂也跟著降臨。

他蛻變成一個更好的男人、一個更好的朋友、一個更好的同事，一個更好的主持人。要是獨立電視網現在拍試播集，邁可一定會獲得起用，無須有任何懷疑。

諷刺的是邁可現在已經不想要那工作了。《東南今夜》已經不再是邁可．瓦格宏恩的藏身之所，他是在這裡綻放光華。建設合作社的搶案、充氣城堡，還有那隻二十五歲的貓瑞。他報導這些事情是因為他在乎。在乎他自己，也在乎他所屬的社區。為此邁可得感謝的人，是柏特妮。

他是否偶爾仍是個白癡呢？當然。他是不是依舊會很難搞呢？是，特別是肚子一餓起來。但他已經能做得到的是看著鏡子裡的自己，不再把頭轉開。

邁可又喝了一大口蘋果酒。他在等著開播的是電視拳擊賽，而此刻他只能坐著把永無止盡的博弈公司廣告看完。其中一個廣告的主演是朗恩的兒子，傑森．李奇。他是一名相當傑出的拳手。

邁可收到寶琳的簡訊，是大約一個小時前的事情。他們明天要開挖屍體。柏特妮的屍體。他美好的、才華洋溢的、奔放不羈的朋友。她原本前途無量，她原本充滿了無窮的可能性。她原本應該要名揚天下。

柏特妮救了邁可一命，而邁可始終沒在她有生之年報答她。但他現在可以這麼做。在週四謀殺俱樂部的幫忙下，他可以找到殺害她的凶手，告慰她在天之靈。那會是海瑟．加爾巴特嗎？傑克．梅森嗎？還是某個他們還沒想到的人物？邁可感覺他就快要有頭緒了。

而那便是他對柏特妮．維茨，一點起碼的心意了。

第六十三章

海瑟・加爾巴特的家，位在一條有著美麗名字的醜陋道路上。通往前門的是一條兩側有著樹籬笆的車道，如今已經顯得雜草叢生。這車道是從大馬路彎出來的，所以房子本身與外頭的車流隔了開來，藏身在馬路旁的深處。你可以天天從此處開車經過，而從不會注意到曾經風華絕代的宅邸在這裡緩緩地衰落。房子的後面有一個花園，然後是林地，乃至於林地外的市立高爾夫球場。

房子本身是一棟平房。它曾經在某個點上也看起來相當理想：他們去查過了這裡上一次在「搬得好」上出售時的房仲照片。四房、偌大的起居室可以俯瞰花園，還有一個房仲說「需要現代化」的廚房，但說起老廚房，喬伊絲反倒挺欣賞。也許不夠格當有錢人的家，但可以是有錢人身邊某個打工仔的家。從各種意義上都稱得上舒適。它當年被放上網時的開價是三十七萬五千英鎊，只不過很快查一下房價你就會發現傑克・梅森當年買下它，付出的金額是四十二萬五千英鎊。做為買方，他很顯然是志在必得。喬伊絲心想若這兒的花園裡埋有會讓她陷入牢獄之災的證據，那她買起這房子應該也會不惜重金。

整個地方如今已然是荒煙蔓草。傑克・梅森或許買下了這裡，但他似乎並未在這兒留下足跡。朗恩昨晚撥了傑克的號碼，看他能不能把鑰匙奉上，但傑克沒接電話。關於把屍體的事情告訴朗恩與維克多，他是不是已經後悔了？他沒有把同夥供出來，但除此之外，他已經來到了成為告密者的危險邊緣。朗恩知道祕密不會自己送上門來。再就是如果他們真的有所發現，那對傑克會代表著什麼呢？

兩名警員撬開了門，阻力重重地推開了被後面一堆郵件卡住的門板。誰還在遞送郵件呢？喬伊絲不禁想著。誰會看了一眼這棟房子，顯然荒廢到已經回歸了自然，然後還是照樣送來比薩的廣告傳單呢？喬伊絲看到一本《國民信託》[150]雜誌位在那堆郵件的最上頭。她覺得自己好像原本可以挺喜歡這個海瑟·加爾巴特。

伊莉莎白已經偕警察局長安德魯·艾佛頓繞過了建築物的側邊，但喬伊絲選擇穿過前門，因為她想要八卦一點。須知調查命案的好處就是你可以盡情八卦然後賴給工作。只不過那兒能看到的東西不多，搞得喬伊絲有點失望。所有關於海瑟·加爾巴特的蛛絲馬跡，都已經消失殆盡。她曾經身處在這裡過的唯一線索，是壁紙上明顯偏白的方塊，那應該是她在牆上掛過照片或畫的地方。不過起碼走在裡面不需要小心翼翼，不需要躡手躡腳地不敢亂碰東西。喬伊絲可以四處亂走。這房子在多年前已經被搜索過了，就算當年有什麼證據，也早就被拿走了。

但後花園還沒有人查過。但誰會想到要去查呢？屍體都被沖刷入海了，還有什麼可挖的？喬伊絲走進了起居室，外頭有個門廊，通往外頭的門框化身相框，當中的景色有一台黃色的大挖土機，有警方的封鎖帶在隨風拍打，有頭戴大盤帽並身穿高能見度外套的安德魯·艾佛頓局長在現場指揮若定。一名警員滑開了隔門，供喬伊絲跨出屋內，來到了門廊的平台上。喬伊絲一步一腳印，走得很小心：平台太過濕滑，完全沒有在石頭上好走。不過她也必

150 National Trust，英國以保存地方歷史文化遺產為宗旨的非營利組織。

須承認，這個平台的狀態看起來要遠優於雜草花園的其他部分與年久失修的房屋本體。

挖土機在早上八點就已經就定位。花園本身，甚至是更過去的某部分林地，都坑坑巴巴地布滿了洞。兩個戴著安全帽的男人剛開始拆除平台。迷你的彩旗標示著曾被開挖過的地方，或是還沒有被挖過的地方。喬伊絲注意到伊莉莎白。她很意外，很意外地，在獨佔著警察局長。

「這兒的洞還真多啊，」喬伊絲說。「而我對於廚房的看法是對的，即便現在的樣子都還非常適合生活。收納空間非常夠。」

「那些洞不都是我們挖的，」安德魯．艾佛頓說。「有人，姑且假設是傑克．梅森吧，這些年也不間斷地在挖。這點到了林中看得格外明顯。」

喬伊絲望向在花園另一端的林地。

那兒有制服員警揮動著挖洞的鏟子。

「這裡的警察也太多了吧，」她說。

「我是本郡的警察首長，」安德魯．艾佛頓說。「我開口要什麼，一呼百應很正常。我聽說我們目前只挖到天竺鼠的骨骸。」

「我們在海參崴挖過一次東西，」伊莉莎白說。「理由我忘了，好像是個軍閥在那兒埋了什麼。總之吧，我們在那兒挖出了一隻史前的駝鹿。完好無損，鹿角什麼的都還在。我們都準備好了要把洞穴回填，但我們當時的俄羅斯分局長也是倫敦自然史博物館的董事，所以最終我們從貝爾馬什監獄[151]釋放了一名俄羅斯間諜，換回了那隻駝鹿。你現在去自然史博物館就能看到它在展覽。」

「是喔，」安德魯．艾佛頓說。

「聽多了你就會把耳朵闔上了，」喬伊絲說。「她以前一天到晚都在挖這挖那，不然就是在顛覆俄羅斯。你相信傑克．梅森的說法嗎？關於他的同夥如何如何？」

安德魯．艾佛頓想了想這個問題。「這種事情若屬捏造，那還確實挺離奇的。而且如果他在扯謊，那也要有個扯謊的理由，而我實在很好奇那理由會是什麼。」

「海瑟．加爾巴特的死有什麼新消息傳回來嗎？」伊莉莎白問。「鑑識跡證之類的？」

安德魯．艾佛頓聳了聳肩。「在監獄牢房裡採集指紋有一個特點。一採就是幾百幾百枚，而且幾乎每一枚的主人都有犯罪前科。」

伊莉莎白哼了一聲。

「認真說，別理她，」喬伊絲說。

有個女人從屋子的側邊進入了花園。她身穿白色的連身服，腳下包著塑膠鞋套。顯然是鑑識組的。喬伊絲正愁找不著他們。她會先讓那女人安頓好，然後再去搭話。問兩句沒損失，對吧？

林中出現了一些動靜，一名制服上都是泥巴的警員從林中朝他們跑了過來。「長官，」警員說。「我們有發現了。」

安德魯．艾佛頓點了點頭。「做得很好。」他轉頭看著伊莉莎白與喬伊絲。「妳們兩在這候著。」

這回她們各哼了一聲。

151　HM Belmarch Prison，貝爾馬什監獄是一所戒備森嚴的男囚監獄，地點在倫敦東南部，專門關押涉及國安的重刑犯。

第六十四章

「我不記得就這麼一個客廳內，曾集合過這麼多的罣固酮，」伊博辛邊說，邊把托盤上的甜薄荷茶端進來給眾人。

維克多與亨利克都在餐桌前，伏案研究著海瑟．加爾巴特案的財務記錄。朗恩坐在沙發上，看著手機上的不知道什麼東西，至於艾倫則望著窗外，納悶著喬伊絲什麼時候才會回來。偶爾牠會注意到跟她長得有點像的某人，然後在那邊興奮得很。

「五個男生，」伊博辛邊說邊倒起茶來。「亨利克，你想殺人的怒火如何？消退了嗎？」

「早忘了，」亨利克說。「那就戰術層面而言實在太天真了。」

「你們幾個有什麼發現嗎？」朗恩問。

「還沒，」維克多說。

「不是說亨利克是什麼世界第一的洗錢高手？」

「我是啊，」亨利克說。「那可不是隨便說說。」

「但，柏特妮．維茨在那裡頭發現了某樣你還沒發現的蹊蹺，」朗恩說。

「結果為此丟了性命，」伊博辛說。

「所以暫時你只是個留著鬍子的普通人。」

「朗恩，亨利克是客人，」伊博辛說。

「客人？」朗恩說，但還是低著頭看著手機。「昨天他還想殺了喬伊絲，這會兒他就成了客人。」

「別忘了他也想殺我，」維克多說。

「各位大哥，那是小弟思慮不周，」亨利克說。「我只是想要狠。我道歉也不能道一輩子。」

「只要你查出是誰殺了柏特妮．維莰，我們就當你是道了歉了，」朗恩說。

「我們會查出來的，」亨利克說。

「柏特妮．維莰有對誰說過什麼嗎？」維克多說。「關於她發現的內幕？」

「吶，」朗恩說

「沒提到過『凱倫．懷海德』或『理科碩士羅伯．布朗』嗎？」

「沒提到過任何一個人，」朗恩說。「就我們所知。」

「亨利克，以你的財力，買得起一支足球球會嗎？」

「你是說像我現在有的那支嗎？」亨利克說。

伊博辛坐到了餐桌前。「嗯，她確實說過什麼。對某人。」

「她說了什麼？」維克多說。

「她發了一則訊息給邁可．瓦格宏恩，」伊博辛說。「就在她失蹤的兩週前。」

「你手邊有那則訊息嗎？說不定很要緊，」維克多說。

「我不覺得那當中有什麼奧祕，」伊博辛說。

「但我們可以請寶琳去問邁可？」

「他們一會兒都會來吃午飯，」朗恩說。

「你好像挺中意寶琳的，朗恩，」維克多說。

「那，你不也挺中意伊莉莎白的，」朗恩說。

「我不否認，」維克多說。「但我完全沒戲。你就不同了，你大有可為。運氣也太好了吧你。」

朗恩聳了聳肩，貌似有點不好意思。「我們是朋友啦。」

「愛非常寶貴，」維克多說，然後喝了一小口薄荷茶。

「我能不能冒昧請你放一個蕾絲勾針杯墊在你的茶杯下面，」伊博辛說。「這樣木頭才不會烙下水痕。」

「我可以用一下你的洗手間嗎？」亨利克問。「我今天早上忘記做保濕了，我感覺自己一整個快要乾掉了。」

朗恩看向伊博辛。「滿室的罣固酮，兄弟，還真是滿室的罣固酮。」艾倫吠起了一隻蒼頭燕雀。

第六十五章

他們發現的槍是被包在一塊淡藍色的布裡，然後一起被埋在從花園進入林地後的大約三十英尺處。伊莉莎白在槍被警車送去檢驗前看了一眼。聽到「槍」字，她的直覺反應是左輪，或起碼是某種手槍。但這是一把攻擊性武器，一把半自動的步槍。安德魯．艾佛頓看起來跟她一般驚訝——這是好大一把槍。同時被找到的不是彈藥，而是一個鐵盒，裡頭所裝的現金看著有十萬英鎊左右。

所以或許他們找到了凶器，也終於找到了一部分的詐騙收益。時間與鑑識將告訴我們答案。現場的警方鑑識官應該很快就要往回趕，但此刻卻被喬伊絲一人獨占。兩人坐在長滿苔蘚的長椅上，那兒如今鋪著喬伊絲被攤開成墊子的雨衣。至於兩人在聊些什麼，只有天曉得。伊莉莎白正與安德魯．艾佛頓一起走出了樹林。

「看來你欠我們一次了，」伊莉莎白說。

「等找到柏特妮的屍體，我就算真正欠你們一次了，」安德魯．艾佛頓說。「我們會開始在同一個地點加強搜索。」

「感覺這應該夠讓傑克．梅森被逮捕，」伊莉莎白說。「並讓他回答一些問題了，是吧？」

「那就交給我吧，」安德魯．艾佛頓說。「你們不是萬能的。」

這話感覺有得吵，但伊莉莎白不覺得需要與他做口舌之爭。「記得有發現要通知我們就是。」

安德魯．艾佛頓朝他鞠了個躬，酸味重到有點不討伊莉莎白的歡心。「告辭了，女士。」

伊莉莎白朝喬伊絲跟鑑識官的方向移動起來，並在接近時聽到了喬伊絲在進行的對話。

「但假設有三具屍體被棄置在一個地窖內很多年，」喬伊絲念叨著。「屍臭要在哪個階段才會消失不見？」

喬伊絲是在問女鑑識官萊伊[152]的案子嗎？

「屍體身上有傷口嗎？」鑑識官問。

「他們被電鋸肢解過，」喬伊絲說。

那聽起來不像是萊伊的案子。

「是喔，那他們很快就會把血流乾，」女鑑識官說。「所以腐敗過程也會相當快展開。屍臭味一開始會非常嗆，然後維持大概兩個月吧，接著情況就會慢慢恢復正常。」

「然後偶爾來點風倍清[153]就可以掩蓋過去，」

伊莉莎白到達了長椅前，跟鑑識官打了招呼。「我的朋友沒有太過打擾妳吧？她偶爾就會犯這個毛病。」

「一點也沒有，」鑑識官說。「我是在幫她的故事出一些主意。」

「她的故事？」伊莉莎白瞅了一眼眼神變得十分閃爍的喬伊絲。

「我是想我可以嘗試看看說，」喬伊絲對著花圃開了口。「妳也知道我喜歡寫作。」

「地窖裡有三具屍體，」伊莉莎白說。「怎麼聽起來有點熟悉。」

「沒人說寫小說不能根據真實案例改編嘛，」喬伊絲說。

「安德魯．艾佛頓一天到晚這麼做。」

「那那些電鋸又是怎麼跑出來的？」

「妳總是要加上一點原創的東西，」喬伊絲說。

「結果妳加的是電鋸？」

喬伊絲點了點頭，露出了一點微笑。伊莉莎白已經不是第一次納起悶來，她對這個自己的朋友，究竟了解多少。

「我們回家吧，看看男生們的進展如何，」伊莉莎白說。「也跟他們說我們找到了一把槍，好嗎？」

152 Rye，東薩塞克斯郡的村鎮名，離海邊不遠。論相對位置應該是在費爾黑文的東邊約二十公里處。

153 Febreze，除臭噴霧名。

第六十六章

約好來吃午餐的寶琳與邁可到了。

艾倫不敢相信自己會這麼幸運，對牠而言那不是一種比喻。人沒有最多只有更多！要是喬伊絲也在，整個場面就完美無缺了。不過她肯定不一會兒就會到了。寶琳搔起了牠的肚子，邁可・瓦格宏恩找了位子坐下。

「這位是亨利克，」伊博辛介紹說。「他是從事加密貨幣生意的企業家，還是個瑞典人。」

邁可合起掌來對他說，「納瑪斯戴，亨利克。」

「亨利克也非常善於洗錢，」伊博辛說。「而這位是維克多，前KGB上校。」

「寶琳跟我說過很多你的事情，維克多，」邁可說。

「是嗎？」朗恩說，寶琳趕緊朝朗恩吹送了一個飛吻。

「很高興認識你，邁可・瓦格宏恩，」維克多說。「我得老實說不過兩個禮拜前，我根本不知道你是誰，但我現在對你的作品可謂知之甚詳。但就是我常常抓不到你說的每一件事情，主要是喬伊絲喜歡在地方新聞中穿插各種快評。」

「搜查工作有什麼發現嗎？」邁可問。

「還在等消息，」朗恩說。寶琳告訴他說花園搜查一事對邁可打擊很大。這則爆料實在太驚人了。屍體被埋起來當成勒索的工具。凶手是某個尚未曝光的詐騙共犯。邁可希望命案可以偵破，但那對他而言也代表希望的澈底破滅。

「但你來得正是時候，」伊博辛說。「你有柏特妮發給你的文字訊息在手邊嗎？關於她的報導有了突破的那則？維克多跟亨利克想完整聽聽看其內容。或許那當中會有關鍵能解鎖什麼線索。」

邁可聞言掏出手機，邊滑邊找到了訊息。他朝維克多與亨利克打了聲招呼。老闆。有些新情報。是什麼不方便說，但那是絕對的炸藥。我正直逼這整件事的核心。

維克多點了點頭。「她素日喊你『老闆』正常嗎？這一點有可疑之處嗎？」

「正常到不行，」邁可說。

「她平常提到情報的時候會說info而不說information嗎？」亨利克說。「她這樣不拘小節不算異狀嗎？」

「她平常就是表情符號與髒話滿天飛，老實講，」邁可說。

「那麼，當她說——」

艾倫跳上窗台，歐斯底里地叫了起來，彷彿牠實在無法理解眼前所見的一切。

維克多滾下了椅子，拔槍蹲在了一張沙發後面。邁可挑起了其中一邊眼眉。亨利克停頓了一會，然後往維克多的肩頭上點了點。

「維克多，」他說。「你不能再這樣下去了。想過要殺你的人是我，而我現在已經在這裡了。」

維克多想了會兒，接受了這層觀察的真實性，這才將手槍插回了背後的長褲裡。

「我很慶幸自己沒有真試著殺了你，」亨利克看著那把槍說。

「你是應該慶幸，」維克多說著重新就了座。「不然我現在差不多應該在把你棄屍到北海的渡輪外。」

伊博辛在嘩聲中按開了門，伊莉莎白跟喬伊絲走進了屋內。艾倫一躍撲向了喬伊絲，而她也報以了一番摟抱。

「結果？」邁可說。

「沒有屍體，」伊莉莎白說。「到目前為止。但傑克．梅森說那兒有把槍，結果真有把槍。而且是把大槍。」

「那槍是凶器嗎？」伊博辛說。

「是，伊博辛，正是，」伊莉莎白說。「警方把槍交給了我，而我在回程的計程車上完成了完整的鑑識檢查。」

伊博辛轉頭看向邁可。「她是在反串。」邁可謝過了他的開釋。

「我們很快就會知道答案，」伊莉莎白說。

「他們還找到了錢，」喬伊絲說。「他們覺得大概有十萬鎊。就放在一個鐵罐裡埋著。」

「安德魯．艾佛頓覺得他們有足夠的證據可以把傑克．梅森帶回局裡問話，」伊莉莎白說。「他的後花園裡有一些錢跟一把槍。這有可能讓他開口。他有可能把是誰埋了這些東西告訴我們。」

「能這樣是最好啦。」朗恩說。

亨利克對客廳裡在講些什麼始終沒在管，只是答答答地敲著電腦鍵盤。「嗯……ＯＫ，我這邊有點搞頭了。」整間屋內朝他行起了整齊劃一的注目禮，搞得他臉紅得很澈底。

「我是說，或許有點搞頭啦。」

「我就知道你會派上用場，」伊莉莎白說。「快說，有沒有搞頭我們自有判斷。」

「邁可，」亨利克說。「在她發來的訊息裡，柏特妮說她的新情報『絕對的炸藥』。她這人喜歡玩文字遊戲嗎？」

「說她三不五時喜歡把我耍著玩，應該不過分，」邁可等於同意了這個說法。

「我會這麼問，是因為她找到的新情報並非『絕對的炸藥』，」亨利克說。「她找到的是Absolute Dynamite——『艾博瑟魯特炸藥』。」

「艾博瑟魯特炸藥？」邁可複述了一遍。

「在最早期的金流裡，有十一點五萬鎊被付給了在巴拿馬的一家『艾博瑟魯特建設』公司，」亨利克說。「就我目前看來，那筆錢還在那兒，而那兒真的是挺遠的，會被發現完全是我對這種事真的太有一套了。」

「但要幹掉領退休金的老人家就沒半套，」喬伊絲調侃起他，並得到了維克多像在說「你聽聽，聽聽」的肯定。

「『艾博瑟魯特建設』在成立之時，似乎也順便在其底下成立了一張子公司網，但從來不見有錢被付給這些子公司，所以我們此前一直對它們視而不見。那當中有一家『艾博瑟魯特拆除』、一間『艾博瑟魯特水泥』、一間『艾博瑟魯特鷹架』，還有在賽普勒斯的一間公司叫——」

「『艾博瑟魯特炸藥』，」朗恩說。

伊莉莎白看著她的四周。她把一隻手放到邁可的肩上。「而一查這間『艾博瑟魯特炸藥』？」

「你會發現兩名董事，」亨利克說。「一個是我們的老朋友凱倫・懷海德，所以那並不能真的讓我們有什麼進展。但終於我們有了一個新的名字。因為另一名董事，叫做麥可・蓋勒斯。」

「麥可・蓋勒斯？」伊莉莎白重複了一遍。「寶琳、邁可？有什麼概念嗎？」

他們互望了彼此一眼，然後又一起看向了伊莉莎白，最終搖起了頭。

「有個叫麥可・吉爾克斯的球員在替瑞丁[154]踢球，」朗恩說。「中場選手。」

「謝謝你的資訊，朗恩，」伊莉莎白說。寶琳點了點朗恩的手。

客廳裡又一次陷入了寂靜，唯一能聽到的就是亨利克打字的答答聲，跟艾倫逐一向人去領受他應得的關注時幸福的喘息聲。

「伊莉莎白，」喬伊絲說。「我在想你能不能跟我到客廳外面一下？」

伊莉莎白用動作示意她當然可以，然後兩人就晃到了伊博辛家的走廊上。

「問我，」喬伊絲說。

「問妳什麼？」伊莉莎白問。

「問我知不知道麥可・蓋勒斯這個名字，」喬伊絲說。

第六十七章

在海瑟·加爾巴特老家的後花園開挖的團隊，在今天下午挖出了那把槍。他們如今還在那兒持續挖掘，惟夜色漸黑讓他們得在探照燈下工作。安德魯·艾佛頓覺得他們已經掌握了足夠的證據，可以起碼把傑克·梅森請來聊聊。克里斯與唐娜已經接到了電話。

「妳又一次表現得超精彩，我說的是實話，」克里斯說，而他評論的是唐娜最近一次在《東南今夜》上的登場。她討論了線上詐騙，還跟一名人在攝影棚的英國國教牧師曖昧了一會兒，對方是去那兒為無障礙輪椅坡道募一些錢。克里斯心生要在一處盲灣超車的雜念，然後他想起了現在是三更半夜，又想起了自己是警察。

「你需要的就是做自己而已，」唐娜說。「那些攝影機就當它們不存在。」

「做自己這事我一直都不是很會，」克里斯說。「我連第一步該怎麼開始都沒有概念。」

「媽說你昨晚看《慾望城市》看到流眼淚。」

「是有這回事，」克里斯坦承不諱。

「這個嘛，那裡不是起點，」唐娜說。

自從放腳的地方不再是空洋芋片包裝的聚集地之後，克里斯也益發感覺到福特Focus真的是他的愛車。他昨天甚至幫車子洗了個香香。那算是做他自己嗎？

154 Reading，英國足球界屬於英甲的球隊，英甲次於英超與英冠，是屬於第三級的聯賽。

「傑克．梅森對此會有什麼反應呢，妳想過嗎？」克里斯問。「一把攻擊性長槍跟十萬英鎊，可不是你隨隨便便就能靠一張嘴脫身。」

「他是鋪摟，[155]」唐娜說。「他會表現得非常油滑。除非他們有挖到柏特妮的屍首，他才會比較手足無措。」

「他會全身而退，」克里斯說。「妳不覺得嗎？房子是不是在他名下根本沒差；說穿了我們這次就是完全沒鑑識出任何跡證。」

「我看了一部波蘭電影的劇情是說他們時隔三十多年挖出了一具遺體，結果刺青已經烙印在了一段腿骨上面，」唐娜說。

「妳去看了波蘭電影？」克里斯問。

「這邊左轉，」唐娜說。他們一段時間前就放棄了衛星導航。傑克．梅森的房子位在一條私人道路上，那條路岔出一座私人莊園，岔出一條小徑，也岔出一條鄉村道路。那房子是刻意弄得如此難找，尤其在烏漆抹黑的夜裡。在他們轉錯了一個又一個的彎之後，克里斯覺得要不他們下車划個船靠岸，然後從絕壁底往上爬算了，那樣好像還比較容易。

另外，傑克．梅森隔著一英里遠就能看見有人接近。他該不會已經瞧見他們這輛黃色福特Focus的燈光了吧？他會不會已經在等著他們了呢？他知道找上門來的會是什麼了嗎？

他們終於來到了對開的鐵門之前。在他們的接近下，這兩扇門仍牢牢地關著，於是克里斯從車窗探出頭，在對講機前試了試反應。他間歇性地按起了門鈴，前後長達三十秒左右，但沒有得到任何回應。所以也許，傑克真的已經知道他們要來了。

舊版的克里斯會不得已只好鑽回車裡，開著車在房子四周打轉，想看有沒有其他門路，一邊轉還一邊嘖個沒完。但新版的克里斯精瘦、矯健，像個運動員，做了不一樣的事情。他開始爬起了鐵門。這把唐娜也引下了車。他一面爬著，一面感覺到自身肌肉在燃燒的快感，那是肌肉能夠隨叫隨到給他帶來的滿足感。他肯定看起來很屌，他想，也不管長褲勾在鐵尖上也破在鐵尖上。唐娜隨他一同爬了起來，達到他兩倍的速度，解開了他褲子被勾住的地方，然後兩人一起翻過了鐵門頂端，下到了傑克・梅森家的車道上。他們幾乎每踏出一步都會觸發一嶄新的安全照明。

克里斯的長褲已經破爛到無可救藥，荷馬・辛普森[156]的四角褲被唐娜完完整整地看到。

「老實說，」唐娜說，同時間克里斯殘破的長褲屁股在風中拍打。「什麼叫做你在做自己，這就是最好的實例。那件四角褲是我媽選的嗎？」

「非也，是我昨晚忘了把洗好的衣服從洗衣機拿出來，」克里斯說。「這件四角褲是我的緊急備用褲。我們趕緊來逮捕傑克・梅森吧，好嗎？」

隨著克里斯走上車道，唐娜蹲下綁起了鞋帶。他原本並沒有為此停下腳步，直到他聽到背後傳來了一聲「喀」。

「唐娜，妳是不是剛用手機拍下了我的屁股？」

「我嗎？並沒有，」唐娜說著把手機放回了口袋。

房屋本身很快就出現了，主要是鹵素安全燈照出了它的剪影。那是偌大的一棟房子。克

155　專業的。
156　卡通《辛普森家庭》裡的爸爸。

里斯是頭一回見到這麼大的民宅。平日你想看到這麼大的房子，裡頭一定附設有禮品店跟喝茶的地方。

至此，風勢已開始在克里斯的尾椎處呼嘯起來。也許傑克會備有居家的針線盒？剛把人抓起來，就跟人家要針線盒，這好嗎？

他們爬起了門前的石階，準備進入傑克．梅森家的前門，過程中克里斯很堅持要比唐娜慢上一步。伸手去按尊爵不凡的門鈴時，他注意到門半掩著，室內的燈光穿過隙縫流瀉到夜色中。他跟唐娜對上了雙眼。

唐娜推開了門，看到了門後是廣大的入口大廳。大廳裡有沙發，有邊桌，有頭戴假髮的男人肖像畫，有一個上鎖的櫃子裡滿滿的獵槍，有一套盔甲放在基座上。

重點是在大廳的地毯上，橫陳著傑克．梅森的屍體。

跑起來的唐娜率先來到傑克．梅森身邊。仰躺著的他有一處槍傷就在頭上。他手中握著一把小手槍，身體冰涼的他已毫無生命跡象。

唐娜開始確保現場環境，克里斯則呼叫起支援。接著兩人就是與屍體一起展開了漫長的等待。

克里斯湊近看了一眼，那把小手槍真不是普通的小。

克里斯把這個想法收藏了起來。

「妳還好吧？」他問了聲唐娜。

「當然，我沒事，」唐娜說。「你呢？」

克里斯低頭看著屍體。「嗯嗯，我也沒事。」

他們倆都沒事，但他們還是各伸出一隻手臂撐在了對方身上。

克里斯在思考著。週四謀殺俱樂部查起柏特妮．維茨的命案，然後沒一會兒的工夫，命案中的兩個重要關係人就都一命嗚呼。見過巧的沒見過這麼巧的。他用眼神朝唐娜的方向一射。看來她的想法也與他如出一轍。

「我就在想啊，」唐娜說，「在這裡變成馬戲團之前，我們真的應該想辦法處理一下你的褲子。」

第六十八章

費歐娜・克萊門斯以為她這輩子跟伊莉莎白・貝斯特，跟她那些關於柏特妮・維茨的問題，也跟她的那些指控——

不會再有任何瓜葛。

她太天真了。

費歐娜與柏特妮的相處談不上心心相印，不是什麼祕密。但那又如何？那可不代表你就會逼著人開車去跳崖，是吧？

就算費歐娜在向柏特妮致敬的特別節目上沒掉一滴眼淚，那又如何？《阿格斯晚報》上有兩封衝著這點來的讀者投書，而那對《東南今夜》而言已經相當於是在推特上被炎上。但那根本不代表什麼。這年頭誰不是一點小事就哭得唏哩嘩啦。畢竟有哭有交代，有哭有好處。像費歐娜自己也曾在英國電視學院獎[157]上假哭，結果獲得外界一致好評。《每日郵報》的網站下的頭條是「電視上的費歐娜轉開水龍頭，並靠曲線畢露的禮服大展在健身房鍛鍊出的傲人胴體」。

真的有誰是哭真的嗎，還是一切都是為了鏡頭？她母親也曾為了死去的父親而哭，但一星期不到她已經搭上她高爾夫俱樂部的一名牙醫，上了對方的遊艇。所以饒了我們吧，少在那假惺惺。

你們想對著費歐娜指指點點，盡量，但別妄想得到你們想要的結果。

費歐娜・克萊門斯還在設法理清伊莉莎白是如何拿到自己的號碼。多半是她的特務朋友喬伊絲透過其在政府裡的人脈，將自己搜了出來。總而言之，她手機裡昨晚跳出了這則訊息。

我在想妳是不是能助我們一臂之力，親愛的？

幾則訊息來回後，費歐娜清楚了事情的來龍去脈。

她信得過伊莉莎白跟喬伊絲嗎？信不過。她們真的知道是誰殺了柏特妮・維茨嗎？費歐娜非常懷疑。但她會幫她們嗎？出於某種她當下還說不清楚的理由，是，她多半會。

費歐娜今早的工作是拍攝優格廣告。還是早餐麥片廣告。她已經忘了。她只知道她得舔舔自己那家喻戶曉的嘴唇，然後說「好好吃喔」，但此外的事情她就不曾深究了。她坐在空曠攝影棚裡的一張塑膠椅上，等著燈光被調整好，而帶著眼鏡的男人則一群一群在那兒抓著鬍鬚，由小他們很多的年輕人幫他們遞上咖啡。

費歐娜滑著自己的ＩＧ。她有三百五十萬人追蹤中的ＩＧ。她已經答應她的ＩＧ顧問路克今天要發一篇貼文上去。路克對她很是嚴格，但看著他可以幫她拿到一次二萬五千鎊的價碼去馬爾地夫玩免錢後發篇文章，她就隨他了。只不過一切都很制式跟乏味。她已經是個品牌了，所有人都在告訴她該怎麼做。更糟的是，所有人都在告訴她不該怎麼做。也許她應該

157 英國電影電視藝術學院（British Academy of Film and Television Arts; BAFTA）會每年分別舉辦英國電影學院獎（俗稱英國奧斯卡）與英國電視學院獎。

稍微反抗一下？在她旁邊，一個穿成像香蕉一樣的男人正在吃香蕉。她看了一下時間。剛過十一點。是下定決心的時候了，費歐娜。

伊莉莎白要的並不多，放大格局來看，但即使如此，費歐娜還是有幾點事情想抗議。首先她已經叫伊莉莎白有事找她的經紀人（喔，這點我不覺得我們會照辦，親愛的，妳自己應該也不覺得，是吧？）。伊莉莎白使盡渾身解數要說服她。最糟是能怎樣，伊莉莎白說。嗯，最糟可以很多樣，老實講。要不然費歐娜也不用拿不定主意到現在。

有個穿得像市售優格的女人走了過去，所以這大概是優格廣告吧。費歐娜其實不吃優格，至少從葛妮絲．派特洛[158]在抖音上說了些優格如何如何之後，她就不吃了。

費歐娜是不是在往陷阱裡跳呢？她是不是應該說個不字，算是快刀斬亂麻呢？她為什麼還要對這個想法念念不忘呢？

第一次見面，伊莉莎白與喬伊絲朝她狂噴了各種問題，而說實話，過程中費歐娜還挺享受的。她挺享受被一個假裝暈倒的女人跟另一個包包裡擺了支左輪手槍的女人，共同指控是殺人凶手。

所以，如果她們需要她助一臂之力。或許。也許。這也最最起碼能掀起一些波瀾。新鮮的內容是一切的關鍵。新就對了。費歐娜在想《每日郵報》網站這次會怎麼下標。

有個戴眼鏡的鬍鬚男朝她接近。

「嗨，費歐娜，我是羅睿，我們剛做了一點小到不能再小的改寫，為此我想確認一下，如果我們在妳的鼻頭上點上一抹優格，妳O不OK？我們覺得那應該會有效果。妳知道的，增加一點幽默？」

費歐娜給了羅睿她最陽光燦爛的笑容。「免談，我不會把優格點在鼻子上，羅睿。」

羅睿點了點頭。「好喔，好喔，很好。那我們就不把優格點在鼻子上。不點優格好。」

他不見了人影。香蕉人開口向她討起自拍，對此費歐娜端出了一張十足溫柔的臉，讓他明瞭了此舉在這時有多不專業。

她回到了手機上，打出了伊莉莎白跟她索要的資訊。她最後一次捫心自問起為什麼？想找點樂子，也許？想嘗試點有趣的新事物？想看看事情最後會如何展，肯定的。

還有也許——*只是也許*——為了柏特妮？

費歐娜搖了搖頭。她個性不是感情用事的那種。她這麼做是因為自己在ＩＧ上有那麼多人在追蹤。一定是這樣沒錯。

她按下了發送鍵。一如潑出去的水難收回。

---

158 Gwyneth Paltrow，好萊塢女星，《鋼鐵人》裡的小辣椒，有不少關於養生產品的爭議言論。

第六十九章

克里斯有點聽不見安德魯・艾佛頓在說些什麼。房間裡熙熙攘攘，激動的說話聲嘰嘰喳喳，將他團團包圍。眾人在週間的晚上喝著酒，空氣中瀰漫著令人暈眩的顫動。在他們朝桌子前進的途中，安德魯把說話聲對準了他的耳朵。

「自殺？」

「看來如此，」克里斯說。

「跟這個案子有關的一切我都不信任，」安德魯・艾佛頓說。「你的一個朋友找上了我。」

「喔，是嗎？」克里斯說，同樣把話對準了他的耳朵。

「一個叫伊莉莎白的女人，」安德魯・艾佛頓說。

「我代她道個歉，」克里斯說，這時兩人也抵達了他們的桌邊。該說不意外嗎。

「沒事兒，」安德魯・艾佛頓說。克里斯找起了自己的名片。他在派翠絲旁邊，感謝老天爺。他們偶爾會在這種場合中把情侶拆開。「她有工作讓我去做。」

「那聽起來是很像伊莉莎白會做的事，」克里斯說。

「她我可以信得過嗎？」他問。

「喔天啊，不行，」克里斯說，但他的笑聲感覺像在說著可以。安德魯・艾佛頓點了點頭。

克里斯替派翠絲拉出了椅子，她也坐了下去。

「這我習慣了會回不去喔，」派翠絲對安德魯說。「克里斯要逮捕誰，明年才能再度被邀請？」

安德魯・艾佛頓笑了。

克里斯與唐娜要來領的是一個「值勤表現突出」的嘉勉獎章。鍍金的玩意兒。泰瑞・哈里特有一枚，也給克里斯看過照片。

安德魯・艾佛頓對克里斯與派翠絲開了口。「你們想看看獎章嗎？」

「既然你提起了，好啊，」派翠絲說。「當老師的人不常看到獎章。」

安德魯・艾佛頓把手伸進口袋，抽出了一個天鵝絨的小束口袋。他解開拉繩，取出了一枚金章。

「在 eBay 上還可以賣兩個錢，感覺上，」派翠絲說。他捏了捏克里斯的手。

他們前面備有兩張空椅子。唐娜要帶波格丹來。她最終不得不一五一十招了。去看波蘭電影的事情拗不回來。派翠絲還沒有見過波格丹本人，但她已經看過照片，而且從克里斯的角度看來，她好像有一點太投入了。

波格丹倒是讓唐娜非常開心就是了，而那也是克里斯唯一擔心的事情。

派翠絲親了他。「你等不及了嗎？」

「我從來沒贏過任何東西，」克里斯說。

「我的心不算？」派翠絲說。

「我不能把妳的心放在樓下洗手間，讓客人覺得我很厲害吧？」克里斯說。「妳很期待能見到波格丹嗎？」

「唉呦，我的天啊，」派翠絲說。「超期待的。」

你看吧，有點投入過頭了。克里斯覺得波格丹做為一個繼女婿，恐怕會讓他感覺到很大的業績壓力。不過這一幕要成真之前，需要先發生很多場婚禮就是了。嗯，也不是很多，就兩場。不要再想著婚禮，克里斯。說點會讓安德魯・艾佛頓印象很好的話。

「我已經三個月沒吃瑞士三角巧克力了。」

「是喔，」安德魯・艾佛頓說。你在胡說八道什麼，克里斯。

今天的主持人，一個克里斯在電視上看過的喜劇演員，叫喬許什麼的，用一段單口為活動揭開了序幕。他非常好笑，把每個人都狠狠消遣了一番，跑上來鬧場的醉鬼也被他一一打發。克里斯看著唐娜穿過大禮堂的側門，朝著他們走來。她是單刀赴會。喔哦。他跟派翠絲一起看著她愈來愈近，看著她坐了下來，也看著她的臉色鐵青如暗室裡的一面峭壁。她的身邊只有一張空椅。

「波格丹不來？」克里斯問。

「伊莉莎白找他有事，」唐娜說。

這個嘛，那背後恐怕有什麼天大的算計。

難道有什麼事在醞釀，而他們並不知情？

第三部

把所有的新消息，更新一遍

第七十章

喬伊絲

我人在斯塔福郡。我們都在，基本上。所有需要在的人都在，起碼。

伊莉莎白跟史提芬在這兒：他們在入口大廳的另一端，只不過他們今早都還沒出現。朗恩與寶琳在東廂。沒錯，這棟房子分有不同的廂房。伊博辛開車把他們載過來後，如今留宿在車道盡頭的門樓。

亨利克也在這裡，這是廢話，畢竟這裡是他家。這棟宅邸就像英劇裡的唐頓莊園，只不過多了一具美式彈珠台，還有可以多人一起泡澡的木質大浴缸。

邁可．瓦格宏恩也來了。昨晚我提議讓他加入我們，一起在圖書館裡喝杯白蘭地，但他想要早點睡，畢竟我們今天有工作要拜託他。對此他一副嚴陣以待的態度。

所以到頭來就是我跟伊博辛，熬著夜，喝酒加聊天。他感覺洋洋得意，因為他剛破解了「凱倫．懷海德」的身分之謎。他是在來到此地的車中想通了這一點。他把答案告訴我的時候，我還去雙重檢查，甚至三重檢查了一下，但不論怎麼查都查不出伊博辛的想法有什麼破綻。

他聰明起來真的很厲害。不過我怎麼說也是搞清楚「麥可．加勒斯」是誰的功臣。那才是這案子真正能破的關鍵所在。

我把自己研究出答案的事情告訴了喬安娜，結果她說了句「漂亮」，而且那感覺是她的真心話。她甚至還用表情符號比了個一度贊。

至於「理科碩士羅伯．布朗」嘛，我們還沒有頭緒，但那如今已不太影響大局。我確信我們恍然大悟只是遲早的事情。

來到這兒的史提芬接受了圖書館的導覽。他看上去就像個小男孩，眼睛睜得老大，笑容更大。他一口氣年輕了不知道多少歲。

維克多在他的房間用著早餐，並為稍後寫起了筆記。他會怎麼把這些事情寫成計畫，讓人充滿了期待。安德魯．艾佛頓也在北上的路上。昨晚是肯特郡警光獎的頒獎典禮，所以他抽不開身。他們表揚了克里斯與唐娜。我在唐娜的ＩＧ上看到了。我想波格丹原本應該是要陪著她的，但他得開車載伊莉莎白跟史提芬北上來到這裡。我在想唐娜會不會很介意？他們在交往的事情似乎還沒有其他人發覺，但寶琳跟我稍早對此八卦了一下。肯定的是照片裡的唐娜完全笑不出來。

要說有誰不在這裡，那就是費歐娜．克萊門斯，但那並不等於她絲毫沒有參與。

艾倫在家裡看門。

我知道這麼說，好像牠是出於自願似的，也好像牠有一些事情得在家趕進度似的。而且既然我們全都在倫敦以北的斯塔福，那是誰在照顧牠呢？你應該會好奇吧？

我們養老村裡有一個新住戶，叫做莫文，他是威爾斯人。我向來對威爾斯人沒什麼抵抗力。他曾經當過中學還是小學的校長。這點你不難看得出來。嚴格但公平。灰髮、黑鬍子，你一定看過的那種造型。那我就不客氣了。我已經隔空讓寶琳驗過貨，也得到她的點讚。我以為寶琳會對我在我們下午茶時質疑她的方式有一點不爽，但結果完全沒有。我在想她跟我們其他人一樣，都只是想要一個水落石出的真相。

話說，莫文有一條凱恩㹴叫蘿西，而我們兩天前在某條步道上撞見了彼此。艾倫圍繞著蘿西聞了又聞，而我敢說如果艾倫會講話，牠會告訴你我也圍繞著莫文聞了又聞。長話短說，我們聊起了天，然後同一天下午我就給他帶去了一個貝克威爾櫻桃塔，單純算是歡迎他來到古柏切斯。莫文會在我出門之後負責給餵艾倫跟遛艾倫。我跟他說他幫了大忙，他對我報以了小小的微笑。

而你不用問了，沒錯，莫文是異性戀。他有過兩任妻子跟五個孩子，然後他的某個架子上有張《頂級跑車秀》[159]的ＤＶＤ光碟。

只要事情不出什麼大差錯，我們應該只會在這裡待上二十四小時左右。而這也提醒了我，我得去確認伊博辛有把他的車子移到房子的後面。波格丹不需要提醒——他的車早就藏好了。

我們計畫的啟動時間是中午左右。我想每個人都知道自己在做什麼。我並沒有這樣的一個角色，我能做的就是在一旁看著。

但我想我是有資格這麼閒著的，畢竟殺柏特妮的凶手是誰，可是我研究出來的。

不用多久全世界都會跟我一樣知道。

我給了莫文我的手機號碼，「你知道，萬一你想發艾倫的照片給我，」但迄今他還沒有把球丟回來。我一直在查看，但都一無所獲。

第七十一章

被蒙住眼睛丟包在鐵門前是有點讓人顏面無光，但如果進門必須付出的代價，那就這樣辦吧。對方會如臨大敵地緊張兮兮，也是正常的。

房子入口處的排場相當壯觀。一眼望過去是長長的砂石車道、經過修剪的造型樹籬、噴泉、獅子雕像。但今天並沒有內部人員在打理場地。沒有園丁或私人司機在探頭探腦，免得他們發現自己看到了什麼東西。一切都跟說好的一樣。上面的窗戶看過去，也同樣沒有任何動靜。你必須預留一種可能性是這是個陷阱，但就目前看來，那應該是他在多慮。

屋子本身大得有點誇張，如果這裡是這個人——維京人——一個人住的話。惟考量到這整場行動的祕密性，乃至於他們之間那些只有惜字如金的電郵書信，這樣的猜測不能說不合理。今天會是他們一對一，而一切都必須按計畫推進。目標一到手就瞬離。不容易，一點都不容易，但為得虎子他也只能朝虎穴走去。

按鈕壓下去，孤零零屋子的深處迴響起電鈴的聲音。維京人為這地方砸了多少錢呢？兩千萬鎊吧？最起碼。

腳步聲由遠而近，巨大的橡木門由關而開。赫然出現的便是他，維京人本人。他是個怎

159 Top Gear，BBC的知名汽車節目。

樣的人？六呎六？大鬍子，幽浮一族[160]的T恤巴在巨大的軀幹上。

一隻手伸了出來，兩隻手握了握。

「你一定是維京人囉？」

「而你，」維京人說，「一定是安德魯・艾佛頓囉。容我帶您去我的圖書館。」

安德魯・艾佛頓跟著那巨大的身形通過了一座大理石穿堂，進入了一處鋪著地毯的走廊。每一面牆上都是滿滿的畫，且當中大部分的作品都現代到讓這位警察局長有點吃不消，所幸有東一個西一個的帆船或諾曼式教堂主題彌補了這一點。維京人領著他進入了一間圖書館，那是一個由深色木料與紅色真皮跟軟調照明共同組成的繭室。安德魯・艾佛頓想起了自己辦公室牆上的話，**犯罪永遠划不來**。這還真不好說。

維京人朝牆面比劃了一下，滿滿的書從腳下填滿到天花板。「你看書嗎？局長先生？」

「比起看書我更喜歡寫書，不瞞您說，」安德魯・艾佛頓說著在身邊主人指示的單人沙發上坐了下來。「您不介意的話我們可以快轉過這些閒聊嗎？這房子很美，這一路很愉悅，我不上洗手間，也不需要喝水。」

維京人點了點頭。「成。」他一屁股坐下，幾近填滿了整張兩人座的沙發，打開了他身邊的一盞檯燈。「你想從我這兒，安德魯・艾佛頓先生，得到什麼東西？」

第七十二章

喬伊絲

那盞燈，是整件計畫的關鍵所在。

開了燈，你也就開啟了攝影機跟麥克風。我們全都集合在維克多家偏裡面的員工廚房，安靜得跟教堂老鼠沒兩樣，而圖書館內的現場畫面就在我們眼前播放。我們看不見亨利克，因為他不想上鏡頭。但那是顧及他的犯罪帝國，而不是因為他害羞。雖然他也真的是挺害羞的就是了，我覺得啦。

順道一提，我前幾天檢查了一下我的加密貨幣戶頭，上面的餘額已經變成五萬六千鎊。所以這廂有禮了，亨利克。

安德魯・艾佛頓看起來自信滿滿。他對自己正步入的陷阱完全是狀況外。伊莉莎白向他爆了個料——「這是我們之間的祕密」——這個料的主人翁是維京人。那個想要殺我們的洗錢專家。「我可以替你跟他牽線，別問我怎麼辦得到，也別問我要在什麼地方，感謝我就是了。也許你可以去見他一面？」

而見上維京人一面，正是安德魯・艾佛頓此刻在做的事情。不是為了蒐集證據，也不是

---
160 Foo Fighters，美國搖滾樂團。

為了將其繩之以法，而是單純因為他在這個當下，非常用得上一個洗錢專家。

畢竟，安德魯・艾佛頓就是當年那場增值稅詐騙案的幕後首腦。安德魯・艾佛頓殺害了柏特妮・維茨，脅迫傑克・梅森與海瑟・加爾巴特裝聾作啞。

在他的小說作品《呈堂證供》中，我想我跟你說過，主角是一名江湖老大叫米克大仔，但那是他的綽號。

那米克大仔的本名呢？

麥可・加勒斯。

詐騙早期一個非常愚蠢的失誤。人非聖賢嘛。

如果你在想那會不會只是一個巧合，那讓我告訴你安德魯・艾佛頓的小說裡還冒出了早期另一個收款人的姓名。

我跟你說過伊博辛破解了「凱倫・懷海德」之謎吧。那其實也就是江湖一點訣。Carron Whitehead打散後可以重新拼成Catherine Howard，變成凱瑟琳・霍華，《呈堂證供》裡那個強悍如柚木的警探。聰明的伊博辛。

所以我們猜想至今無法解鎖詐騙案任何收益的安德魯・艾佛頓，或許會想要跟維京人私下聊聊。

而他們此刻就在我們透過實況轉播瞪著的螢幕上，「私下聊聊」。

第七十三章

「我是個警察，」安德魯．艾佛頓說。「這點不用我說，你也明白吧？」

「我明白，」維京人說。「只要你沒在對我錄影錄音，我都不介意。」

「彼此彼此，」安德魯．艾佛頓說。「不過就算是你在對我錄影錄音，那當中也不會有任何一個字可以在法庭上被認定是證據，所以你只會是在浪費力氣而已。」

「沒有誰在給誰錄影錄音，」維京人說。「我幹活不來那一套。所以你說我幫得上你的忙？」

安德魯．艾佛頓把身子往前靠了靠。「我有一千萬鎊散落在世界各地的戶頭裡。而我目前沒有辦法在不讓人起疑的狀況下把錢收回。我在想你能不能幫我處理一下。」

「一千萬？嗯，那倒是不難，」維京人說。「但這麼做我有什麼好處？」

「五十萬，」安德魯．艾佛頓說。

維京人忍不住笑了。

「外加你的買通清單上多出一個警察局長。你罩我，我就罩你。」

維京人點頭。「我需要知道錢是怎麼來。有些錢我不碰。」

「增值稅的詐騙，大概十年前的事了。讓手機在多佛港進口再出口。算是快錢。」

「你的主意？」維京人問。

「我招，」安德魯．艾佛頓說。「當時我在寫一本書。我寫書，沒錯我就是這麼自虐，而寫著寫著我就想出了這麼個計畫，那原本只是小說情節，其實。但我愈是琢磨，就愈覺得，欸，不對喔，這事兒我不該放在書裡，我要來真正做做看。」

「絕了。」

「嗯，怎麼說呢，有時候我會把真實犯罪寫成小說情節。但這回我是把小說情節用在了真實犯罪上。」

「你是怎麼辦到的？」維京人問。

「當時我還不是警界的一郡之長，但總歸有一些人脈。我找上了一個叫傑克・梅森的人。他手裡有各式各樣見不太得光的公司行號，但又有副不會被逮到的聰明頭腦。而那正是我所需要。我跟他說了計畫，然後當起了合夥人。」

「然後你就賺到了一千萬？」

「大個是這個數字，」安德魯・艾佛頓說。

「那怎麼沒有一直做下去？」

「有個記者盯上了我們。她離事實近到讓我們有點坐立不安。甚至還把跟我們同夥的某人搞到去坐牢，於是我們就收手了。」

「那那個記者也跟著收手了嗎？」

「嗯，那倒沒有，」安德魯・艾佛頓說。「她死了。」

第七十四章

喬伊絲

伊莉莎白與維克多看著事情的進展，似乎非常滿意

你不得不佩服亨利克。「你的主意？」、「你是怎麼辦到的？」、「然後你就賺到了一千萬？」、「那怎麼沒有一直做下去？」全都是他們叨念著要他問的問題。完美的自白順利成形。

伊莉莎白知道安德魯．艾佛頓會從實招來。一來他需要用真相換得維京人對他的信任與幫助，二者他的傲氣容不得他把這個計畫的聰明處讓給別人，三來正如他所說的，這些東西錄下來也不能作為法庭證據。

但當然，不能作為法庭證據也沒有關係。伊莉莎白的計畫美就美在這裡。安德魯．艾佛頓完全不需要進法庭，就先會被安上罪名。

邁可在廚房裡走來走去，嘴裡叨著等會兒的台詞在練習。

第七十五章

費歐娜·克萊門斯收到了一大堆朋友關心的訊息。

費妳被駭了
ＩＧ被駭了
我們的ＩＧ妳看得到嗎？
費，ＷＴＦ？？？[161]

費歐娜找了朋友裡的幾個有力人士去散播消息。

大家，**@費歐娜克萊門克萊門**被盜帳號了。千萬別看！**@費歐娜克萊門克萊門**上發生了些怪事。超狂的駭客影片說。

就此，你根本來不及算，在她ＩＧ上看直播的人數就飆破了二十五萬，而且還一秒一秒地往上竄。重點是這些人在看的不是費歐娜·克萊門斯逛街買化妝品，也不是她跟大家分享做熱瑜珈時的小提醒。

他們眾目睽睽在看著的，是肯特郡的警察局長在現場串流的影片中承認自己涉及一樁金額上千萬的詐騙案。

你看不清他對話的對象，但看得出他人在某種圖書館裡，然後他的自白提到了手機，也提到了他跟犯罪者打交道。隨著消息持續傳播出去，觀看人數也水漲船高。ＩＧ、推特、抖音，甚至是大家的爸爸們都打開了WhatsApp。他們全都在看，也全都在評論，都在對這個叫做安德魯．艾佛頓的傢伙口誅筆伐。

就連今早要幫她把頭髮弄直的造型師都給費歐娜看了他的手機，附帶一句，「妳看過了嗎？」

就這樣無緣無故地，費歐娜看到了她的ＩＧ追蹤者衝破了四百萬大關，精采的實境秀仍繼續在她「被駭」的帳戶上繼續開展。這一刻，肯特郡警察局長在房間裡四處張望，而你可以聽到有在人敲打著鍵盤。直播的評論區陷入了瘋狂。

伊莉莎白跟她要求的也就是這樣。費歐娜ＩＧ的登入帳號與密碼。「借我大概一個小時就夠，」她說。「妳根本一點感覺都不會有。」

161 WTF＝What The Fuck，搞屁啊，怎麼回事的意思。

第七十六章

安德魯．艾佛頓很有耐性地，坐看維京人則在筆電裡輸入著東西。目前為止一切都很順利。他喜歡維京人；維京人似乎也不討厭他。更要緊的是他信得過維京人，而這個舒適的房間，這個前不著村後不著店的地點，讓他感覺很是安全。安德魯．艾佛頓有種感覺是他離開這裡的時候，會明顯比他進來的時候變得更加有錢。

維京人闔上了筆電。「你殺過誰嗎？」

「沒有，」安德魯．艾佛頓說。「這點我是清白的。」

「你確定？」

「聽著，我賺錢，我犯法，我壞事做盡，但我誰也沒殺過。」要是說實話，維京人說不準會覺得這事兒風險太高了，那可怎麼辦好？

「這兒說那個記者名叫柏特妮．維茨，」維京人說。「柏特妮．維茨，任職過《東南今夜》，報導你事情的人就是她嗎？」

「就是她，沒錯，」安德魯．艾佛頓說。

「然後她死了，」維京人說。「是誰殺了她嗎？」

「是，」安德魯．艾佛頓說。「但不是我殺的就了。你對我可以放一百二十個心。」

「我在想我確實有一點不太放心，」維京人說。「你那個去坐牢的同夥，她叫做海瑟．加爾巴特，對吧？」

「對，」安德魯．艾佛頓說。

「然後她也死了？」

「還是一樣，是，」安德魯．艾佛頓說。「也還是一樣，與我完全無關。她是自殺。很慘，但——」

「至於你的共犯，傑克．梅森？」

「這裡容我插你一句話，」安德魯．艾佛頓。「是，他也死了沒錯。」

「你身邊還真容易死人，」維京人說。「真教我擔心啊。」

「當然，沒問題，你擔心是應該的，」安德魯．艾佛頓說。

「所以我需要你老實說，」維京人說。「這裡只有我跟你，我需要能信得過你。他們是你殺的嗎？」

「不是，」安德魯．艾佛頓說。

「也許你殺了他們其中一人，」維京人說。

「他們我誰也沒殺，」安德魯．艾佛頓說。

「這巧合可大了，」維京人說。

「是，」安德魯．艾佛頓沒有否認。「這巧合確實不小，但你可以信得過我。」

第七十七章

喬伊絲

伊博辛把一切都攤開在了面前。費歐娜被駭的ＩＧ上有數以千計的網友在看著直播串流。「柏特妮・維茨」成了推特上流行趨勢的第一名。大家都拿著她的影片在分享來分享去，也把她當年失蹤時的報紙新聞貼了出來。她的臉四處可見。

一如安德魯・艾佛頓的臉也已經人盡皆知。他那句「你可以信得過我」，直接讓直播的評論區炸了鍋。肯特郡警局被迫關閉了他們的推特帳號。甚至天空新聞台都有消息報出來了。他們礙於某些因素不能播出畫面，但主播用口語進行著實況轉播。

所以他承認了詐騙，承認了是傑克・梅森的同夥，但他還沒承認殺人。說實在我對此也不抱什麼期待。即便是在房內只有兩個人的狀況下，也不會有人想承認自己是殺人犯，是吧？

但那就是我們真正想要的。讓安德魯・艾佛頓承認他的所作所為。讓他親口對世界說出真相。

還柏特妮一個公道。

伊莉莎白與維克多在一個角落集思廣益。伊莉莎白不知道在說些什麼，只見維克多頻頻點頭。我想我們是時候派出**子彈**了！

第七十八章

維京人的身後是一扇門，由闕而開。一個男人從門後走進了圖書館。他身材不高，頂上無毛，臉上的眼鏡大到比例有點糟糕。現在是怎麼回事？

「不，」安德魯．艾佛頓對維京人說。「不。這裡只應該有你跟我。」

「這是我的同事，」維京人說。「他叫尤里。」

「很榮幸認識您，局長先生，」維克多說。「您平日還真是閒不下來。」

「這跟我們說好的不一樣，」安德魯．艾佛頓說。

「給我一分鐘，」維克多說。「要是我說的東西您覺得不中聽，我走，然後您想走也自便。您不用擔心有什麼風險。」

「就一分鐘，」安德魯．艾佛頓一邊說，眼睛已經一邊在找出口。

「我的這位朋友，他們管他叫維京人，他是這個房間裡的天才。雖然您可能也是個天才啦，安德魯。我叫你安德魯，您不介意吧？」

「當然，尤里，」安德魯．艾佛頓說。

「很顯然你的腦袋很靈光，安德魯。能幹到郡警察局長，真是可喜可賀。還是有實績的作家，筆名叫麥肯錫．麥可史都華。我最近拜讀過，體驗很不錯。《保持緘默》，完全稱得上傑作，我會這麼說。頗有約翰．葛里遜[162]之風。至於這份傲人履歷上，算是最新的條目

---

162 John Grisham。美國暢銷小說家，以律師跟刑偵題材著稱。

吧，我們如今發現您還是個犯罪大師？警察、犯罪小說家、犯罪大師。我在想這當中有若干共通的技巧，是吧？」

安德魯．艾佛頓點起頭。這個挺討他喜歡的男人有點意思。而且他對於《保持緘默》一書的看法是對的。那一本確實流露著濃濃的葛里遜色彩。

「嗯，犯罪大師的部分可能還差了那麼一點，是不是？你搞定了詐騙搶錢，做法甚是簡單，甚是優雅，差就差在你還沒親眼見到犯罪所得。而那也就是我們登場的原因了。我們能替你追查到錢的下落嗎？可以，起碼我的這位朋友可以。我們想跟你做這筆生意嗎？答案一樣是肯定的，想，因為你是個大人物，有權有勢，將來一定在很多地方，我想，您都能助我們一臂之力。就是不知道您願不願意？」

「我倒是願意，」安德魯．艾佛頓說。「把那一千萬鎊給我弄回來，你要我配合什麼都好辦。」

「那這麼看來，我們是英雄所見略同，」維克多說。「我原本就看好我們可以攜手合作。畢竟我們都愛錢，我們當然愛錢，但我們都是有道德標準的人。確實我們偶爾會扭曲規則，這點無可否認，問題是規則這種東西，本來就不該所有人一體適用，是不是？」

「說得對，說得對，」安德魯．艾佛頓說。他的錢看來是拿得回來了，他已經有那種感覺。那麼些年苦幹實幹，這下子終於能苦盡甘來了。他終於可以去西班牙置產，弄個專門寫作的書房，邊寫邊俯瞰著屋外的大海。他會對外說他跟出版社簽了一張大約，大到不好對外張揚，然後遞出辭呈，告別警界。這個眼鏡大得不像話的男人，便是他夢想的最後一片拼圖。

「但我必須能信得過你，」維克多說。「我感覺我可以。我感覺我們是一丘之貉。我們都在這個殘酷的世界裡有著類似的信念。」

「那還用說，」安德魯．艾佛頓說。他在網路上看到過一個物件，地點在西班牙的黃金海岸。[163]裡頭有兩座游泳池，開什麼玩笑。

「所以我需要你跟我實話實說，」維克多說。「關於那名記者。也關於你的兩個朋友。三條人命，全都跟你的詐騙案脫不了干係。我想要信得過你，所以我需要你對我沒有祕密。你殺了他們，是或不是？你跟我講沒有關係。」

安德魯．艾佛頓思索了一下該如何回應。什麼話才能讓這個男人聽了滿意？說這些人都是他殺的嗎？說這些人不是他殺的嗎？怎樣的回答才算是合乎此處的「道德標準」？他下定了決心。

「我沒有殺他們，」安德魯．艾佛頓說。「我不是殺人兇手。」

維克多點了點頭。「所以他們一個個都這麼死了？」

安德魯．艾佛頓也點了點頭。「是，他們一個個……就這麼死了。」

「你太讓我失望了，局長先生，」維克多說。「我對你的期待是實話實說。」

這話讓安德魯陷入了兩難。這男人真的有可能知道真相嗎？他評估起自己有哪些謊話可以拿出來講。他就差臨門一腳了。千萬不要在這裡搞砸。咬死自己的說法；只要我不改口，最終他一定會給我一點尊重。

「我沒殺他們。」

維克多痛苦地拉了張長臉。「安德魯，我實在是聽不下去了。這與我所掌握的情報不符。」

---

163 Costa Dorada，位於西班牙加泰隆尼亞自治區東南，為鄰地中海的一段海岸。

「什麼情報？」安德魯問。這肯定是在唬人。肯定只是對我的一種測試。繼續否認，否認到底，西班牙已經在不遠處等你。

「我知道的是你殺了柏特妮．維茨。你把她埋屍在薩塞克斯一間房子的花園裡，並以此要脅兩名同夥，傑克．梅森與海瑟．加爾巴特，要他們對你犯下的詐騙案守口如瓶。我知道的是你讓海瑟．加爾巴特在達威爾監獄裡死於非命，再就是你兩天前的晚上殺了傑克．梅森。」這裡頭傑克．梅森的部分是用矇的，但安德魯．艾佛頓不需要知道這麼多。

安德魯．艾佛頓心頭一驚，僵住了身體。他究竟是從哪兒得知了關於柏特妮的屍體與勒索的祕密？說不通啊。傑克．梅森絕不可能供出他的姓名，天塌下來也不可能。而海瑟．加爾巴特則十足被他的淫威震懾著。所以眼前這矮子是怎麼知道的？

「我只要實話，安德魯，」維克多說。「然後我們就能確定自己是在跟什麼樣的人打交道，就能帶著互信往前走了。」

安德魯．艾佛頓必須做出一個重大的決定。要承認嗎？在尤里似乎什麼內幕都已經知道了的狀況下，他要如何才能咬死自己原版的說詞呢？他該相信尤里，相信維京人嗎？他該吐實嗎？這裡只有他們三個男人關室密談，方圓幾英里處都是杳無人煙。他強烈地意識到自己可以用口中說出的下一句話，為自己賺到一千萬鎊。

「好吧，」安德魯．艾佛頓說。「但你們保證這話絕對不會傳出這個房間，是吧？」

「沒人在偷看，」維克多說。「也沒人在偷聽。」

安德魯．艾佛頓將雙手緊握，就像在為了獲得原諒而祈求。

「我殺了柏特妮．維茨。」

第七十九章

康妮．強森在她的平面電視上看著事態的發展。Wi-Fi連線總算乖了一回，讓她得以在YouTube上追好追滿情節的饋送。

所以就這樣了，那麼，萬事告了一個段落。安德魯．艾佛頓上了套。那個警察局長。她見過他幾次，看起來人挺不錯。但殺人凶手？誰想得到？而那對康妮而言又真是一個大好康。

有個人他肯定沒殺，那就是海瑟．加爾巴特。

康妮是在她又回去找海瑟．加爾巴特聊天時，發現了對方的屍體。身上都是鉤針什麼的。屍體旁有一張自殺遺言字條，上面跟幾個人說了永別，諸如此類的。海瑟．加爾巴特生前不知道怕什麼怕成那樣，但如今看著螢幕上的安德魯．艾佛頓，康妮起碼好像懂了什麼。

康妮腦筋動得飛快。之前伊博辛跟他的那夥老灰啊朋友在追著柏特妮．維茨凶手的屁股跑，而按她的估計，找到凶手應該是可以期待的事情。這下子被她說對了吧，是不是？康妮當初的想法是湊一咖無妨。就做個順水人情。法庭看在眼裡可能會對她稍微手下留情，畢竟她也在命案的偵破上出了一分力。

所以她才會撕掉了海瑟真正的遺書——再見了，我實在受不了了，大概是那一類的，她沒有仔細看——然後自己重寫了一張。讓海瑟看上去就像個凶殺案的被害者，然後把自己塑造成一個可以提供線索的人。一個救世主。

現在康妮知道了安德魯．艾佛頓殺害了柏特妮．維茨，她便可以來執行計畫的第二部分了。她只需要創造一項證據來顯示安德魯．艾佛頓也殺了海瑟．加爾巴特就行。那個在監獄行政大樓的人，那個平日開Volvo，替她把她當晚曾進入海瑟牢房的畫面洗掉的那個人？她賭他一定會剛好記得安德魯．艾佛頓在那天晚間到訪過監獄。而康妮自己毫無疑問地，會記得海瑟跟她說過的一些事情。對警方很不利的事情。「這件事上達天聽」，諸如此類的鬼話。她一定會編劇編得十分開心。

艾佛頓會被定罪，康妮因為與司法單位合作而少坐幾年牢。美極了。而早一天出獄，她就能早一天去處理朗恩．李奇。

她不得不佩服伊博辛，到頭來他真的還是挺管用的。

只不過她記得他跟自己說過她在乎海瑟．加爾巴特，而那就證明了她並不是個反社會人格。

但其實他們一邊在那兒聊，她一邊就把海瑟．加爾巴特被她撕爛的遺言字條揣在口袋裡。心理治療真的是個很妙的過程。她等不及要再來上一點了。

第八十章

喬伊絲

你不難想像當他把話說出口時，這裡發生了什麼樣的暴動。

「維克多又一次成功出擊，」伊莉莎白說。「不愧是子彈，例無虛發。」

此刻在看著費歐娜ＩＧ直播的人數已經突破了三百萬。這三百多萬人都跟廚房裡的他們一起聽到了一樣的內容，而這三百萬人也都不吝於與世人分享自己的高見。網友們都想知道事情接下來會如何演變。

我是邊看邊打著鍵盤。如今的氣氛已經輕鬆多了，畫面裡他們三人如今只是閒聊著銀行帳戶的話題。維克多幫另外兩人倒起了蘇格蘭威士忌。

朗恩剛說了一個故事是有個約克郡的警察是怎麼用警棍打了他。我問當年是不是很多人打過他，他給了我肯定的回答。

即便對我們而言，這也是團隊合作一次絕佳的展現。破解財務文件上的神祕人名，讓傑克．梅森掏心掏肺，與費歐娜．克萊門斯變成朋友。「變成朋友」可能誇大了一點，但要是她的ＩＧ追蹤人數再繼續這麼失控，我們被她奉為朋友好像也不是癡人說夢。亨利克發揮著他的專長，可愛的維克多突破了罪犯的心防。還有寶琳跟邁克等著派上用場。寶琳正在幫邁可．瓦格宏恩補妝，因為他剛剛哭得唏哩嘩啦。我剛跟他說了線上有三百萬人在看，他則回我他準備好了。

稍早我問波格丹覺得唐娜如何，他反問我這話是什麼意思，我反反問他覺得我這話是什麼意思，然後他給了我一個可愛到不行的小小微笑，外加一個大拇指往上翹。

說起可愛，一條剛進來的訊息是莫文傳的。能在手機上看到他名字讓人興奮莫名，光打開訊息就教我心臟怦怦跳個不停。

艾倫很好。

嗯，這孩子我們還需要調教。但此刻我們才剛預祝了邁可福星高照。該回去辦正事了。

第八十一章

唐娜與克里斯一起看著唐娜的電腦。他們辦公室裡的所有人都在看著。費爾黑文警局的所有人都在看著。費爾黑文的所有人也在看著。乾脆點說吧——所有人都在看著。

本日最新任「全英國被黑得最慘的人」，安德魯．艾佛頓當之無愧。不過唐娜也沒忘了指出《保持緘默》現正高居亞馬遜「推動者與撼動者」暢銷榜的榜首，成為了過去二十四小時內排名攀升最快的龍頭。

也不知道是誰駭入了費歐娜的ＩＧ，但眾人都同意這真的是神來一筆。這位神人的身分眾說紛紜，只有克里斯跟唐娜稍微動點腦筋就已然心知肚明。

對於把唐娜的電腦團團圍住，誰都不想在這個節骨眼上被叫去處理什麼亂七八糟案件的那群警察同仁而言，最新的發展是《東南今夜》的那個老頭，邁可．瓦格宏恩，走進了維京人的圖書館裡頭。

「唐娜，那不是你的朋友嗎！」泰瑞．哈里特警探說。

「他先跟我是朋友的，」克里斯說。「我幫他做過酒測！」

螢幕上，邁可拉了張椅子，在一臉不可置信的安德魯．艾佛頓對面坐下。麥可直直地看向了應該是隱藏在某處的攝影機鏡頭

「嗨，我是邁可．瓦格宏恩，今天是《東南今夜》的特別報導——」

「邁可，你這是在幹什——」安德魯．艾佛頓說，但邁可噓了他一聲。

「首先我想對此刻正在收看這場直播的幾百萬網友們說幾句話。大家都在剛剛聽到了的犯罪自白，說話的人正是肯特郡的警察局長安德魯・艾佛——」

安德魯・艾佛頓從椅子上跳了起來，幾乎跳出了鏡頭，但一隻手臂用強壯的肌肉把他逮住並帶了回來。你不會知道那隻手臂的主人是誰，除非你能認得上面的刺青，比方說一眼就看出來了的唐娜。所以他昨晚才不能陪我去領獎。「相信我，」他是這麼說的。也許她開始養成信任他的習慣，時機已經到了？她在想該不會那幫人全部都在那兒吧？感覺應該就是這樣。

邁可・瓦格宏恩不改其向來的專業作風，等著安德魯・艾佛頓被悶住的叫喊聲遠遠地消失後，才又接著往下講。

「這就是所謂，只會有五分鐘熱度的爆紅吧，我懂。看到有人承認犯下了可怕的罪行。看到貴為郡警察局長的人坦承不諱自己參與了詐騙、貪腐、勒索與殺人案。這乍看之下，就是我們想要的血流成河。時候到了會有相關的審判，而各位剛剛看到的那些場面會讓這場審判非常複雜，但審判終究是審判。安德魯・艾佛頓的牢是坐定了，這點我們基本無須懷疑，就算是英國當前這種動不動就可教化、寬鬆又縱容的司法系統，應該也饒他不過。但總之我們先不要糾結這一點。我們很快就會切斷直播的饋送，把費歐娜的ＩＧ交還其正當的主人。我發自內心感謝妳，費歐娜，感謝妳今日的鼎力相助。沒有什麼比這是對柏特妮更好的紀念了。各位網友很快就會返回工作崗位，會去享用你們的晚餐，看點電視，繼續你們每個人有著不同計畫的日常。你們會聊起剛剛看到的奇景，這點我很確定。或許到了明天你們還會再稍微聊到，但熱度會減少。甚至你們後天都還會三兩句話提到這件事，但一切也就到此為止了。新聞就是這麼回事。隨時會有更刺激的東西跳出來取而代之。卡戴珊家族[164]的某個成員會又生了寶寶，或許。所以我很清楚各位此刻的關注，將是稍縱即逝。你們有些人可能已經在飄走中，畢竟我們今天的主秀已經告一段落。安德魯．艾佛頓已被銬在我左手邊的大廳，斯塔福郡的警力也已在趕來的途中。但我想冒昧請各位，再讓我耽誤個一分鐘，好嗎？很快，我保證。我想用這一分鐘跟大家說說我的一個朋友，柏特妮．維茨，她在將近十年前被人殺害。要是她沒有遭逢不幸，你們現在肯定會知道她的名字，我確信。她這人苦幹實幹，柏特妮，她肯拚肯做，沒有人免費給過她什麼。她可以跟你爭辯一整夜，可以跟你比腕力還贏你，可以跟你拚酒拚到你倒在桌底。看到了嗎，她就是個北方妞。不管政治正確讓不讓我這麼說。柏特妮．維茨是名優秀的記者，但更重要的是她是個值得尊敬的朋友，我愛她。我不是愛過她，而是我現在依舊愛她。所以等你們不那麼在意今天的事了，等下一個閃閃發光的消息刺激起你們的興致之際，我只求大家還能偶爾想起她的姓名，柏特妮．維茨。因為她值得，她值得在你們把安德魯．艾佛頓忘得一乾二淨之後，還繼續被人想起。那麼以上，就是我們為各位準備的所有午間特別報導。所以容我，邁可．瓦格宏恩，跟各位說一句感謝收看，照顧好自己，也照顧好彼此。」

164　Kardashians，由實境秀捧紅的美國家族，在娛樂八卦、時裝設計與商業界都十分活躍。

第八十二章

全肯特郡都在寒冷的空氣中發著抖，聖誕節就在不久之後。

「我跟你說過了，」唐娜說。「我已經不怪你了。」

「但那真的不是一件小事啊，」波格丹說。「那是一個獎耶。萬一妳這輩子不會再得獎了呢？」

「謝謝你對我這麼有信心喔，」唐娜說。「基本原則是這樣：如果我有獎要領，我希望你陪我一起——除非你有一個要在某大牌電視節目主持人的ＩＧ上直播犯罪自白的殺人犯要抓。這樣我就能免你一死。」

卡溫．普萊斯剛因為威脅行為遭到了起訴。唐娜看到了他把一張紙條塞進了自己的包包裡。上頭寫的是：我們都很恨妳。妳就是個笑話。他是個很沒有風度去接受拒絕的男人。而拒絕他的除了柏特妮、費歐娜、唐娜以外，這些年恐怕數都數不完。法院對他只會略施薄懲，讓他得到警告，但《東南今夜》他短時間內是回不了了。

但翠柏閣的謎團他們還沒有解開。所以也許她跟克里斯一路以來都追錯了這條線？

波格丹小心地停好了車。古柏切斯停車委員會依舊是那個權勢滔天的古柏切斯停車委員會。真要說，他們的權力相比以往那是只增不減。伊莉莎白今天要去一處懸崖，而波格丹答應了要看看史提芬。他知道史提芬也會很高興認識唐娜。

在要下車之前，波格丹轉頭看向了唐娜。

「我有個獎要給妳。」
「你有獎要給我？」
「是啊，」波格丹說。「我很內疚。」
波格丹把手伸進車後座的一個大包包，然後獻給了唐娜一尊阿娜希塔，愛與戰鬥的女神像。」
「唐娜，我在此高度地表揚妳。」
「波格丹！」唐娜說。
「我原本想拿去刻字，但顯然神像上不好做這種事。」
唐娜不可置信地把女神像握在手裡。「波格丹，這東西要兩千鎊耶！兩千鎊夠我們去希臘度假兩個禮拜了。」
波格丹淺淺一笑。「庫戴許只賣我一鎊。然後他叫我跟妳說，祝妳武運昌隆，都不會被磚塊打中。」[165]
唐娜看了一眼她手裡的神像。然後又望向了波格丹。
「他為什麼會只賣你一鎊？」
「這個嘛，」波格丹說著打開了車門。「他問我是不是愛上妳了。我說是。」

165 Dodging the bricks，俚語，意思是不會受到傷害。

第八十三章

不可否認有些私心的朗恩，做出了提議，於是他們此刻聚集到了這裡。這裡，確實天寒地凍，但他的提議並沒有錯。他們高高佇立在莎士比亞絕壁之巔，向遠處延伸的英吉利海峽看不到終點。憤怒的波濤擊打著懸崖的腳邊，水聲的喧嘩自相隔數百英尺的下方飄進他們耳裡，有陣爭執傳自公寓樓下，聽起來悶悶的感覺。

這裡並不是柏特妮．維茨的殞命之處，這點他們現在已經清楚了，但想要憑弔她，這裡是敬她一杯酒的絕佳處所。

安德魯．艾佛頓對整件事情緘默不語。這並不出人意表。所以他們還是不知道那晚發生了什麼。柏特妮去了哪裡？安德魯．艾佛頓是在何處殺了她？柏特妮的車子在朝這個莎士比亞絕壁愈來愈近時，車內的兩個身影是誰？理科碩士羅伯．布朗之謎也還沒有人破解。伊博辛已經被字母的各種排列組合逼到半瘋。

不過，其它的問題倒都已經有了解答。達威爾的一名獄卒說安德魯．艾佛頓在海瑟．加爾巴特橫死的那晚去看訪過她。他否認了這一點，但那他不否認才奇怪吧。

還有傑克．梅森。朗恩回想他們在一起的最後一晚。傑克曾說起過他的內疚。

他們各有一朵玫瑰在手，要往下方的大海裡投。伊莉莎白與喬伊絲、伊博辛、邁可與寶琳。甚至維克多都南下來致上最後的哀思。他們問過了亨利克，但他說，「我不懂，我又不認識她，我為什麼要往海裡丟一朵玫瑰花？」他說得不無道理。不是每個人都想要成群結黨地，對吧？

一個接著一個，他們擲出了玫瑰。喬伊絲的那朵被逆風一擋，吹回到她的臉上，所以她一共丟了兩次。這日的天空，沒有雲朵，所以如果柏特妮在天上有知，她將可以看到今天來了的每個人。朗恩的腦子不太能接受這種怪力亂神，但他的心裡什麼都裝得下。

邁可・宏恩講了幾句話，其中一些他得重複一遍，因為風實在是愈來愈大了。他接著提議大家沿著懸崖頂端走一遭。而他會這麼說，朗恩早就料到了。

「這一節我就不參加了，」朗恩說道。「你們知道我的膝蓋不太好使。」

幾道覺得事有蹊蹺眉毛揚起——他們都知道朗恩從不輕易提起自己的膝蓋。但這確實讓他們閉上了嘴，而他們也很快就出發繞起了懸崖。寶琳陪他坐了下來，對此他一點也不意外。

「你還好吧，親愛的？」她問。

「還不壞，」朗恩說。「只是在想我的洗手間。」

「你還真是讓我猜不透啊，朗尼。你在想著要在裡頭放個空氣清新劑嗎？」

朗恩微微一笑，但笑裡帶著點感傷。「吶，我只是不習慣身邊有個女人，吧？女人家的各種用品，你知道的，乳霜啊，一堆化妝品啊，有的沒的。」

「我占了你太多空間，是吧？你都沒地方放你的非洲猞猁[166]體香噴霧了嗎？」

「我喜歡這樣，真心話，」朗恩說。「那代表一種親密感，是不是？我對妳一直都說的是

166　Lynx Africa，男性保養品牌。

真心話，沒什麼瞞著妳，這妳是知道的吧，寶琳？」

「我知道，達令，」寶琳說著面露一絲關切。「你想說什麼？」

「妳對我也一直說的是真心話，沒事瞞著我嗎？」

「當然啦，」寶琳說。「你看不到的時候我會偶爾來根菸，但除此以外就沒有了。」

「理科碩士羅伯．布朗，」朗恩說。

「他怎麼樣？」

「我知道我沒多聰明，」朗恩說。「但輪也該輪到我解開些謎團了。」

「朗恩？」

「是化妝品，」朗恩說。「那些化妝品從頭到尾都靜靜地，待在洗手間裡。我刮鬍子的時候，它們就在鏡子下面排得整整齊齊。跟我大眼瞪小眼。」

朗恩看著寶琳。他不想說出口，但他不得不說。

「妳的睫毛膏，」朗恩說。「芭比波朗，妳最愛的牌子。Robert Brown Msc不是什麼羅伯布朗理科碩士，那是在對應Bobbi Brown Mascara，芭比波朗睫毛膏。」

第八十四章

唐娜跟波格丹在車子外面接吻，在進門後的走廊上接吻，到了伊莉莎白與史提芬的公寓門前還要接吻。波格丹對這種公開秀恩愛的事情不算習慣。要被人看見了怎麼辦？再就是，波格丹有滿滿一整袋的食物需要往冰箱裡擺。

但誰叫他要戀愛，他願意接受愛帶來的種種挑戰。波格丹敲起門，打開門，呼喚起史提芬的名字。史提芬身穿睡衣在沙發上坐著，這組合對他來講早就一點都不稀罕。「幸福的小倆口可來了，」他說。「看看你們兩個。」

「幸福的小倆口報到，」唐娜說。「哈囉，史提芬。」

唐娜手裡還握著雕像。史提芬把自己撐了起來，並走過去看了一眼。

「我們的老朋友阿娜希塔，」史提芬說著眼睛亮了起來。「愛與戰鬥的女神。非妳莫屬。」

唐娜笑著蹦進了廚房，煮上了水。

波格丹喜歡看到史提芬的眼神閃閃發光。他喜歡看到史提芬那過人的智商。史提芬把亨利克的藏書做成的清單，被波格丹看在眼裡。那麼一絲不苟，那麼美不勝收。他等會兒會幫史提芬刮個鬍子，再用鬍後水幫他保養保養。然後是保濕。史提芬此前從沒做過全套的護膚——「肥皂跟水就好，老弟」——但凡事只要開始都不嫌晚。也許他還可以開始給史提芬吃維他命？伊莉莎白會反對嗎？先從維他命C跟D吃起就好。畢竟他現在出門的次數比較少。

「說起戰鬥，」波格丹說著坐下在棋盤前。「來一場？」

史提芬揮起了表示不要的手。

「今天不下？」波格丹說。那不然他們來看部電影，也許？還是乾脆來講講故事。波格丹會下廚，菜色是西班牙海鮮燉飯。

「伊莉莎白？」

「下棋別找我，老弟，」史提芬說。「這個家的西洋棋手是伊莉莎白。」

「我試著下過幾次，」史提芬說。「但始終抓不到要領。你下棋嗎？」

「嗯，玩玩，」波格丹說。

「厲害嗎？」史提芬說。

「看情況，」波格丹邊說邊強忍著淚水。「在西洋棋的世界裡，你的對手多強，你才有多強。」

史提芬點著頭，端詳起眼底的棋盤。波格丹納悶史提芬看到了什麼。

「我沒本事下這玩意，」史提芬說。「惡魔搞出來的東西，這遊戲。」

唐娜走了回來，手裡的兩個馬克杯裝著熱茶。史提芬的微笑彷彿有光。

「好東西來了，這就對了，」史提芬說。「來杯茶。茶是好東西。」

第八十五章

朗恩可以看到其他人陸陸續續往回走。但他們還在一段距離外，而且回來的路要爬坡。所以他們回到原地還得一會兒。喬伊絲把她的手臂勾上了邁可・瓦格宏恩的。

「全部的實情？」寶琳說。

「我想我有這個資格，」朗恩說。

「我想也是，朗尼，」寶琳說。「但這些事我不想讓其他人知道。也不想讓邁可知道。」

朗恩微微聳了個肩。所以一切都將結束在這裡嗎？狂野海面上的一個崖頂？

「那日大約晚上十點半，」寶琳開了口，但幾乎不敢直視朗恩。「信不信由你，我正準備就寢，主要是隔天得早起。但門鈴就在此時響起。我先是當沒聽見，因為除非你點了什麼東西，否則夜裡不會有什麼好事找上你。門鈴又響了第二回，第三回，終於我心一橫，想著『有完沒完』，然後我往入口監視器的畫面一看，她就站在那裡。」

「柏特妮・維茨？」

「柏特妮・維茨。我按開了門讓她上來，並等著她來敲門。妳進來，我說，這是怎麼回事？我看得出她有事，否則我早讓她滾蛋了。她穿著好像剛在跳樓大特賣隨手挑中的千鳥格外套跟黃色長褲。素顏。她坐下後對我說，寶琳，妳幫我個忙，而我說，在晚上十點半嗎，然後她叫我坐下聽她講一個故事。我說，我是不是應該打電話給邁可，對此她說，妳別打給邁可，我不想讓他擔心。」

「『妳說的故事是什麼？』

「『柏特妮說，妳相信我，寶琳，有人想要殺了我。我手邊有條他們不希望被報導出去的新聞，結果我剛剛收到了訊息，他們威脅我，』而我你是知道的，朗尼，各種事情我以前聽得多了，但我並不知道哪些是真，哪些是假。但柏特妮的眼神告訴我她說的是真話，或至少有很大部分是真話，所以我跟她說我能做些什麼？妳要我幫妳什麼？做得到的我盡量幫妳。」

「所以她要妳幫什麼忙？」朗恩說。他已經可以稍微聽到喬伊絲的笑聲，高音在風中傳得比較遠。

「她要去見一個人，她說。而她需要看起來跟平常不一樣。她說她知道我不可能創造奇蹟，但她問我能不能幫她變個裝，也許借她頂假髮？改變她的容貌到可以唬過某人就好。她有張照片給我參考，我覺得不是做不到。」

「所以妳跟她說好？」

「首先，我試著勸她打消這個念頭。我說有麻煩妳應該去找警察。報警其實不是我的風格，但警察偶爾還是管點用的。但她說她不能去找警察，她只需要我幫這麼一個忙，然後整件事很快就會告一段落。她說相信我，我知道我在做什麼，而且我也不會讓妳不拿錢白做。」

「五千鎊？」朗恩說。

「我說我不要錢，那來吧，要是妳真有什麼麻煩，我們就趕緊開始吧。於是我開始以照片為範本幫她上妝。我拿出我的一頂假髮，幫她裝上，做了一點修剪，然後九十分鐘後的成果還不差。真的不差。她很開心。過程中她一直在看手錶，然後完成時她說，寶琳，我們就此道別吧，祝我好運，然後我說妳要去哪兒，而她跟我說，要是妳明天早上還沒有我的消息，就去報警，但要匿名，對此我說我不希望她出去冒險，我還是打給邁可好了，結果她說我一定要走這一趟。她給了我一個擁抱，這是她從來不會做的事情，然後她還給了我一張紙上寫著數字跟一句話，『這是給妳的錢，』然後她就走了。」

朗恩用手指打起鼓點。「來龍去脈就是這樣，」寶琳說。「來龍去脈就是這樣？」

「我相信妳，寶貝，」朗恩說。「我相信妳說的是實話。但妳並沒有說出全部的實話，親愛的。妳漏掉了妳從來沒跟人提起這段往事的理由。妳一直知道她那不見的幾個小時人在哪裡。妳一直知道她要去跟某人見面。而妳卻一直跟誰都不說？這怎麼想都說不通。妳不是說妳想過要直接去找邁可，要直接去找警察。別凹了吧。」

朗恩看著寶琳瞅了一眼不斷逼近中的散步隊伍。

「還有件事，」寶琳說。「我們在試套假髮時。我的那些假髮跟一些服裝是放在塑膠模特兒上，你知道，就是那些假人，而在她要走之前，柏特妮跟我說，我可以跟妳借一個嗎？我回答她，借假人，妳瘋了嗎？但那整件事本來就都很瘋狂，所以最後我說妳要就拿吧。」

「假人？」

「隔天早上，他們在懸崖下面發現了她的車子，還釋出了監視器畫面，有的沒有的，所以我本來要打電話給邁可，但在這麼做之前，我想了想。我想到了她要我幫她化的妝，想到她給我看的照片，也想到了假髮，想到了假人，還有監視器畫面裡車內的兩個身形。我想到她穿的衣服，朗尼。我想到了我甚至對她說過，『我死也不要被人看見我穿著這身行頭。』」

「所以妳覺得——」

「我不是覺得，我是這麼知道。而朗恩，柏特妮的死訊讓邁可感覺天崩地裂。他愛她，她也愛他。所以對也好錯也罷，我有了這麼個想法，我想比起讓邁克以為柏特妮死了，更糟糕一百倍的是讓他知道她自導自演了這整件事，帶上天曉得有多少的錢，逃到天曉得在哪裡的海角天邊，但卻連根毛都沒有告訴他。她有什麼天大的理由要這麼做？我到現在也沒有想出來。」

寶琳望向了大海。

「你也沒辦法把柏特妮怎麼樣，又沒有人被控謀殺，也沒有人受到任何傷害，所以我選擇了沉默。然後你們一群人跑了出來，開始左邊死一個人，右邊死一個人，中間死一個人，所以我開始嘗試丟出一些暗示。我知道我不能在事隔這麼久後把真相說出口，但我想你們或許可以把事情想通，這樣邁可就可以經由你們去面對真相。我在想也差不多是時候了。」

「竟然是這樣，」朗恩說。

「我只是想要盡可能做對的事情。」寶琳說。

「那錢呢？」

「我從來沒碰過，」寶琳說。「我把紙條扔了，也從此把錢的事拋諸了腦後。羅伯・布朗理科碩士是柏特妮開的玩笑，怪不得我。」

「其實還挺幽默的，」朗恩說。

「是啊，你一定會喜歡她的，」寶琳說。「你可以原諒我嗎，朗恩？」

「沒有什麼需要原諒的，」朗恩說。

「明天按摩？開心一下？」

「別得寸進尺，」朗恩說。

其它人已經快來到他們身邊。

朗恩看向寶琳。「妳覺得她現在人在哪裡？」

寶琳淺淺一笑，起身歡迎起散步人群的歸來。「我想她應該在天上看著底下的我們。」

喬伊絲取代了寶琳，坐上了同樣的位子。

「剛剛那段路真是讓人心曠神怡，」喬伊絲說。「你錯過真的太可惜啦。」

朗恩用手環抱起他的朋友，並看著寶琳也在對邁可做著相同的事情。

第八十六章

多年來她都在手機上訂閱著谷歌的關鍵字快訊服務。這代表任何地方有人提到「柏特妮・維茨」這個名字，她都會收到通知。她會很快瞄一眼，評估一下風險，然後繼續她的新生。每逢她的「忌日」，網路上通常會有人稍微提起，但數量總是一年一年減少，直到新聞像河流一樣澈底乾涸。不論從何種意圖跟目的去看，柏特妮・維茨這個人都已經不復存在。

但就在三天前，柏特妮・維茨突然在一整個下午的時間裡變成了世界級的名人。柏特妮・維茨全程目睹了所有的騷動，想也知道，她想不看到才難，即使是在杜拜。

她待在室內，取消了所有的約會。其實她並不需要這麼做，這點她很清楚。柏特妮化名艾莉絲・庫伯已經好多年了。大家會笑她的名字，但有用就好。[167]

當年因為調查增值稅詐騙案，柏特妮學會了關於洗錢的一切。這包括她會帶著大學教授或犯罪份子去吃午飯，會纏著一個個專家打轉，乃至於有個德國警方的調查員告訴她詐騙者最好的假名，就是跟名人同名。「那會讓人無從估狗你，」調查員說。而事實證明他說得挺對。現在估狗 Alice Cooper，你得先滑過多到一個爆炸的頁數，才能看到有詞條說她名為「媒體培訓與公關解決方案」的公司位於杜拜碼頭[168]一棟辦公大樓的八樓。

但她學會的可不只是這一點小伎倆而已。事實上她學會的那許多本事，讓她不僅追蹤出了增值稅詐騙案的金流，甚至她還有辦法把那些錢揣進手中。

然後她就收到了安德魯・艾佛頓寄來的那顆子彈。那顆粗糙地在側邊刻了名字的子彈。

她這才意識到自己身陷危險。才知道安德魯・艾佛頓已經發現她在他屁股後面。才知道他想對她不利。他肯定監聽了她的手機，肯定看到了她發給邁可那則寫著「絕對的炸藥」的訊息。

所以她面對著一個選擇。她可以繼續挖，繼續查，繼續勇敢。或是她應該找條出路？她有跟安德魯・艾佛頓一搏的勝算嗎？對方可是個位高權重的警官。對方有資源看到她的訊息，還冷血到會給她寄來子彈。

所以她其實根本沒得選擇。

而沒得選擇的她只好退而求其次。接下來的幾週，她開始「學以致用」，把安德魯・艾佛頓的贓款匯入一個個新帳戶。她沒有提出任何一毛錢，因為提錢會涉及真正的危險，但她完成了錢的轉移。她把錢藏起來了。

在她「死」後，可憐的安德魯・艾佛頓與傑克・梅森花了好長的時間想把錢取回來，但他們建立的洗錢網絡是如此之不透明，如此之充滿巧思，搞得連他們自己也看不見錢到底去了哪裡。

---

167 一般人聽到 Alice Cooper，會想到的是同名的美國搖滾歌手，重點是他的風格融合了斷頭台、電動椅、假血、蟒蛇、娃娃等元素，儼然是驚悚舞台表演的代名詞。

168 Dubai Marina，杜拜港旁的高級住宅區，娛樂場所林立，海上活動眾多。

她的計畫已經就好定位。她的遇害、她的失蹤，她有著新髮型跟新妝容的新護照，她抹在車裡頭那些她在家用自助驗血器材抽好的血液。她已經習得了各式各樣的手法。但原本她其實並不覺得自己會真的豁出去。直到那天晚上她收到了來自安德魯・艾佛頓的電郵，上頭寫著「來見我。我只想要聊聊」。

那封信讓柏特妮知道時候到了，該說再見了。再見了她原本的人生，再見了她的報導，再見了邁可。哈囉我來了杜拜，哈囉新的人生，哈囉我的一千萬。

柏特妮靜候了一年左右才開始領錢。她從巴拿馬一個鮮為人知的戶頭抽取了十萬鎊，單純讓自己的生活不致難以為繼，也讓自己有錢去整形。她曾在多年前報導過一名來自費爾黑文的女性靠著整形外科致富，而只要有一大筆錢可收，對方也很樂於伸出援手。話說只要有一千萬在兜裡，你在杜拜就幾乎沒有買不到的東西。

而柏特妮・維茨用錢買到的東西，叫做銷聲匿跡。

她是全身而退了，沒錯。但她是全身而退出了什麼？

她有遺憾，誠然。在消失之前，她已經兩次吞下了英國廣播公司給的閉門羹。她的信心出現了缺口。柏特妮已經萌生了她永遠不可能闖出名號，不可能出人頭地的念頭。而也就是這種負面想法，讓那一千萬鎊，也讓那新生活，都變得格外誘人。但她應該堅持到底的，也許？君不見費歐娜・克萊門斯的際遇。但柏特妮並沒有費歐娜那般的自信。她也沒有費歐娜那般的容貌，反倒是手術後的她跟費歐娜多了幾分神似。咬牙撐下去原本也或許是一條路，但既然有機會找上門，她也就選擇了不同的人生。邁可跟她說過要繼續努力，也跟她說過她一定會成功，但太過年輕的她沒想到邁可說得沒錯。

說起邁可，他是她遺憾中的遺憾。那遺憾至今都還會讓她夜不成眠。如果讓邁可知道了她並非不得已才離開他，那他肯定會痛不欲生。她很清楚這點，而她知道寶琳也會很清楚這一點。她原本可以堅守崗位，勇敢一點。她原本可以讓安德魯．艾佛頓面對法律制裁代表的正義，她原本可以在公司裡平步青雲，原本可以享受生涯的樂趣，可以突然人在附近就跑去邁可家喝一杯。這些都是她原本不用放棄的東西。

但她的心頭一直來回想著的，是那顆子彈。有名字粗糙地刻在側邊，並由安德魯．艾佛頓寄來的那顆子彈。那顆子彈的用心是要讓她害怕，但結果卻讓安德魯．艾佛頓賠掉了一千萬鎊。

收到子彈後的柏特妮已然沒得選擇。那顆子彈如今就在她的面前。她將之握在手裡掂量，就像許多年前的那個晚上。當心那顆有你名字在上面的子彈。

而正是那個名字讓她終於下定了決心。因為那個刻進子彈表面的名字不是「柏特妮．維茨」。是的話她還可以處理。

那個名字是「邁可．瓦格宏恩」。

第八十七章

邁可・瓦格宏恩滾動回顧著他的電子郵件。每年這個時候，柏特妮的忌日，觀眾都會用電郵致上他們的哀思。人數不是很多，而且年復一年還愈來愈少，但從沒有少到讓他覺得有沒有都沒差。

今年，只有四封。三封是寄自他平日的聯絡人，一封來自一個表示「請勿回覆」，且他完全沒有過印象的帳戶。這帳戶的信在頭幾年裡，被淹沒在了如雪片般寄來的電郵海中，但今年的來信稀稀落落，讓這帳戶的信變得非常顯眼。那信打開，裡頭總是會有紅色的玫瑰一朵，但邁可從未對此想得太多。

他們從來沒有找到柏特妮的屍體。對此他從各路人馬處聽到了各種原因，潮汐啊什麼的，而邁可對那些說明都是照單全收。仔細去研究的話，你會發現一大堆類似的案例，而邁可也確實去研究過了。

然後消息傳來說柏特妮被埋在了海瑟・加爾巴特的住處花園裡。但即便警方進行了開挖，屍體的找尋依舊是白忙一場。安德魯・艾佛頓至今也還是繼續高喊著冤枉。

所以該不會？邁可開始產生了一些想法。該不會？

邁可看著有紅玫瑰的電郵。他開始往前找。每年都有一樣的電郵。每一封都寄自請勿回覆的電郵地址。

那朵紅玫瑰會象徵著什麼意思？愛，是其中一種可能。蘭開夏？[169]那好像扯遠了點。但柏特妮就喜歡東扯西扯，就喜歡拿他開玩笑。還「絕對的炸藥」咧。好像他有精明到會知道那當中藏著祕密似的。

當然了，那些電郵不會是柏特妮寄的，當然不是。它們只是某個好心人寄來，祝福的紅玫瑰。但那是個美好的幻想。柏特妮沒有死，而是在某個地方恣意享受著人生，也許就是靠著加值稅詐騙案的收益活著？畢竟那些錢好像不在任何人手裡。就連亨利克都說在某個點上，那些錢好像就憑空消失了。難道那些錢是跟著她一起消失了嗎？

柏特妮真的會一聲再見也沒對他說，就這樣不告而別嗎？

如果是為了一千萬鎊，有何不可？那很傻，很貪，但誰一輩子沒有既傻又貪過？邁可就傻了一輩子，直到柏特妮讓他看到了真相。他只是希望柏特妮可以多停留一會兒，讓他有機會還她這份情。

也許這些電郵真的是來自柏特妮。只要邁可願意，他可以選擇就這麼相信。而如果這些信真的是柏特妮寄的，那他希望她有看到前幾天的直播。他希望她有看到他對她致上的敬意。他希望她能知道，不論她身在天上、地下，還是天地之間的某處，他是愛他的。

邁可給自己倒了一杯蘋果酒，現在他已經跳過假掰的分酒器，直接從塑膠瓶裡倒了。有何不可呢？他舉起了酒杯。

「敬不在的朋友。」

169　紅玫瑰是蘭開夏郡的郡花。

第八十八章

喬伊絲

刺激與興奮通通告一段落後，已經過了幾天。我想我大概應該把那之後所有發生過的事情，都拿來餵一餵你。

我的短篇小說完成了。它現在已經不叫做《浴血食人殺》。新名字變成了《人生如夢——傑瑞．米德寇弗謎案》。我把稿子寄給了《阿格斯晚報》，而他們也立刻回覆了我說我的投稿已經確實收訖。我回他們說謝謝，並祝他們週末愉快，但這第二封電郵就下落不明了。我一直沒有收到任何回音。

我業已寫起了一個新篇，傑瑞．米德寇弗探長在這次的故事裡去了北非的摩洛哥。我本身一次都沒有去過摩洛哥，但我看過瑞克．史坦[170]在一部紀錄片裡去了馬拉喀什，[171]所以我有很多描述會從中取材。

安德魯．艾佛頓人在牢裡。貝爾馬什，一個高度戒備監所。這也是顧及他的人身安全吧，我想。他被控詐欺，但他們還在調查柏特妮，還有海瑟的凶案。有趣的是在任何正常的案件中，我們做的串流直播肯定會被認定是妨礙審判，但這次網路上的迴響實在太大，我覺得連有關當局都在權衡利害後，知道正義這次真的得搬上檯面讓所有人看見。安德魯還在喊冤，但不論事情最終如何演變，他都注定會在牢裡待上很長一段時間。

諷刺的是他的小說大賣了起來。除了稱霸Kindle的諸排行榜，還有某家出版商搶著拚出了實體書的版本。Netflix已經買下了電視版權。有名就會有錢的話原來是真的。但他還一毛錢都拿不到就是了。那些錢都被法院扣住了，他偷了國家一千萬鎊的事情要先處理完。

我不覺得他們最後會用殺人罪起訴他。畢竟證據在哪兒？他們在海瑟家後面挖遍了花園與樹林的每一寸土地，也沒有發現屍體。不過他們倒是挖出了更多槍、一疊疊的鈔票、一本本假護照、被竊的贓物，你想得到的都有。感覺傑克．梅森這些年來只要每為了找屍體而挖一個洞，就會在回填時藏進某樣東西。我們發現的第一把槍，那把攻擊性步槍，從來沒有發射過，至於那十萬塊錢則是坦布里奇韋爾斯[172]一起郵局搶案的贓款。

我最近才去了坦布里奇韋爾斯血拚；是卡爾利托[173]開著小巴帶我們一行人上去。我在一本書裡的某處讀到坦布里奇韋爾斯有家維特羅斯超市，結果沒有。但那裡倒是有一家又大又美的水石書店，[174]而我也在那兒買了一本史蒂芬．金的《史蒂芬．金談寫作》，外加一本瑪麗安．凱斯[175]的新書。

最大的消息應該是關於邁可．瓦格宏恩。全世界跟他太太都看到了他對柏特妮致敬的那

---

170 Rick Stein，英國名廚，開餐廳以外也主持節目、旅遊跟寫書。

171 Marrakesh，摩洛哥第四大城，位於該國西南部。

172 Tunbridge Wells，肯特郡的溫泉小鎮，也在連接費爾黑文與倫敦的A21公路上，距離古柏切斯不遠。

173 古柏切斯社區小巴的葡萄牙裔司機。

174 Waterstones，英國的連鎖書店。

175 Marian Keyes，1963~，愛爾蘭女性通俗小說作家。

一席話，而他說從那之後，電話就一直響個不停。他已經簽下了獨立電視網上的一個系列節目叫《窮凶極惡之英國連續殺人犯》。他成為了《第一秀》——我的最愛——某週的嘉賓主持人，[176]而且他們已經邀請他下次再來了。然後下禮拜我會舊地重遊，上倫敦的埃爾斯特里去看他錄《名人版爭分奪秒》。伊莉莎白顯然那天已經有別的行程，所以陪我去的會是寶琳。

費歐娜・克萊門斯之後會招待我們所有人去吃晚餐，而這只是剛好而已，畢竟她現在有八百萬人在追蹤她的IG，而且她還談好了要去拍攝美國版的《爭分奪秒》。

寶琳與朗恩剛從在埃文河畔斯特拉特福[177]度完長週末回來。我問朗恩他們看到了什麼樣的莎士比亞，但他一臉不知道該說什麼的表情看著我，所以我想他們應該是整個週末都泡在了酒館中。沒了朗恩陪的伊博辛看著有點失魂落魄。我知道他很為朗恩開心，但或許我需要稍微盯著他一點？我們常一起遛艾倫，他也嘰哩呱啦好像聊得很開心，但那也可能只是表象而已。

而說起遛狗，我最近確實很長撞見莫文與蘿西。莫文那個帥勁兒，我在他身邊得一再提醒自己尾巴別再搖了。他話不多，但那有時候也讓人比較輕鬆，是吧？跟有些男人在一起，你大部分的時間都只能點頭稱是。

我三不五時就會給莫文帶一大盤用法國砂鍋做的菜過去，而且每次的份量都恰恰好是兩人份，看他會不會接起我做的球，但他總是只說，「謝謝妳，這夠我吃兩天了。」但他說這話時的聲音是那麼低沉，那麼讓人臣服——好吧，這樣也值了。他還沒有表現出任何真的有興趣的模樣，不過前幾天他確實帶了一份《泰晤士報》過來說，「這裡頭有篇文章講的是瑪格麗特・愛特伍[178]，還有她是怎麼寫書的。我想說妳應該會有興趣看看。」那肯定破了他跟我說話字數最多的記錄，所以一切還很難說。我讀了文章，這樣我們下次見面就不怕沒東西聊了。

聖誕節眼看就要到了，對此我希望喬安娜與史考特可以南下一趟。我還沒有去問大家都有什麼計畫。我在想朗恩是不是會跟寶琳一起過？也許他們也會想過來這裡？而伊博辛，就不用問了。我在想維克多聖誕節要做什麼？我明天會問問他，主要是我們全都受邀要去他家吃午飯。這次我會把泳衣帶上，再冷我也要游。

我的加密貨幣帳戶曾經一度漲到六萬五千萬鎊以上，但現在又只值八百鎊了。我寄了電郵給亨利克，而他只在回信裡說，「喬伊絲，妳必須要有信心。」對什麼有信心，我不知道。但關於加密貨幣有一件事情是確定的，它比有獎儲蓄公債有趣多了。

今年就是發生了這麼多事情，而其中我最喜歡的一樣事情剛剛蹦進了房間裡，準備來亂。艾倫覺得上床的時間到了，而說實在，牠的直覺通常都挺準的。

---

176 《第一秀》週一到週四的主持人是亞力克斯・瓊斯（Alex Jones）與麥特・貝克（Matt Baker），週五是由瓊斯跟一名嘉賓主持人共同主持。

177 Stratford-upon-Avon，莎士比亞的故鄉。

178 Margaret Atwood，1939-，加拿大作家，著有《使女的故事》。

第八十九章

貪婪，就是這麼回事。那致命的缺陷。他為什麼不滿足於自己已經擁有的呢？事實上，那是貪婪加上自以為聰明。那致命的兩個缺陷。

搞得他現在只能在貝爾馬什裡坐苦牢，而不是在西班牙豪宅露臺上面對冰涼的啤酒與溫熱的打字機。

「冰啤酒跟熱打字機。」安德魯．艾佛頓將之抄錄在了他的筆記本裡。他的新書《有罪無辜》將成為他出道至今的代表作，就看獄方何時讓他有電腦可用。也許等他被正式定罪之後吧？根據《犯罪所得法》，他要賣多少本書才能把那一千萬鎊還完呢？很多本，他猜。

增值稅計畫是那麼的簡潔美觀，那麼地人畜無害。它怎麼就出了差錯呢？從一本小說的構想，變成了現實中的犯罪。早知道他就讓它留在小說裡。早知道他就應該信任自己的文筆。頗有「葛里遜之風」，有人曾這麼說過，是誰他忘記了。

還有一件他不應該做的事情，就是寄那顆子彈給柏特妮。能藉此嚇退她是他的如意算盤。但他真不該發信說要見她，回過頭看。他早該把藏鏡人當好當滿。人生是人生，書是書，他不該混為一談。

累積了這麼些多屍體，而他只殺了其中一具。確實，他對傑克與海瑟說他殺了柏特妮。那真是神來一筆：用一具壓根就不存在的屍體去要脅他們。海巡隊員跟他說屍體應該會在一週內被海水沖上來，否則大概就永遠沖不回來了，所以他才產生了這個靈感。這靈感實在太妙了。最終有點妙過頭就是了；但那實在很不公平。沒有聰明人有應該為了構想太妙而受到懲罰。

另外他也對那個眼鏡超厚的傢伙說他殺了柏特妮。因為他估計那是那傢伙想聽到的答案。他以為自己這樣就能拿到錢。

貪婪。還有自以為聰明。看看那讓你陷入何種境地。

所以誰殺了柏特妮．維茨？安德魯．艾佛頓毫無頭緒。反正不是他自己，也不是傑克．梅森，否則他的那點勒索把戲就不可能玩得下去。還有就是錢都去了哪裡？他對此同樣一頭霧水。那個戴厚片眼鏡的傢伙到底是誰？伊莉莎白．貝斯特就沒有她不為人知的一面嗎？他的整個人生在認識她的一瞬間，就開始崩解。問題這麼多，答案只有那麼一點。

望著牢房的四壁，跟同監的獄友隔牆而居，一天被鎖著二十四小時以保證他的人身安全無虞，乃至於內急之事只能靠被栓在牆上的鐵桶，安德魯．艾佛頓突然覺得對一個這麼聰明的人來說，這世上好像還有爆多的事情是他所不懂。

好消息還是有一點的，而人生在世你總是該盡量往好處看。沒有實質證據可以把他跟柏特妮或海瑟的死扯上關係，而他的律師三兩下就能處理掉達威爾監獄的那些「目擊證人」。也許他可以從殺人罪名中脫身？社會輿論都喊著要拿他血債血償，但社會輿論何時不在喊著要這樣那樣。不用多久他們就會把這件事淡忘，就跟邁可．瓦格宏恩說的沒什麼不一樣。

說不定他會只有詐騙罪名成立。那他得服刑多久呢？也許被判十年但關個五年？他可以在牢裡寫一系列暢銷小說，讓在吃牢飯的主角從監獄裡破案？就叫它《鐵牢硬探》或《辦案「廂」助人：監獄廂房裡的助攻神探》。

沒錯，凡事往好處看。

諷刺的是他唯一真正犯下的凶殺案，反而輪不到他成為嫌犯。傑克．梅森既然開了口，安德魯就不能留他活口。這沒什麼好說的。讓他看起來像是單純自殺便是。傑克當時一開門就知道了他的來意。

《死神來敲門》。安德魯．艾佛頓在他的筆記本裡寫下了這幾個字，「備用書名」自此又多了一筆。

只要他能擺脫這幾件殺人罪的罪嫌，五年的飛逝也就是一轉眼。

第九十章

克里斯慶祝破案的方式，一如所有鐵錚錚的硬漢警察長年以來的傳統。他喝著藍莓康普茶，配芹菜棒加有機鷹豆泥沾醬，然後看著電視上播的飛鏢比賽。

他一邊看一邊想，在還沒有DNA跡證的時代，殺人該有多簡單啊。這年頭的殺人魔相形之下，真是值得同情。

現在你要是殺了人，特別是在近距離用槍殺了人，嗯——這實在沒有比較委婉的說法——那他們的DNA就會灑得你全身都是。你的手上會全是死者的DNA，你的衣服上也一樣。而後那些DNA會被轉移到你碰到過的每一樣東西。

在肯特郡的警光獎典禮上，派翠絲曾想著克里斯接著該逮捕誰，才能再一次獲得警光獎的表揚？才能在來年再穿上黑領結的西裝，享受有免費普羅賽克氣泡酒的晚宴。閃閃發光的可愛徽章放在天鵝絨材質的可愛束袋裡，再一個也不嫌多。

嗯，在剛剛受到訊息之後，克里斯已經確定他明年會重返警光獎了。而這全都是派翠絲的功勞。

整件事的開端是這樣的。那把槍實在太小了。小到讓克里斯一直耿耿於懷。以一個要什麼槍有什麼槍，合法非法都不成問題的男人而言，傑克・梅森何苦要在對自己開槍時，用上這麼一把小到可以塞進某人口袋裡的玩意兒呢？

這種時候簡單點想，通常就會有答案。而答案就是這把槍確實被塞進過某人的口袋。

安德魯．艾佛頓在海瑟．加爾巴特的花園開挖時，偷了這把槍，而他之所以選擇偷這一把小到不能再小的槍，只是因為他必須要穿過重重的警察，神不知鬼不覺地帶著槍走出現場。你總不能叫他夾帶AK-47出去吧，雖然警方確實在現場找到了兩把。

克里斯另外讓人好好檢驗了一下這把手槍，結果發現這把槍確實曾與另外四把槍一起在花園裡埋著。驗出的纖維顯示這五把槍是用同一塊布包著，而且上頭也都有來自土壤裡的同一種有機酸肥料。彈藥的檢驗結果也相同。換句話說安德魯．艾佛頓見過那把手槍，偷了那把手槍，然後用那把手槍殺了手槍的主人，傑克．梅森。

這是很好的證據，這點無庸置疑。但很好不等於完美。沒人親眼看到安德魯．艾佛頓把手槍放進口袋。挖掘現場的每個人都有偷槍的可能。傑克．梅森自己也有可能早幾個禮拜把槍挖出來。如果他真的打算尋短，傑克說不定會在計畫的時候想說，「我突然好想，把我十年前埋起來的那把小小槍挖出來自殺喔。」這點在法庭上一定會遭到好律師的質疑，而安德魯．艾佛頓的律師肯定不會太差。

但這證據已經足以讓克里斯知道是安德魯．艾佛頓殺了傑克．梅森。他只需要去證明這一點就好。

他跟唐娜為此交換過了意見。他們並不想看著艾佛頓出庭，然後靠著某種技術問題在殺人罪嫌上全身而退。克里斯需要另外找到某種證據，證明艾佛頓在命案發生的當下，人就在現場。他需要一點DNA。

但哪裡會有他要的DNA呢？

最後回答了這個問題的人，是派翠絲。究竟哪裡會有克里斯要的DNA，她提出了一個可能的地點。克里斯原本對此半信半疑。因為果真如此，那也太諷刺了吧。不過在三催四請下，他最終還是聯繫了鑑識組的實驗室，而今天回來的結果證實了，她是對的。他剛剛傳了簡訊給在開晚間家長會的派翠絲，就是為了讓她知道這件事情。

艾佛頓自然會把自己清理乾淨，這點不在話下。各種血肉模糊，連同當中所含有的傑克・梅森ＤＮＡ，恐怕都早就沒了。但安德魯・艾佛頓還是馬虎了一點。或者如稍微認識他了的克里斯所想，安德魯・艾佛頓恐怕是太自負了一點。也許他沒有在殺人後馬上把他做案時穿的衣物銷毀，而是等到了隔天？甚至還穿著那些衣物去參加頒獎典禮，堆滿笑容坐在克里斯與派翠絲的旁邊？也可能是他確實有當天就把衣物銷毀，但不小心在處理的過程裡重新汙染了自己？

不論理由為何，安德魯・艾佛頓都很難解釋為什麼傑克・梅森的ＤＮＡ跡證會出現在那個剛剛才被發現的地方。

在閃閃發光的可愛徽章上，也在天鵝絨材質的可愛束袋上，然後在肯特警光獎典禮上被他親手交給了克里斯。

克里斯俐落地把一根新的芹菜棒送進了嘴裡。

有辦法的話，你就解釋看看啊。

第九十一章

波格丹有事沒告訴她，伊莉莎白看得出來。那事與唐娜無關——他們小倆口在一起的那些有的沒的事情，值得歡呼三聲——但他肯定有什麼事瞞著她。不過她今天還是會留他在家顧史提芬，這點不受影響。等她回家她會再找他詳談。

「這次真的很盡興，」維克多說。「對此我有說不出的感激。我先是被開槍，然後又被埋下，最後死而復生。斯諾克更是沒有少打。」

「歡迎來到週四謀殺俱樂部，」伊莉莎白說。

他們坐在維克多家的露臺上，筆電打開著，琴酒倒好了。倫敦展開在他們眼前，呈現出一片紛綠、蔚藍與灰階的廣袤全景橫軸。穿梭其中的巴士宛若紅血球。居高臨下，一切看來都變得如此高雅風流，惟那些藏在倫敦屋簷下的祕密，他們兩個都熟。那些金錢、那些殺人的狠手，那些人才行得出來的邪惡。這種眼光只不過是他們賴以維生的基本動作。你看到的是溫暖舒適的家庭煙囪，他們倆看到的是被焚燒滅跡的人類屍首。在這一行裡打滾六十載秋冬，人的視野就是會變得如此的扭曲沉重。

天冷，但冷得有助於他們倆的思考作動。安德魯．艾佛頓成了階下囚，等待著出庭接受法律審酌。傑克．梅森與海瑟．加爾巴特長眠在土中。亨利克重返了斯特福郡，但也開始從網路上抓一些貓咪影片，轉寄給維克多。那看在伊莉莎白眼中感覺很像停火。對此她十分受用。畢竟她好不容易找回了維克多，她會希望他在她的生命中多做停留。

但維克多跟她都同意事情還未竟全功。維克多已經讓安德魯．艾佛頓全盤招供，沒人能長久面對維克多的問訊而滴水不漏。只不過那感覺總是有哪裡不對頭，那是他們倆共同的感受。他們為此澈底詳談過。他們真的揭開了全部真相了嗎？他們會不會抓錯人了啊？

「史提芬還好嗎？」維克多說。

「一言難盡。」伊莉莎白說。

亨利克仍鍥而不捨地在查找，但不論他追到天涯海角，那些錢總是會消失得莫名其妙。他們清盤了「凱倫．懷海德」跟「麥可．加勒斯」。但「理科碩士羅伯．布朗」則連個邊都沾不到。也許過段時間會有哪個天才解開這個謎團，但反正伊莉莎白跟維克多是承認失敗了。

不過亨利克還是發現了一個線索。那是另外一筆早期的匯款，金額也是十萬鎊。維克多跟伊莉莎白掃描著他們眼前的檔案。亨利克追著這筆匯款，去到了英屬維京群島，然後那筆錢在那裡一分為四。其中一筆去向了開曼群島，但那條線是死路一條。第二筆去向了巴拿馬，第三筆去了列支敦斯登，然後雙雙消失在了祕密銀行操作那無窮無盡的長廊。但就是這個第四筆，顯得非常有趣。這筆錢進入了杜拜國際銀行，感覺在各筆款項裡獨樹一幟。

「為什麼要把錢付到杜拜？」伊莉莎白說。「要說更安全、更不透光的地方，強過杜拜的選項應該一抓一大把。」

「杜拜取用方便？」維克多說。「也許那是某人放在手邊的一點零用錢？」

伊莉莎白想著她應該要花點時間去調查一下杜拜的人脈。她在杜拜還是認識一些人的。

不知所蹤的錢雖然是一千萬鎊，但有時候你想要逮到某人，十萬鎊就夠了。這十萬鎊要能讓她抓到殺死柏特妮・維茨的凶手，伊莉莎白會非常滿意。

但或許她是個傻子？也許有什麼線索就擺在她眼前，而她卻視而不見——她著實有這種感覺。骨子裡她知道事情不太對勁。是她的本領江河日下了嗎？她老了。她這會兒也開始用起了足部水療機。她甚至還在聖誕節也送了喬伊絲一台。她是不是該把這些渾事給放下了？是不是不該再像隻無頭蒼蠅追著影子跑了？

維克多在冷風中發著抖。伊莉莎白替他調整了一下毯子。

「謝謝，」維克多說。「妳的國家好冷。」

「你的也是啊，」伊莉莎白說，對此維克多也只能認了。

是時候放下這一切渾事了嗎？伊莉莎白暗自笑起了自己。人生除了渾事還剩得了什麼呢？

「也許，」伊莉莎白說，「一點冬陽會有助於我們的身心？」

「也許吧，」維克多表示同意。「有推薦的目的地嗎？」

「我聽說現在是杜拜一年中，氣候最溫和的時候。」

「這我有耳聞，」維克多說。「而且有人說那裡東西很好買。藝廊也一應具全。」

「嗯，我們是可以去藝廊晃晃看看，是不是？」

「再來點購物行程，」維克多說。「把陽光吸飽？」

「反正也不會有什麼損失，是吧？」伊莉莎白說。老歸老，她知道自己這一趟不會空手而回。畢竟拼圖裡還少了一片。

「妳知道，」維克多說，「我還記得人在那個墓穴的底部，被一鏟鏟的土蓋到我身上。我記得往上看著大家，心想這會不會正是我該有的人生。古柏切斯。熱茶，配上蛋糕，還有烏兒跟狗狗，以及一群朋友。我在想這兒會不會是我的歸屬。妳懂我在說什麼吧。」

「懂到不行，」伊莉莎白說。

「我很寂寞，」維克多說。「是妳替我搞定了這一點。妳跟妳的朋友。或者該說是我的朋友。他們可真是不簡單啊，是吧？」

「他們很不簡單，」伊莉莎白深有同感。

「我有跟妳說我訂了一張斯諾克球桌嗎？」

「嗯，朗恩在上來的車上講個不停，」伊莉莎白。「害我不得不裝睡。」

「到了最後，一切都取決於人，是不？」維克多說。「人從來都是一切的關鍵。你可以繞大半個地球去尋找自己完美的生活，要是開心你也可以搬到澳洲，但成敗最終還是要看你是與什麼樣的人邂逅。」

伊莉莎白望向泳池，也望著那懸在天空中的池水。池子裡有個在那兒一趟趟游過來又游過去的喬伊絲，還有她那顆為了不弄濕頭髮而堅持撐在水面上的頭。朗恩跟伊博辛這兩個男生穿著大衣，躺在了池邊的長沙發上。伊博辛奮力在風中讀著《金融時報》，而朗恩則研究著怎麼把蓋子蓋回他的咖啡杯。

冷成這樣，實在不是游泳的天氣，喬伊絲就是不依。明明伊莉莎白跟她說了不要這麼死心眼，等夏天到了，游泳池還是會繼續存在這裡。

「啊，但游泳池在不等於我們還在，」喬伊絲這麼回她，而她說的不是沒有道理。所以有花堪折直須折，凡事最好還是趁早抓在手裡。天曉得你這輩子還有沒有下個夏天可以游泳？還有沒有機會靠雙腳漫遊？還有沒有機會沉醉在親吻之中？關於波格丹在瞞著她的祕密，伊莉莎白有了個概念。就先再看看吧。

喬伊絲對上了伊莉莎白的目光，並朝她揮起了手。伊莉莎白也揮了回去。妳接著游吧，喬伊絲。妳就接著游吧，我美好的朋友。游吧，妳抬著頭盡量游吧。

致謝

以下的謝詞，是我最後必須寫完的內容，真正意義上的最後，因為只要一寫完這些段落，我就可以獲准去放假囉。

其實我多半也可以在這本書寫到半路的某些點上去度假，但，老實講，出版社就是有辦法看著你，然後用眼神告訴你，「你真的需要在眼看就要截稿的這個節骨眼上去Center Parcs[179]嗎？」

一如很多時候，我是在貓貓萊索·馮·卡特（Liesl von Cat）的陪伴下寫下這些字句。她的貓掌會偶爾慵懶地對我張開五爪，意思是我打字聲音大到打擾了她敏感的貓耳。

且不論萊索有沒有在我的鍵盤上睡覺、擋住螢幕讓我看不到，還是只因為嘴饞就大聲地喵喵喵——也不管我明明剛剛，就剛剛，才餵過她——我都知道她無時無刻不想幫我一把。

確實，我要感謝的對象實在很多，這包括有人在我書寫《擦身而過的子彈》的過程中助我一臂之力，對我花言巧語，給我支持鼓勵，當然也有萊索——以貓咪的立場——對我喵來喵去。

首先，當然是讀者。這個行業裡沒有讀者，就什麼都不會發生，而讀者就是你們。除非

---

179 最早創立在荷蘭的森林度假村業者，目前在英格蘭跟愛爾蘭都有若干據點，而每處的Center Parcs度假村都設有水上活動或山林野外的各種設施。

你只是在書店等人買好包裝紙，所以才因為打發時間而翻到致謝這一頁。果真如此，你要不就索性買本書？也不一定要買這一本。買本馬克．畢林漢（Mark Billingham）或莎里．拉佩納（Shari Lapena）作品也都很棒。

但如果你是真的看完了這本書，那我感謝你，發自內心地感謝你。跟週四謀殺俱樂部的大夥兒又一次打成一片，我玩得非常開心，要是你們也是就太好了。娛樂你們是我在此惟一的使命，而我真的，真的希望你們有看得盡興。即便這個「盡興」也包括在大庭廣眾下哭泣，或是看著你錯過的巴士揚長而去。

同時我也要感謝全世界每一位了不起的書商。我想至此我應該已經跟你們幾乎每個人都見過面了，而你們是英雄。你們是英雄的原因是你們愛書，是因為你們把對的書推給對的人的技術，也是因為你們有能力一天說三百次「您需要袋子嗎？」，卻依舊讓笑容在臉上停駐。我保證明年這個時候，我會有一本新書需要你們的服務。

我還非常幸福地有一個絕佳的出版團隊輔助。由此我無盡的感謝要給予我的編輯，維京出版社（Viking，企鵝藍燈書屋〔PRH〕的子公司）的哈莉葉．波頓（Harriet Bourton），謝謝她不但集耐心、機智與技術於一身，而且合作起來還愉快到不能再愉快。書中提及的「天空泳池」不僅真有其事，而且還就在巴特錫的企鵝藍燈書屋總部旁邊。

往前一點的美國大使館門口有不只一名警衛看守，而一群年輕女性正從她左手邊一棟出版社大樓的旋轉門中穿過。

在我腦海的想像中，那群年輕人就是我超棒的維京出版團隊，成員除了哈莉葉，還有艾拉・洪恩（Ella Horne）、奧莉薇亞・米德（Olivia Mead）、艾莉・哈德森（Ellie Hudson）、蘿西・薩法提（Rosie Safaty）跟莉迪雅・弗里德（Lydia Fried），如今妳們都透過紙墨得以不朽。我要感謝妳們令人感佩的工作表現：這一行找不到比妳們更強大的團隊了。在不知不覺裡，妳們已經無限接近了喬伊絲與伊莉莎白！

另外我要跟了不起的銷售大師珊姆・法納肯（Sam Fanaken）致上謝忱，感謝妳知道我有多愛看到圖表。也感謝她傑出的團隊成員，瑞秋・邁爾斯（Rachel Myers）、凱菈・迪恩（Kyla Dean）、艾利森・皮爾斯（Alison Pearce）、伊莉諾・羅茲・戴維斯（Eleanor Rhodes Davies）、琳達・韋伯格（Linda Viberg）、麥德蓮・班奈特（Madeleine Bennett）與梅芮迪斯・班森（Meredith Benson），乃至於珊曼莎・韋德（Samantha Waide）與葛蕾絲・戴勒（Grace Dellar）。

我再一次要感激的是納塔莉・沃爾（Natalie Wall）與安妮・安德伍德（Annie Underwood）這對校閱與審稿天才。第一次有人能用三言兩語解釋了我何時該用 which，何時又該用 that 的人，就是納塔莉。這項知識我會永遠銘記在心。

此外我也要感謝一聲唐娜・帕琵（Donna Poppy）出類拔萃的校閱工作，須知她不僅如百科全書一般對利物浦的足球選手知之甚詳，而且還掌握了英國南部鐵路公司（Southern Railways）有那些列車上有推車服務的情報。她還搶下了一項殊榮，是成為了在致謝裡與週四謀殺俱樂部的兩個角色（班底唐娜／第二集的帕琵）同時撞名的第一人。

正字標記的英文版封面，依舊被託付給了鬼神般的理查・布雷沃利（Richard Bravery）跟喬艾爾・荷蘭（Joel Holland）操刀。經常被山寨，從未被打敗。

還有湯姆・威爾登（Tom Weldon；企鵝藍燈書屋執行長），謝謝你的支持、智慧，也謝謝你生出來的那些「金企鵝」。

作家生涯要是沒有一個優秀的作家經紀人，肯定會寸步難行，而我的茱麗葉・慕慎思（Juliet Mushens）就是一名王牌經紀人。她無時無刻不扮演著我的後盾，無時無刻不充滿著創意，重點是，各種小道消息又非常好聊。預祝我們能生出更多更多的「金企鵝」。茱麗葉身邊的左右手有麗莎・狄布拉克（Lisa DeBlock）、奇婭・埃文斯（Kiya Evans）與瑞秋・尼利（Rachel Neely）。每回有新書問世，她們都會在爬梯上更上一階。最後我們一定會得換一個更大的梯子。還有那個，麗莎，妳要的那個保加利亞報稅表我終於找到了。

我在世界各地有許許多多可愛的出版社夥伴，而我今年也終於很幸運地，能開始跟他們見面了。一句感謝要獻給你們每一位，並且我希望大家有注意到我至今在每一本書裡，都保持著設法提到愛沙尼亞的記錄。

不過我也要特別感謝的是，我在美國的出版社同仁們，因為沒有他們就沒有這個系列。我要感謝無與倫比的潘蜜拉・多爾曼（Pamela Dorman），以及潔拉米・歐爾頓（Jeramie Orton），妳們這次幹得太漂亮了！更多的感謝從我在大西洋的這一端，要傳達到在大西洋彼端的布萊恩・塔特（Brian Tart）、凱特・史塔克（Kate Stark）、瑪莉・米雪兒絲（Marie Michels）、琳賽・普雷威特（Lindsay Prevette）、克理斯提娜・法扎阿拉洛（Kristina Fazzalaro）、瑪麗・史東（Mary Stone）與亞力克斯・克魯茲—希曼內茲（Alex Cruz-Jimenez）。我還要謝謝棒極了的珍妮・班特（Jenny Bent）。且預祝我們新的一年可以少一點在Zoom上視訊開會，多一點跟很多很多美國讀者與書商見面。

謝謝寶琳・希蒙斯（Pauline Simmons）讓我使用妳的名字，也謝謝戴比・達內爾（Debbie

Darnell）讓我參考妳的個性。我要感謝安潔拉・拉弗提（Angela Rafferty）與強納生・波內（Jonathan Polnay）能如此快狠準地為我的ＤＮＡ問題解惑。安德魯・艾佛頓等於是被你們繩之以法的，而為此我們都非常感激。醫生特別的謝謝要說給凱蒂・洛夫塔斯（Katy Loftus）聽。妳永遠都會是我們大夥兒裡的一員。

我的家人，依舊是跳動在我書中的心臟。而首先我一如往常，要感謝我的母親，布蘭妲（Brenda），謝謝她為了我所做，那些我永遠無法完整報答的一切。謝謝麥特（Mat）與阿妮莎（Anissa），謝謝珍・萊特（Jan Wright）阿姨，也謝謝我的外公外婆弗來德與潔希・萊特（Fred & Jessie Wright），感謝他們帶給我的力量與溫暖。

謝謝我的兩個孩子，露比（Ruby）與桑尼（Sonny），他們現在愈來愈有「錢」力讓我養兒防老，也每一天都能為我帶來喜悅與驕傲。我真的很幸運能當你們的爹爹，真要抱怨就是你們其中一個從不讓我在瑪利歐賽車上贏一回。

然後最後是，我所有的愛與感謝要獻給英格麗（Ingrid Oliver）。一想到我在邂逅妳之前的人生是怎麼活著的，心中就油然而生一股荒謬感。妳讓我的生命充滿了幸福與笑容，能與妳共度餘生是上天對我莫大的恩寵。

值得一提的是《擦身而過的子彈》書名是英格麗的靈感，而可愛的萊索・馮・卡特貓貓也是隨著她進入我的生活。

而說到萊索・馮・卡特，我這下得走了。我稍早把書房的窗戶關了個密不透風，而她此刻正非常堅定地在讓我知道，這是不被允許的。

我們後會有期……

臉譜小說選

擦身而過的子彈

The Bullet That Missed

原著作者	理察・歐斯曼 Richard Osman
譯　　者	鄭煥昇
書封設計	蕭旭芳
責任編輯	廖培穎
行銷企畫	陳彩玉、林詩玟
業　　務	李再星、李振東、林佩瑜
出　　版	臉譜出版
發 行 人	謝至平
副總編輯	陳雨柔
編輯總監	劉麗真
	城邦文化事業股份有限公司
	台北市民生東路二段141號5樓
	電話：886-2-25007696　傳真：886-2-25001952
發　　行	英屬蓋曼群島商家庭傳媒股份有限公司城邦分公司
	台北市中山區民生東路141號11樓
	客服專線：02-25007718；25007719
	24小時傳真專線：02-25001990；25001991
	服務時間：週一至週五上午09:30-12:00；下午13:30-17:00
	劃撥帳號：19863813　戶名：書虫股份有限公司
	讀者服務信箱：service@readingclub.com.tw
	城邦網址：http://www.cite.com.tw
香港發行所	城邦（香港）出版集團有限公司
	香港九龍土瓜灣土瓜灣道86號順聯工業大廈6樓A室
	電話：852-25086231　傳真：852-25789337
馬新發行所	城邦（馬新）出版集團
	Cite（M）Sdn. Bhd.
	41, Jalan Radin Anum, Bandar Baru Sri Petaling,
	57000 Kuala Lumpur, Malaysia.
	電話：603-90563833　傳真：603-90576622
	電子信箱：services@cite.my
一版一刷	2024年2月
I S B N	978-626-315-454-4

城邦讀書花園
www.cite.com.tw

售價：480元
（本書如有缺頁、破損、倒裝，請寄回更換）

國家圖書館出版品預行編目資料

擦身而過的子彈／理察・歐斯曼（Richard Osman）著；鄭煥昇譯. -- 一版. -- 臺北市：臉譜出版：英屬蓋曼群島商家庭傳媒股份有限公司城邦分公司發行, 2024.02
面；　公分. --（臉譜小說選）
譯自：The bullet that missed.
ISBN 978-626-315-454-4（平裝）
873.57　　112021873